EMMA
HEATHERINGTON

IMMER WIEDER ZURÜCK ZU DIR

ROMAN

Aus dem Englischen von
Claudia Geng

HarperCollins

Die Originalausgabe erschien 2020 unter dem Titel
Rewrite the Stars bei HarperImpulse,
an imprint of HarperCollins *Publishers*, UK.

1. Auflage 2021

Deutsche Erstausgabe

Umschlaggestaltung von zero-media.net, München
Umschlagabbildung von Littleny / Alamy Stock Foto, Tavizta, Tomertu,
PH888 / Shutterstock
Gesetzt aus der Stempel Garamond
von GGP Media GmbH, Pößneck
Druck und Bindung von GGP Media GmbH, Pößneck
Printed in Germany
ISBN 978-3-95967-425-6
www.harpercollins.de

Klimaneutral
Druckprodukt
ClimatePartner.com/15109-2009-1001

MIX
Papier
FSC FSC® C014496

Für meine wunderbaren Kinder.
Sie sind die Tapfersten und die Besten.

1

Dublin, Dezember 2010

Ich war zweiundzwanzig Jahre und neun Monate alt, als ich mich zum ersten Mal in Tom Farley verliebte.

Ich stand an der Spüle, die Arme bis zu den Ellenbogen im Schaum, und beobachtete, wie er mit meinem Bruder Matthew durch die Hintertür in unsere WG-Küche kam, mit lässigem Gang wie ein Rockstar, und mir im Vorbeigehen mein Herz stahl, und ich wusste, dass mein Leben nie wieder so sein würde wie zuvor.

Meine Mutter spottete früher gerne, ich sei als Zynikerin auf die Welt gekommen, und ich glaubte definitiv nicht an Liebe auf den ersten Blick, aber das bloße Erscheinen von Tom Farley traf mich wie ein Blitzschlag.

Er verdrehte mir den Kopf wie kein anderer Mann zuvor und wie kein anderer Mann danach es jemals wieder tun würde.

Tom Farley mit seinem 1000-Watt-Lächeln, seinen verstrubbelten braunen Haaren, seinem dunklen Drei-Tage-Bart, dem markanten Kinn, den frechsten Wangengrübchen, die die Welt jemals gesehen hatte, und den hellgrünen Augen, die mich verwegen-verschmitzt anschauten, verwandelte meine Knie in Wackelpudding. Vielleicht lag es daran, dass er Musiker war. Vielleicht lag es an seinem rauen, zerzausten, kantigen guten Aussehen, oder vielleicht existierte Liebe auf den ersten Blick tatsächlich und ich war nun der lebende Beweis dafür und das jüngste Opfer dieses alten Klischees.

Jedenfalls war ich sofort Feuer und Flamme für ihn.

»Wie läufst du denn rum?«, sagte Matthew spöttisch, eindeutig um sich vor seinem neuen Freund wichtigzutun. Dabei hätte er sich an die eigene Nase fassen müssen in seiner knallengen lila Röhrenjeans und dem scheußlichen transparenten Leinenhemd in Zitronengelb, das sich mit dem Cranberryrot seiner gefärbten Haare biss. Wir sahen beide aus, als wären wir aus dem Zirkus weggelaufen.

Ich starrte eingeschnappt auf die Ziegelmauer vor dem Fenster, die unser Haus von den anderen in der Reihensiedlung trennte, stellte James Blunt leiser, der passenderweise gerade seinen Nummer-eins-Hit »You're beautiful« sang, und suchte fieberhaft nach einer schlagfertigen Antwort, aber mein Kopf schwirrte vor purer Lust.

Es hatte mir die Sprache verschlagen.

Zugegeben, mein Pyjama mit Disney-Motiven, die im Dunkeln leuchteten, kombiniert mit Doc-Martens-Stiefeln, und das um drei Uhr nachmittags, war eine ziemliche Beleidigung fürs Auge, aber ich war Studentin und hatte heute frei, und woher zum Teufel hätte ich wissen sollen, dass mein ultimativer Traummann nach Leder und Tabak duftend durch unsere Küche schlendern würde, wenn ich gerade wie ein Clown angezogen war?

Ja, Tom Farley mit seiner atemberaubenden Superstar-Ausstrahlung hatte mich total umgehauen, und ich brannte darauf, was als Nächstes passieren würde, also ignorierte ich meinen modischen Ausfall, trocknete rasch meine Hände ab, holte tief Luft und ging ihm nach, um ihn genauer unter die Lupe zu nehmen.

»Setz Wasser auf, ja, Charlie?«, sagte Matthew, als ich unser kleines Wohnzimmer betrat, wo die beiden es sich gemütlich machten. Mein Bruder nannte mich Charlie, was bedeutete, dass er sich nun richtig aufspielte. Niemand nannte mich Charlie. Niemand durfte mich jemals Charlie nennen.

Ich schluckte und versuchte, mich vor diesem unwiderstehlichen Objekt brennender Begierde zusammenzureißen, dessen Blick nun genauso gespannt war wie meiner. Ich schätzte ihn auf Ende zwanzig, er trug keinen Ehering, was für den Anfang schon mal gut war, und er strahlte nicht nur eine innere Gelassenheit aus, sondern auch eine leise Schüchternheit, die ihn sogar noch attraktiver erscheinen ließ. Ich spürte, wie seine Augen mich durchbohrten, also ließ ich meinen Blick durchs Zimmer schweifen, statt ihn direkt anzusehen, um nach außen hin cool zu bleiben.

»Nun, ich würde ja Wasser aufsetzen, aber ich wollte gerade los …«

»Wohin?«

Nirgendwohin war die Antwort. Ich hatte nichts vor, aber ich würde unter keinen Umständen die Teeköchin spielen, ohne unserem Gast richtig vorgestellt zu werden.

Ein Stapel Schallplatten von Interpreten, deren Namen ich nie gehört hatte, lag mitten auf dem braunen Teppichboden, das Zimmer stank nach abgestandenem, verschüttetem Bier und nach Cannabis, und unser Kaktus, den wir Jarvis Cocker getauft hatten (wegen der Stacheln), wirkte genauso trist wie das Winterwetter draußen – aber Tom Farley hellte diese ganze trübe Welt auf. Wer war er? Warum war er hier? Mein Bruder war gerade dabei, eine professionelle Indie-Rock-Band zu gründen, also vermutete ich, dass er quasi geschäftlich hier war.

»Für mich keinen Tee, danke … Willst du uns nicht miteinander bekannt machen, Matt?«, fragte der Leckerbissen auf dem Sofa, und mir klappte die Kinnlade herunter, als ich zum ersten Mal seine Stimme hörte.

Sie hatte das herrlichste raue, tiefe, amerikanisch gefärbte Timbre und einen sehr geheimnisvollen Klang, verglichen mit meinem schlichten nordirischen Akzent. Dieser Mann hier, dieses absolut umwerfende Geschöpf, wurde von Sekunde zu Sekunde reizvoller.

»Oh, sorry. Charlie, das ist Tom Farley, der neue Drummer von *Déjà Vu*«, sagte Matthew, der sich auf seine Manieren besann. »Wahrscheinlich der beste Drummer in Dublin.«

Wahrscheinlich der best*aussehende* Drummer in Dublin, korrigierte ich in Gedanken. Nicht dass ich viele Drummer in Dublin oder sonst wo gekannt hätte.

Tom hob bescheiden die Hände.

»Und das ist meine Schwester Charlotte. Das herrische Familienküken, von dem ich dir erzählt habe«, fuhr Matthew fort.

Ich nickte Tom zu und wusste nicht, ob ich meinem Bruder eine reinhauen sollte, weil er mich »herrisch« nannte, obwohl er mir gerade noch befohlen hatte, Wasser aufzusetzen, oder ob ich ihn umarmen sollte, weil er dieses Stück Himmel in mein Leben gebracht hatte. Ich stammelte ein Hallo und kicherte auf eine so mädchenhafte Art, dass ich mir am liebsten selbst eine reingehauen hätte.

»Hübsche Schuhe«, sagte Tom der Drummer, während er mich von oben bis unten musterte. »Genau wie meine.«

Er zog den Saum seiner ausgeblichenen Jeans ein kleines Stück hoch, um seine identischen dunkelroten Doc Martens zu zeigen, und mein Herz jubilierte. Das war Bestimmung. Es musste Bestimmung sein. Er strich mit der Hand durch sein verwuscheltes braunes Haar. Kann sein, dass ich vor Verzückung laut aufseufzte. Meine eigenen leeren Hände ballten sich zu Fäusten, während ich mir wünschte, ich könnte ihm auch in die Haare greifen.

»Wir haben hier gleich ein Meeting«, sagte Matthew mit einem lauten Räuspern zu mir. »Du weißt schon, ein *Band*meeting.«

»Ach ja, richtig«, sagte ich, als hätte ich es vergessen. Wie könnte ich? Matthew redete seit Monaten von nichts anderem und hatte nichts unversucht gelassen, um die richtigen Leute für seine neue Band zu finden. »Kann ich sonst noch was für euch tun, außer Tee zu kochen?«

Matthew sah mich mit weit aufgerissenen Augen an. »Äh, *nein.*«

Ich wusste, das war der Code für »Verpiss dich, Schwesterchen, oder bring uns einfach was zu trinken«, aber ich ignorierte den Wink.

»Weißt du, Tom, ich wollte selbst immer Schlagzeugerin werden, seit ich diese Werbung für Schokolade gesehen habe, in der ein Gorilla diesen Phil-Collins-Song trommelt«, sagte ich und lehnte mich an den Türrahmen. Ich sah Tom lasziv an und machte sogar einen kleinen Schmollmund. Junge, so hatte ich schon seit einer Ewigkeit nicht mehr geflirtet.

Tom lachte auf eine einnehmende Art.

»Und natürlich Larry Mullen von U2«, fügte ich hinzu, um mich zu rehabilitieren. »Er ist auch absolut traumhaft, äh, an den Drums.«

Matthew knirschte mit den Zähnen. »Ich wusste gar nichts von deiner verborgenen Schlagzeugleidenschaft, Charlotte«, bemerkte er spitz. Er war eindeutig kurz davor, etwas nach mir zu werfen.

»Doch, doch, schon immer«, log ich und ging bewusst bis an die Schmerzgrenze. »Gibst du zufällig Schlagzeugunterricht, Tom?«

Tom starrte mich unverwandt an, lächelnd, mit glänzenden Augen, und ich spürte, dass ich ihm auch gefiel. Er glitt aus seiner schweren Lederjacke, und beim Anblick seiner gebräunten, muskulösen Arme in dem khakigrünen T-Shirt musste ich schlucken. Er löste seinen Blick nicht für eine Sekunde von mir, und sein Lächeln ließ Schmetterlinge in meinem Bauch umherschwirren.

»Ich kann gerne versuchen, dir ein paar Basics beizubringen«, erwiderte er mit leicht heiserer Stimme. »Dann bist du also die aufstrebende Songwriterin? Matthew hat mir erzählt, dass du –«

Ich legte mir bereits eine Antwort zurecht, als wir unsanft unterbrochen wurden.

»Ich habe dir erzählt, dass sie Countrysongs schreibt, über Typen mit Cowboyhüten, die zu viel Bier trinken und zu viele Herzen brechen«, grätschte Matthew schroff dazwischen, genervt von der knisternden Atmosphäre und meinem unverhohlenen Flirtversuch. »Sie ist keine *richtige* –«

»Ich bin keine richtige Songwriterin«, ergriff ich rasch wieder das Wort. Offenbar empfand Matthew schon meine reine Anwesenheit als Beleidigung, also versuchte er, mich bloßzustellen, während Tom, der unseren Kampf beobachtete, abwechselnd vom einen zum anderen sah. Das hier würde später noch ordentlich Zoff zwischen mir und meinem Bruder geben.

»Ich würde mir deine Songs gerne mal anhören«, sagte Tom zu meiner großen Freude und Überraschung. Er beugte sich vor und stützte seine Schlagzeugerarme auf die Knie. Das erlaubte mir einen Blick in den Ausschnitt seines T-Shirts, und ich sah eine leichte, sehr männliche Brustbehaarung, die in mir sofort das Bedürfnis auslöste, ihn zu berühren. Gut möglich, dass ich laut seufzte. Wieder.

»Alter, das willst du dir nicht wirklich antun«, sagte Matthew mit einem höhnischen Kichern. Ich hätte mich am liebsten auf ihn gestürzt, so wie früher, als wir uns prügelten, weil wir uns nicht einigen konnten, wer die lustigste Figur in *Friends* war, oder als wir uns zur großen Beschämung unserer Mutter im Supermarkt um die letzte Mango rauften.

»Doch, will ich«, bekräftigte Tom. »Ich finde, wir sollten alle mehr darüber erfahren, wie man Bier in rauen Mengen trinkt und reihenweise Herzen bricht. Vielleicht kannst du mir ja auch was beibringen … Charlie?«

Er lehnte sich zurück und trommelte mit den Händen auf seinen Oberschenkeln, passend zu meinem unruhig galoppierenden Herzschlag, und brachte mich in meinem alten Disney-Pyjama zum Schwitzen. Ich strich eine Haarsträhne hinter mein Ohr und bereute, dass ich nicht vorzeigbarer aussah, aber Tom Farley schien trotz meiner skurrilen Aufmachung ähnlich hingerissen von mir zu sein wie ich von ihm.

Und er nannte mich Charlie.

Wir starrten uns einen Moment still an, nur unsere Atemzüge waren zu hören, und wir mussten kein Wort sagen, während das Universum seinen Zauber um uns herum entspann.

»Warum gehst du nicht hoch und holst deine Gitarre, *Charles*?«, brach Matthew Sekunden später das Schweigen und grinste mich provozierend an. Offenbar hatte er das Recht, meinen Namen beliebig zu verstümmeln, aber wehe, ein anderer tat das, vor allem, wenn es auf eine nette Art gemeint war. »Na los. Spiel uns einen deiner Countrysongs vor. Oder traust du dich nicht?«

Ich atmete tief durch und schürzte meine Lippen, während ich die Herausforderung in Betracht zog. Mein Bruder gab echt alles, um mich loszuwerden.

»Aber ich dachte, ihr habt gleich ein Meeting?«, sagte ich. »Mit der ganzen Band?«

»Das kann warten«, erwiderte Matthew. Er hatte mich in die Enge getrieben, und er wusste es. »Du hast doch sicher Zeit für einen Song, oder, Tom?«

Tom schenkte mir wieder sein strahlendes Lächeln. »Natürlich«, sagte er, ohne zu wissen, ob es die richtige Antwort war. »Die anderen haben sich ohnehin verspätet, also wenn es dir nichts ausmacht, Charlie, würde ich mir gerne etwas von dir anhören.«

Beide grinsten mich an, nur dass das Grinsen meines Bruders breit und schadenfroh war, Toms hingegen erwartungsvoll.

Ich überlegte, wie ich aus der Nummer wieder herauskommen konnte. Es war ausgeschlossen, dass ich mich vor dem neuen heißen Bandmitglied meines Bruders zum Gespött machte, indem ich ihm meine kitschigen Texte über meine verlorenen Jugendlieben (wenn man sie so nennen konnte) vorträllerte. Ich hatte ohnehin nur eine Handvoll Lieder geschrieben, und das meiste davon war ausschließlich für meine Ohren bestimmt. Aber dann kam mir plötzlich ein Gedanke. Dies wäre die Gelegenheit, mich entweder zum Vollhorst zu machen oder diesen göttlichen Mann hier nachhaltig zu beeindrucken. Mein Gefühl sagte mir, dass ich es versuchen sollte, dass ich im Grunde nichts zu verlieren hatte, und ich glaube, dieses Gefühl speiste sich aus der Energie zwischen mir und Tom Farley. Trotz der abfälligen Haltung meines Bruders konnte ich mir vorstellen, dass Tom meine musikalischen Gehversuche gefallen würden, auch wenn sie einer Musikrichtung angehörten, die mein Bruder zum Kotzen fand.

»Also gut, ich mach's«, sagte ich zu meiner eigenen Überraschung. »Ich werde euch einen Song vorspielen.«

»Was?« Matthew gackerte los und sah zu Tom, aber der lachte kein bisschen. Er strahlte mich nur an, was mich in dem Glauben bestärkte, dass das plötzliche Selbstvertrauen, das ich in mir spürte, tatsächlich von ihm herrührte. Er gab mir die Kraft, über meinen Schatten zu springen, mich im übertragenen Sinn nackig zu machen und das Risiko einzugehen, dass meine Musik nur ein müdes Gähnen bei ihm hervorrief.

»Tu es, Charlie«, sagte er. Seine vollen Lippen wirkten so einladend. Ich sah, wie sein Adamsapfel sich bewegte, während er hart schluckte. »Genau das sehe ich am liebsten: guter, alter Stolz, gepaart mit Entschlossenheit. Ich bin schon richtig gespannt und bereit, wenn du es bist.«

Ich straffte meinen Körper, und statt wie eine verängstigte Maus Reißaus zu nehmen, worauf mein Bruder spekuliert hatte, stemmte ich eine Hand in die Hüfte, holte tief Luft und beschloss, es darauf ankommen zu lassen.

»Kein Problem«, sagte ich. »Matthew, kümmere du dich um die Getränke, ich gehe kurz meine Gitarre holen. Gebt mir nur ein paar Minuten Zeit, dann kommt ein Countrysong, der eure kleinen Herzen brechen wird.«

Tom Farley zwinkerte mir zu und nickte zustimmend.

Es war offiziell. Ich hatte mich bis über beide Ohren verknallt.

11

Zwanzig Minuten später, nun in meiner hellblauen Lieblingsjeans mit Schlag und einem sauberen grauen Trägerhemd, meine langen blondierten Locken offen über der Schulter tragend, schlug ich den Schlussakkord auf meiner Gitarre an.

Das Lied, das ich mit Bedacht ausgewählt hatte, um es Tom vorzuspielen, hieß »By Myself« (es handelte von meiner allerersten Trennung, aber das brauchte er nicht zu wissen), und ich hatte es aus meiner bescheidenen Sammlung herausgepickt, weil man sich seinem intensiven Rhythmus und dem sinnlichen Text nur schwer entziehen konnte.

Während um uns herum das letzte Schwingen der Gitarrensaiten in dem kleinen Raum verhallte, wartete ich auf Toms Reaktion. Ich hob langsam meinen Kopf, schloss halb die Augen, und als ich sie wieder richtig aufmachte, wurde mir bewusst, dass meine Hände zitterten.

»Kaum zu glauben, dass ich den Text noch wusste«, sagte ich, und eine Reihe von Entschuldigungen ging mir durch den Kopf, weil ich Toms Ohren zum Bluten gebracht hatte, aber meine Sorge war unbegründet, denn als ich zu ihm sah, wirkte er keineswegs enttäuscht oder gelangweilt. Vielmehr starrte er mich ehrfürchtig an, schüttelte ungläubig den Kopf, sah auf meine Hände, dann auf meinen Mund und wieder in meine Augen.

»Wow«, sagte er schließlich und begann langsam zu applaudieren. »Ich meine, *wow*! Ich bin richtig geflasht! Das war echt *gut*, Lady!«

Wir brachen in ein erleichtertes Lachen aus – beide gleichzeitig. Im nächsten Moment hielten wir ungläubig inne – wieder gleichzeitig. Matthew lachte nicht.

»Matthew Taylor, meine Fresse!«, fuhr Tom fort. »Deine kleine Schwester hat es voll drauf. Der Song ist magisch. Ernsthaft!«

Ich schenkte Matthew ein süffisantes Grinsen und spürte seinen Ärger und sein Unbehagen über die greifbare Harmonie und das intensive Zusammentreffen zweier Seelen. Sein Plan war dermaßen nach hinten losgegangen.

»Nun, ich … Schön, dass du so denkst«, stammelte er. »Aber du hast noch nie mit ihr unter einem Dach gewohnt. Sie ist –«

»Sie ist unglaublich«, sagte Tom, und ich spürte kurz Mitleid mit Matthew, der von diesem besonderen Moment zwischen uns so weit entfernt war. »Matt, du hast mir gesagt, dass sie singen kann, aber nicht, dass wir hier die nächste Stevie Nicks haben! Sie sieht ihr sogar ähnlich. Und dann die Lyrics! Hast du die selbst geschrieben, Charlie? Wirklich?«

Er hatte mich wieder Charlie genannt.

»Ja, die habe ich selbst geschrieben. Alles von mir, alles *by myself*«, zitierte ich meinen eigenen Text. Ich setzte mich aufrecht hin, legte meine Gitarre zur Seite und warf meine Haare nach hinten. Schon toll, was eine Katzenwäsche, eine Schicht Wimperntusche, ein Spritzer Parfüm und das richtige Outfit so bewirken, außerdem zehrte ich von Toms Euphorie und Energie. »Oh, und danke für den Vergleich mit Stevie Nicks. Den nehme ich gerne an, Tom.«

Ich sollte erwähnen, dass ich es richtig gut fand, dass er mich Charlie nannte, und ich fand es auch gut, seinen Namen zu sagen. Tom. Das klang männlich genug, um mein Herz zum Flattern zu bringen, und wenn ich für ihn Stevie Nicks war, erschien er mir als eine leicht abgerockte, zerzauste jüngere Ausgabe von Bradley Cooper. Diese Augen konnten die Welt zum Stehen bringen.

Später googelte ich den Namen Thomas und fand heraus, dass er biblischen Ursprungs war und »Zwilling« bedeutete, was ich zuerst nicht besonders romantisch fand, aber dann beschloss ich, dass Tom mein Zwilling im Geiste war. Ja, das gefiel mir. Wir waren seelenverwandt, füreinander bestimmt.

»Ich würde sehr gerne weitere Songs von dir hören«, sagte er, noch immer mit ehrfürchtigem Ausdruck. »Bitte sag mir, dass es mehr davon gibt.«

Seine Bewunderung verschlug mir den Atem. Noch nie hatte jemand meine Musik so gewürdigt. Noch nie hatte sich jemand meine Songs richtig angehört, nicht einmal meine Mutter, die, obwohl sie in vielerlei Hinsicht ziemlich cool war, in der festen Überzeugung lebte, dass die Musik für mich nur ein Hobby war, das ich hinter verschlossenen Türen ausübte, und nicht etwa eine Berufung, der ich jemals ernsthaft folgen würde. Mit einem supertalentierten großen Bruder wie Matthew und einer perfekt geratenen großen Schwester wie Emily hatte ich es schwer, auf meine Eltern Eindruck zu machen, und man könnte sagen, dass meine Anstrengungen sich nicht immer zu meinen Gunsten auswirkten.

»Bist du sicher?«, fragte ich Tom. Ich zitterte innerlich, aber ich gab mein Bestes, um nach außen hin cool und selbstbewusst zu wirken.

»Na sicher bin ich sicher!«, erwiderte er und stand vom Sofa auf. »Weißt du, Charlie, du musst diesen Song unter die Leute bringen, unbedingt.«

Ich spürte, wie mein Bruder jedes Mal zusammenzuckte, wenn Tom mich Charlie nannte. Zu Hause und für alle, die mich kannten, war ich Charlotte Jane Taylor, benannt nach der Brontë-Schwester und dem absoluten Lieblingsroman meiner Mutter, *Jane Eyre*. Meine Schwester hieß Emily Maria, mein Bruder Matthew James, was ihn oft scherzen ließ, dass er als Erstgeborener gerade noch davor verschont geblieben war, auf den Namen Heathcliff getauft zu werden, da unser Vater einen Namen für ihn ausgesucht hatte.

»Ich meine, warum machst du dir überhaupt die Mühe und gehst studieren?«, fuhr Tom fort. »Du hast echt Talent. Du brauchst kein Diplom! Deine Qualifikationen sind alle schon hier drin.« Er tippte sich an die Schläfe.

»Aber ich werde Lehrerin«, wandte ich ein. »So sehr ich mich auch über dein Lob freue, aber in der richtigen Welt ist man ohne Zeugnisse aufgeschmissen.«

Tom ging vor mir in die Hocke, legte seine Hände rechts und links auf die Armlehnen meines Sessels und sah mir fest in die Augen. Ich konnte seinen Atem auf meiner Haut spüren. Ich roch sein holziges, würziges Eau de Cologne. Ich glaubte, gleich zu explodieren.

»Nein, nein und nochmals nein!«, widersprach er vehement. »Du, Charlie Taylor, wirst keine Lehrerin. Du wirst ein großer Countrystar!«

Mein Herz schlug mir bis zum Hals. Tom hatte Charme, und die knisternde Atmosphäre zwischen uns elektrisierte mich und machte mich gleichzeitig schwach. Er war so dicht vor mir, dass seine Arme beinahe meine Beine berührten.

Und du wirst meine Muse sein, hätte ich am liebsten erwidert, während ich mir wünschte, er würde einfach für immer dort vor mir knien.

Er stand auf, strich seine Haare aus dem Gesicht und kehrte auf die Couch zurück, und ich dankte im Stillen meinem Bruder dafür, dass er Tom Farley in mein Leben gebracht hatte. Tom verkörperte alles. Die Art, wie er mich ansah, die Art, wie er mich behandelte, versetzte mich in einen Zustand, den ich nie zuvor erlebt hatte. Ich war benommen vor Lust und atemlosem Staunen. Mein Selbstbewusstsein ging durch die Decke, war stärker als je zuvor in meinen fast dreiundzwanzig Jahren auf diesem Planeten.

»Mach schon, Charlie, spiel uns noch einen Song«, sagte Tom und lehnte sich auf dem Sofa zurück. Er legte ein Bein über das andere, um zu zeigen, dass er es nicht im Geringsten eilig hatte.

Matthew riss der Geduldsfaden. »Tom, es ist gleich halb vier«, sagte er mit säuerlicher Miene. »Wir könnten schon mal anfangen, bis die anderen kommen. Ich will unbedingt ein paar Plakatentwürfe für unsere Auftritte durchgehen, und wir müssen eine Pressemappe zusammenstellen.« Er schaute demonstrativ auf seine Uhr, aber Tom hatte nach wie vor ausschließlich Augen für mich.

»Ich finde, wir sollten auf die anderen warten, sonst musst du nur alles wiederholen, Matt«, antwortete er und grinste in meine Richtung. »Außerdem möchte ich gerne sehen, ob Charlie eine musikalische Eintagsfliege ist oder ob sie mehr potenzielle Hits geschrieben hat. Na los, Charlie, spiel noch mal für uns.«

Und so spielte ich ein weiteres Lied und dann noch eins, und weder Tom noch ich nahmen wahr, dass Matthew aus dem Zimmer ging und uns allein ließ, so sehr verloren wir uns in der Musik. Ich sang für Tom. Ich sang tatsächlich meine eigenen Songs für diesen schönen Fremden, der mir das Gefühl gab, im Moment die wichtigste Person auf der Welt zu sein.

»Augenblick«, unterbrach er mich plötzlich. »Spiel den Refrain noch mal.«

Er schnappte sich die Gitarre meines Bruders, die in der Ecke stand, und stimmte sich auf mich ein, bis er die Akkordfolge raushatte und wir auch stimmlich harmonierten. Während wir gemeinsam sangen und spielten, sahen wir uns die ganze Zeit in die Augen, und mein Herz fühlte sich an, als würde es gleich platzen.

»Sing einfach weiter«, sagte er irgendwann. »Ich möchte was ausprobieren.«

Ich tat, was er sagte, und es war unglaublich. Wir ergänzten uns musikalisch perfekt. Es war der aufregendste Kick, den ich jemals erlebt hatte, und es begann sich abzuzeichnen, dass dies der beste Tag meines Lebens sein würde.

»Du haust mich um, Charlie«, sagte Tom nach dem dritten Song. Er legte die Gitarre zur Seite und schüttelte den Kopf. »Ich könnte dir den ganzen Tag zuhören und zusehen. Du hast es drauf, Charlie. Du hast es einfach drauf!«

Seine Begeisterung war echt. Ich kam gar nicht damit hinterher, diese ganzen unverhofften Worte der Anerkennung zu verarbeiten.

»Und weißt du, was das Beste ist? Dir ist überhaupt nicht bewusst, wie gut du bist!«

Ich schnappte nach Luft. Das winzige, miefige Wohnzimmer hier in unserer Studentenbude, die mein Bruder, ich und unsere Freundin Kirsty uns von Montag bis Freitag teilten, hatte in den letzten vier Jahren zu vielen feuchtfröhlichen Partys und langen Nächten eingeladen, aber nie hatte ich eine solche Elektrizität in der Luft erlebt wie mit Tom.

»Du spielst nicht nur Schlagzeug, du kannst auch singen und Gitarre spielen«, brachte ich schließlich heraus. »Du hast es musikalisch selbst voll drauf.«

Er wollte nichts von meinem Versuch, sein Kompliment zurückzugeben, wissen. »Nein, Charlie Taylor. Ich bin musikalisch nicht unbegabt, das stimmt, aber *du* hast echte Starqualitäten. Du bewegst dich auf einem ganz anderen Level, und das sage ich nicht einfach nur so. Du bist grandios.«

Meine Unterlippe zitterte, und ich streifte meine Haare hinter die Ohren. »Findest du wirklich?«

»Ich weiß es sicher«, antwortete er und hielt meinem Blick stand.

Ich wusste nicht, ob ich über diese enorme Anerkennung eines derart schönen und talentierten Menschen, der mich mit dem höchsten Respekt betrachtete, lachen oder weinen sollte.

In unserer Familie hatte immer Matthew als der Kreative gegolten. Er war der Vielseitigste von uns, derjenige, der zielstrebig an seiner musikalischen Karriere arbeitete und zudem Architektur studierte, zu ihm blickten wir alle auf, ihn feuerten wir an. Ich würde später Kinder unterrichten, und meine musikalischen Ambitionen waren zu keinem Zeitpunkt ernst genommen worden. Sie entsprachen einfach nicht dem Bild, das meine Eltern von mir hatten. Matthew war der Coole mit dem großen Talent, Emily war die Ruhige und Vernünftige, die sich an die Regeln hielt, und ich war das wunderliche, abgedrehte Nesthäkchen, das rebellische Kind mit einem scharfen Verstand, das gut mit Worten umgehen konnte und daher am besten in ein Klassenzimmer passte, wo andere von seiner Weisheit profitieren konnten. Ich hatte einen merkwürdigen Kleidungsstil und geriet manchmal in Teufels Küche, aber das alles konnte man in Ordnung bringen. Oder zumindest hofften das meine Eltern.

»Ich habe diese Songs noch nie jemandem vorgespielt«, gestand ich Tom. Draußen war es inzwischen dunkel geworden, und ich ging an ihm vorbei zum Fenster und zog die Vorhänge zu.

Als ich zu ihm zurückkehrte, nahm er sanft meine Hand in seine. »Du besitzt eine ganz besondere Magie, ernsthaft«, sagte er leise. »Bitte glaub mir, Charlie. Du kannst nicht ignorieren, was gerade passiert ist.«

Wir standen da, eingefroren im Moment. Ich konnte kaum atmen.

»Ich glaube, ich bringe dich in Schwierigkeiten«, sagte ich.

Seine Augen weiteten sich. »Ich glaube auch«, sagte er.

»Wegen der Band!«, fügte ich rasch hinzu. »Ich meine, ich will nicht, dass du meinetwegen Ärger bekommst. Es hört sich nämlich an, als wären die anderen jetzt da.«

Wir lösten unsere Hände, und er rieb nachdenklich seine Stirn.

»Ja, klar, die Band. Das meintest du«, sagte er, dann sah er an die Decke und atmete tief aus.

Sein Akzent war einfach zum Niederknien. Ich schloss für eine Sekunde meine Augen. Ich wünschte, er würde wieder meine Hand nehmen, würde mir sagen, dass es ihn nicht kümmerte, ob er Schwierigkeiten bekam. Er hatte gesagt, ich besäße eine ganz besondere Magie. Dass ich grandios sei. Er hatte so viele Dinge gesagt, die mir noch nie zuvor jemand gesagt hatte, und ich hätte am liebsten die Zeit angehalten, damit wir es nicht dabei belassen mussten.

Ich wollte mehr von Tom Farley, und als ich meine Augen öffnete, sah ich ihm an, dass auch er noch nicht genug von mir hatte.

»Ich schätze, ich sollte zu den anderen gehen«, sagte er, aber seine Augen verrieten mir, dass er nicht gehen wollte. Ich wollte das auch nicht.

Aus der Küche hörte ich die Stimmen der anderen. Matthew würde mir den Hals umdrehen. Nicht nur, dass ich Toms Aufmerksamkeit für längere Zeit beansprucht hatte, ich hatte außerdem das Wohnzimmer in Beschlag genommen und mit unserer spontanen Musikeinlage meinem Bruder die Show gestohlen.

Tom beugte sich leicht zu mir vor. »Hör zu, Charlie«, sagte

er eindringlich, »unter uns: Ich kenne einige Leute aus der Szene, die alles dafür geben würden, um auch nur ein Gramm von deinem Talent zu besitzen. Du darfst deine Songs nicht länger verstecken oder diese besondere Gabe, die du hast, einfach ignorieren. Du musst ein Demo an die richtigen Plattenfirmen rausschicken. Glaub mir, die würden dich sofort unter Vertrag nehmen.«

Plattenfirmen? Auf diesen Gedanken war ich nie gekommen, trotzdem begann meine Fantasie sofort zu blühen. Ich lachte laut auf bei der Vorstellung.

»Du meinst, ich soll mit meiner Musik Geld verdienen?«, sagte ich. »Indem ich Songs schreibe? Als Beruf?«

Ich lachte wieder, aber er nickte, als wäre es genau so simpel. »Als *Karriere*«, sagte er mit Nachdruck. »Langfristig. Geh nach London, Charlie! Geh nach New York oder an irgendeinen anderen Ort in den USA, nach Texas oder Nashville. Dort werden sie sich um dich reißen, das weiß ich einfach. Ich sage dir, das Songwriting liegt dir im Blut. Ich glaube total an dich. Deine Musik und deine Texte sind der absolute Hammer. *Du* bist der absolute Hammer.«

Das Zimmer fing an, sich leicht zu drehen, und mir wurde richtig heiß bei der Vorstellung, wie mein kleines Ich in eine große Stadt zog, weit entfernt von Irland und von allem, was ich im Leben kannte. Ich malte mir für einen kurzen Augenblick aus, wie ich in einem großen Fenster saß und auf eine Mischung aus Sonne und bunten Farben und Geräuschen hinausschaute, die mir völlig fremd waren. Der bloße Gedanke machte mich benommen und versetzte mich gleichzeitig in Erregung. Ich spürte ein Kribbeln von Kopf bis Fuß, wenn ich mir vorstellte, dass jemand meine Songs spielte, meine Texte, in einem brechend vollen Saal, mit einem Schlagzeuger wie Tom Farley, der den Rhythmus vorgab und –

»Okay, Zeit für unser Meeting!«, verkündete Matthew und brachte mit seiner lauten Stimme meine Seifenblase zum Platzen. »Habe ich richtig gehört, Lexi ist gerade gekommen?«

Mein Blick richtete sich auf die Tür, wo nun das schönste und exotischste Geschöpf erschien – zierlich, blass, im orientalisch angehauchten Gothic-Look –, und Toms Augen schweiften zum ersten Mal, seit er hier war, von mir ab.

Mein himmlischer Nachmittag war drauf und dran, sich in einen höllischen Abend zu verwandeln, als die Realität mir direkt ins Herz boxte.

»Süßer!«, sagte Lexi mit einem heiseren, vornehmen Dubliner Akzent. »Tut mir leid, dass ich zu spät komme, Baby, aber ich habe eine Ewigkeit nach dem richtigen Haus gesucht. Du hättest mir sagen sollen, dass es das mit dem kaputten Briefkasten ist – typisch Studenten-WG!«

Sie zog eine Grimasse, die bei jedem anderen sehr unattraktiv ausgesehen hätte, aber verglichen mit meiner Schockstarre über ihr Erscheinen war sie immer noch umwerfend schön wie ein Supermodel. Mir fiel die Kinnlade herunter, als sie direkt an mir vorbeischwebte, ihre Arme um Tom schlang und ihn vor aller Augen auf den Mund küsste, was mir gerade ausreichend Zeit gab, um mir meine Gitarre zu schnappen und einen schnellen Abgang zu machen, bevor mein Bruder mir mit selbstgefälliger Miene ein »Ich habe dich gewarnt!« mitgeben konnte.

»Charlie!«, rief Tom mir nach und schob seine Freundin so sanft wie möglich von sich weg.

Ich versuchte, nicht hinzuschauen, was natürlich nicht klappte. Also musste ich mit ansehen, wie sie ihm etwas ins Ohr flüsterte und es dabei fast auffraß. Sie warf ihr schulterlanges, schwarz glänzendes Haar zurück und entblößte ein Tattoo aus asiatischen Schriftzeichen an ihrem langen, schlanken Hals, und ich berührte meinen eigenen Hals, der sich im Vergleich dazu langweilig und nackt anfühlte.

»Ich heiße Charlotte und nicht Charlie!«, rief ich zu Tom zurück und hörte meine Stimme zittern. Unsere Blicke trafen sich, und ich spürte, dass meine Lippen zuckten, dann stürmte ich mit meiner Gitarre in der Hand und meinen dämlichen Texten im Kopf die Treppe hoch, während mein Stolz hinter mir über den Boden schleifte und mir Tränen in die Augen schossen.

»Schreib einen Song darüber, Schwesterherz!«, hörte ich Matthew gefühlt Stunden später rufen, als sie endlich alle gegangen waren. »Und keine Sorge, Charlotte, jeder, der Tom Farley begegnet, verliebt sich auf Anhieb in ihn. Wahrscheinlich bin ich sogar selbst ein bisschen in ihn verknallt.«

»Oh, lass es gut sein, Matthew!«, brüllte ich zurück und trat meine Zimmertür zu.

Falls er gerade versuchte, mich zu trösten, funktionierte es nicht. Ich hatte mich Hals über Kopf in Tom Farley verliebt, ohne zu ahnen, dass er eine Freundin hatte. Wie konnte ich so dumm und überheblich sein? Wie konnte es eine solche Magie zwischen zwei Menschen geben, wie er selbst gesagt hatte, und dann ging einer davon einfach weg und sank in die Arme einer anderen Person? Ich konnte es nicht begreifen. Ich war jung und naiv und machte zum ersten Mal die Erfahrung, dass man unverhofft dem wunderbarsten Menschen begegnen konnte, nur um gleich darauf in eine andere Richtung geschubst zu werden.

Ich versuchte, die Erinnerung an Tom Farley abzuschütteln, aber es gelang mir nicht, und obwohl ich ihn danach nur noch aus sicherer Entfernung sah, hinter seinem Schlagzeug auf der Bühne, ging er mir von diesem Tag an nie wieder aus dem Kopf.

Ich träumte morgens, mittags und abends von ihm, und obwohl es ein bisschen abgedroschen und vorhersehbar erscheint, schrieb ich tatsächlich einen Song über ihn, wie mein Bruder es mir empfohlen hatte. Na ja, um ehrlich zu sein, schrieb ich rund zwanzig Songs über ihn.

Ich war zweiundzwanzig Jahre und neun Monate alt, als ich mich zum ersten Mal in Tom Farley verliebte, und ich war genauso alt, als er mir zum ersten Mal das Herz brach.

Das Leben war danach nie wieder dasselbe, für keinen Einzigen von uns.

KAPITEL 1

Dublin, Dezember 2015

Heute war der letzte Schultag vor den Weihnachtsferien, was bedeutet, dass die Festzeit offiziell eingeläutet ist, und ich bin in Festlaune.

Ich trage einen Lamettakranz um den Hals und eine Nikolausmütze auf dem Kopf und feiere mit meinen Lieblingsmenschen in einer Kneipe. Das Leben ist schön.

»Bin gleich wieder da«, sage ich zu dem hübschen Mann an der Bar, der mir ein Bier bestellt hat.

Meine Schwester Emily tanzt, ganz untypisch für sie, auf einem wackeligen Tisch und kann sich nur mithilfe ihres Ehemanns aufrecht halten, meine Mitbewohnerin Kirsty knutscht in der Ecke mit irgendeinem Fremden, und die *Black Eyed Peas* erklären mir, dass heute Abend ein richtig guter Abend wird. In meiner bescheidenen kleinen Welt sieht also alles ziemlich rosig aus, und ich stehle mich kurz davon, um draußen im Hinterhof der Kneipe eine zu qualmen. Eigentlich bin ich Nichtraucherin, aber eine heimliche Zigarette ist das Höchste an Rebellion, was in meinem Leben momentan stattfindet.

Pip's Bar liegt in einer Seitenstraße nahe dem Haus, das Kirsty und ich uns im Norden Dublins teilen, und ist die Art von Lokal, wo man normalerweise nichts aus dem Glas trinken würde, sondern nur aus der Flasche. Aber die dichte Schneedecke auf den Straßen und die Möglichkeit, zu Fuß nach Hause zu gehen und uns das Taxi zu sparen, haben uns hierhin verschlagen, und je mehr Bier floss, umso lustiger wurde der Abend.

»Woo-hooo!«, singe ich laut mit Fergie und fische tänzelnd nach einer Zigarette in meiner Handtasche, ignoriere die anzüglichen Blicke eines zwielichtigen alten Knackers, der neben dem Hinterausgang am Pokerautomaten spielt.

Es macht mir Spaß, und ich finde es erfüllend, Lehrerin zu sein, aber in den Ferien gibt es nichts, was ich lieber tue, als es ordentlich krachen zu lassen und einfach Charlotte Taylor zu sein, die gerne lauthals mitsingt, statt »Miss Taylor«, die manchmal lauthals schreien muss, um ihre Erstklässler zur Räson zu bringen.

»Zum Klo geht's da lang, Schätzchen«, sagt der Alte an der Pokermaschine mit einem starken Dubliner Akzent, und ich halte meine Zigarette hoch, um ihm zu zeigen, dass ich heute Abend einem ungesunden Laster fröne, ohne mich darum zu kümmern, dass wir draußen ungefähr minus siebzehn Grad haben. Ich stoße die schwere graue Tür mit dem *Notausgang*-Schild auf und fange in der eisigen Kälte, die mich draußen empfängt, sofort an zu zittern. Kurz frage ich mich, ob es sich wirklich lohnt, der Wärme den Rücken zu kehren – und der Aussicht auf eine heiße Knutscherei mit dem schönen Jimmy oder Johnny oder wie auch immer das Schnuckelchen heißt, das ich drinnen mit einem Bier für mich in der Hand stehen gelassen habe.

Die Tür knallt hinter mir zu, und ich realisiere, dass ich mich ausgeschlossen habe, aber ich bin nicht in der Stimmung, um in Panik zu verfallen. Mr. Pokerspieler wird mir hoffentlich zur Rettung kommen, wenn ich laut genug an die Tür hämmere, sobald ich aufgeraucht habe.

Ich kann die Musik drinnen hören, ich bin mehr als nur ein bisschen beschwipst, und ich habe beschlossen, dass dieses Weihnachten das beste aller Zeiten wird, also tanze ich weiter, als wäre ich allein. Und das bin ich ja auch, schließlich ist außer mir niemand hier, kurz vor Mitternacht in einem kleinen Hof hinter einer schäbigen Kneipe, in die normalerweise niemand meines Alters einen Fuß setzen würde. Ich suche in meinen Jackentaschen nach einem Feuerzeug.

»Verfluchte Scheiße, jetzt sind wir beide ausgesperrt! Weißt du, wie lange ich hier draußen schon warte, dass mir jemand die verdammte Tür aufmacht?«

»Mein Gott, hast du mich erschreckt!«, keuche ich und nehme erst jetzt die Umrisse einer Gestalt wahr, die im Schatten sitzt.

»Ja, sorry, aber nun müssen wir auf den nächsten Raucher warten, um reinzukommen.«

Mein Puls fährt wieder runter, und ich wende mich in die Richtung, aus der der heisere amerikanische Akzent kommt. Meine unangezündete Zigarette tanzt in der Luft und zeigt in den Himmel, meine Füße können noch immer nicht aufhören zu zappeln. Ich trage meine stahlblauen Cowboystiefel, nicht gerade das sicherste Schuhwerk, wenn draußen so viel Schnee liegt, aber ich sollte mir eher Gedanken darüber machen, dass ich mit einem Fremden, der im Moment ganz schön sauer klingt, in einem verlassenen Hinterhof festsitze.

»Du solltest anderen Leuten wirklich nicht so einen Schreck einjagen«, sage ich und blinzele angestrengt in die Dunkelheit, um mehr von dem Typen zu erkennen, während ich mich seiner gereizten Stimmung anpasse. »Ich hätte hinfallen und mir den Fuß brechen können, und das wäre sicher nicht –«

»Charlie?«

Mein Herz bleibt abrupt stehen. Dieser Kerl hat mich gerade Charlie genannt. Niemand nennt mich so, außer mein Bruder, wenn er sich aufspielen möchte, oder …

»*Tom*? Tom *Farley*?«

Ich muss mir das einbilden. Er kann nicht echt sein. Ich lege eine Hand auf meine Brust und bete, dass dies hier nicht irgendein Streich ist oder eine Halluzination wie so oft in all den Jahren, seit ich das letzte Mal seine Stimme gehört habe.

Ich nähere mich langsam der Gestalt, und als ich sein Gesicht sehe, verschlägt es mir den Atem.

Diese Stimme – warum habe ich sie nicht sofort erkannt? Schließlich lief sie jahrelang in einer Endlosschleife in meinem Kopf. Diese Augen, in denen ich nur ein einziges Mal wieder versinken wollte, diese Lippen, diese Haare, diese Arme, von denen ich gehalten werden wollte.

Er ist es tatsächlich. Das kann nicht sein. Ich verstehe es nicht.

»Tom Farley?«, sage ich wieder.

Er nickt. »Wie zum Teufel ist das möglich?«, erwidert er, genauso verblüfft wie ich.

Ich kann nicht glauben, dass das hier gerade passiert. So betrunken bin ich nicht, oder doch?

Ich habe mich aus einer abseits gelegenen Kneipe ausgesperrt, in einer bitterkalten Dezembernacht, und treffe dort im Hinterhof ausgerechnet den Menschen, auf den ich volle fünf Jahre meine ganze imaginäre Zukunft ausgerichtet habe, obwohl ich tief im Innern nicht daran glaubte, dass wir uns jemals wiedersehen würden.

»Das ist einfach *unfassbar*«, sagt er, noch immer völlig perplex, und lässt ein sehr, wirklich sehr süßes Lächeln aufblitzen. »Charlie Taylor! Mann, und ich dachte, wenn ich dich das nächste Mal wiedersehe, wird das auf einer großen Bühne sein, über der in riesigen Lettern dein Name leuchtet, und nicht in einem finsteren Hinterhof.«

Er schüttelt ungläubig den Kopf, so wie damals vor all den Jahren, und starrt mich mit demselben staunenden und hungrigen Ausdruck an.

»Ich verstehe das nicht«, murmele ich. »Was um alles in der Welt tust du hier? Wo zum Teufel hast du all die Jahre gesteckt? Ich kann nicht einmal –«

»Brauchst du Feuer?«

Haltet die Welt an und lasst mich aussteigen. Stoppt alle Uhren, Klaviere sollen schweigen und so weiter. Es ist wirklich Tom Farley – nur er und ich in einem gottverlassenen Hinterhof. Wie kann das sein?

Ich schaue auf meine Zigarette und stelle fest, dass ich tatsächlich Feuer brauche. Ich habe aufgehört zu tanzen, aber innerlich hüpfe ich weiter zu »Boom Boom Pow«, dem nächsten Lied von den *Black Eyed Peas*, das nun drinnen läuft.

Ich fühle mich, als würde ich gleich in Ohnmacht fallen. Ich weiß nicht, ob ich lachen oder weinen soll, während sich ein ganzes Kaleidoskop von Emotionen in mir dreht. Mein Mund formuliert Worte, aber mein Verstand denkt nicht darüber nach. Es ist, als wäre ich in lauter Einzelteile zerlegt worden und versuchte nun verzweifelt, alles wieder zusammenzufügen und den Sinn zu verstehen.

»Eigentlich rauche ich gar nicht, verrate also Matthew bitte nichts.«

Ich bin hypernervös, und ich habe keine Ahnung, warum ich das sage, als wäre ich erst vierzehn oder so und würde mit meinen Eltern oder meinem großen Bruder Ärger bekommen, wenn man mich beim Rauchen erwischte. Ich glaube, ich stehe kurz vor einem Herzinfarkt, und das hat nichts mit dem Konsum von Tabak zu tun.

»Im Moment siehst du nicht so aus, als würdest du nicht rauchen.«

»Was ich meinte, ist, dass ich normalerweise nicht rauche, nur hin und wieder, wenn ich was trinke, und nach Silvester werde ich keine Zigarette mehr anrühren«, schwafele ich.

Er ist es tatsächlich.

»Ich denke nicht, dass ich Matthew was davon sagen werde, keine Angst.«

»Genau genommen werde ich nach Silvester auch keinen Alkohol mehr anrühren«, plappere ich weiter. »Das sind meine guten Vorsätze für das neue Jahr. Ich kann wirklich nicht glauben, dass du es bist. Du bist es doch, oder?«

»Ja, ich bin es«, antwortet er lachend. »Leibhaftig. Immer noch derselbe Tom.«

Immer noch derselbe umwerfend schöne Tom. Immer noch die Liebe meines Lebens. Immer noch der Mann, der vor Jahren von der Bildfläche verschwand und mich sehnsüchtig von einem Wiedersehen träumen ließ. Alles, was ich über ihn weiß, habe ich von meinem Bruder aufgeschnappt, und das ist nicht wirklich viel. Sicher ist nur, dass die beiden nicht mehr befreundet sind, nachdem ihre Band sich im Streit auflöste.

Ich beuge mich über die Flamme in seinen gewölbten Händen, froh über die kurze Wärme, sauge am Filter meiner Zigarette und paffe, bis die Glut an der Spitze hellrot aufleuchtet, dann werfe ich effektvoll meine Haare zurück und stoße eine lange Rauchfahne aus. Tom riecht nach einer Mischung aus Pfefferminzkaugummi, Eau de Toilette, Tabak und Leder, genau wie an jenem Tag, an dem wir uns kennenlernten.

»Du riechst noch immer so gut«, sage ich zu ihm. »Derselbe Moschusduft.«

»Und du redest noch immer so viel«, erwidert er mit seinem strahlenden Lächeln. »Dieselbe Plaudertasche.«

Ich würde ihm ja widersprechen, aber das haben mir schon viele, viele andere Leute gesagt.

»Singst du noch so gerne, wie du quasselst?«, fragt er. »Bitte sag jetzt nicht, dass du meinen Rat ignoriert hast, Lehrerin geworden bist und deine Songs unter dem Bett verstauben.«

Meine Songs über dich *verstauben unter dem Bett*, würde ich ihm am liebsten offenbaren. Mein Puls geht nun wieder normal, trotzdem kann ich einfach nicht glauben, dass dieser Moment hier real ist.

»Ich schreibe und singe immer noch gerne«, antworte ich mit einem Lächeln und ziehe den Kragen meiner Jacke ein Stück höher. »Aber es stimmt schon, inzwischen spiele ich hauptsächlich Lieder wie ›Die Affen rasen durch den Wald‹ und andere Schulhofhits.«

»Dann bist du also doch Lehrerin geworden«, sagt er. Es klingt enttäuscht. »Ich meine, versteh mich nicht falsch, das ist ein toller Beruf, aber ich dachte immer, du wärst zu Höherem bestimmt.«

Ich zittere. Plötzlich fühle ich mich stocknüchtern. Ich schaue mich um und vergewissere mich, dass wirklich niemand anders hier ist, dann bohre ich meine Fingernägel fest in meine Handflächen, um endgültig auszuschließen, dass ich träume. Am liebsten würde ich vor Freude laut schreien. Am liebsten würde ich in die Luft springen und gleichzeitig weinen vor Glück.

»Ja, ich bringe Grundschülern das Abc bei, und ich liebe es«, sage ich schließlich, während ich versuche, nicht auszuflippen. »Heute beginnen die Weihnachtsferien, darum bin ich mit den anderen feiern gegangen, aber ich hätte nie im Leben gedacht, dass ich dir über den Weg laufen würde.«

Er lacht und zündet sich selbst eine Zigarette an, als wüsste er nicht, was er als Nächstes sagen soll. Er hat den Schock noch nicht verarbeitet, genauso wenig wie ich. Wir starren uns gegenseitig an, lassen die Situation auf uns wirken, versuchen, zu begreifen, dass wir nach all der Zeit, die vergangen ist, noch einmal diesen atemberaubenden Moment erleben, der uns direkt ins Herz getroffen hat. Na ja, zumindest empfinde ich es so.

»Und du? Spielst du noch Schlagzeug?«, frage ich.

»Nicht mehr so viel, seit dein Bruder mich vor vier Jahren aus der Band geworfen hat«, antwortet er mit einem nervösen Lachen. Er senkt seine Stimme. »Wie geht es Matt? Kommt er zurecht?«

Es entsteht eine lange Pause, und die Stimmung wechselt abrupt. Ach, würde Matt doch nur zurechtkommen. Ich wünsche mir nichts mehr für meinen Bruder.

»Matthew geht es den Umständen entsprechend«, sage ich und sehe auf den Boden. Ich könnte so viele schreckliche Details darüber erzählen, wie dreckig es Matthew in Wahrheit geht, aber Blut ist dicker als Wasser, und ich würde meinem einzigen Bruder niemals in den Rücken fallen. »Er spricht nicht mehr über früher, Tom. Über keinen von der Band.«

»Das dachte ich mir«, sagt Tom und kickt imaginäre Steine über den matschigen Boden.

»Ich habe lange Zeit versucht, ihn über die Band auszufragen«, gestehe ich, »aber schließlich musste ich einsehen, dass er mit dem Thema mehr oder weniger abgeschlossen hat. Ich habe den Eindruck, er will nicht mehr über euch sprechen. Tut mir leid.«

Tom presst die Lippen zusammen und wendet den Blick ab. »Es ist alles total schiefgelaufen«, sagt er und hebt sein Gesicht in den Schneehimmel, was mir die Gelegenheit gibt, ihn zu mustern. In seiner Bikerjacke, dem schwarz-weißen Hahnentrittschal, der ausgewaschenen Jeans und den schweren Stiefeln sieht er noch immer wie ein richtiger Rockstar aus. Er riecht auch noch immer so, dass ich ihn am liebsten ganz nah an mich heranziehen würde. Und er klingt noch immer wie der Mann, der mir direkt aus der Seele spricht und den ich nach unserer ersten und einzigen kurzen Begegnung vor fünf Jahren nie wieder aus dem Kopf gekriegt habe.

»Also, wo bist du gewesen?«, frage ich, und der alte Schmerz schwingt in meiner Stimme mit. So viele Jahre sehnte ich mich nach diesem Mann, verzehrte mich nach ihm. Ich reiste um die halbe Welt, um seinen Geist abzuschütteln, und begrub ihn schließlich im hintersten Winkel meines Gedächtnisses, aber in meinem Herzen lebte er weiter. Das erkenne ich nun deutlicher denn je.

»Ich war ...« Er lacht kurz auf und kratzt sich am Kopf. »Ich war überall und habe paradoxerweise versucht, das zu wiederholen, was Matt und ich uns vor all den Jahren erarbeitet haben. Ich wollte als Musiker groß rauskommen, aber jedes Mal, wenn sich für mich irgendwo eine Tür auftat, schlug mir die nächste vor der Nase zu. Vielleicht war es richtig, dass du nicht auf meinen Rat gehört hast, in die Musik zu gehen. Ich freue mich für dich, Charlie. Du wirkst glücklich. Und du siehst noch genauso umwerfend aus wie damals mit deiner Gitarre, deinen wunderbaren Songs, deinem albernen Pyjama und den gleichen Doc Martens wie meinen.«

Er erinnert sich an alles. Mein Gott, er weiß es tatsächlich noch, aber er ahnt nicht, wie sehr mich dieses Wiedersehen mitnimmt. Er hat sich äußerlich kein bisschen verändert, trotzdem wirkt er ganz anders. Seine Augen sehen ein bisschen müde aus, aber ihr Ausdruck ist noch immer verträumt genug, um mich fortzuspülen. Es verschlägt mir auch jetzt wieder den Atem, wenn ich beobachte, wie seine Lippen sich beim Sprechen bewegen. Seine Haare sind inzwischen kürzer, aber noch immer würde ich am liebsten hineingreifen, ihn überhaupt berühren. So viele Fragen schießen mir durch den Kopf. Hat er jemals an mich gedacht, so wie ich an ihn? Hat er an jenem Tag vor fünf Jahren in unserem bescheidenen Wohnzimmer dasselbe gespürt wie ich, oder habe ich mir in meinem Überschwang der Gefühle alles nur eingebildet?

»Was zum Teufel machst du hier, Tom?«, frage ich. Es ist die mutigste Frage, die ich über die Lippen bringe. »Ich meine, ernsthaft, was hat dich ausgerechnet an diesen Ort hier verschlagen?«

Er lacht über meine Verwunderung.

»Niemand unter vierzig geht freiwillig in *Pip's Bar*«, füge ich hinzu, »schon gar nicht so kurz vor Weihnachten, wenn überall so viel los ist. Es ist wirklich extrem seltsam, dass wir uns ausgerechnet hier begegnen.«

Meine Zigarette schmeckt mir nicht so gut, wie ich dachte, und ich würde sie am liebsten schon nach wenigen Zügen ausmachen, aber das wäre sehr uncool.

»Das stimmt. Ist nicht gerade Las Vegas hier, nicht wahr?«, erwidert er scherzhaft.

Er sieht mich an mit seinen verträumten, strahlenden Augen, die seitlich Fältchen werfen. Sie tanzen und flirten nicht mehr mit mir wie damals, aber sie haben noch immer etwas an sich, das mich benommen macht, mehr als der Alkohol, den ich getrunken habe. Das Knistern zwischen uns ist auch jetzt noch vorhanden. Ich wusste, dass ich es mir vor all den Jahren nicht eingebildet habe.

Er atmet tief durch. »Es ist eine längere Geschichte, warum ich hier bin«, sagt er und stößt eine Rauchfahne in meine Richtung aus. »Eigentlich habe ich nach jemandem gesucht.«

Ich hätte es wissen müssen.

»Vielleicht nach dir?«, fügt er hinzu.

Meine Augen werden groß. Ich kann nicht sagen, ob er es ernst meint oder nicht, aber ich habe zu viel Angst, ihn zu fragen.

»Ich hätte nie gedacht, dass heute mein Glückstag ist, und siehe da, hier stehe ich und unterhalte mich mit dir, und du unterhältst dich mit mir, während wir uns in der wahrscheinlich kältesten Nacht des Jahres zusammen den Arsch abfrieren«, sagt er. »Außerdem hast du uns ausgesperrt. Das ist wahrscheinlich eine glückliche Fügung des Schicksals.«

Seine Stimme klingt tiefer als früher, richtig erwachsen, und lässt ihn deutlich älter wirken, als er aussieht. Er muss jetzt Anfang dreißig sein, da ich selbst inzwischen stolze siebenundzwanzig bin.

»Das gefällt mir sehr«, sage ich.

»Was? In der Kälte ausgesperrt zu sein?«

»Sehr witzig.« Ich kichere nervös. »Nein, ich meine die Fügung des Schicksals.«

»Gefällt mir auch.«

»Weißt du, ich glaube an die Vorsehung … daran, dass man auf sein Bauchgefühl hören sollte … dass die Dinge vorherbestimmt sind. Tatsächlich hast du mich gerade an meinen dritten und wichtigsten Vorsatz für das neue Jahr erinnert.«

»Und der wäre?«, fragt er.

Für den dramatischen Effekt rücke ich ein kleines Stück näher, achte jedoch darauf, dass nicht zu offensichtlich wird, wie verrückt ich all die Jahre nach ihm war – und immer noch bin. Ich möchte ihn so gerne berühren, wenigstens seine Jacke. Die Anziehungskraft, die er auf mich ausübt, nimmt ein Ausmaß an, das ich nie für möglich gehalten hätte, und ein Wirrwarr von Gefühlen blockiert meinen Verstand.

»Mein Vorsatz lautet, mehr im Leben zu wagen«, verkünde ich, und meine Augen glänzen bei der Vorstellung, obwohl meine Mutter ausflippen würde, wenn sie mich jetzt hören könnte. In ihren Augen war ich immer jemand, der gern am Abgrund entlangtänzelte. »Weißt du, ich werde mein Leben in die Hände des Schicksals legen. Mehr riskieren. Mich von der Strömung treiben lassen. Mir selbst treu sein und mein wahres Ich nicht unterdrücken, um anderen zu gefallen.«

Er wirft einen Blick zur Hintertür, dann über seine Schulter zum Außentor.

»Hast du Lust, unsere Unterhaltung woanders fortzusetzen?«, fragt er und blickt sich zwischen den schneebedeckten Müllcontainern und Bierfässern im Hof um, als suchte er nach einer Eingebung. »Wie du schon gesagt hast, die Kneipe hier ist nicht gerade der Brüller. Außerdem kann es sein, dass wir wegen der Sperrstunde gar nicht mehr reinkommen.«

Lieber Gott im Himmel … habe ich gerade richtig gehört? Er möchte, dass wir woandershin gehen, um zu reden? Nur wir beide? Das hier kann nur ein Traum sein.

Ich wüsste nichts auf der Welt, was ich im Moment lieber täte, als seinen Vorschlag anzunehmen, aber dann wird mir schwer ums Herz. Selbst wenn die Versuchung, mit Tom abzuhauen, riesengroß ist, kann ich Emily, Kevin und Kirsty nicht einfach im Stich lassen. Oder doch? Und was, wenn ich nicht mit ihm gehe? Werde ich es dann für den Rest meines Lebens bereuen? Werde ich ihn dann niemals wiedersehen?

»Wir könnten es vorne versuchen und an die Scheibe klopfen«, schlage ich als Kompromiss vor. »Eigentlich sollte ich zurück zu meinen Freunden. Sie fragen sich bestimmt schon, wo ich bin.«

Ernüchtert lässt er die Schultern hängen. »Kein Problem, Charlie. Ich respektiere das. Ich begleite dich noch eben zum Vordereingang.«

Ich hadere mit meiner Entscheidung. Was zum Teufel ist in mich gefahren? Vielleicht werde ich ja endlich vernünftig.

»Danke«, sage ich, aber ich mache keinerlei Anstalten zu gehen. Vielleicht bin ich doch nicht so vernünftig.

Sein Blick wandert über mein Gesicht, meine Haare, meine Gestalt. Er betrachtet mich so wie an jenem Tag in unserem Studentenwohnzimmer, als wir die gleichen Schuhe trugen und die Luft von Bewunderung und Musik erfüllt war. Ich spüre, wie das Blut in meinen Adern brodelt und mich von innen wärmt.

In seinen hungrigen Augen kann ich praktisch seine Gedanken lesen, und mein Magen hüpft inzwischen auf und ab zu den *Black Eyed Peas*. Tatsächlich fährt alles in mir Achterbahn, wenn ich so nah vor ihm stehe.

Ich schlucke. Ich will nicht, dass er geht. Ich will unsere zweite Chance nicht auch noch verpassen.

»Ich würde dieses Mal gerne die Gelegenheit nutzen, dich näher kennenzulernen, Charlie«, sagt er. »Es muss ja nicht heute Nacht sein, vielleicht können wir uns in den nächsten Tagen mal treffen. Ohne Druck, einfach nur, um zu schauen, was passiert. Um zu schauen, ob es tatsächlich Schicksal ist, dass wir uns heute wiederbegegnet sind.«

Die Achterbahn in mir kommt abrupt zum Stehen. Mein Herz klopft wie wild. Ich sehe ihn an. Er ist wirklich unheimlich sexy, besonders aus unmittelbarer Nähe. Er ist Tom Farley. Ich habe in den letzten Jahren viel Zeit damit verbracht, mir genau diesen Moment hier auszumalen und meine Gefühle in meinen Songs zu verarbeiten.

Ich atme.

Er atmet.

Es schneit nun ziemlich stark, und hier draußen gibt es nichts, um sich richtig unterzustellen.

Ich muss wieder an die anderen drinnen denken. Emily und Kevin fragen sich wahrscheinlich, wo ich bin, und Kirsty ist vermutlich mit ihrer neuen Eroberung beschäftigt, in Gedanken schon bei einer heißen Nacht, ohne dass es sie kümmert, dass sie ursprünglich mit uns feiern wollte. Wenn sie keine Rücksicht nimmt, warum soll ich dann nicht auch meinen Spaß haben?

Schließlich passt es zu meinem dritten Vorsatz, auch wenn das neue Jahr erst in zehn Tagen beginnt. Mein Verstand schwingt wie ein Pendel hin und her – was soll ich tun? Soll ich gehen? Soll ich wirklich gehen?

»Ich denke, wir könnten Schwierigkeiten bekommen, Tom Farley«, sage ich. »Große Schwierigkeiten.«

»Ich glaube, das hast du schon einmal zu mir gesagt«, flüstert er.

Das war's. Ich gehe.

»Dann lass uns von hier verschwinden.«

Er bietet mir seinen Arm, und ich atme tief durch und lache ungläubig, als wir den Hof verlassen und dann schlitternd über die weiße Schneedecke die Flucht ergreifen, kichernd wie zwei verliebte Teenager, die sich vor ihren Eltern verstecken. Oder in diesem Fall vor meinem großen Bruder, dem es wahrscheinlich nicht gefallen würde, was ich hier gerade treibe und vor allem mit wem.

»Ich muss dich allerdings warnen: Du wirst dir wahrscheinlich mehr Countrysongs von mir anhören müssen«, necke ich Tom, während wir durch die kalte Winternacht stapfen. »In der Zwischenzeit sind einige dazugekommen, die du noch nicht kennst.«

Er bleibt stehen und sieht mich an.

»Darauf brenne ich schon seit Jahren«, erwidert er, und etwas sagt mir, dass er es ernst meint. Er streicht mit seinem Daumen eine Schneeflocke von meiner Wange. »Ob du es glaubst oder nicht, ich habe immer noch den ersten Song im Ohr, den du mir damals vorgesungen hast.«

»Nein, hast du nicht«, widerspreche ich lachend, aber dann summt er die Melodie und singt sogar bruchstückhaft den Text, und ich staune über sein Gedächtnis.

All of me, all by myself, longing for you, nobody else.

»Ich kann dir gar nicht sagen, wie sehr du mich an jenem Tag beeindruckt hast«, fügt er hinzu, und wir marschieren weiter durch die leeren Straßen, während die Geräusche aus der Kneipe hinter uns verblassen und die Kälte in unsere lächelnden Gesichter schneidet.

»Ich kann nicht glauben, dass du dich an meinen Song erinnerst«, sage ich. »Wow.«

Er nimmt meine Hand, und seine Berührung bringt mein Blut zum Rauschen und macht mich ein bisschen schwindelig. Ich kann mich nicht entscheiden, ob mein Herzklopfen eher von Angst herrührt oder von Aufregung, aber ich habe das Gefühl, oder zumindest rede ich mir das ein, dass dies tatsächlich auf eine völlig unerwartete Art ein richtig guter Abend wird. Entweder das, oder ich werde eine Menge Schwierigkeiten bekommen, weil ich mit dem Feuer spiele.

KAPITEL 2

Das schuhschachtelgroße Zimmer, in dem ich am nächsten Morgen aufwache, ist so winzig, dass ich von dem engen Einzelbett aus alle Wände berühren kann. Ein dunkelblauer schlampig zugezogener Vorhang verdeckt das längliche schmale Fenster, an dessen Innenseite Kondenswasser herunterläuft, und auf dem Heizkörper darunter liegen bunte Socken und weiße Boxershorts im Zickzack aufgereiht. Ich rieche verbrannten Toast und höre in der Etage unter mir gedämpfte Stimmen.

Wo zum Teufel bin ich?

Ich werfe ängstlich einen Blick unter die Decke, aber da mir kuschelig warm ist, ahne ich bereits, dass ich voll bekleidet bin. Ich trage ein Ramones-T-Shirt, das definitiv nicht mir gehört, genauso wenig wie die altmodische Trainingshose und die zwei dicken unterschiedlichen Männersocken. Ich checke die Uhrzeit auf meinem Handy. Es ist kurz nach zehn. Gott, ich habe wie ein Baby geschlafen.

»Klopf, klopf. Kann ich reinkommen?«

Tom steckt seinen Kopf ins Zimmer, kommt dann herein und setzt sich auf die Bettkante, während ich mit den Fingern durch meine Haare kämme und versuche, mich zu erinnern, wie ich hier gelandet bin. Alles an diesem Zimmer, alles an diesem Mann ist so neu und gleichzeitig so vertraut.

»Tom?«, sage ich krächzend.

»Ja, ich bin es immer noch, Charlie«, antwortet er. »Hast du gut geschlafen? War dir warm genug?«

Ich will etwas sagen, aber ich kann nicht. Er nennt mich weiterhin Charlie, obwohl ich ihn gewarnt habe, dass das einen Klaps auf die Finger geben würde, sollte er jemals wieder mit meinen Eltern zusammentreffen.

»Wo zum Teufel sind wir?«, frage ich. Er lacht leise und beugt sich dann zu mir. Ich kann sein Aftershave riechen. Es ist sehr … o Gott, bei Tageslicht sieht er sogar noch besser aus.

»Du hast mir letzte Nacht gesagt, dass du mich das nach dem Aufwachen fragen würdest«, erwidert er und legt seine Hand auf meine. Ich möchte meine Hand wegziehen, aber ich kann nicht. »Mach nicht so ein ängstliches Gesicht, Süße. Wir hatten Spaß, aber es ist nichts weiter passiert. Na ja, eigentlich sind viele gute Dinge passiert, wenn ich genauer darüber nachdenke.«

Ich nehme mir einen Moment und sehe ihn prüfend an, während die Erinnerung an letzte Nacht langsam in meinen verkaterten Kopf zurückkehrt, und entspanne mich ein wenig.

»Ich erinnere mich«, flüstere ich und schließe meine Augen, rufe mir seine muskulösen Arme ins Bewusstsein, den Moschusduft auf seiner weichen Haut und seine zärtlichen Berührungen, die ich nun fast wieder spüren kann.

»Ich habe dich praktisch ins Bett hochgetragen, hier in mein Gästezimmer de luxe«, sagt er, und wir müssen beide lachen. »Ich habe dich über die Schwelle getragen und dir sogar Klamotten zum Schlafen gegeben. So viel zu einer leidenschaftlichen Nacht, um unsere verlorene Zeit aufzuholen. Du warst *sehr* müde.«

Ich kann nicht anders, als bei der Vorstellung zu kichern.

»So viel zu dieser glücklichen Fügung des Schicksals«, sage ich und schaue leicht zerknirscht. »Tut mir leid, dass ich dich enttäuscht habe, aber einmal Klosterschülerin, immer Klosterschülerin.«

Er schnappt sich ein Kissen und tut so, als würde er mich angreifen, und wir ringen miteinander, bis der Kampf in einen Kuss übergeht, der mich direkt in die letzte Nacht zurückversetzt. Ich koste den Moment voll und ganz aus, froh darüber, dass ich ausnahmsweise einmal zu betrunken für einen billigen One-Night-Stand war, vor allem mit jemandem, von dem ich so lange geträumt habe. Alles in allem bin ich sehr, sehr stolz auf mich. Nüchtern wäre ich vielleicht nicht standhaft geblieben, was ich Tom gegenüber natürlich niemals zugeben würde. Außerdem kann er wirklich toll küssen – seine Lippen sind warm, weich, zart, aber gleichzeitig fest an den richtigen Stellen und in den richtigen Momenten.

»Nun, ich schätze, auf manche Dinge lohnt es sich zu warten«, sagt er, nachdem seine Lippen sich von meinen gelöst haben, und streicht meine Haare hinter meine Schultern. »*Du* bist es definitiv wert zu warten. Ich kann immer noch nicht glauben, dass du hier bei mir bist.«

»Ich auch nicht«, flüstere ich. Wir sind nicht zusammen im Bett gelandet, aber wir hatten einen sehr schönen Abend. Einen wirklich sehr schönen Abend.

»Brunch?«, sage ich, als mir einfällt, was wir geplant haben.

Er nickt. »Allerdings kann es noch eine Weile dauern. Wir sind hier momentan ziemlich tief eingeschneit«, sagt er, und seine grünen Augen funkeln wieder, genau wie gestern Abend. Er greift nach dem Vorhang und hält ihn ein Stück auf, um es zu beweisen.

»Das hört ja gar nicht mehr auf«, sage ich. »Und, was machen wir jetzt?«

»Nun, es geschieht nicht alle Tage, dass man in einem abgelegenen Dubliner Hinterhof nach fünf Jahren zufällig seine Traumfrau wiedertrifft, also warum lassen wir es nicht gemütlich angehen mit etwas Toast und einem edlen Instantkaffee und erfreuen uns einfach an der Gesellschaft des anderen?«

Ich lächele zustimmend und erinnere mich, wie er letzte Nacht Gitarre gespielt hat, während ich barfuß in seinem engen Wohnzimmer tanzte und in eine leere Bierflasche sang.

Ich hatte eine SMS an Emily und an Kirsty geschickt, um ihnen zu sagen, dass ich Tom Farley höchstpersönlich getroffen hätte und auf einer »Party« sei. Ich fügte die Bitte an, Matthew nichts davon zu sagen, erhielt aber von keiner der beiden eine Antwort, wahrscheinlich weil sie zu beschäftigt damit waren, selbst Spaß zu haben. Inzwischen habe ich allerdings ein paar entgangene Anrufe von Emily auf meinem Handy, was bedeutet, dass sie sich wohl Sorgen macht. Ich sollte sie besser zurückrufen, aber nicht sofort …

»Du willst also mit deinen Songs nicht selbst auftreten, sondern nur für andere schreiben?«, fragt Tom mich über eine Stunde später, als wir immer noch plaudernd im Bett liegen, die Decke, unter der es zu warm wurde, um unsere Füße drapiert. Neben uns auf dem Boden stehen zwei leere Tassen und ein vollgekrümelter Teller. Ich glaube nicht, dass ich Instantkaffee und Toast jemals zuvor so köstlich gefunden habe. Wir müssen uns in dem engen Bett ein bisschen zusammenquetschen, aber es ist gemütlich, und ich möchte im Moment nirgendwo anders sein.

»Das Schreiben liegt mir mehr«, antworte ich, meinen Arm über seiner Hüfte. »Vielleicht bin ich zu schüchtern und verstecke mich lieber hinter meinen Texten und meiner Musik, ob du's glaubst oder nicht. Weißt du, jemand hat mir mal diese verrückte Idee in den Kopf gesetzt, dass ich als Songwriterin richtig Karriere machen könnte.«

Er steht nach wie vor zu dieser Behauptung, wie er mir letzte Nacht oft genug versichert hat.

»Das ist keine verrückte Idee«, sagt er auch nun wieder. »Ich glaube total an dich. Ich finde wirklich, du solltest deinen Beruf hinschmeißen und mit deinen Songs auf Reisen gehen.«

Er ahnt nicht, wie groß die Versuchung ist, genau das zu tun, und ich weiß, dass er es ehrlich meint, wenn er sagt, dass er an mich glaubt. Ich habe schon bei unserer ersten Begegnung erkannt, dass niemand mich jemals so gut verstehen wird wie Tom Farley. Es ist, als könnte er in meine Seele blicken und als würde er mich dazu ermutigen, mein Leben so zu führen, wie mein Herz es mir sagt.

»Und wie sehen deine Pläne aus, Tom? Bitte sag mir, dass wenigstens du noch deinen Traum von einer großen Musikkarriere verfolgst.«

Er starrt auf die Wand hinter mir, als würde er nach einer Antwort suchen. »Ach, ich weiß nicht, Charlie. Ich lasse mich von meinem Bauchgefühl leiten, was das betrifft«, sagt er, dann stützt er sich mit dem Ellenbogen auf seiner Kopfkissenhälfte auf und sieht mich wieder an. »Früher dachte ich, ich würde mal ein richtig großer Rockstar, und ich war auch verdammt nah dran, aber ich habe es gründlich verbockt, darum lasse ich mich jetzt einfach treiben und schaue, wo das Leben mich hinführt. Im Moment arbeite ich als Makler, aber das ist gar nichts für mich.«

»Als Makler?«, sage ich und lache über den Widerspruch. »Ich kann mir nicht vorstellen, wie du in Anzug und Krawatte Leute durch schicke Häuser führst.«

Er setzt sich auf und macht sein bestes Pokergesicht, dann muss auch er lachen. »Weißt du, ich kann davon meine Rechnungen bezahlen, also sollte ich mich wohl glücklich schätzen.«

Er hat es also verbockt. Ich habe das Gefühl, mein Bruder könnte mir, wenn er wollte, Genaueres dazu sagen, aber er wollte nie.

»Erzähl mir was von dir, Charlie.«

Er streicht meine Haare nach hinten und betrachtet mich. Er hat so ein schönes Gesicht.

Ich schüttele den Kopf. »Du willst diesen Spitznamen einfach nicht aufgeben, stimmt's?«

Er sieht mich gelangweilt an. »Warum sollte ich? Charlie passt zu dir. Charlotte klingt zu vornehm.«

Ich ziehe eine Augenbraue hoch. »Du findest mich also nicht vornehm?«

»Bist du es denn?«, erwidert er lächelnd.

»Auf keinen Fall«, sage ich. »Aber man kann auch mit vornehmen Mädchen Spaß haben, weißt du.«

Er legt seinen Arm um meine Taille, zieht mich in seine Körperwärme. »Ich habe das Gefühl, wir beide werden noch viel Spaß haben, Charlie«, sagt er mit einem Augenzwinkern und deckt uns wieder zu. »Also, schieß los. Erzähl mir, was du alles gemacht hast, seit ich dir damals verfallen bin und das Leben uns dazwischenkam.«

Ich schlucke. Er ist *mir* verfallen? Obwohl ich mir das immer erhofft habe, hätte ich nie gedacht, dass ich es von ihm direkt hören würde.

»Nun, ich bin jetzt siebenundzwanzig und schon groß«, sage ich, um die Formalitäten hinter mich zu bringen. »Seit unserer ersten Begegnung waren meine Haare braun und dann rot und einmal sogar lila, aber das habe ich schnell wieder rückgängig gemacht. Schließlich bin ich dauerhaft zu Blond zurückgekehrt.«

Nun zieht er eine Augenbraue hoch. »Darauf wäre ich nie gekommen, mein kleines Chamäleon.«

Ich schätze, das ist eine Art, mein vielseitiges Erscheinungsbild zu beschreiben. Mein Vater wählt dafür ganz andere Worte und nennt mich gern eine wandelnde Altkleidersammlung oder das uneheliche Kind von Russell Brand und Queen Elizabeth.

»Ich unterrichte nicht nur tolle Kinder an einer reizenden Grundschule, seit ungefähr einem Jahr mische ich auch gelegentlich in der Music City mit. Das ist eine Kleinkunstbühne für Singer-Songwriter. Ich spiele also durchaus noch andere Musik als Kinderlieder, wenn ich dazu komme«, erzähle ich.

»Du hast es wirklich zu was gebracht«, sagt er. »Hast du an der Schule eine unbefristete Stelle?«

Ich nicke und kann nicht anders, als stolz zu grinsen. »Ich habe gerade erst die Zusage bekommen. Sie wollen mich behalten«, sage ich, und er hebt seine Hand, um mich abzuklatschen. Jeder weiß, dass es praktisch unmöglich ist, in Dublin eine unbefristete Vollzeitstelle als Lehrerin zu bekommen, und ich bin wahnsinnig stolz darauf. »Aber bevor ich Miss Taylor die Lieblingslehrerin wurde, war ich in Australien und habe ein paar tolle Abenteuer erlebt. Meine Schwester hat dort ihren Mann kennengelernt, ich dagegen viele giftige Tiere. Ich denke, das war's dann auch schon im Großen und Ganzen.«

Es scheint ihn zu beeindrucken, dass ich ein bisschen in der Welt herumgekommen bin, aber was er nicht weiß, ist, dass er, oder zumindest die Vorstellung von ihm, mich überallhin begleitete.

»Und Matthew?«, fragt er, unfähig, mir in die Augen zu sehen, als er den Namen meines Bruders ausspricht. »Was treibt er so?«

Mein Magen krampft sich zusammen. Ich schätze, wir sollten diesen Teil einfach hinter uns bringen.

»Er wohnt wieder zu Hause bei unseren Eltern«, sage ich, und meine Stirn legt sich in tiefe Falten, als ich daran denke, was aus Matthew geworden ist. »Sie kümmern sich um ihn, so gut sie können, aber es ist schwer. Es war für unsere ganze Familie schwer, mit anzusehen, wie er an allem, was er sich so hart erarbeitet hat, das Interesse verlor.«

Tom stößt einen tiefen Seufzer aus, der wie Bedauern klingt. »Das tut mir sehr leid«, sagt er.

Es ist nicht seine Schuld. Es ist niemandes Schuld, dass

diese Dunkelheit meinen ehemals so selbstbewussten Bruder, der immer vor Lebenslust und Energie strotzte, der keine Grenzen kannte, um seinen Träumen hinterherzujagen, fest im Griff hat.

»Er arbeitet im Dorfladen, was ihn ein bisschen von seinen Problemen ablenkt«, fahre ich fort. »Das ist natürlich was anderes als Architekt oder die große Musikerkarriere, von der er immer geträumt hat, aber so hat er eine Aufgabe, und wir brauchen schließlich alle eine Aufgabe, nicht wahr? Einen Anreiz, um morgens aus dem Bett aufzustehen.«

Ich male imaginäre Kreise auf seinen Arm, während ich rede.

»Sind deine Eltern noch oben im Norden?« In Toms Miene spiegelt sich Betroffenheit. Ich erinnere mich, dass er einmal mit Matthew in unserem Elternhaus war und meine Mutter den roten Teppich ausrollte, als würden die Beatles zu Besuch kommen. Damals hatte ihre Band einen Vertrag von einem kleinen Belfaster Plattenlabel in Aussicht, und auf dem Weg dorthin schauten sie bei unseren Eltern vorbei, die vor Freude ganz aus dem Häuschen waren.

»Ja, sie leben noch immer in dem kleinen Dorf, in dem wir aufgewachsen sind, was Matthew sehr gelegen kommt. So ist er weit weg von der Stadt, wo er ständig daran erinnert wird, was er alles aufgegeben hat«, antworte ich. »Was auch immer damals zwischen euch vorgefallen ist, es hat ihn tief getroffen. Ich glaube, er ist nie richtig darüber hinweggekommen.«

Auf Toms Stirn bildet sich eine tiefe Falte, und er kneift sich in die Nasenwurzel. »Wie viel weißt du, Charlie?«, fragt er. »Was hat Matthew dir erzählt, warum die Band sich aufgelöst hat?«

Es war so gut für sie gelaufen. Vermarktungsstrategien wurden besprochen, die Aufnahmestudios standen Schlange, sogar eine richtige Tour in der Umgebung war geplant, unterstützt von einem Label, das an sie glaubte und sie unter Vertrag nehmen wollte, aber dann endete es plötzlich auf einen Schlag. Von jetzt auf gleich war alles vorbei.

Ich stütze mich nun auch auf meinem Ellenbogen auf und nehme behutsam seine Hand von seinem Gesicht, halte sie, um ihn zu beruhigen.

»Er hat uns nur erzählt, dass die Band sich getrennt hat und dass es ihm das Herz brach«, sage ich. »Er wollte uns nicht sagen, was der Grund dafür war, aber ich bin mir sicher, dass niemand speziell daran Schuld hatte, oder?«

Ich sage, ich bin mir sicher, aber was weiß ich schon? Tom dagegen scheint sich nicht so sicher zu sein.

»Matt meinte nur ganz lapidar, dass so was eben vorkommen kann. Bands trennen sich, Menschen trennen sich«, fahre ich fort. »Mehr wollte er mir dazu nicht sagen, und ich habe das schließlich respektiert. Er hat so viel Zeit und Energie in die Band investiert, und das Aus hat seine gesamte Welt bis in die Grundfesten erschüttert.«

Tom sieht aus, als wollte er etwas darauf erwidern, aber ich lege meinen Zeigefinger auf seine Lippen.

»Hör zu, Tom. Ich vergöttere meinen Bruder«, sage ich, »aber er kann sehr verbissen sein, wenn er seinen Willen nicht bekommt, darum brauchst du mir keine Details zu erzählen, wenn du nicht willst. Überhaupt, können wir vielleicht über was anderes reden als über Matthew, zumindest für den Moment? Der Tag hat so schön angefangen. Lass ihn uns nicht ruinieren.«

Tom wirkt bekümmert. Wir hatten letzte Nacht so viel Spaß, kamen aus dem Lachen und Singen und Quasseln gar nicht mehr heraus. Ich möchte uns wirklich nicht die Stimmung verderben.

»Okay«, sagt er seufzend. »Aber ich hoffe wirklich sehr, dass Matt wieder in die Spur zurückfindet, Charlie. Er ist ein großartiger Sänger und ein echt feiner Kerl. Er hat es nicht verdient, wie die Dinge gelaufen sind. Er hatte so große Pläne, aber dann ist einfach alles –«

»Na komm, jetzt bist du wieder dran«, falle ich ihm absichtlich ins Wort. In seinen Augen schwimmen Tränen, was mich ein bisschen beunruhigt, aber ich möchte mich jetzt einfach nicht damit auseinandersetzen oder seine Reaktion hinterfragen. »Du musst mir unbedingt mehr von dir erzählen, Dinge, die nichts mit Matthew oder der Band zu tun haben. Ich bin neugierig. Wie kam es, dass ein talentierter, gut aussehender amerikanischer Junge wie du in Irland gelandet ist?«

Meine einfache Frage kommt zur rechten Zeit, eine Ablenkung von der schweren Wolke der Erinnerungen, die so viele Emotionen auslöst. Matthews Depression hat unsere Familie schockiert und bis ins Mark erschüttert, Tom muss sich nicht auch noch damit quälen, jedenfalls nicht jetzt.

»Meine Mutter ist Irin, sie stammt ursprünglich aus Dublin«, antwortet er und streicht mit der Fingerspitze sanft über meine Wange. »Mein Vater ist Amerikaner, aber seine Eltern sind gebürtige Engländer, daher der Name Farley. Ich bin also sozusagen eine bunte Mischung.«

Er atmet tief durch, bevor er fortfährt. »Aufgewachsen bin ich in Ohio, dann zogen wir nach Dublin, als ich siebzehn war, und nur wenig später ist mein Vater mit einer Cousine meiner Mutter durchgebrannt, woraufhin Mum zurück in die Staaten ging, während ich einfach hierblieb.« Er wendet seinen Blick ab und atmet wieder tief durch. »Das Letzte, was ich von meinem Vater gehört habe, ist, dass er diese Cousine geheiratet hat und nach London zog. Seitdem hänge ich ein bisschen in der Schwebe, schätze ich.«

»Autsch.«

»Genau«, sagt er, ohne mich anzusehen. »Aber *shit happens*, nicht wahr? Wie Matthew gesagt hat, Menschen trennen sich, die Dinge verändern sich. Man muss lernen, weiterzumachen, man darf nicht einfach stehen bleiben, richtig?« Die Traurigkeit kehrt in seine Augen zurück. »Die Band war wahrscheinlich das Beste, was mir jemals passiert ist.«

Die Band. Matthew. Wir werden von dem Thema nie loskommen, oder?

»Du könntest deine eigene Band gründen. Einen neuen Anlauf wagen.«

Ich finde meinen Vorschlag gut, aber Tom lacht nur.

»Nein«, sagt er kopfschüttelnd. »Das habe ich versucht, aber ich bin krachend gescheitert. Der Zug ist abgefahren, fürchte ich, es wird nie wieder so sein wie früher. Ich habe mich mit allen möglichen Jobs durchgeschlagen, als Taxifahrer in Belfast und sogar als singender Stripper, der auf Junggesellinnenpartys seine Seele verkauft.«

»Nein!«, sage ich entsetzt.

Er wirft lachend seinen Kopf zurück. »Ich dachte mir, dass du so reagierst«, sagt er. »Das war ein Scherz! Aber ich kann nun einmal nicht mit einem tollen Lebenslauf und einem abgeschlossenen Studium aufwarten so wie du.«

Er lacht wieder, weil mir der Schock immer noch ins Gesicht geschrieben steht. Ich versuche, mich wieder einzukriegen, während mich hartnäckig das Bild verfolgt, wie er sich vor einer Horde kreischender Weiber entblößt, selbst wenn es bloß Verarsche war.

»Hin und wieder trete ich mit einer Coverband in Pubs auf«, fährt er fort. »Ich teile mir diese Wohnung hier mit einem Russen namens Peter, der heute Morgen mit dem Auto zur Arbeit gefahren ist. Er meinte, der viele Schnee sei keine große Sache, obwohl praktisch das ganze Land stillgelegt ist. Peter ist ein verdammt cooler Typ.«

Ich möchte noch so viel mehr erfahren, aber vor allem möchte ich diesen einsamen, verlorenen großen Jungen in den Arm nehmen. Ich stelle ihn mir als Siebzehnjährigen vor, von beiden Eltern im Stich gelassen, die seine Bedürfnisse nicht über ihre eigenen stellen konnten.

»Hast du Hunger?«, frage ich, als ich höre, dass sein Magen knurrt.

»Und wie«, sagt er, und seine Augen leuchten beim Gedanken an Nahrung auf. »Der Toast war nur was für den hohlen Zahn, außerdem sind wir zum Brunch verabredet, also lass mich bloß nicht hängen, Charlie Taylor.«

»Als würde ich das tun«, sage ich, denn schließlich freue ich mich auf unsere Verlängerung. »Aber ich muss zuerst nach Hause und mich umziehen, was bedeutet, den Schneemassen zu trotzen.«

Er schüttelt den Kopf, klettert aus dem Bett und zieht eine Schublade an der Kommode auf, das einzige andere Möbelstück im Zimmer. Er gibt mir eine hellblaue Jeans und ein schwarzes Guns-N'-Roses-Sweatshirt.

»Hier, Aschenputtel, damit kannst du auf den Ball gehen«, sagt er mit einem Lächeln, das jedes Herz zum Schmelzen bringen würde. »Wir werden es nicht übertreiben, du brauchst dir also keine Sorgen zu machen, du könntest zu glamourös aussehen. Ich kenne da einen hübschen kleinen Pub mit guter Küche, Blick aufs Meer und einem offenen Kaminfeuer, und gefiedelt wird dort auch immer, also der perfekte Ort für uns.«

Ich hebe das Sweatshirt hoch. »Guns N' Roses und die Ramones an ein und demselben Tag?«, sage ich in gespieltem Entsetzen. »Dabei bin ich im Herzen doch ein Countrygirl!«

Er setzt sich aufs Bett und nimmt meine beiden Hände in seine. »Na komm, Countrygirl, mach dich mal locker«, sagt er und gibt mir einen Kuss auf die Stirn. »Der Tag ist noch jung, und das Leben will gelebt werden. Außerdem glaube ich, dass das Outfit zu deinen blauen Cowboystiefeln ziemlich cool aussehen wird.«

Ich schaue wieder auf die Sachen, und mein Herz setzt einen Schlag aus. Mein Bruder hat das gleiche Sweatshirt. Bleib in der Gegenwart, sei glücklich, mahne ich mich selbst. Matthew würde sich wünschen, dass ich glücklich bin.

Wahrscheinlich würde er auch einen Lynchmob auf mich hetzen, wenn er wüsste, mit wem ich gerade zusammen bin.

»Nur damit du es weißt, so was passiert mir sonst nie«, stelle ich klar und ziehe das Sweatshirt über meinen Kopf, um es anzuprobieren. Die Jeans wird nur mit einem stramm gezogenen Gürtel halten, und obwohl sich das ganze Outfit weit außerhalb meiner Komfortzone anfühlt, hat es dennoch was Verführerisches, weil ich weiß, dass sonst Tom diese Sachen auf seinem schönen Körper trägt.

»Den Satz hast du letzte Nacht auch angekündigt«, erwidert er und gibt mir nun ein Handtuch aus der Kommode. »Das Bad ist gleich nebenan links.«

Ich atme tief durch und gehe dann aus dem Zimmer, spüre seinen Blick bei jedem einzelnen Schritt.

Es ist Winter, draußen liegt meterhoch Schnee, und ich habe Ferien, also kann ich mich ruhig mit meinem Rockstar aus Ohio amüsieren, von dem ich so lange geträumt habe. Auf diesen Moment habe ich schließlich eine Ewigkeit gewartet, und niemand, nicht einmal mein Bruder, wird ihn mir ruinieren.

KAPITEL 3

Wir sitzen dick eingepackt in einem supergemütlichen kleinen Pub an der aufgewühlten Irischen See vor einem offenen Feuer, und ich schaue über den Tisch hinweg Tom Farley an, der seine Augen immer noch nicht von mir losreißen kann. Und ich meine nicht von ihm.

Ich weiß nicht genau, wie es ist, im Himmel zu sein, aber das hier müsste der Sache ziemlich nahe kommen.

Der Geruch von Torf und feuchter Kleidung erfüllt die Luft um uns herum, und in der Ecke spielt ein alter Mann auf seiner Geige eine langsame Melodie, die in eine fast nicht wiedererkennbare Interpretation von »Fairytale of New York« übergeht. Nach und nach singt das ganze Lokal den berühmten Song der *Pogues* mit, der in Irland längst den Status einer nationalen Weihnachtshymne innehat.

Mein Bauch platzt fast nach dem Genuss von Muscheln und einem leckeren Guinness, mein Herz platzt fast vor Freude, und ich kann mich nicht erinnern, dass ich mich jemals in meinem Leben so entspannt und so schnell heimisch gefühlt habe.

»Ich glaube, ich bin in diesen Ort verliebt«, sage ich zu Tom. Ich fühle mich pudelwohl in dieser neuen, ausgesprochen einladenden Umgebung. »Ich glaube, ich bin in ganz Howth verliebt und in all das, was es bedeutet, hier zu sein.«

Natürlich bin ich auch in Tom verliebt, und ich bin mir sicher, er weiß es.

»Howth ist einer meiner Lieblingsorte«, sagt er. Seine raue Stimme und sein umwerfender Anblick sind die Krönung dieses herrlichen Ambientes. »Hast du auch einen Lieblingsort, Charlie? Wenn ja, würde ich gerne mit dir dorthin gehen.«

Ich jubele innerlich bei der Vorstellung, dass wir gemeinsam Pläne machen. Er möchte mit mir Dinge unternehmen, Orte besichtigen.

»Ich würde gerne mal Paris besuchen«, sage ich. »Davon habe ich schon als Kind geträumt. Wahrscheinlich bin ich im Grunde meines Herzens eine Romantikerin, obwohl ich mich immer für eine Zynikerin hielt. Irgendwas, oder irgendwer, muss mich zum Umdenken bewogen haben.«

Er weiß genau, dass ich ihn meine. Ich habe nie an die Macht der Liebe geglaubt, bis ich ihm begegnete.

»Dann lass uns zusammen nach Paris fahren«, sagt er, und seine Augen leuchten bei der Vorstellung auf. »Du und ich in der Stadt der Liebe, Dinner bei Kerzenschein mit Blick auf die Seine, Abendspaziergänge von einer Sehenswürdigkeit zur nächsten ... Natürlich bist du eine Romantikerin, Charlie! Du schreibst Texte. Die Romantik quillt förmlich aus dir heraus!«

Ich nehme das als Kompliment. Ich schätze, ich könnte keine gefühligen Countryballaden schreiben, wenn ich nicht romantisch wäre.

»Ich würde gerne mit dir nach Paris fahren, Tom«, sage ich. »Aber ich wäre auch glücklich damit, für immer hierzubleiben.«

»Du bist herzlich willkommen, für immer hierzubleiben«, erwidert er und legt seine Hand auf meine. »Wir könnten am Meer leben und zusehen, wie die Welt sich dreht, wir könnten unsere frisch verfassten Songs in den Pubs antesten und anschließend mit dem Wind in unseren Haaren nach Hause schlendern. Nicht das schlechteste Leben, wenn du mich fragst.«

Mein Herz schwillt an bei der Vorstellung.

»Stell dir vor, du könntest von deiner eigenen Kreativität leben und die Person sein, die du sein möchtest, statt im

Hamsterrad der Großstadt festzustecken, als Sklavin deiner Hypotheken und Rechnungen.«

Ich erlaube mir kurz, von einem Leben hier im idyllischen Howth mit seinen hübschen Inselaussichten zu träumen, vom Songschreiben und Musikmachen, davon, die zu sein, die ich bin, und nicht die, die das Leben aus mir gemacht hat.

»So habe ich mir mein Leben immer vorgestellt«, fügt Tom seufzend hinzu. »Hast du dir nie gewünscht, du könntest von deinem Talent, deiner Leidenschaft und deinen Träumen leben, statt immer gegen dein eigentliches Ich anzukämpfen, Charlie?«

Er sieht aus wie ein Mann, der vieles bereut, als seine Gedanken wieder von dem herrlichen Moment abschweifen, den wir in den letzten paar Stunden miteinander geteilt haben.

»Du bist viel zu talentiert, um in einem Job zu versauern, der dir zuwider ist«, sage ich und setze mich aufrecht hin. »Früher hast du den anderen auf der Bühne die Show gestohlen, selbst hinter deinem Schlagzeug. Außerdem weiß ich, dass du eine tolle Singstimme hast, du würdest also einen großartigen Frontman abgeben, wenn du wolltest.«

Er lächelt leicht, aber ich weiß, dass er mir nicht glaubt.

»Ich bin jetzt zweiunddreißig«, sagt er. »Vielleicht ist es Zeit, dass ich aufhöre, davon zu träumen, der nächste Bob Dylan zu werden, und zur Abwechslung mal Geld verdiene.«

»Vielleicht ist es Zeit, dass du aufhörst, jemand zu sein, der du nicht bist, während du in einem Büro versumpfst«, sage ich im Bewusstsein, dass ich diese Worte nicht nur an ihn, sondern auch an mich selbst richte.

»Ich bin ein Freigeist, Charlie«, erwidert er, als könnte er meine Gedanken lesen. »Genau wie du. Wir sollten beide unseren Lebensunterhalt mit dem verdienen, was wir lieben, statt mit schnöder Erwerbsarbeit. Aber manchmal stellt sich das

Leben quer, und wir müssen tun, was wir tun müssen. Ergibt das einen Sinn?«

Ich nicke langsam. Natürlich ergibt das einen Sinn.

Ich muss an meinen Job in der Grundschule denken, den ich mit Herzblut ausübe, aber seit Tom mir vor fünf Jahren sagte, wie talentiert ich sei, fürchte ich, dass ich möglicherweise versuche, das Eckige ins Runde zu bekommen, dass ich Checklisten abarbeite und mich wie ein Roboter einem System anpasse, von dem ich nicht einmal überzeugt bin, nur um ein Dach über dem Kopf zu haben und einen Beruf, der mir ein festes Einkommen sichert.

Ich denke an Matthew, der als Künstler gescheitert ist und der nun in einem Dorfladen in der tiefsten Provinz jobbt und wieder bei unseren Eltern wohnt, während er mit seiner psychischen Erkrankung kämpft, die ihn zugrunde richtete, als alle seine Träume in sich zusammenfielen. Er konnte seine Leidenschaft nicht zum Beruf machen – warum sollte es bei mir anders sein?

Ich denke an meine Freundin Kirsty, die sich nichts mehr wünscht, als eine Ehefrau mit zwei Komma vier Kindern zu sein, und an meine Schwester Emily, die mit mir in Australien war, wo sie die Liebe ihres Lebens traf. Emily ist schon immer mein Vorbild gewesen, weil sie sich mit den einfachen Dingen im Leben zufriedengibt, und ich bewundere sie für ihre unbekümmerte und fröhliche Art.

Ich weiß nicht, wie ich die Person geworden bin, die ich nun nach außen hin repräsentiere, aber innerlich spüre ich den Drang, jemand anders zu sein, etwas zu riskieren, meinem Herzen und meiner Seele zu folgen statt meinem Verstand. Ich sehne mich danach, mein wahres Ich zu sein, und der bisher einzige Mensch in meinem Leben, der das erkannt hat, ist dieser Mann hier neben mir. Er sieht etwas in mir, das außer mir noch niemand gesehen hat. Er glaubt so sehr an mich, dass es mir den Atem verschlägt.

»Macht es dir was aus, wenn ich kurz meine Schwester anrufe?«, frage ich ihn, weil ich einen Moment brauche, um diese ganzen Gedanken zu verarbeiten, und vielleicht brauche ich auch einen vertrauten Menschen, bevor ich wirklich in Versuchung gerate, Hals über Kopf mit Tom Farley durchzubrennen und alles hinzuwerfen, was ich mir aufgebaut habe. »Es ist nicht so, dass sie über jeden Schritt von mir Bescheid wissen muss, aber ich habe sie und die anderen gestern Abend einfach stehen gelassen, darum wäre es vielleicht ganz gut, wenn ich mich mal nach ihnen erkundige.«

Tom geht an die Bar, um mir Zeit für mein Telefonat zu geben und uns neue Getränke zu holen. Emily verpasst meinen Anruf, ruft mich aber unmittelbar zurück, und ich brenne darauf, ihr von diesem urigen Pub in idyllischer Lage zu erzählen, wo das Leben scheinbar so frei und leicht ist.

»Schöne Ferien, Miss Taylor!«, trällert sie in den Hörer, als ich abnehme. »Bist du noch immer mit dem schönen Farley unterwegs? Matthew wird dich töten, ist dir das klar? Ich glaube, er hasst diesen Kerl und alle anderen, die in seiner Band waren.«

Ich höre Kevin, meinen Schwager, im Hintergrund etwas vom Fest der Liebe und Frieden auf Erden murmeln.

»Ja, ich bin mit Tom unterwegs, wir sind gerade in einem Pub in Howth«, sage ich. »Ich glaube, ich habe mich in diesen Ort hier verliebt, von meinem Begleiter ganz zu schweigen. O Emily, er ist einfach der Beste! Ich bin total verrückt nach ihm!«

Nicht dass ich ihr das sagen müsste, schließlich hat sie sich im Laufe der Jahre alle meine »Was wäre wenn«-Szenarien und Tom-Farley-Fantasien angehört.

»Das kann ich beschwören«, erwidert sie lachend. »Kaum zu glauben, Charlotte, der Mann ist ein Traum! Er ist *dein* Traum! Hast du ihm von den ganzen Songs erzählt, die du über ihn geschrieben hast? O mein Gott, das ist wie ein Film! Hast du ihm erzählt, dass du dich geschlagene fünf Jahre lang seinetwegen verrückt gemacht hast?«

Zum ersten Mal überhaupt spüre ich das Bedürfnis, meine Schwester zu würgen, weil sie das Offensichtliche ausspricht, als wäre sie auf Speed.

»Und hast du ihn gefragt, was damals zwischen Matthew und der Band passiert ist?«, fährt sie fort. »Ich würde so gerne die ganze Wahrheit erfahren. Warum ist Matthew aus Dublin weggegangen und in die Provinz zurückgekehrt, doch bestimmt nicht nur wegen eines albernen Streits, oder? Es muss was richtig Schlimmes gewesen sein, sonst wäre es nicht so ausgeartet. Frag deinen Traumprinzen, trau dich. Wehe, du tust es nicht, Charlotte!«

Ich möchte ihn nicht fragen. Tatsächlich habe ich Angst vor der Wahrheit, weil sie alles ruinieren könnte. Ich weiß, dass es etwas Schlimmes gewesen sein muss – das wissen wir alle –, aber ich glaube nicht, dass ich mehr darüber erfahren möchte. Was, wenn es Toms Schuld war? Was, wenn es so schlimm war, dass es bedeutet, dass wir niemals zusammen sein können?

Ich schaue zur Theke hinüber, wo Tom zum Glück gerade in ein Gespräch mit dem Barmann vertieft ist und nichts von meinen Sorgen mitbekommt.

»Er ist all das, was ich mir gewünscht habe«, flüstere ich in den Hörer und spüre brennende Tränen in meinen Augen bei dem Gedanken, dass das alles hier in die Hose gehen könnte. »Ich hoffe wirklich, dass Matthew ihm was auch immer verzeihen kann und einsieht, wie gut Tom und ich zusammenpassen.«

Meine Schwester stößt einen hohen Seufzer aus. »Ich freue mich so wahnsinnig für dich!«, sagt sie, nun auch ganz gerührt. »Ich kann nicht glauben, dass ihr euch zufällig begegnet seid. Fünf lange Jahre später. Kevin, hast du gewusst, dass sie ein halbes Jahrzehnt auf diesen Mann gewartet hat? Selbst die schönsten Männer in Australien konnten sie nicht davon abbringen, und glaub mir, ich habe alles versucht, damit sie ihn vergisst. Aber wie man sieht, hatte sie recht. Das ist Bestimmung!«

Ich warte, während meine Schwester und ihr Mann klären, was er über meine fünfjährige Schwärmerei für Tom weiß und was nicht.

»Jedenfalls wollte ich mich nur mal kurz melden, damit du weißt, dass ich noch lebe«, sage ich rasch, um das Thema zu beenden, »und ich wollte mich für meinen heimlichen Abgang gestern Abend entschuldigen. Ich hoffe, Kirsty ist nicht sauer auf mich.« Das ist absolut ironisch gemeint, denn wir wissen beide, dass Kirsty, solange ein Mann an ihr klebt, alles scheißegal ist, und wenn wir uns in die Äußere Mongolei verziehen würden.

»Sie macht sich schreckliche Sorgen um dich.«

»Bestimmt«, sage ich lachend.

Tom kehrt nun an unseren Tisch zurück, und ich werde leicht nervös. Nicht wegen seiner Gesellschaft, sondern weil meine Schwester mir in den Rücken fallen könnte, indem sie meine immerwährende Liebe für ihn herausposaunt, ohne zu ahnen, dass er wieder neben mir Platz genommen hat und sie eventuell hören kann.

»Das Letzte, was ich von Kirsty mitbekommen habe, war, dass sie ihre Hochzeit plant. Die nächste«, sagt Emily, während Kevin im Hintergrund weiter Kommentare abgibt. »Ich meine, im Ernst, es ist mir ein Rätsel, wie sie das macht. Ich habe mich jetzt, ein volles Jahr später, noch immer nicht richtig von meiner eigenen Hochzeit erholt, und ich würde mir das ganz bestimmt kein zweites Mal antun. Kirsty ist wie diese Schauspielerin, wie hieß sie noch gleich? Wie hieß die berühmte Schauspielerin, die achtmal verheiratet war?«

Tom kann sie nun definitiv hören. Wir sehen uns an. Er lächelt.

»Wie hieß die berühmte Schauspielerin, die achtmal verheiratet war?«, gebe ich die Frage auch offiziell an ihn weiter, damit er sich nicht ausgeschlossen fühlt.

»Liz Taylor«, antwortet er.

»Liz Taylor, genau! Wenn Kirsty in diesem Tempo weitermacht, wird sie Liz Taylor wie eine alte Jungfer aussehen lassen«, sage ich zu meiner Schwester. »Hör zu, Em, ich muss jetzt auflegen. Genießt den restlichen Tag, wir sehen uns bald.«

Aber Emily möchte nicht auflegen. Sie ist offenbar brennend daran interessiert, wie es mit mir und Tom weitergeht.

»Ist er da? Sitzt er gerade neben dir?«, fragt sie. »Du weißt, dass unsere Mutter total für ihn geschwärmt hat, mehr als wir alle zusammen, als er bei Matthew in der Band spielte. Sie fuhr volle Kanne auf ihn ab und sagte, sie würde es bedauern, dass sie nicht fünfundzwanzig Jahre jünger sei!«

Ich nehme das als Stichwort und beende rasch das Gespräch, dann lege ich mein Handy zur Seite und lehne mich zurück.

Ich kann nicht fassen, dass Emily die Schwärmerei unserer Mutter erwähnt hat, aber machen wir uns nichts vor, Tom wird wahrscheinlich von Frauen jeden Alters angehimmelt. Er ist der Typ Mann, zu dem sich auch ältere Frauen hingezogen fühlen in einer freudigen Mischung aus mütterlichem Instinkt und körperlichem Begehren.

»Deine Freundin, diese Kirsty oder wie sie heißt, ist sie tatsächlich so ein Heiratsmonster, oder war das bloß ein Scherz?«, fragt er mich aus heiterem Himmel, und ich bin erstaunt über sein Interesse an Kirstys exotischem Liebesleben, schließlich kennt er sie nicht einmal.

»Ja, Kirsty ist eine echte Romantikerin. Sie würde sogar Micky Maus heiraten, wenn er ihr einen Antrag machen würde. Warum fragst du?«, erwidere ich und nehme einen Schluck von meinem Bier.

»Nur so«, sagt er. »Heiraten ist so altmodisch. Ich wundere mich nur.«

Na gut, wenn er sich nur wundert …

»Na ja, Kirsty hat mit vierundzwanzig das erste Mal geheiratet, einen Türken namens Demir, den sie im Urlaub kennengelernt hatte«, erzähle ich. »Sie kannten sich zwei Wochen, als er um ihre Hand anhielt.«

»Süß.«

Ich schmunzele über seine Ernsthaftigkeit.

»So kann man es wohl auch nennen«, sage ich. »Aber kaum hatte er nach etwas über einem Jahr seine unbefristete Aufenthaltserlaubnis, war Kirsty Geschichte.«

Sein Gesichtsausdruck ändert sich. »Ah, also doch nicht so süß. Arme Kirsty.«

Das sagten wir damals auch, aber unsere Sorge war unbegründet.

»Bräutigam Nummer zwei war James, siebenundvierzig und geschieden, den sie übers Internet kennenlernte. James brauchte nur jemanden, der sich um seine Kinder kümmerte, damit er rund um die Uhr arbeiten konnte«, erkläre ich, und Toms Augen weiten sich. »Also ist dieses Mal *sie* von Bord gegangen, als ihr nach zwei Jahren schließlich klar wurde, dass es nicht ihre Bestimmung war, die Supernanny zu sein. Jetzt ist sie neunundzwanzig und hat ihren Traum vom großen Glück immer noch nicht aufgegeben.«

Tom lehnt sich zurück und zieht eine Augenbraue hoch. Ich kann nicht sagen, ob er beeindruckt ist oder einfach nur irritiert, dass jemand in der heutigen Zeit so leichtgläubig sein kann.

»Ich schätze, wir alle machen dumme Sachen, wenn wir jung und verliebt sind«, sagt er, und in seiner Stimme schwingt eine Spur von Bedauern mit. »Verliebst du dich schnell, Charlie?«

»Was?«

»Du hast mich schon verstanden.« Er drückt meine Hand, und mein Herz flattert.

Ich halte seinem Blick stand, während ich überlege, was ich antworten soll. Wenn er wüsste, wie sehr ich mich nach ihm verzehrt habe, obwohl unsere Begegnung vor fünf Jahren nur so kurz war. Wenn er wüsste, wie viele Stunden meines Lebens ich damit zugebracht habe, meine Sehnsucht in einem Liebeslied nach dem anderen zu verarbeiten, und dass kein einziger Mann je wieder dieses tiefe, intensive Gefühl in meinem Bauch auslöste. Ich dachte, dass ich ihn in meiner Vorstellung zu etwas gemacht hatte, was er nicht war, dass ich ihn mir zusammenfantasierte, aber nun sind wir hier und genießen völlig entspannte, perfekte Stunden miteinander, was für mich die Bestätigung ist, dass ich die ganze Zeit recht hatte.

»Ich glaube nicht, dass ich jemals richtig verliebt war«, sage ich, weil ich ihm nicht zu früh mein Herz offenbaren möchte. »Vielleicht bin ich ja doch eine Zynikerin. Meine Mutter sagt immer, ich soll meine Erwartungen herunterschrauben, statt von einem perfekten Mann zu träumen, der wie für mich geschaffen ist.«

Er lacht ein wenig verlegen, als ich meine Mutter erwähne.

»Du warst also noch nie richtig verliebt«, sagt er spöttisch. »Ach, komm.«

Wenn er nur wüsste.

»Die Frage geht an dich zurück«, wage ich mich vor, bin aber unsicher, ob ich wirklich Einzelheiten aus seinem Liebesleben erfahren möchte. Ich weiß bereits, dass es, sagen wir, recht turbulent war.

Er trinkt einen Schluck von seinem Guinness mit der hübschen Schaumkrone, dann legt er seine Arme auf den Tisch und verschränkt seine Hände.

»Ich war richtig verliebt, jedenfalls glaubte ich das immer«, sagt er, ohne Angst zu haben, mir in die Augen zu sehen. »Wie oft dachte ich, wow, das muss es sein, aber dann ließ der Anfangsrausch nach, und ich fragte mich, ob es das Richtige war. Ich war auf der Suche nach etwas, das tiefer ging, weißt du? Ich suchte das Echte, das fortdauert und nicht verkümmert, wenn der Reiz des Neuen und die Lust sich abgenutzt haben, aber wenn ich ehrlich bin, frage ich mich noch immer, ob ich wirklich weiß, worum es eigentlich geht. Was ist Liebe überhaupt?«

Wir atmen beide einen Moment durch, sitzen still und nachdenklich da. Ich spüre, wie meine Augen feucht werden, als ich an die Worte denke, die ich in den Songs über ihn verwendete, obwohl ich ihn damals überhaupt nicht kannte. Ist das Liebe? Oder dass ich immer von dem Moment unserer Wiedervereinigung träumte und dass er nun genauso perfekt ist wie in meiner Vorstellung. Ist das Liebe?

»Was ich weiß«, bricht er das Schweigen und sieht mich an, »ist, dass ich bei unserer ersten Begegnung etwas gespürt habe, das ich noch nie zuvor gespürt hatte, Charlie.«

Er macht eine kurze Pause. Ich versuche, keine Schnappatmung zu bekommen.

»Und ich weiß auch, dass ich es seitdem nie wieder mit jemandem gespürt habe, egal wie sehr ich versucht habe, mich selbst vom Gegenteil zu überzeugen«, fährt er fort. »Das klingt wahrscheinlich albern, aber es ist wahr, Charlie. Ich finde dein Talent, deine Ausstrahlung, alles an dir einfach wahnsinnig faszinierend, was der Grund ist, warum ich mich nicht mehr davon aufhalten lassen werde, was dein Bruder von mir denkt. Nicht dieses Mal. Nie wieder.«

Ich inhaliere diesen Moment. Passiert das hier gerade wirklich? Stimmt der Spruch, wenn man es weiß, weiß man es einfach? Was hat es mit uns beiden auf sich, dass sich alles so einzigartig und echt anfühlt? Wenn ich ihn sehe, möchte ich ihn berühren, seine Hand halten, jeden Teil von ihm in mich aufsaugen. Wenn ich rede, ist es, als würde er an meinen Lippen hängen, und er antwortet immer genau das, was ich von ihm hören möchte – nein, eigentlich übertreffen seine Antworten meine Erwartungen sogar.

Ich schlucke hart. »Danke«, ist alles, was ich zunächst sagen kann. »Ich fühle mich wirklich geehrt, dass du mich für so talentiert hältst. Ich hatte immer die Befürchtung, dass meine Songs arg kitschig und zu einfach sind.«

Er sieht mich ungläubig an. »Du darfst dein Licht nicht unter den Scheffel stellen, Charlie Taylor«, sagt er und beugt sich näher zu mir, um mein Gesicht zu berühren. »Du hast mich an jenem Tag total beeindruckt, und du bist mir seitdem nicht mehr aus dem Kopf gegangen, egal wo ich war oder mit wem.«

Am liebsten würde ich ihn fragen, warum er damals nicht zurückgekommen ist und mich gesucht hat, wenn seine Gefühle so stark waren. Was hielt ihn davon ab, mich zu finden und uns beiden diese jahrelange Quälerei zu ersparen? Selbst wenn es nicht funktioniert hätte, warum hat er sich erst gar nicht angestrengt, um es wahr zu machen? Ich hole tief Luft, um ihn darauf anzusprechen.

»Ich glaube, du hast mir an jenem Tag das Herz gebrochen!«, platze ich heraus, unfähig, mich länger zurückzuhalten. »Es ist in tausend Stücke zerschellt, als deine Freundin anrauschte, ganz zu schweigen von den ganzen anderen Mädchen, mit denen ich dich danach gesehen habe.«

Er beißt sich auf die Unterlippe und streicht mit den Fingern seine Haare zurück. »Ich denke, du solltest mal deinen Bruder fragen, warum ich mich so verhalten habe«, sagt er, und zum ersten Mal seit gestern Abend sehe ich einen anderen Ausdruck in seinen Augen. Leicht verbittert vielleicht.

»Matthew?« O nein, nicht schon wieder.

»Oder ich erzähle dir jetzt meine Version der Geschichte, und danach kannst du entscheiden, ob du mich wiedersehen willst oder nicht.«

Ein leicht unbehagliches Schweigen entsteht, und beide nehmen wir den Stimmungseinbruch wahr, während sich eine nüchterne Realität breitmacht. Ich kann fast meinen Herzschlag hören. Ich weiß nicht, ob ich die Geschichte hören will oder nicht.

»Erzähl es mir einfach«, sage ich dann und schließe meine Augen, konzentriere mich aufs Atmen. Ich habe das Gefühl, als würde mir gleich der Boden unter den Füßen weggezogen, wo doch gerade alles so gut lief. »Was es auch ist, es wird schon nicht so schlimm sein.«

Tom schluckt, und ich sehe ihm an, dass das hier für ihn genauso schwierig ist wie für mich, aber jetzt ist der Elefant im Raum, und wir müssen ihn aus dem Weg schaffen.

»Die Mädchen, mit denen ich damals zusammen war, haben mir nichts bedeutet, und Matthew wusste das«, beginnt er. »Es hat ihn geärgert, dass ich diese ganze Aufmerksamkeit bekam.

Nicht dass er neidisch gewesen wäre oder so, vielmehr wollte er, dass ich mich stärker auf die Band konzentriere oder wenigstens auf ihn, statt auf unsere weibliche Anhängerschaft. Dann, eines Abends nach einem Auftritt, habe ich meinen Mut zusammengenommen und ihn nach deiner Nummer gefragt. Ich nannte ihm als Vorwand, dass ich mehr von deinen Songs hören wollte, und da ist er ausgeflippt, und zwar so richtig, und schrie mich an, dass ich bloß nie wieder in deine Nähe kommen sollte. Er hat mich als Weiberheld beschimpft und als ... na ja, den Rest kannst du dir denken.«

Ich schüttele lächelnd den Kopf, aber Tom lächelt kein bisschen. Er scheint die Sache sehr ernst zu nehmen, und das bloße Sprechen darüber reißt alte Wunden auf.

»Ich kann es mir vorstellen«, sage ich.

»Mir war klar, dass er sich Sorgen machte, schließlich war er dein großer Bruder. Aber egal, wie oft ich versucht habe, ihm zu erklären, dass es mit dir etwas anderes war, er wollte nichts davon wissen«, fährt Tom fort. »Er war damals der Chef, es war seine Band, und ich musste mich ihm unterordnen, wenn ich meinen Platz bei *Déjà Vu* behalten wollte. Wir standen kurz vor dem Durchbruch, und er hat mich vor die Wahl gestellt: entweder du oder die Band. Zumindest hat er gesagt, dass er deswegen so sauer war.«

Ich beiße mir auf die Unterlippe, während ich langsam begreife. Vielleicht ist es ja doch nicht so schlimm, wie ich befürchtet habe. Außer da war noch was anderes?

»Aber nun gibt es die Band nicht mehr, richtig?«, sage ich. »Sie ist Vergangenheit, also spielt sie keine Rolle mehr, oder? Wir können zusammen sein, wenn wir das wollen. Das hat jetzt nichts mehr mit Matthew zu tun.«

Ich denke an meinen Bruder und daran, wie oft er mir in die Quere kam, weil er dachte, er müsse mich beschützen. Er war schon immer überfürsorglich, und ich hasste ihn dafür, aber vielleicht hatte er nicht unrecht. Er sah in Tom einen Womanizer, der mir das Herz brechen würde. Er passte auf mich auf, wie jeder große Bruder das getan hätte. Aber diese Zeiten sind vorbei. Wir leben in der Gegenwart. Wir können selbst entscheiden.

»Nein, die Band gibt es nicht mehr, und daran hatte ich keinen geringen Anteil«, sagt Tom und lässt den Kopf hängen. »Damit endete die Geschichte, und es war kein gutes Ende, wie du weißt.«

Oh. Also habe ich noch nicht alles gehört. Es gibt tatsächlich mehr …

»Warum habt ihr euch getrennt?«, frage ich. »Bitte sag jetzt nicht, dass es meinetwegen war.«

Tom befeuchtet mit der Zunge seine Lippen und atmet dann lange und tief aus. Mein Magen schnürt sich zusammen.

»Es gab immer wieder Zoff zwischen uns«, antwortet er. »Die ersten Risse traten auf. Zwei Egos prallten aufeinander. Matthew wollte der Star der Show sein, ich wollte mehr Mitspracherecht, was unsere musikalische Ausrichtung betraf. Es war ein Machtkampf, ein echter Fall von zu vielen Häuptlingen, und ich warf ihm vor, dass er eifersüchtig sei, aber ich hatte immer das Gefühl, dass noch etwas anderes dahintersteckte.«

Ich tupfe mir die Nase mit einem Taschentuch ab, während ich versuche, meinen Part in der ganzen Geschichte zu begreifen. »Eifersüchtig? Du meinst, eifersüchtig auf dich?«

Er beißt sich auf die Unterlippe. »Ja, ich schätze, er war auf eine Art eifersüchtig auf mich«, sagt er, und sein Blick ist nun traurig und schwer. »Aber nicht nur auf mich. Er war eifersüchtig auf … Er war eifersüchtig darauf, was aus dir und mir hätte werden können, wenn wir zusammengekommen wären.«

Allmählich ergibt das alles einen Sinn, selbst wenn Matthews Verhalten unglaublich kleinlich und lächerlich erscheint. Er nutzte damals jede Ausrede, die ihm einfiel, um mir Tom Farley madigzumachen, weil er wusste, dass ich auf ihn stand. Er schmierte mir immer wieder genüsslich aufs Brot, dass Tom nach jedem Auftritt eine Frau abschleppte, jeden Abend eine andere, und dass ich für ihn nur eine von vielen sei. Obwohl ich meine Hilfe anbot, nahm Matthew jeden außer mich zu den Auftritten mit. Er ließ mich nicht mehr in die Nähe der Band.

»Ich habe gespürt, dass das Problem bei ihm tiefer wurzelte, dass es etwas war, auf das ich keinen Einfluss nehmen konnte. Ich kam mit seiner negativen Energie einfach nicht mehr klar, dann knallte es richtig, und ich war raus, und kurz darauf war die Band Geschichte«, sagt Tom. »Der Ausstieg hat mich meine musikalische Zukunft gekostet, aber ich verlor auch einen guten Freund und jede Chance darauf, dich wiederzusehen. Vielleicht war es ein großer Fehler. Vielleicht war es eine egoistische, kindische Aktion von mir, die nach hinten losging, schließlich ist die komplette Band daran zerbrochen und auch … na ja, Matthew ist ebenso daran zerbrochen, nicht wahr? Ich hätte nie gedacht, dass er es sich so zu Herzen nehmen würde.«

Ich kann nicht klar denken. Ich reibe mir mit der Hand über die Stirn. Wissen meine Eltern davon? Hat Matthew ihnen gesagt, dass er bei dem Gedanken, dass Tom und ich zusammenkamen, eifersüchtig war? Ich verstehe noch immer nicht, warum. Meine Eltern gehen nun seit vier Jahren mit Matthew durch die Hölle, aber wissen sie, dass auch ich einen Part in dieser Geschichte hatte, selbst wenn ich nichts davon ahnte?

Das Gefiedel in der Kneipe ist jetzt nicht mehr unterhaltsam, sondern nervig, und die anderen Gäste sind plötzlich zu laut. Das behagliche Gefühl ist einem Unwohlsein gewichen. Statt glücklich und zufrieden zu sein, ist mir übel.

Ich kann nicht sprechen. Ich kann nur noch an meinen Bruder und seine psychischen Probleme denken, die ihn in tiefe Abgründe stürzten, an seine Verwandlung in einen Einzelgänger, an seine Zurückweisung, sein beharrliches Schweigen über die Band, die er mit so viel Herzblut und Sorgfalt aufgebaut hatte. Er weigerte sich, mir zu sagen, was damals passiert war, aber darauf, dass es etwas mit mir zu tun hatte, wäre ich nie gekommen.

»Und du bist dir sicher, dass das alles war?«, frage ich mit erstickter Stimme. Ich habe das Gefühl, da muss noch mehr gewesen sein. Dass etwas fehlt. »Es kommt mir ziemlich absurd vor, sich ein Jahr lang voll reinzuhängen, um eine Band hochzuziehen, und dann alles Knall auf Fall hinzuwerfen, weil du nach meiner Telefonnummer gefragt hast.«

Toms Brust hebt und senkt sich, und er wendet kummervoll den Blick ab. »Ich weiß es nicht, Charlie.« Er seufzt. »Ich habe versucht, mit Matt zu reden. Ich habe wirklich versucht, der Sache auf den Grund zu gehen, weißt du? Matt benahm sich in meiner Gegenwart so seltsam, und ich konnte nichts aus ihm herausbekommen. Hat er dir wirklich nie was darüber erzählt?«

Ich schüttele den Kopf. Matthews Depression legte sich wie eine dunkle Wolke über unsere Familie. Wir kämpften, um ihm zu helfen, aber er weigerte sich, mit uns darüber zu reden. Er machte einfach dicht und sagte, dass er vom Leben genug habe. Seitdem sitzen wir praktisch auf einer tickenden Zeitbombe und verfolgen nervös jeden seiner Schritte. Toms Rückkehr könnte ihm erneut den Rest geben.

In diesem Moment klingelt mein Handy und verschafft uns eine willkommene Ablenkung, bis ich sehe, wer der Anrufer ist.

»O Gott, du wirst es nicht glauben, aber es ist Matthew«,

sage ich zu Tom. Ich wünschte, ich könnte dieses ganze Chaos zwischen den beiden Männern, für die ich so viel empfinde, einfach beiseiteschieben. Ist es möglich, dass Matthew erfahren hat, wo ich heute bin?

»Du solltest drangehen«, sagt Tom und massiert seine Schläfen. »Wäre es hilfreich, wenn ich mit ihm spreche?«

Ich schaue auf den Boden. Der malzige Guinnessgeruch dreht mir nun den Magen um, und die Wärme aus dem Kamin ist unangenehm heiß geworden. Ich kann nicht antworten. Ich kann weder Tom eine Antwort geben, noch kann ich an mein Handy gehen. Matthew hinterlässt eine Nachricht auf der Mailbox, aber ich brauche sie nicht abzuhören. Ich weiß, wie seine Stimmung in letzter Zeit ist. Falls er mitbekommen hat, dass ich gerade mit Tom unterwegs bin, wird er seine Wut an mir auslassen, und im Moment kann ich mich nicht mit ihm auseinandersetzen.

Außerdem bin ich wütend auf ihn. Ich bin so wütend, dass er sein Ego damals nicht zurückstellen konnte, sein Großer-Bruder-Machogehabe oder seine Missgunst darüber, dass ich womöglich einen Funken mehr Talent haben könnte, als es ihm recht war. Dass ich ihm den Rang ablaufen könnte. Wie konnte er es wagen, diese Entscheidung für mich zu treffen, wenn es ihn überhaupt nichts anging?

Ich bin jetzt auch wütend auf Tom. Ich kann nicht glauben, dass er nicht mehr Rückgrat bewiesen hat und seinen Platz in der Band verteidigte, wenn es doch sein großer Lebenstraum war und der Erfolg zum Greifen nah. Wie engstirnig von den beiden, wegen ein paar Eifersüchteleien alles wegzuwerfen – falls nicht doch etwas anderes dahintersteckte.

»Willst du ihn nicht zurückrufen?«, fragt er, und ich schüttele den Kopf. Mir ist noch immer übel. Ich will jetzt nicht mit Matthew sprechen.

»Ich glaube, ich muss an die frische Luft«, sage ich und greife nach meiner Jacke.

»Ich auch.«

Er folgt mir nach draußen, und wir stellen uns in den matschigen Schnee und beobachten die Wellen, die sich auf dem grauen schaumigen Meer brechen. Ich zittere und halte meine Tasche umklammert, in der mein Kleid und ein paar andere Sachen von gestern Abend sind, während Tom rauchend ein paar Schritte auf und ab geht und auf eine Reaktion wartet. Aber im Moment kann ich ihm keine geben.

»Nichts davon muss uns auseinanderbringen, oder?«, sagt er schließlich flehentlich. »Wir dürfen das nicht noch einmal zulassen, unter keinen Umständen. Ich habe Gefühle für dich, Charlie. Wir dürfen es nicht hinnehmen, dass andere einen Keil zwischen uns treiben. Hast du auch Gefühle für mich? Bitte sag es mir.«

Er legt seine kalte Hand an meine Wange und lässt sie dort, schaut tief in meine Seele. Eine heiße Träne rinnt von meinem Auge auf seine Finger, aber er nimmt seine Hand nicht weg.

»Ja«, antworte ich. »Mehr als du ahnst.«

Er legt nun seine Arme um meine Taille und zieht mich eng an sich, und die Wärme seines Körpers tröstet mich sofort. Ich schließe meine Augen, lehne mich an seine Brust und spüre den Rausch, der mich von Kopf bis Fuß ergreift. Ich muss mit ihm zusammen sein. Ich muss einfach.

»Gestern Abend in der Kneipe«, sagt er heiser, als würde er seine letzten Worte aushauchen. »Charlie, ich war nicht zufällig dort, das weißt du.«

Jetzt bin ich verwirrt. Ich hebe meinen Kopf und sehe ihn an.

»Ich habe gehofft, du würdest da sein«, fährt er fort. »Ich wusste nicht, ob es Zeitverschwendung war, aber ich ging nur in *Pip's Bar*, weil ich *dich* gesucht habe. Ich hatte die verrückte

Hoffnung, dich dort zu treffen, weil die Kneipe in dem Viertel liegt, in dem du früher gewohnt hast. Ich hatte es schon aufgegeben und ging hinaus in den Hof, um eine zu rauchen, aber dann … nun, plötzlich warst du da. Es war wie eine Vorsehung. Wirklich verrückt, wenn man genauer darüber nachdenkt.«

Ich schlucke und staune darüber, dass seine Eingebung sich als richtig erwiesen hat. Meine Freunde und ich hatten nicht geplant, in *Pip's Bar* zu gehen, das hatte sich wegen des Schneeeinbruchs spontan ergeben. Tom konnte das nicht wissen. Er hat es wirklich auf gut Glück versucht. Er sagt die Wahrheit.

Ich schaue in den schneebedeckten Himmel über der Dublin Bay. Unsere Begegnung gestern war nicht nur ein glücklicher Zufall. Das Schicksal hatte seine Finger im Spiel. Manche Dinge sind tatsächlich vorbestimmt.

»Du solltest Detektiv werden«, sage ich mit einem Lachen, und er gibt mir einen Kuss auf die Stirn, nicht flüchtig wie vorhin, sondern lang und ausgiebig, und ich umarme ihn noch fester. Ich gebe mich ihm hin, eng an ihn gedrückt nehme ich jede Faser dieses Mannes in mich auf, nach dessen Umarmung und Berührung ich mich so lange gesehnt habe.

»Ich wünschte, wir könnten für immer hierbleiben«, flüstert er, und er spricht mir aus der Seele. Ich liebe diesen Ort hier mehr als alle anderen, an denen ich jemals war. Ich liebe diesen Moment, diesen Kuss, die Erkenntnis, dass einmal in meinem Leben die Sterne günstig standen und uns hier zusammengeführt haben.

Ich glaube, ich liebe Tom Farley, aber eigentlich ist das ja nichts Neues.

»Hör zu, lass mich vorher mit Matthew reden, um das ein für alle Mal zu klären«, sage ich, und als er mich anschaut, sehe ich Kummer und Sorge in seinen Augen. »Ich möchte ihm erklären, dass er sich nicht zwischen uns stellen kann, egal was damals passiert ist, und dann sehen wir, wie es weitergeht. Ich kann nicht riskieren, dich wieder zu verlieren, Tom, und ich weiß, du empfindest das genauso.«

»Bist du sicher?«

Ich nicke. »So sicher wie nur was«, erwidere ich. »Darauf haben wir fünf Jahre gewartet. Ich will dich kein zweites Mal verlieren. Nie mehr. Das ist ein Mal passiert, und es darf nie wieder passieren.«

KAPITEL 4

Matthew James Taylor, mein großer Bruder, war der Held meiner Kindheit. Alle meine Freundinnen beneideten mich um ihn und suchten bewundernd seine Nähe, egal in welcher Phase meines Lebens ich mich gerade befand.

Früher hörte ich ihn oft in seinem Zimmer singen, alles querbeet von Elvis bis Oasis, und ich sah ihm ehrfürchtig zu, wenn er bei Schulkonzerten und Theateraufführungen und überhaupt allem, was ihm ermöglichte, auf der Bühne zu stehen, die Hauptrolle übernahm. Andere Jungs waren verrückt nach Fußball und Mädchen, aber Matthew hatte immer nur einen einzigen Traum, nämlich Sänger zu werden.

Unser Vater versuchte zuerst, ihn für alle möglichen Sportarten zu begeistern, weil er fand, sein Sohn wäre nicht männlich genug, wenn er nicht Rugby spielte oder lauthals die Reds oder die Blues oder welches Fußballteam auch immer gerade hoch im Kurs stand anfeuerte. Aber mein Bruder übte am liebsten in seinem Zimmer Gitarre zu den Top-Ten-Hits im Radio, und er richtete sich in unserer Garage einen Proberaum ein, der sich rasch mit Musikinstrumenten aus zweiter Hand füllte und mit allem an Equipment, was er herbeischaffen konnte, um seine eigene Vorstellung von einem »Männerschuppen« zu verwirklichen.

Er war als Jugendlicher in vielerlei Hinsicht ein Außenseiter, denn auf dem irischen Land galt man nur dann als cool, wenn man Punkte und Tore in gälischen Spielen erzielte, die Härte und Kampfgeist verlangten. Aber dafür war Matthew überhaupt nicht der Typ. Er war ruhig und freundlich, und er erhob seine Stimme nur, wenn er Axl Rose von den Guns N' Roses nacheiferte.

»Er ist ein tiefgründiger Junge«, sagte unsere Mutter immer, wie zur Entschuldigung. »Er grübelt zu viel. Vielleicht wird seine musikalische Leidenschaft eines Tages seine Erlösung sein.«

Und so wurde die Musik schon früh zu seinem Ding.

Ich dagegen hätte einen Kopfstand machen und dazu einen Jig tanzen können, ohne dass es jemanden beeindruckt hätte, schließlich galt ich bei Weitem nicht als so talentiert wie mein Bruder. Während Emily häufig spottete, dass sie das unsichtbare mittlere Kind sei, bekam ich als Jüngste zumindest ein wenig Aufmerksamkeit, aber Matthew war immer derjenige, auf den sich alle Blicke richteten, derjenige, der dazu bestimmt war, sich abzuheben, und jeder zollte ihm dafür Bewunderung.

Zu sehen, wie er die Musik komplett an den Nagel hängte, sein Architekturstudium schmiss (sein Plan B, obwohl er überzeugt gewesen war, dass er ihn nicht brauchen würde) und nun mit den Dämonen in seinem Kopf kämpfte, war für uns alle eine bittere Pille.

Ich folge den Steinmauern zu beiden Seiten der schmalen Straße, die nach Loughinisland hineinführt, eine Strecke, die ich mit geschlossenen Augen fahren kann, und mein Herz hebt sich, als ich die vertrauten Häuser auf diesem kleinen Flecken Erde sehe, den ich immer mein Zuhause nennen werde.

Auf den ersten Blick wirkt der Ort wie ausgestorben, aber tatsächlich handelt es sich um eine pulsierende kleine Gemeinde, deren Herz die winzige Grundschule bildet und deren Bewohner am Sonntag nach dem Gottesdienst für den Fußball leben und atmen. Ich habe es geliebt, hier aufzuwachsen – eine ganze Welt entfernt von Dublin und dem Leben in der Großstadt, und für mich war es eine ziemliche Umstellung, als ich meiner Heimat vor fast zehn Jahren den Rücken kehrte.

Ich parke meinen Wagen an der Straße und wende mich Sullivan's Gemischtwarenhandlung zu, vor der selbst jetzt im Dezember eine übergroße Eiswaffel aufgestellt ist, um für das berühmte Softeis zu werben, für das jeder anhält, der hier vorbeikommt. Der Dorfladen ist an den gleichnamigen Pub angeschlossen, wo man auch den örtlichen Bestatter findet, falls man jemals eine Beerdigung organisieren muss, während man gerade seinen Einkauf macht. Nun, man kann schließlich nie wissen, oder?

Auf der anderen Seite der Straße ist die Kapelle mit dem angrenzenden Friedhof, und ich sehe, dass auf dem Vorplatz ein pfiffiger Unternehmer einen neuen Blumenladen eröffnet hat, sodass man jetzt für jeden Anlass gerüstet ist. Eine hohe, etwas übertrieben große Weihnachtstanne ist mit grünen, roten und blauen Kugeln und weißen Lichterketten geschmückt, um uns die festliche Saison bewusst zu machen.

In dieser Kapelle wurde ich getauft, an einem sonnigen Samstagnachmittag im März vor siebenundzwanzig Jahren. Mit sieben feierte ich dort meine Erstkommunion in einem weißen Kleid, das ich von Emily auftrug, und in dieser kleinen Kirche hörte ich auch zum ersten Mal das Ave Maria, gesungen vom Gemeindechor, und meine Liebe zur Musik wurde geweckt, als ich kaum groß genug war, um über die Kirchenbänke hinwegsehen zu können. Jedes Jahr zu Weihnachten wird immer an derselben Stelle ein Christbaum errichtet, und im Frühling schmücken Narzissen und Schneeglöckchen den Altarraum, gefolgt von einer farbenfrohen Blumenpracht im Sommer, worauf die Einheimischen sehr stolz sind.

Der Schnee ist inzwischen halb getaut, aber ein bitterkalter Ostwind verschlägt mir den Atem und zwingt mich, mir meinen Schal vors Gesicht zu halten und meine Schritte zu beschleunigen. Ich bleibe vor dem Laden stehen, trotz des ungemütlichen Wetters, und beobachte durch das Schaufenster meinen Bruder, der gerade einen Kunden bedient. Eine Welle der Traurigkeit steigt in mir hoch.

Das ist mein Held, mein großer Bruder. Wie konnte es nur so weit kommen?

Seine Augen leuchten auf, als er mich vor dem Schaufenster entdeckt, und ich wende mich zum Eingang und betrete zum vertrauten Bimmeln der Ladenglocke das kleine Geschäft. Sofort empfängt mich der Geruch meiner Kindheit, eine Mischung aus Wärme, Bonbons, Zeitungen und Gebäck, und ich stürme auf meinen Bruder zu und begrüße ihn mit einer dicken Umarmung, die er schüchtern erwidert. Er ist schmal geworden, und seine Haare, die er früher in allen Regenbogenfarben trug, sind nun mausbraun und hängen strähnig und dünn herunter. Er ist jetzt zweiunddreißig, aber mit seinem müden, erschöpften Gesicht wirkt er mindestens zehn Jahre älter.

»Dann hast du also meine Sprachnachricht bekommen?«, sagt er und sieht mich erwartungsvoll an. »Hast du mein wirres Gelaber überhaupt verstanden?«

Seine Augen werfen Fältchen, und er lächelt, offenbar hat er gute Neuigkeiten. Damit habe ich überhaupt nicht gerechnet. Ich habe seine Nachricht von gestern absichtlich nicht abgehört, aber das kann ich ihm nicht sagen. Ich hatte zu viel Angst, dass er Tom und mir auf die Schliche gekommen ist, und ich wollte unbedingt mit ihm persönlich reden, darum stehe ich jetzt unangemeldet vor ihm.

»Ach, du hast mir eine Nachricht hinterlassen?«, gebe ich mich ahnungslos. »Sorry, ist mir durchgerutscht.«

»Manche Dinge ändern sich nie«, sagt er und wischt seine Hände an seiner dunkelblauen Schürze ab. »Ich habe dir auf die Mailbox gesprochen, dass ich dich gerne sehen würde.

Offenbar hatten wir beide dieselbe Idee. Ich muss dir unbedingt was erzählen.«

»Den entgangenen Anruf von dir habe ich schon gesehen«, sage ich mit einem schlechten Gewissen, »aber ich habe beschlossen, direkt vorbeizukommen, statt zurückzurufen. Ich hatte Sehnsucht nach meinem großen Bruder.«

Matthew, kein Freund von großen Zuneigungsbekundungen, rollt mit den Augen und kehrt hinter die überfüllte Theke zurück, um den nächsten Kunden zu bedienen. Das Sullivan's ist ein klassischer Tante-Emma-Laden, wie es sie früher in jeder irischen Stadt oder Gemeinde gab, bevor sie von seelenlosen Supermarktketten verdrängt wurden, die nicht so wie dieser kleine Familienbetrieb das Persönliche eines Ortes widerspiegeln. Hier findet man alles für den täglichen Bedarf, von Brot bis zur Morgenzeitung, aber auch Haushaltswaren und einen Pub, und bei Bedarf kann man sich hinten im Hof einen Sarg aussuchen.

»Ich muss ein paar Sachen mit dir besprechen, einmal eine Riesenneuigkeit und dann noch eine ziemlich coole Idee für Mam und Dad, vorausgesetzt, du und Emily macht mit«, platzt Matthew heraus, während er Preise in die altmodische Kasse eintippt. »Ich denke, das wäre mal was anderes und würde Mam an Weihnachten aufmuntern.«

»Natürlich«, sage ich erfreut, ohne zu wissen, wovon er spricht. »Wir können darüber reden, wenn du mit deiner Schicht fertig bist.«

Ich spüre eine leichte Unruhe, aber nur, weil mir das alles zu schön vorkommt, um wahr zu sein. Mein Bruder wollte mich sehen, um eine große Neuigkeit mit mir zu teilen und eine Weihnachtsüberraschung für unsere Eltern zu planen. Es ist, als wäre der alte Matthew zurück, derjenige, der früher so voller Zuversicht und Ideen und Enthusiasmus war.

Er sieht durch die Durchreiche hinter ihm in den Pub, wo gerade wie üblich ein Pferderennen im Fernseher läuft.

»Ich kann sofort hier Schluss machen«, sagt er. »Hör zu, hast du Lust rüberzugehen, und ich gebe dir einen aus? Mrs. Sullivan übernimmt für mich, wenn ich eine Pause brauche.«

»Cool«, sage ich. »Dann lasse ich dich hier fertig machen.«

Ich gehe wieder hinaus in das stürmische Wetter, den Kopf voller Gedanken und Erinnerungen, wie jedes Mal, wenn ich hierherkomme.

Mrs. Sullivan weiß, was Sache ist, und mir wird bewusst, dass dieses Arbeitsverhältnis meinem Bruder wahrscheinlich mehr nutzt als den Sullivans. Für ihn ist es ein winziger Schritt zurück in die Gesellschaft und das richtige Maß an Verantwortung, das ihm einen Grund gibt, weiterzumachen.

Allerdings geht das nun schon seit vier Jahren so. Wir hatten alle gehofft, dass er sich viel schneller erholen würde, aber Depressionen halten sich nicht an Regeln, und sein schwarzer Hund will offenbar nicht von ihm ablassen. Nun, möglicherweise bis jetzt, denn zum ersten Mal seit einer langen, langen Zeit sehe ich meinen Bruder endlich wieder ein bisschen strahlen.

Mrs. Sullivan – oder Angela Martin, als die ich sie kenne, da sie in der Klosterschule nur ein paar Klassen über mir war – führt den Pub in dritter Generation. Sie grüßt mich schüchtern und wirkt leicht nervös, wie die meisten Leute hier gegenüber uns Stadtmenschen, die wir Loughinisland den Rücken gekehrt haben, um in die große, weite Welt zu ziehen, aber sie taut rasch auf, und bald plaudern wir, als wäre ich nie fort gewesen.

»Er macht sich richtig gut«, sagt sie und trocknet ihre Hände an einem braun-weißen Geschirrtuch ab. Hier im Pub hat sich nichts verändert. An der Theke stehen noch immer dieselben alten schokobraunen Barhocker auf Metallbeinen, die ich früher hochklettern musste, wenn Dad und ich samstagnachmittags heimlich hierherkamen, um auf ein Pferderennen zu wetten. Ich wurde mit Cheese-&-Onion-Chips und einem Glas Fanta bestochen, während er auf die Schnelle ein Pint von dem schwarzen Gebräu hinunterstürzte und betete, dass das Glück ihm hold war.

»Ich denke, es kann ihm nur guttun, hier zu arbeiten«, sage ich zu Angela. »Um ehrlich zu sein, wir machen uns große Sorgen um ihn, aber danke, dass du und deine Familie ihm diese Chance gebt.«

»Du weißt, dass er einen Folkclub gründen will?«, sagt sie aufgeregt, als würde sie mir gerade erzählen, dass sie den Lotto-Jackpot geknackt hat. »Das ist ein gutes Zeichen! Endlich zeigt er wieder Interesse an Musik. Deine Mutter ist hellauf begeistert!«

Wir unterhalten uns in gedämpftem Ton, weil die Stimmen und Geräusche aus dem Pub durch die offene Durchreiche dringen, aber wir kommen nicht dazu, weiterzuplaudern, da Matthew sich in diesem Moment zu mir an die Theke gesellt.

»Hast du schon bestellt?«, fragt er. »Du hast freie Wahl, geht alles auf mich.«

Er klingt so munter und lebendig, und die Gründe dafür sind naheliegend: der Folkclub, sein Job hier im Laden und diese Weihnachtsüberraschung für unsere Eltern, was immer es sein mag. Ich fürchte mich davor, seine Glücksblase zum Platzen zu bringen, wenn ich von Tom anfange, aber wer weiß, vielleicht ist das Timing gar nicht so schlecht, wenn er gerade so gut drauf ist.

»Ich nehme einen Gin Tonic«, sage ich zu Angela. »Was trinkst du, Matthew?«

»Das Übliche«, sagt er zu Angela, dann sieht er wieder mich an. »Und erwarte hier keine exotischen Früchte oder Gläser im Goldfischglasdesign, Charlotte. Hier in Loughinisland ist ein Gin Tonic ein Gin Tonic und keine Schüssel Obstsalat.«

Er lacht über seinen eigenen Scherz, während Angela so tut, als wäre sie eingeschnappt.

»Ein Hoch auf das Original«, sage ich zu den beiden, und kurz darauf stoßen wir in echter Weihnachtsstimmung mit unseren Standardgläsern an. »Also, Bruderherz, was wolltest du mir erzählen? Eine gute Neuigkeit, nehme ich an?«

Matthew strafft sich auf seinem Hocker. »Ich dachte ... Na ja, die Idee kam mir erst gestern, kurz bevor ich dich angerufen habe ...«

Äußerlich mag er sich stark verändert haben, aber in ihm steckt immer noch der alte Matthew, mein großer Bruder, zu dem wir alle aufschauten.

»Ich habe mir überlegt«, fährt er fort, »ob es nicht eine gute Idee wäre, wenn wir mit unseren Eltern nächsten Sommer einen Familienurlaub machen, alle fünf zusammen. Na ja, Kevin auch, schätze ich, schließlich gehört er jetzt zu uns. Mam und Dad feiern nächstes Jahr ihren fünfunddreißigsten Hochzeitstag, und ich denke, nach dem ganzen Mist, den wir durchgemacht haben, wäre eine gemeinsame Reise ein echter Lichtblick. Für die ganze Familie.«

Ich verschlucke mich fast an meinem Getränk vor lauter Begeisterung. »Finde ich super!«, sage ich.

»Wirklich?«

Zum ersten Mal seit einer Ewigkeit zeigt er Hoffnung. Er schmiedet Pläne. Endlich kann er sich wieder für etwas begeistern. Ich beuge mich zu ihm hinüber und drücke ihn.

»Das ist die beste Idee aller Zeiten!«, sage ich, und ich meine es tatsächlich so. »Lass uns mit Emily und Kevin reden, und an Weihnachten überraschen wir Mam und Dad damit. Hast du dir das so vorgestellt?«

»Genau so«, sagt er zustimmend. »Weißt du, Charlotte, ich kann mich erinnern, als ich noch ein Dreikäsehoch war, dass Mam an der Spüle stand und sagte, wenn sie das Geld dafür hätte, würde sie mit uns am liebsten nach Ägypten reisen und die Pyramiden besichtigen. Mir ist bewusst, dass so ein Urlaub nicht ganz preiswert ist, aber wenn wir für, sagen wir, August buchen, hätten wir acht Monate Zeit, um für die Reise was zurückzulegen. Klingt das gut?«

Er hat alles durchdacht, und ich bin total gerührt.

»Das klingt absolut großartig, Matthew! Oh, sieh dich an! Du strahlst ja richtig!«, sage ich. »Wie fühlst du dich? Geht es dir besser? Du siehst jedenfalls so aus.«

Er starrt für eine Sekunde in sein Pint und lächelt dann. »Nun, die Wahrheit ist, ich fühle mich stärker, ja. Ich habe jemanden kennengelernt, Charlie«, gesteht er mir, während sein Finger über den Rand seines Glases kreist und sein Gesicht sich noch mehr aufhellt. »Kannst du glauben, dass es mir gelungen ist, ausgerechnet hier, am Arsch der Welt, jemanden zu finden, der genauso verrückt nach Musik ist wie ich? Es begann als eine Freundschaft, und es ist alles noch ziemlich frisch, aber ich spüre einen ganz neuen Lebensmut. Wir haben uns überlegt, einmal im Monat hier im Pub einen Folkclub zu veranstalten. Lach nicht, ich weiß, ich bin im Herzen ein Rocker, aber ich freue mich trotzdem schon sehr darauf. Endlich kann ich mich wieder auf etwas freuen.«

Ich erhebe mein Glas und stoße es klirrend gegen seins. »Wow, ich bin völlig von den Socken, großer Bruder«, sage ich überwältigt. »Das ist die beste Neuigkeit der Welt! Singt deine Freundin auch oder was? Erzähl mir mehr von ihr. Das ist einfach fantastisch! Wissen Mam und Dad schon Bescheid?«

Er wendet schüchtern seine Augen ab. Ich habe mir oft vorgestellt, wie Matthew Hochzeit feiert und eine herzergreifende Rede hält, vielleicht sogar für seine Braut singt, gefolgt von einer Ansprache meines Vaters, der die neue Frau an der Seite seines Sohnes herzlich in unserer Familie willkommen heißt. Sollte sich das tatsächlich erfüllen, wäre ich überglücklich.

»Ich habe es ihnen gestern beim Abendessen gesagt«, antwortet er leise. »Ich wollte es eigentlich zuerst dir erzählen, aber nur persönlich, und ich konnte es einfach nicht länger für mich behalten.«

Ich bin erstaunt. »Du wolltest es zuerst mir erzählen? Warum?«

»Ich nehme an, weil du immer diejenige warst, der ich mich am nächsten gefühlt habe«, sagt er. »Diejenige, der ich am meisten vertraue. Ich weiß, du warst manchmal von mir genervt, weil ich ein bisschen zu sehr auf dich aufgepasst habe, aber du warst immer etwas Besonderes für mich, Charlotte.«

Ah … Ich spüre meine Gelegenheit kommen.

»Ja, manchmal hast du es echt übertrieben«, sage ich mit einem leichten Lachen. Ich muss daran denken, dass ich mit dem Auto hier bin, und beschließe, es stehen zu lassen und die anderthalb Kilometer zu unserem Elternhaus zu Fuß zu gehen, damit ich mir einen zweiten Gin Tonic bestellen kann. »Machst du mir bitte noch einen, Angela?«

Angela wird nervös, als zwei neue Gäste in den Pub kommen, und ich sehe, dass auch drüben im Laden ein paar Kunden sind. Matthew sollte sich eigentlich wieder an die Arbeit machen, und ich bin erleichtert, als er Angela anbietet, sich um die Getränke zu kümmern, damit sie rübergehen kann. Als er sich wieder zu mir setzt, fürchte ich, dass der geeignete Moment, um von Tom anzufangen, verstrichen ist.

»Also, bevor ich in die schmutzigen Details meines Liebeslebens gehe, wie steht es mit dir, Schwesterherz?«, setzt er unsere Unterhaltung fort. »Ich weiß, als Lehrerin des Jahres hast du viel zu tun, aber gibt es im Moment jemand Besonderen in deinem Leben?«

Ja! Das ist eine Steilvorlage, und ich beschließe, die Gelegenheit beim Schopf zu packen. Ich kann meinen Bruder danach über seine geheimnisvolle neue Freundin ausfragen, denn dies ist mein großer Moment, um ihm von Tom zu erzählen.

Ich hole tief Luft. Ich habe meine Worte auf der ganzen Fahrt von Dublin nach Loughinisland geübt, und nun ist es Zeit für die große Offenbarung.

»Ja, ich habe auch jemanden kennengelernt«, beginne ich vorsichtig. »Und genau wie bei dir ist es noch ganz frisch, aber ich spüre es, weißt du? Ich glaube, wenn man es weiß, weiß man es.«

Seine Augen leuchten auf. »Das ist so wahr, Schwesterherz. Also, wer ist der Glückliche? Bestimmt ein Kollege von dir, wette ich! Ich war immer davon überzeugt, dass du uns alle eines Tages überraschen wirst, indem du dich in Mr. Vernünftig verliebst, der Fünftklässler unterrichtet und braune Cordhosen trägt und –«

O nein, bloß das nicht. Diesen Weg werde ich garantiert nie einschlagen.

»Du meinst, du hast es gehofft«, unterbreche ich ihn, unfähig, die Schärfe aus meiner Stimme herauszuhalten. »Mann, Matthew, du solltest eigentlich wissen, dass ich Mr. Vernünftig in Cordhosen nicht will. Das geht gar nicht, ich verliebe mich doch nicht in jemanden, der auch nur annähernd beige aussieht. Also verschon mich bitte mit diesem Scheiß.«

Er wirkt gekränkt, aber es tut mir nicht leid. Ich hinterfrage oder kritisiere ja auch nicht seinen Frauengeschmack.

»Was ich meinte, ist, dass ich hoffe, dass du jemanden gefunden hast, der es mit deiner Intelligenz aufnehmen kann«, verbessert er sich rasch. »Jemand, der gut für dich ist, der dich anständig behandelt, jemand, der nicht –«

»Jemand, der nicht Tom Farley ist, meinst du?«, unterbreche ich ihn wieder, und er zuckt tatsächlich zusammen.

»Was?«

»Ist es das, worauf du hinauswillst?«, frage ich, immer noch pikiert von seiner Unterstellung, ich könnte auf Mr. Vernünftig abfahren. »Du würdest mir jeden Mann auf dieser Welt wünschen, solange es nicht ein Frauen verschlingender Möchtegernrockstar wie Tom Farley ist, der ja vielleicht doch mein Typ ist!«

»Wo kommt das denn plötzlich her?«, sagt er verdattert und macht ein Gesicht, als wäre ihm gerade eine Faust in den Magen gerammt worden. »Warum bringst du diesen Namen ins Spiel?«

Das hier läuft nicht wie geplant, aber ich kann mich nicht zurückhalten. Ich verliere die Nerven. Ich bin von meiner Spur abgekommen, und alles geht in eine seltsame Art von Zeitlupe über, während der Name Tom Farley meinem Bruder quer im Hals zu stecken scheint.

Sein Mund zuckt leicht, und er schnappt sich sein Bier und nimmt einen langen, durstigen Schluck, dann knallt er das Glas für meinen Geschmack ein bisschen zu hart auf die Theke. Jetzt geht's los …

»Was in aller Welt hast du eigentlich gegen ihn?«, frage ich, weil ich endlich die ganze Wahrheit über diesen dämlichen Streit erfahren möchte, der ihre ganze Zukunft verändert hat. Der womöglich auch *meine* Zukunft verändert hat.

»Warum zum Teufel erwähnst du ihn überhaupt?«, erwidert Matthew. Er ist jetzt kreidebleich im Gesicht, und seine ganze Fröhlichkeit und gute Laune sind verschwunden. »Tom Farley ist hier doch gar nicht das Thema! Du weißt genau, dass wir eine Vorgeschichte haben, über die ich nicht reden kann. Mein Arzt hat mir geraten, jedes Gespräch mit ihm oder über ihn zu vermeiden. Weißt du, warum?«

»Nein?«, sage ich und fürchte mich vor dem, was nun kommt.

»Du hast wirklich nicht die leiseste Ahnung?«, sagt er und starrt mich ungläubig an, als würde ich lügen.

Ich schüttele den Kopf. »Nein, Matthew«, sage ich. »Ich meine, ich weiß, dass er nach meiner Nummer gefragt hat und du ausgerastet bist und –«

»Willst du mich provozieren?« Seine Stimme zittert nun, und sein Gesicht verzieht sich schmerzhaft. Offenbar habe ich einen wunden Punkt getroffen, schlimmer, als ich es jemals erwartet hätte. »Bist du deswegen gekommen? Hast du ihn nur erwähnt, um mich auf die Probe zu stellen, um mich zu quälen? Warum sprichst du von Tom Farley, Charlotte? Ich habe das alles hinter mir gelassen. Ich versuche, nach vorn zu schauen!«

Mir wird bewusst, dass ich zittere, als er laut wird. Das sieht ihm überhaupt nicht ähnlich. Es ist so was von untypisch für ihn, und es macht mir Angst. Er trinkt sein Bier in einem Zug aus, während ich wie betäubt dasitze und keinen Plan habe, wie dieses Gespräch weitergehen soll, und verlangt dann nach einem Wodka Cola. Angela, die hinter die Theke zurückgekehrt ist, macht den Eindruck, als wäre sie gerade überall lieber als in unserer Nähe. Sie mixt den Longdrink für ihn und für mich einen dritten Gin Tonic, und ich habe das Gefühl, den brauche ich jetzt auch.

»Hör zu, Matthew, ich sollte einfach ehrlich zu dir sein. Ich habe ihn vor Kurzem getroffen, okay?«, sage ich. Ich kann jetzt nicht aufhören. Ich muss das zu Ende bringen, weswegen ich hergekommen bin. »Wir sind uns wirklich rein zufällig begegnet, und wir haben ein bisschen Zeit miteinander verbracht, um zu quatschen. Es tut ihm unendlich leid, was damals zwischen euch beiden passiert ist, und dass die Band, die euch allen so viel bedeutet hat, daran zerbrochen ist, aber wie du selbst gesagt hast, Matthew, das alles liegt weit hinter uns. Kannst du ihm nicht verzeihen? Es ist nicht gut für dich, an dieser Wut festzuhalten.«

Matthew trommelt nervös mit den Fingern auf der Theke. Dann schüttelt er ganz langsam den Kopf. »Du hast was mit ihm, richtig?«, sagt er und schließt ungläubig seine Augen. »Ich fasse es nicht! Deswegen bist du hergekommen, oder? *Oder?*«

Ich habe jetzt Angst davor, fortzufahren. Am liebsten würde ich umschwenken und ihm versichern, dass es natürlich nicht so ist, aber dann muss ich an Tom und seine einfühlsame Art denken, daran, wie gut er sich in mich hineinversetzen kann, was er in mir auslöst, wie wir auseinandergebracht wurden, obwohl wir füreinander bestimmt waren, dass wir eine zweite Chance bekommen haben und dass ich den ganzen Weg hierher gemacht habe, um dafür zu sorgen, dass nichts und niemand sich jemals wieder zwischen uns stellt.

»Wir möchten es gerne miteinander versuchen«, sage ich leise zu Matthew. »Ist das für dich wirklich so schlimm?«

Ich strecke meine Hand vor, um ihn zu berühren, aber er schiebt sie weg.

»Lass das!«, sagt er schroff, dann leert er seinen Wodka Cola in zwei Zügen.

»Verweigerst du mir eine Beziehung mit der Person, mit der ich zusammen sein will, und das nur wegen einer blöden Band?«, sage ich. »Willst du ewig an diesem uralten Streit festhalten? Warum willst du nicht, dass ich mit ihm zusammen bin?«

Er holt tief Luft, und ich wappne mich innerlich gegen das, was als Nächstes kommt. Es steckt mehr hinter dieser Geschichte, ich weiß es einfach.

»Er wird dir nur Probleme machen, Charlotte. Glaub mir, du begehst einen großen Fehler, aber hey, vielleicht täusche ich mich ja. Vielleicht werdet ihr beide glücklich bis in alle Ewigkeit«, faucht er mich an und steht von seinem Barhocker auf. »Aber ich bezweifle es stark.«

Er wendet sich zum Ausgang und lässt mich mit knallrotem Kopf an der Theke bei Angela zurück, der es schwerfällt, nicht in unsere Richtung zu schauen.

Und dann ist er verschwunden.

Mir schwirrt der Kopf von dem, was gerade passiert ist. Ich verstehe es einfach nicht. Was um alles in der Welt hat diese heftige Reaktion ausgelöst? Warum ist Matt dermaßen wütend auf Tom, so verbittert und erbost, dass er es nicht einmal ertragen kann, seinen Namen zu hören? Ich sehe Angela an, in höchster Verwirrung und Verlegenheit, weil sie diesen Ausbruch miterlebt hat, aber sie schaut weg, und ich beschließe, mich rasch von ihr zu verabschieden und meinem Bruder nachzugehen, um ein paar Antworten zu verlangen.

Als ich ihr Tschüs sage, liegt Mitleid in ihrem Blick, als wäre ich die Letzte, die erfährt, worum es geht. Ich hüpfe von meinem Barhocker und folge meinem Bruder hinaus auf die Straße, wo mich ein heftiger Schneesturm empfängt.

»Matthew! Matthew, wo willst du hin? Bitte warte auf mich!«

Im Schneegestöber entdecke ich ihn nicht gleich.

»Matthew!«

Ich greife in meine Jackentasche und suche nach dem Autoschlüssel, obwohl ich weiß, dass es selbst hier, mitten in der Pampa, zu riskant ist, mich jetzt ans Steuer zu setzen. Mein

Verstand rast, mein Herz schlägt wie wild, und ich weiß, es ist völlig ausgeschlossen, dass ich Matthew hinterherfahre, wohin auch immer er verschwunden ist. Ich habe fast drei Gin Tonic getrunken, und ich bin emotional aufgewühlt. Ich kann nicht selbst fahren, es geht einfach nicht. Aber ich weiß nicht, was ich sonst machen soll.

Da plötzlich sehe ich Matthew. Er kratzt ein Stück weiter auf der anderen Straßenseite die Scheibe seines Wagens frei.

»Matthew, nicht!«, brülle ich in den heulenden Sturm. »Du kannst bei diesem Wetter nicht fahren! Du hast zu viel getrunken! Matthew, bitte nicht!«

Aber natürlich kann er mich nicht hören, also laufe ich los. Im nächsten Moment bremst ein Fahrzeug scharf ab. Der Fahrer schimpft lauthals, und ich kehre erschrocken auf den sicheren Gehweg zurück und verfluche mich selbst, dass ich so unvorsichtig war. Ich kann Matthew nicht mehr sehen. Er sitzt im Wagen. O nein, er sitzt im Wagen!

»Matthew, bitte!«, rufe ich ins Nichts. »Ich flehe dich an, tu das nicht! Es ist zu gefährlich!«

Ich sehe, dass die Scheibenwischer sich bewegen, und stoße frustriert einen Schrei aus. Als der Motor aufheult, tue ich das auch, aber es ist zu spät. Matthew ist auf und davon.

KAPITEL 5

Ich stehe in einem stickigen, überheizten Krankenhausflur in Dublin und warte darauf, dass ein Arzt uns über Matthews Zustand informiert. Es ist eine der kältesten Nächte des Jahres, und die meisten Leute werden zu Hause sein, eingekuschelt vor dem Kamin, und sich mit altmodischen Filmen und einem heißen Wintergetränk in Weihnachtsstimmung bringen.

Tatsächlich habe ich die Kälte den ganzen Abend nicht gespürt, nicht einmal, als wir über den zugeschneiten Klinikparkplatz stapften oder als wir am Unfallort anhielten und entsetzt auf Matthews Wagen starrten, der auf dem Dach lag, weit hinter dem Straßengraben, und nur im flackernden Schein des Blaulichts erkennbar war. Wir stehen alle unter Schock, sind zu benommen, um im Moment etwas zu fühlen.

Meine Mutter sitzt auf der Bank gleich neben mir, und ihre blassen Finger umschlingen einen perlmuttfarbenen Rosenkranz, der Arm meines Vaters liegt um ihre gebrechlichen Schultern. Krankenschwestern schwirren auf weichen weißen Gummisohlen auf der Station umher und machen wie gewohnt ihre Arbeit, für die sie heiliggesprochen werden sollten, während um sie herum Herzen brechen und sich die erwartungsvollen Blicke der Wartenden auf sie richten, voller Hoffnung auf ein Lächeln und gute Neuigkeiten.

»Das sieht ihm einfach überhaupt nicht ähnlich«, sagt Mam immer wieder, wenn sie nicht gerade murmelnd ihren Rosenkranz betet. »Unser Matthew würde sich niemals betrunken ans Steuer setzen. Manchmal fühlt er sich nicht gut, trotzdem würde er nie so unvernünftig sein. Was um alles in der Welt ist nur in ihn gefahren? Paddy, du musst ein ernstes Wort mit ihm reden, wenn er nach Hause kommt.«

Mein Vater, ein großer, bescheidener Mann, der sich nur in die Stadt wagt, wenn es wirklich sein muss, stößt einen tiefen Seufzer aus, dann fängt er meinen Blick auf, und die Angst in seinem Gesicht trifft mich bis ins Herz.

Wenn er nach Hause kommt.

Falls er nach Hause kommt ist das, was wir beide denken, aber das können wir Mam nicht sagen, die sich an diese heiligen Perlen klammert, als würde sie sich an Matthews Leben klammern.

Wäre ich an jenem Abend nicht spontan in *Pip's Bar* gewesen, hätte ich Tom Farley nicht getroffen.

Wäre ich nicht mit ihm verschwunden, sondern wieder zu meinen Freunden reingegangen, hätte ich seinen Namen nie wieder in den Mund nehmen müssen.

Wäre ich nicht zu Matthew gefahren, um ihn einzuweihen, wäre das alles nicht passiert.

So viele Entscheidungen, alle von mir getroffen, haben zu dieser schrecklichen Situation geführt. Und trotz dieses Horrortrips, trotz meiner riesigen Schuldgefühle habe ich das dringende Bedürfnis, Tom wiederzusehen. Ich habe mich noch nie so allein gefühlt wie im Moment, und ich brauche Tom, weil er mir wie kein anderer Sicherheit und Stärke vermittelt.

Emily und Kevin sind in die Cafeteria runtergegangen, Mam und Dad halten sich buchstäblich gegenseitig aufrecht, und ich stehe allein da, an eine harte Wand gelehnt. In meinem Kopf herrscht ein wildes Durcheinander, überlagert von meiner Sehnsucht nach der Person, deren bloße Erwähnung Matthew dazu trieb, in seinen Wagen zu springen und loszurasen, bevor er nur drei Kilometer weiter frontal mit einem anderen Fahrzeug zusammenstieß. Wo er überhaupt hinwollte, werden wir wahrscheinlich nie erfahren.

Ich checke mein Handy, und meine Daumen verharren über dem Touchscreen. Ich möchte Tom so gern erzählen, was passiert ist, aber gleichzeitig habe ich Angst, er könnte sich die Schuld an dem Unfall geben. Es hat etwas mit ihm zu tun, das weiß ich jetzt, aber ich habe keine Ahnung, was genau dahintersteckt.

»Du bist bestimmt Emily?«

Ich drehe meinen Kopf nach rechts und sehe einen attraktiven Fremden, der eine kräftige Hand zur Begrüßung vorstreckt. Er trägt einen kurzen dunkelblauen Kaschmirmantel, sein kastanienbraunes Haar ist zur Seite gekämmt, und sein Gesicht ist blass vor Sorge.

»Martin?«, fügt er hinzu, als müsste er meinem Gedächtnis auf die Sprünge helfen. Ich starre ihn wohl an wie ein verschrecktes Kaninchen, weil er seine Hand rasch herunternimmt, nachdem ich sie sehr lasch gedrückt habe.

»Ich bin nicht Emily, sondern Charlotte«, sage ich. »Sorry, aber sind wir uns schon mal begegnet?«

Er schaut auf meine Eltern, aber die sind zu sehr mit sich selbst beschäftigt, um seine Anwesenheit überhaupt wahrzunehmen.

»Charlotte, natürlich«, sagt er. »Matthew hat mir von dir erzählt. Du bist die supertalentierte Lehrerin, richtig? Gott, das hier ist ein richtiger Albtraum, nicht wahr?«

Wir schauen zu der Tür, hinter der Matthew gerade operiert wird, als könnte sie uns Antworten geben, aber im Moment heißt es einfach abwarten.

Alles, was wir wissen, ist, dass Matthews Wagen auf der Landstraße ins Schleudern kam und frontal mit einem entgegenkommenden SUV zusammenstieß, in dem eine Mutter und ihre zwei Kinder saßen, die auf dem Heimweg von einem

Besuch beim Weihnachtsmann waren. Matthew erlitt schwere Kopfverletzungen und schwebt in Lebensgefahr, während die Familie glücklicherweise glimpflich davonkam, aber mein Bruder wird diese Schuld bis an sein Lebensende tragen, sollte er den Unfall überhaupt überleben.

Der dunkle Abgrund, in dem er vier Jahre gefangen war, wird nun vermutlich noch tiefer aufreißen, ausgerechnet jetzt, wo er wieder erste Anzeichen von Hoffnung zeigte. Ausgerechnet jetzt, wo er ein nettes Mädchen gefunden hat, wo er einen Urlaub für unsere Familie geplant hat, komme ich daher und erwähne den Mann, dessen bloßer Name ihn aus dem Gleichgewicht bringt. Und nun liegt er auf einem OP-Tisch und kämpft um sein Leben.

Ich breche in Tränen aus, und Martin, wer auch immer er sein mag, nimmt mich in den Arm und tätschelt mir den Rücken wie einem Baby.

»Es ist meine Schuld«, sage ich schniefend, und mir ist klar, dass ich wahrscheinlich gerade seinen teuren Mantel ruiniere. »Ich weiß nicht, warum, aber er ist einfach davongestürmt, ohne jede Erklärung. Warum habe ich nicht einfach ganz normal weitergemacht, statt nach Hause zu fahren und Probleme zu verursachen? Ich bringe immer nur Probleme. Das ist alles meine Schuld.«

Martin fährt fort, mich beruhigend zu tätscheln. Ich habe zwar keine Ahnung, wer er ist, aber ich bin froh über seinen Trost. Einen Moment lang stelle ich mir vor, er wäre Tom, der mir sogar noch mehr Halt geben würde, wenn er jetzt hier wäre. Warum ist das Leben so verdammt kompliziert und unfair?

Ich höre Emily und Kevin zurückkommen, und ich löse mich von Martin, um sie zu begrüßen. Sie waren keine halbe Stunde fort, aber mir kommt es vor wie eine Ewigkeit, und ich bin unheimlich froh, als ich meine Schwester sehe, die sich bei ihrem Mann eingehakt hat und auf uns zusteuert.

»Das ist Martin«, sage ich zu den beiden. »Martin, das sind meine Schwester Emily und ihr Mann Kevin. Martin ist –«

Ich unterbreche mich, weil mir bewusst wird, dass ich keine Ahnung habe, wer Martin ist, außer dass er einen hübschen Mantel trägt, tolle Umarmungen verschenkt und nach Weihnachten riecht, in einer frischen Mischung aus Orangen und Gewürznelken.

»Ich bin ein Freund von Matthew«, sagt Martin und schüttelt meiner Schwester so kräftig die Hand, dass er ihr beinahe den Arm auskugelt. Emily ist vor Sorge blass wie ein Gespenst und hat kaum ein Wort gesprochen, seit sie hier ist. Keiner von uns hat viel gesagt, wenn ich genauer darüber nachdenke, abgesehen von ein paar hastig geflüsterten Worten, wie man es von Totenwachen oder vom Gottesdienst kennt. »Angela Sullivan hat mich angerufen und mir gesagt, was passiert ist, und ich habe mich sofort auf den Weg hierher gemacht.«

»Das ist ein feiner Zug von dir«, sagt Emily und umklammert mit beiden Händen Martins Hand. »Danke, dass du gekommen bist, um uns Beistand zu leisten.«

Martin sieht uns hilflos an. Er ist wahrscheinlich genauso bestürzt wie wir.

»Matthew und ich waren heute Abend im Sullivan's verabredet, um über unseren Folkclub zu sprechen, den wir zusammen gründen wollen«, sagt er niedergeschlagen. »Stattdessen sind wir jetzt hier im Krankenhaus. Gott, ich hoffe, er packt das. Ich kann es nicht begreifen. Er würde nie betrunken losfahren. Niemals.«

Sie wollen zusammen einen Folkclub gründen? Matt und sein Freund? Mir ist vollkommen bewusst, dass ich Martin mit offenem Mund anstarre, während ich versuche, in meinem Kopf die Puzzleteile zusammenzusetzen. Matthew hat mir gesagt, dass er *jemanden* kennengelernt hat …

»Martin, bist du … bist du Matthews neuer Partner?«, frage ich, und ich könnte mich dafür treten, dass ich so anmaßend war, so blind dafür, was im Leben meines Bruders los ist. Emily sieht aus, als würde sie gleich in Ohnmacht fallen, während Martin nickt und uns anstarrt, als würde er sich fragen, ob wir hinter dem Mond leben.

»Ja«, sagt er, nun peinlich berührt. »Ich dachte, er hätte es euch gesagt.«

Ich weiß nicht, was ich sagen soll. Ich fühle mich, als würde ich seit Stunden die Luft anhalten, während mir endlich ein Licht aufgeht und viele Dinge über Matthew plötzlich einen Sinn ergeben, aber gleichzeitig steigt meine Verwirrung. Matthew sagte vorhin, er habe eine große Neuigkeit, dass er sie eigentlich mir als Erste erzählen wollte, und ich könnte mich nun dafür ohrfeigen, dass ich ihm in die Parade gefahren bin, als er mir etwas offenbaren wollte, das er sein ganzes Leben lang zurückgehalten hat.

»Charlotte, hast du das gewusst?«, fragt Emily verdattert. »Ich meine, für mich ist das keine große Sache, es kommt nur ein bisschen –«

»Ich hatte keine Ahnung«, sage ich leise, »aber jetzt verstehe ich allmählich. Er hat mich gebeten, zu ihm zu kommen. Er wollte es mir sagen.«

Matthew wollte sich im Pub vor mir outen, aber dann fragte er mich zuerst nach meinem Liebesleben, und ich nutzte die Gelegenheit, meine eingleisige Mission zu verfolgen und ihm von Tom zu erzählen. Ich wäre nie auf die Idee gekommen, dass es sich um eine so große Sache handelte, wegen der er mich sehen wollte.

»Tut mir leid«, sage ich zu Martin und reibe meine Stirn. »Wir kommen viel zu selten nach Hause, aber ich glaube, Matthew wollte mir von euch erzählen, kurz bevor … kurz bevor er verunglückt ist.«

Martin atmet tief durch, dann knöpft er seinen Mantel auf, streift ihn ab und legt ihn über seinen linken Unterarm. Meine Mutter bemerkt ihn schließlich und steht auf, lässt sich gegen ihn fallen und klammert sich an ihm fest, während mein Vater danebensteht und auf den Boden starrt. Dann hebt er seinen Kopf und nickt Martin zu.

»Keiner von uns hätte mit so etwas gerechnet, nicht wahr, Martin?«, sagt er, sein Kinn auf eine Art hochgereckt, die mir verrät, dass er mit den Tränen kämpft. »Gestern Abend saßen wir noch gemütlich mit euch beiden zusammen und freuten uns darüber, wie glücklich Matthew endlich wieder war, und nun, einen Tag später … nur einen Tag später …«

Mein Vater bricht zusammen, und Emily und ich eilen rasch an seine Seite und nehmen ihn in unsere Mitte, schlingen unsere Arme um seine Taille wie früher, als wir noch klein waren.

Der besondere Mensch im Leben meines Bruders ist also nicht eine Frau, wie ich automatisch annahm, sondern ein Mann, und genau das wollte Matt mir vorhin sagen. So wie er mich in seiner Vorstellung mit Mr. Vernünftig verkuppelte, was mir richtig sauer aufstieß, so hatte auch ich meine Klischees im Kopf, ohne mir ein einziges Mal die Mühe zu machen, genauer hinzuschauen. Warum also hat er so heftig auf Tom Farley reagiert? War es, weil … O mein Gott.

Wahrscheinlich bin ich sogar selbst ein bisschen in ihn verknallt.

Ich erinnere mich wieder an seine Worte, die er nach meiner ersten Begegnung mit Tom so beiläufig dahersagte.

Langsam lasse ich meinen Vater los und stolpere durch den Flur, umklammere mein Handy in der Jackentasche. Ich stoße die Schwingtür auf und verlasse die Station, registriere kurz den seltsamen Blick eines Arztes, der mir entgegenkommt, und stürme einen gläsernen Durchgang entlang, bis ich schließlich eine freie Sitzcouch neben einer großen Topfpflanze entdecke. Ich lasse mich darauffallen und wähle Toms Nummer.

»Charlie, Gott sei Dank«, meldet er sich nach dem ersten Rufzeichen. »Bitte sag mir, dass es dir gut geht. Ich hatte vor, dich anzurufen, aber ich wollte dich nicht stören für den Fall, dass du gerade mit Matthew sprichst. Und, hast du es ihm gesagt? Wie hat er reagiert?«

Ich schließe fest meine Augen, um die geschniegelten Promis auszublenden, die mich von den Titelseiten der Klatschblätter anstarren, mit denen ich mir die Couch teile.

»Tom, du hast gesagt, du hattest den Eindruck, dass hinter Matthews Verhalten noch etwas anderes steckte als bloß eine kleinliche Eifersucht auf dich oder auf mich oder auf uns oder auf wen auch immer ...«

Ich klinge nicht wie ich selbst. Ich bin kurzatmig und panisch. Ich muss wieder runterkommen. Es entsteht eine Pause. Eine sehr lange Pause.

»Ich hatte eine Vermutung, aber ich konnte ihn nicht damit konfrontieren, Charlie. Hat er es dir gesagt? Hat er dir gesagt, was los war?«

Mir ist unerträglich heiß. Ich versuche, tief ein- und auszuatmen, um mich zu beruhigen.

»Tom, bist du jemals auf die Idee gekommen, dass Matthew schwul sein könnte?«, sage ich. »Hältst du es für möglich, dass das ganze Theater und die Überreaktion deinetwegen und wegen deiner Beliebtheit bei Frauen daran lagen, dass er selbst ein Auge auf dich geworfen hatte?«

Diesmal zögert er nicht mit seiner Antwort. Er sagt es einfach frei heraus, ohne groß zu überlegen, und seine Stimme klingt erleichtert. »Ja«, erwidert er. »Ich habe es vermutet, aber er hat sich nie dazu bekannt, Charlie.«

»O mein Gott.«

»Ich konnte ihn nicht fragen«, fährt Tom fort. »Ich hatte zu viel Angst, ich könnte falschliegen. Ich habe mir jahrelang den Kopf darüber zerbrochen und mich gequält, weil ich untätig zusah, wie er alles zerstörte, was ihm so viel bedeutete. War es falsch von mir, ihn nicht darauf anzusprechen? Ich hätte ihn fragen sollen.«

Ich schüttele den Kopf, als wäre Tom jetzt hier und könnte mich sehen. Am liebsten würde ich meinem Bruder den Kopf abreißen wegen seiner unnötigen Heimlichtuerei über all die Jahre hinweg, aber gleichzeitig könnte ich weinen wegen der Verwirrung, die er empfunden haben muss. Er ist jetzt zweiunddreißig! Warum in aller Welt hat er es so lange verschwiegen und eine Lüge gelebt, ohne sich mir oder Emily oder Mam oder Dad anzuvertrauen? Wir hätten ihn deswegen nicht weniger geliebt, aber jetzt? Jetzt stehen wir vor einer heillosen Katastrophe.

»Ich glaube, er wollte es mir vorhin im Pub sagen«, erkläre ich Tom. »Er war so gut drauf. Er hat mir erzählt, dass er jemanden kennengelernt hat und dass er ein paar tolle Sachen plant, aber als ich deinen Namen ins Spiel brachte, wurde er total komisch und stürmte schließlich hinaus zu seinem Wagen. Er hatte einen schlimmen Verkehrsunfall. Er liegt im Krankenhaus, Tom.«

»Um Gottes willen.«

»Sein Zustand ist lebensbedrohlich, wir warten auf neue Informationen von den Ärzten. Ich kann nicht glauben, dass das gerade tatsächlich passiert.«

Ich höre Tom entsetzt nach Luft schnappen, und ich gebe ihm einen Moment, um die Neuigkeit zu verdauen. Wegen seiner Gefühle für Tom ließ Matthew den Plattenvertrag platzen, auf den die Band so hart hingearbeitet hatte, seine Psyche ging vor die Hunde, und die ganze Sache trieb Tom und mich auseinander, gegen unser beider Willen. Wir wollten zusammen sein. Wir wollten es miteinander versuchen. Aber Matthew wollte ihn auch. Ich war nicht die Einzige, die sich vor all den Jahren in Tom Farley verliebte.

»Was für ein Desaster«, sagt Tom leise. »Stell dir vor, was für eine Tortur es sein muss, sein ganzes Leben lang seine wahre Natur zu verheimlichen, eine Lüge zu leben und vorzugeben, jemand zu sein, der man nicht ist, Charlie. Es tut mir schrecklich leid für Matthew, aber er wird ganz bestimmt durchkommen. Er hat einen starken Willen, er lässt sich nicht unterkriegen. Es wird alles gut, das weiß ich einfach.«

Ich muss an meine Mutter denken, die in diesem geschäftigen Flur ihren Rosenkranz betet, im festen Glauben, dass sie damit eine Art Wunder bewirken kann, das Matthew das Leben rettet, und vielleicht funktioniert es ja auch. Im Moment würde ich alles ausprobieren, damit mein Bruder überlebt und wieder vollständig auf die Beine kommt. Damit er das Leben führen kann, das er sich immer gewünscht hat. Oh, wie konnte ich nur so blind sein, so naiv, das nicht zu erkennen. Wie hat er es geschafft, das so lange für sich zu behalten, oder besser gesagt, warum hat er so lange ein Geheimnis daraus gemacht? Und die größte Ironie des Ganzen ist, dass er Dublin, eine weltoffene, bunte Stadt, in der alles geht, gegen Loughinisland eingetauscht hat, wo die Chance, jemanden kennenzulernen, praktisch gleich null ist – und trotzdem fand er Martin und war auf dem Weg zu seinem Glück. Bis ich von Tom anfing.

»Ich gehe jetzt besser zu den anderen zurück, vielleicht gibt es was Neues«, sage ich zu Tom. Ich möchte unser Gespräch nicht beenden, aber ich muss mich vergewissern. »Gott, ich wünschte, du wärst jetzt hier. Ich könnte eine dicke Umarmung gebrauchen.«

Noch während ich es ausspreche, wird mir bewusst, wie unwahrscheinlich es ist, dass mein Wunsch in Erfüllung geht, und Toms Antwort ist auch nicht so enthusiastisch, wie ich gehofft habe.

»Ich denke, ich bin der Letzte, den deine Familie im Moment um sich herum braucht, Charlie«, sagt er. Ich höre, dass seine Stimme zittert. »Ich hätte erst gar nicht nach dir suchen dürfen, damit habe ich nur alte Gefühle und Konflikte geweckt. Was zum Teufel habe ich mir dabei gedacht? Es tut mir unendlich leid, dass ich euch dieses ganze Chaos eingebrockt habe.«

»Nein, Tom, bitte sag das nicht!«, flehe ich ihn an. »Es ist nicht deine Schuld! Und ich will dich jetzt nicht aufgeben. Nicht nach gestern. Bitte, du darfst so was nicht sagen!«

Aber im Grunde weiß ich, dass er recht hat. Wenn Matthew erst durch Tom seine Sexualität entdeckte und in eine tiefe Depression stürzte, die ihn seine geliebte Band und fast seinen Verstand kostete, wie könnte er dann jemals Tom und mich als Paar ertragen? Das wird nie funktionieren, egal wie sehr wir es uns wünschen.

»Ich will nicht, dass es so endet«, sage ich kläglich. »Das mit uns ist etwas Besonderes, das hast du selbst gesagt.«

Tränen laufen mir über die Wangen, und mein Hals schnürt sich vor Panik zu. Das ist zu viel auf einmal. Gestern waren wir noch so glücklich, so sicher, dass wir füreinander bestimmt sind, und heute fuhr ich voller Hoffnung nach Hause, um meinem Bruder ein für alle Mal klarzumachen, dass er die Gefühle anderer Menschen nicht kontrollieren kann … und jetzt das? So etwas wäre niemandem von uns im Traum eingefallen.

Das Leben kann sich auf einen Schlag zum Guten wenden, so wie meins, als ich eine zweite Chance mit Tom bekam, aber es kann sich auch genauso schnell zum Schlechten wenden, wie in Matthews Fall. Es ist hart und grausam, aber vielleicht doch ein Segen, dass wir nicht wissen, was auf uns zukommt.

Tom Farley ist ein Stachel im Fleisch meines Bruders, sowohl was Zukünftiges als auch was Vergangenes betrifft – eine Erinnerung an sein altes Ich, ein abschreckendes Beispiel für eine unerwiderte Liebe, die er anscheinend noch immer nicht richtig überwunden hat, obwohl so viel Zeit vergangen ist. Das Motto »Aus den Augen, aus dem Sinn« hat für Matthew funktioniert, aber wenn die bloße Erwähnung von Toms Namen so viel Schaden anrichten kann, will ich mir nicht ausmalen, was passieren würde, wenn Matt uns zusammen sähe. Es fühlt sich an, als würde Tom und mir alles entgleiten, und wir haben nicht die geringste Kontrolle darüber.

»Glaubst du, wir werden es jemals schaffen, dass das mit uns funktioniert?«, frage ich, obwohl mein Bauchgefühl mir sagt, dass es aussichtslos ist.

»Ich glaube, im Moment brauchen wir noch keine Entscheidungen zu treffen, Charlie«, antwortet er. »Lass uns nicht in Panik verfallen, und bitte nicht mehr weinen, sonst fange ich auch noch an. Ich habe gleich einen Termin mit zwei Schwestern, die mit den Kardashians verwandt sein könnten. Denen möchte ich eine richtig schicke Luxuswohnung in Dublin verkaufen, und mit rot geschwollenen Augen würde ich mich nicht gerade von meiner besten Seite präsentieren.«

Er versucht, mich zum Lachen zu bringen, aber alles, was ich tun kann, ist, ihn mir jetzt vorzustellen, in Anzug, Hemd und Krawatte, die verwuschelten Haare ordentlich gekämmt, und mein Drang, auf der Stelle zu ihm zu eilen, ist übermächtig.

»Ich weine doch gar nicht«, schwindele ich, und prompt entfährt mir ein tiefes Schluchzen. »Ich weiß nicht, ob ich das alles verkraften kann. Das hier wird uns kaputtmachen. Ich fürchte, das hat es bereits getan.«

Ich weiß, dass Tom auch weint. Ich höre es an seiner Stimme, an seiner herrlichen, heiseren Stimme, an der Art, wie sie bricht, wenn er mit mir spricht. Ich habe das Gefühl, das hier ist der Beginn eines langen Abschieds, und Tom weiß es auch.

»Hör zu, ich habe mein Handy immer bei mir, also ruf mich an, wenn du mit mir reden willst, Tag und Nacht«, sagt er. »Wir können uns treffen, sobald wir wissen, dass Matthew außer Lebensgefahr und auf dem Weg der Besserung ist, und dann sehen wir einfach weiter, okay? Noch müssen wir uns nicht geschlagen geben, oder?«

Ich schaue an die Decke. »Nein«, sage ich, und mein Herz brennt vor Schmerz. »Müssen wir nicht.«

Noch nicht. Aber ich weiß, dieser Tag wird sehr bald kommen, weil so vieles gegen uns ist. Wie könnte ich Matthew noch mehr Kummer bereiten? Das würde ich mir nie verzeihen.

Ich sehe auf die Uhr an der Wand. Es ist nach neun, was mir bewusst macht, dass wir nun schon seit vier Stunden hier sind. Die längsten vier Stunden meines Lebens.

»Bleib stark, Charlie Taylor«, sagt Tom beschwörend. »Du bist aus hartem Holz geschnitzt. Du wirst es überstehen, und Matthew auch, das weiß ich einfach. Ich bin immer für dich da, selbst wenn du nur ein Ventil brauchst, um Dampf abzulassen. Hör zu, ich muss jetzt los. Bitte glaub mir, ich denke immer an dich, jede Sekunde, und das meine ich wörtlich. Ich werde nirgendwohin gehen. Ich werde für dich da sein, egal was passiert.«

Ich umklammere mein Handy fester. Ich will nicht, dass er auflegt. Ich will nicht zurückgehen und mir anhören, was die Ärzte zu sagen haben. Ich brauche Tom nicht einfach nur als Ventil, ich möchte mit ihm zusammen sein so wie gestern, so nah, so vertraut, und mit ihm Pläne machen und unsere zweite

Chance feiern.

»Danke, Tom«, flüstere ich, nicht länger fähig, mein Schluchzen zu unterdrücken. »Ich melde mich wieder, okay?«

»Ja«, sagt er, während er versucht, stark zu bleiben. »Wir sprechen uns bald. Ich bin immer für dich da, Charlie. Verlass dich drauf.«

Ich möchte ihm so gerne glauben, aber tief hinten in meinem erschöpften, verwirrten, verliebten Kopf weiß ich, dass es mit mir und Tom Farley nie einfach sein wird. Tatsächlich befürchte ich nach dem, was heute passiert ist, dass wir wahrscheinlich keine Chance haben.

KAPITEL 6

Dublin, März 2016

An Tagen wie heute sitze ich in meinem Klassenzimmer, starre in die Frühlingssonne hinaus, die sich über die Narzissen und Schneeglöckchen im Schulgarten ergießt, und frage mich, wie es schon neun Wochen her sein kann, dass ich mich von Tom Farley verabschiedet habe.

Wir haben uns sehr angestrengt, um die Sache am Laufen zu halten, aber egal, wie sehr wir versuchten, es auszublenden oder zu leugnen, die Ungeheuerlichkeit von Matthews Begegnung mit dem Tod war wie ein Elefant im Raum, an dem wir einfach nicht vorbeikamen.

»Macht ein paar Tage Urlaub, nur ihr zwei«, sagte Emily, unsere ewige Cheerleaderin. Sie wusste, dass ich verrückt nach Tom war und wie lange ich mich nach ihm verzehrt hatte. Aber ich konnte meine Schuldgefühle einfach nicht beiseiteschieben. Sie trieben mich morgens, mittags und abends in Matthews Nähe, wenn ich nicht gerade arbeiten musste, und Tom bekam bald das Gefühl, dass er auf mich in meinem derangierten Zustand nur noch mehr Druck ausübte.

»Wenn es deinem Bruder wieder besser geht, kannst du vielleicht ein für alle Mal reinen Tisch mit ihm machen«, sagte er eines Tages zu mir, als ich es geschafft hatte, mich von Matthews Krankenbett loszueisen. »Es bricht mir das Herz, wenn ich sehe, wie du dich quälst. Du musst aufhören, dir die Schuld zu geben. Hör auf, uns die Schuld zu geben.«

Aber dazu war ich nicht fähig, und als Tom die Chance bekam, an einem Bandcasting in London teilzunehmen, wusste ich, dass ich ihn keine Sekunde lang aufhalten durfte.

»Komm mit mir«, bat er mich an einem Sonntagmorgen Ende Januar, als wir zusammen im Bett lagen. »Wir mieten uns eine kleine Wohnung und schlagen uns mit Auftritten durch. Vielleicht kannst du dich vom Schuldienst freistellen lassen? Ich kenne jemanden, der hat sich eine Auszeit von sechs Monaten genommen, um durch die Welt zu reisen, und seine Stelle wurde so lange freigehalten.«

Wäre ich meinem Bauchgefühl gefolgt, hätte ich einfach meine Sachen gepackt und wäre mit dem Mann meines Herzens nach London gegangen, um das zu tun, was wir beide liebten, um ein Leben zu führen, das meiner wahren Bestimmung entsprach. Aber die Entscheidung lag nicht in meinen Händen.

»O Tom, ich würde ja so gerne mitkommen, aber ich kann nicht, noch nicht«, sagte ich und sah, wie ich ihm endgültig das Herz brach. »Ich kann hier nicht weg, jedenfalls vorerst nicht. Aber wer weiß, vielleicht bessert sich die Lage schon bald, und ich kann nachkommen.«

Matthews Zustand war inzwischen nicht mehr lebensbedrohlich, aber er hatte noch einen langen, beschwerlichen Weg vor sich, der unsere ganze Zeit und Energie beanspruchte. Wir sechs – Mam, Dad, Emily, Kevin, Martin und ich – hatten einen Schichtplan ausgearbeitet, der sicherstellte, dass Matthew nie allein war, nicht einmal in Phasen, in denen er unsere Anwesenheit gar nicht mitbekam. Neue Begriffe wie »stumpfes Trauma«, »Hämatom« und »axonale Schädigung« flossen in unseren alltäglichen Wortschatz ein, während wir uns auf Ärzte stützten, die wir inzwischen bei ihrem Vornamen kannten.

Emily hielt mich für verrückt, weil ich Toms Angebot ausschlug.

»Um Himmels willen, London ist nur eine Stunde Flugzeit

entfernt«, sagte sie. »Du kannst diese Schuld nicht ewig mit dir herumschleppen, Charlotte. Du hast dich schon genug bestraft. Geh mit Tom nach London! Geh und probier es einfach aus, und wenn du zurückkommen willst, werden wir noch immer alle hier sein. Manchmal muss man zuerst an sich selbst denken. Du willst ihn doch begleiten, richtig?«

Ich nickte, und mir kamen wie immer die Tränen bei dem Gedanken, dass Tom fortging.

»Dann geh!«, wiederholte sie. »Matthew würde es verstehen. Du kannst nicht dein restliches Leben davon bestimmen lassen, was ihm widerfahren ist. In seiner Eifersucht hat er dich lange genug eingeschränkt.«

Aber ich konnte nicht. Mein Gewissen lieferte sich einen Kampf mit meinem blutenden Herz, und das Gewissen siegte.

Tom und ich verbrachten unseren letzten gemeinsamen Tag in Howth, wo wir den Cliffwalk mit seiner spektakulären Aussicht entlangwanderten, auf dem Markt zu Mittag aßen und uns danach ins Gras hockten und auf das berühmte Baily Lighthouse hinausschauten. Es war ein ruhiger Tag, verglichen mit der Ausgelassenheit, die wir bei unserem letzten Besuch in diesem ehemaligen Fischerdorf gespürt hatten, eine sanfte Bestätigung dessen, was hätte sein können, wenn sich die Umstände nicht gegen uns verschworen hätten.

»Ich werde dich ganz schrecklich vermissen«, sagte er, als wir dasaßen, mit dem Wind in unseren Haaren und dem Meer zu unseren Füßen. »Bitte versprich mir, dass du mich bald besuchen kommst.«

Ich drehte mich zu ihm und berührte mit meinem Handrücken sein schönes Gesicht.

»Ich komme dich besuchen, sobald ich kann, versprochen«, sagte ich.

»Ich liebe dich, Charlie Taylor«, sagte er, und seine Augen füllten sich mit Tränen. »Ich muss nicht weggehen, weißt du. Du brauchst mir nur zu sagen, dass ich bleiben soll, und ich tu's.«

Ich schüttelte den Kopf und schlang meine Arme um ihn. »Ich liebe dich auch, Tom«, erwiderte ich. »Aber ich darf dir diese Chance nicht kaputt machen. Geh nach London, und ich komme später nach, das verspreche ich dir.«

Und so ging er fort, sein Herz gebrochen, genau wie meins, ohne zu wissen, ob ich es jemals schaffen würde, meine Schuldgefühle zu überwinden und meinem inneren Ruf zu folgen – dorthin, wo ich hingehörte, zu Tom Farley.

Aus Tagen wurden Wochen, aus Wochen Monate, und während Matthew sich langsam erholte, sprachen wir nie über jenen Tag in Loughinisland, als er in den Schneesturm hinausgestürzt war. Wir konzentrierten uns einfach nur auf seine täglichen Fortschritte, wir übten mit ihm aufrecht zu sitzen, Messer und Gabel zu benutzen, Worte zu artikulieren, die ihm früher mühelos von der Zunge geglitten waren, aber die er nun nicht mehr finden konnte. Manchmal ertappte ich ihn dabei, wie er mich anstarrte, und ich fragte mich, was in seinem gequälten Kopf vor sich ging.

Ob er mich hasst für das, was passiert ist? Ob er mir die Schuld daran gibt? Ob er jemals fähig sein wird, loszulassen und nach vorn zu schauen, so wie wir das alle mit ganzer Kraft versuchen? Inzwischen wurde er in eine andere Klinik verlegt, wo er lernt, die Splitter seines Lebens aufzusammeln. Er kann noch immer nicht wieder laufen, und keiner von uns schafft es, über den Elefanten im Raum zu sprechen, den Mann, in den wir beide gleichzeitig verliebt waren.

»Wir haben endlich einen Namen für die Band«, erzählte Tom mir, als wir wie jede Woche miteinander telefonierten, um Neuigkeiten auszutauschen und unsere kostbare Verbindung aufrechtzuerhalten. »Du wirst ihn schrecklich finden, das weiß ich.«

»Sag schon«, erwiderte ich, den Klang seiner Stimme in mich aufsaugend, während ich mir wünschte, die Entfernung zwischen uns wäre nicht so groß.

»Die Plattenfirma will, dass wir Die Band ohne Namen heißen«, sagte er und wartete auf meine Reaktion. Ich brach in Gelächter aus, und er lachte mit.

»Was für ein Genie hat sich das denn ausgedacht?«, sagte ich.

»Ich habe den Produzenten von dir erzählt«, fuhr er fort, und in seiner Stimme schwang Vorfreude mit. »Vielleicht könntest du bei Gelegenheit ein paar neue Sachen von dir schicken? Ich möchte, dass auch du deine Chance bekommst, Charlie. Ich kann es kaum erwarten, dich wiederzusehen. Du wirst London lieben.«

Mein Herz hebt sich, wenn er so spricht, und ich habe die Bilder schon im Kopf: Tom und ich, wie wir durch die englische Metropole schlendern und an Orten wie Notting Hill oder Camden Town das kulturelle Leben erkunden, die bunte Vielfalt in uns aufsaugen und Songs schreiben, die uns wie durch Zauberei zufliegen.

Aber tief im Innern weiß ich nicht, ob meine Schuldgefühle wegen Matthews Unfall diesen Traum jemals wahr werden lassen.

»Miss Taylor, ich habe ein Bild für Sie gemalt.«

Meine Tagträume und Gedanken werden wie üblich von einem meiner Erstklässler unterbrochen, in diesem Fall von der kleinen Gracie Marshall, die mir ein bemaltes Blatt Papier gibt, auf dem ein sehr rund aussehendes Ich dargestellt ist, in meinem langen violetten Gypsy-Kleid aus fließendem Stoff und mit meiner Gitarre. Über mir strahlt die herrlichste gelbe Sonne mit einem lächelnden Gesicht, wie sie nur ein Kind malen kann.

»Danke, Gracie, damit hast du mir den Tag versüßt«, sage ich und klebe mit meinem stets aufgefüllten Vorrat an Blu-Tack das Bild an die Wand neben mir. Gracie grinst von einem Ohr zum anderen und dreht ihre Schultern hin und her, ein Zeichen dafür, dass sie noch etwas auf dem Herzen hat. Ich schenke ihr ein aufmunterndes Lächeln, denn sie soll wissen, dass sie mich alles fragen kann.

»Was ist, mein Engel? Kann ich noch etwas für dich tun?«, frage ich.

Sie blickt sich kurz um, dann sieht sie mich unter ihren dichten schwarzen Wimpern an. »Können Sie ... Können Sie uns bitte ein Lied vorspielen, Miss Taylor?«, sagt sie schließlich, und ihre braunen Augen sind groß wie Untertassen, während sie an ihren dunklen Haaren spielt. »Sie haben uns schon sooo lange nichts mehr vorgespielt, und ich liebe es, wenn Sie Ihre Lieder singen.«

Ich atme tief durch. Sie hat recht. Ich singe in letzter Zeit gar nicht mehr. Ich kann einfach nicht. Jedes Mal, wenn ich meine Gitarre in die Hand nehme und es versuche, sei es zu Hause oder hier in der Schule, spüre ich Tom nah bei mir und möchte am liebsten losheulen, weil mir ohne ihn immer noch so weh ums Herz ist.

Auch er hat bei seinem letzten Anruf gesagt, er wolle, dass ich wieder singe. Vielleicht ist heute, mit der Frühlingsfreude in der Luft und einem Publikum aus unvoreingenommenen Kindern, ein guter Tag, um damit anzufangen.

»Ich werde mein Bestes versuchen, Gracie«, sage ich und spüre, wie meine Unterlippe zittert, als sie mir die Gitarre vom Ständer bringt, die dort wochenlang Staub angesammelt hat. »Was möchtest du gerne hören? Irgendeinen besonderen Wunsch?«

Ich spüre das vertraute kühle, dunkel glänzende Holz in meinen Händen, drehe an den Wirbeln, um die Gitarre zu stimmen, streiche über das Griffbrett und fühle die festen Saiten unter meinen Fingern.

In der Klasse bricht Jubel aus, und ich muss richtig breit lächeln, wie ich es schon lange nicht mehr getan habe, während in meinen Augen Tränen brennen. Es besteht kein Zweifel, Musik ist meine Bestimmung, ich weiß es einfach. Tom hat recht. Die Musik liegt mir im Blut, und es macht Menschen glücklich, meine Songs zu hören, so wie es mich glücklich macht, die Songs zu schreiben und vorzutragen.

»Spielen Sie das Glücksstern-Lied!«, ruft einer der Jackson-Zwillinge aus der zweiten Bankreihe. Obwohl ich die beiden kleinen Rotschöpfe nun schon seit fast sieben Monaten unterrichte, habe ich manchmal immer noch Mühe, sie auseinanderzuhalten, was zusätzlich dadurch erschwert wird, dass sie ständig ihre Plätze tauschen, um mich zu verwirren.

»Ah, das Glücksstern-Lied, natürlich«, sage ich unter Begeisterungsrufen zu den anderen fünfundzwanzig Gesichtern, die mich anstarren. »Also gut, ich versuch's.«

Ich rufe mir rasch den Liedtext in Erinnerung, und zu meiner freudigen Überraschung ist er sofort wieder da, als hätte ich nie aufgehört, ihn zu singen.

Ich habe das Lied vor über einem Jahr für meine damaligen Schüler geschrieben, und nun wird mir deutlich bewusst, wie sehr sich die Dinge für mich und mein gesamtes Umfeld seitdem geändert haben. Der Text entstand eines Nachmittags an genau diesem Lehrerpult, nachdem ich die Hausaufgaben korrigiert hatte, lange vor Matthews Unfall und lange bevor ich mich erneut in Tom verliebte und ihn dann wieder verlor.

Ich schrieb dieses einfache, sanfte Schlaflied, um ein Gefühl der Liebe und der Freude in diese jungen unschuldigen Köpfe zu pflanzen, ausgehend von der Idee, dass wir alle einen Glücksstern haben, der uns auf jedem unserer Schritte leuchtet. Der Text rührt mich immer zu Tränen, so wie das auch gleich wieder der Fall sein wird, aber auf eine sehr nette Art, denn er verbreitet Hoffnung und Geborgenheit.

Ich zupfe die verträumte Eröffnungsmelodie, und mein Herz schwillt an, als ich auf die Reihen von kleinen Zuhörern vor mir schaue, von denen manche den Kopf in die Hände stützen, andere sich im Takt hin und her wiegen und wieder andere sogar den Text mitmurmeln, während ich singe. Als der Refrain beginnt, stimmen alle mit ein, und ich gebe es auf, die Tränen zu verbergen, die aus meinen Augen kullern.

Es ist dein Glücksstern, der über dich wacht,
sei es am Tag oder in der Nacht.
Es ist dein Glücksstern, der immer ganz hell
herunterscheint auf dich speziell.
Wo du auch bist, was du auch machst,
er sorgt dafür, dass du schnell wieder lachst.
Träume süß, mein Sternenkind,
die Engel immer bei dir sind.

Zum Schluss applaudieren wir alle, und ich spüre eine neue Energie, die ich lange nicht mehr hatte. Draußen scheint die Sonne, die Kinder, die ich unterrichte, sind ein Geschenk des Himmels, meinem Bruder geht es von Tag zu Tag besser, und ich weiß, dass Tom, obwohl er nicht persönlich bei mir sein kann, in meinem Herzen ist und immer dort sein wird, wenn auch nicht auf die Art, von der ich so lange geträumt habe.

»Danke, Gracie«, sage ich zu der Kleinen, die mich ermutigt hat. »Du hast mich wieder zum Lächeln gebracht, bis tief in mein Herz hinein.«

Gracie schenkt mir ein süßes Lächeln und schickt sich an, das nächste Bild zu malen, aber leider muss sie ihr Kunstwerk unterbrechen, als ich die Klasse bitte, ihre Rechenbücher herauszuholen. Wie immer ernte ich damit ein kollektives Aufstöhnen, und ich bewundere die Ehrlichkeit von Kindern, die mich jeden Tag aufs Neue erdet. Die Musik ist meine große Leidenschaft, meine große Liebe, aber die Arbeit mit den Kindern bringt mich dazu, morgens aus dem Bett aufzustehen, und gibt mir jenen Lebenssinn, über den Tom und ich im Dezember sprachen. Ich habe nicht das Gefühl, als hätte Tom mich schon verlassen. Ich glaube nicht, dass er mich jemals verlassen wird.

Meine Vormittage sind den Freuden junger Menschen gewidmet, nachmittags fahre ich die kurze Strecke nach Malahide zum Rehazentrum, in das Matthew vor Kurzem zur Langzeittherapie verlegt wurde. Die Klinik ist auf Patienten mit schweren Hirnschädigungen spezialisiert, die in einem familiären Ambiente betreut werden, wo nicht allein die Genesung im Fokus steht, sondern auch ein würdevoller Umgang und die soziale Integration, und Matthew genießt seine wiedergewonnene Unabhängigkeit.

»Du siehst hübsch aus«, sagt er zu mir, als ich das zitronengelb und hellgrau gestrichene Einzelzimmer betrete, das wir mit privaten Fotos, seiner Musikanlage und Erinnerungsstücken aus seinem Leben verschönert haben, um es ihm gemütlich zu machen. Eine bunte Decke, von Mam gestrickt, liegt über seinen Beinen, und ich freue mich, dass ich ihn in seinem Rollstuhl antreffe statt im Bett.

»Ich komme frisch vom Friseur«, gebe ich zu, »aber danke, dass du es bemerkt hast. Ich hatte nur ein kurzes Aufstyling, eine dringend nötige kleine Aufmunterung.«

Ich gehe zu ihm und umarme ihn. Jeden Tag erlebe ich ihn stärker, jeden Tag frage ich mich, warum ich nicht früher erkannt habe, wie sehr er sich quälte, und jeden Tag frisst es mich innerlich auf, dass unser Streit wegen Tom ihn in diese Lage gebracht hat.

»Du hast Mam knapp verpasst«, sagt er. »Sie ist erschöpft, Charlotte. Sie braucht nicht jeden Tag hierherzukommen, und du auch nicht. Ich bin schon ein großer Junge, weißt du.«

Das weiß ich durchaus, aber ich weiß auch, dass wir, egal wie oft Matthew uns das sagt, nicht fähig sind, länger als einen Tag mit unseren Besuchen auszusetzen, so groß ist unsere Angst, seine Seele könnte wieder an jenen dunklen Ort zurückgleiten, an den wir ihn so lange verloren hatten.

»Ich habe einen neuen Therapeuten«, sagt er, als könnte er meine Gedanken lesen. »Ein cooler Typ, ich mag ihn wirklich. Er heißt Jack Malone, und ich hatte gestern Nachmittag eine richtig tolle Sitzung mit ihm, kurz nachdem du weg warst. Es war wahrscheinlich das beste Gespräch, das ich mit jemandem geführt habe, seit das alles passiert ist.«

»Oh«, sage ich und gehe zu dem Sessel neben dem Bett, um mich zu setzen. Wir alle klammern uns an jedes positive Signal, das von Matthew ausgeht, und ich brenne darauf, mehr zu erfahren. »Wie oft wirst du ihn sehen?«

Matthew zupft auf eine Art am Ärmelbund seines Kapuzenpullovers, die mich an mich selbst erinnert. Wir haben so vieles gemeinsam. Hatten wir immer. Wir haben die gleiche Haarfarbe (und teilten früher auch die Begeisterung, damit herumzuexperimentieren), die gleiche Augenfarbe und den gleichen zierlichen Körperbau. Tatsächlich sind wir uns so ähnlich, dass wir gleichzeitig in denselben Mann verliebt waren … Aber das hätte niemand voraussehen können.

»Er wird gleich hier sein, dann kannst du ihn kennenlernen«, sagt er. »Und bevor du in Panik oder Sorge verfällst, nein, ich spreche nicht mit ihm über die Vergangenheit beziehungsweise darüber, was zu dieser Situation geführt hat. Wir konzentrieren uns ausschließlich auf die Gegenwart, jetzt wo ich zu allen ehrlich bin, vor allem zu mir selbst.«

Ich weiß nicht, was ich sagen soll. Es ist das erste Mal, dass Matthew die Vorgeschichte seines Unfalls anspricht, und es trifft mich wie eine Faust in den Magen. Aber zum Glück brauche ich nichts zu sagen, weil in diesem Moment ein rasches Klopfen an der Tür ertönt.

»Guten Abend, Matthew!«, sagt eine fröhliche Stimme, und ich drehe meinen Kopf zu Dr. Jack Malone, der »coole Typ« und neue Therapeut meines Bruders.

»Wenn man vom Teufel spricht«, sagt Matthew. »Ich nehme an, deine Ohren haben geklingelt, Doktor. Ich habe meiner Schwester gerade von dir erzählt.«

Ich mustere den Neuankömmling und er mich.

»Ich glaube, wir sind uns schon mal begegnet«, sagt er, als ich aufstehe, um ihm die Hand zu geben. »Charlotte, richtig?«

Ich spüre, wie ich vor Verlegenheit erröte. Das ist der hübsche Kerl aus *Pip's Bar*! Das Schnuckelchen, das mir an jenem Abend kurz vor Weihnachten ein Bier ausgegeben hat, bevor ich mich sang- und klanglos aus dem Staub machte. Jack. Genau, so hieß er. Jack Malone!

»Hallo, Jack«, stammele ich. »Ich meine, Dr. Jack, Quatsch, Malone. Dr. Malone, sorry.«

Er lächelt, und seine blauen Augen werfen Fältchen an der Seite. »Einfach nur Jack ist okay«, sagt er.

Er zieht einen Stuhl heran und setzt sich, selbstsicher und hellwach und im Gegensatz zu mir offenbar nicht im Mindesten befangen. Er trägt einen tadellosen dunkelblauen Anzug und ein blütenweißes Hemd mit weit offenem Kragen, das seine Bräune zur Geltung bringt. Ich frage mich, wo er im Urlaub war, um so einen schönen Teint zu bekommen. Sein braunes Haar ist kürzer als bei unserer ersten Begegnung, und er ist wirklich ein cooler Typ. Außerdem ist er unglaublich attraktiv, sogar noch attraktiver, als ich ihn damals wahrgenommen habe. Und er riecht gut, nach Bergamotte und dem erlesenen Duft von Aventus, ein Luxus-Aftershave, das ich aus der Apotheke kenne, in der ich in meiner Anfangszeit in Dublin jobbte. Was habe ich mir bloß dabei gedacht, einen derart schönen Mann stehen zu lassen? Offenbar hatte ich doch ein paar Bier mehr, als in meiner Erinnerung abgespeichert sind. Jack Malone ist wirklich verdammt heiß.

»Es ist mir ein bisschen peinlich, dass ich dich damals einfach stehen gelassen habe«, sage ich und bereue meine Worte, kaum haben sie meinen Mund verlassen. Jack blättert durch seine Notizen, in lässiger und selbstbewusster Haltung, und mir wird bewusst, dass es absolut unangemessen ist, ihn vor seinen Patienten auf seine Freizeitaktivitäten anzusprechen. Er reibt mit den Fingerknöcheln über sein Kinn, während er auf seine Notizen schaut, und schenkt mir ein kurzes Lächeln, bevor er seinen Blick wieder auf die Unterlagen heftet, was mir sagt, dass er das Thema nicht vertiefen möchte.

»Wie dem auch sei«, füge ich hinzu, »ich verschwinde mal kurz für einen Kaffee in den Speiseraum, damit ihr ungestört seid. Es war nett, dich wiederzusehen, Jack, ich meine, Doktor. Dr. Jack.«

Ich verlasse hastig das Zimmer. Matthew wundert sich bestimmt, woher zum Teufel ich diesen reizenden Mann kenne.

Draußen im Flur lehne ich mich gegen die Wand und ärgere mich maßlos über mein unsouveränes Auftreten, dann verkrieche ich mich für fast eine Stunde in den Speiseraum, bis ich Dr. Jack hereinkommen sehe und weiß, dass bei meinem Bruder die Luft rein ist.

»Charlotte, da bist du ja«, sagt Jack, gerade als ich dachte, ich könnte unbeobachtet entkommen. »Ich wollte dich vorhin nicht vertreiben, aber Matthew und ich haben viel Stoff zu bearbeiten. Er hatte eine harte Zeit. Das muss für euch alle ein großer Schock gewesen sein.«

Ich reibe meine Stirn und nicke nur, aus Angst, wieder das Falsche zu sagen.

»Er hat sehr viel Glück gehabt«, füge ich dann hinzu. »Wir können uns alle sehr glücklich schätzen, dass er noch unter uns ist.«

Jack schaut auf einen freien Tisch neben uns.

»Ich habe fünfzehn Minuten bis zu meinem nächsten Termin, danach habe ich Feierabend«, sagt er. »Schaffst du einen zweiten Kaffee? Ich würde mich gerne mit dir unterhalten, falls du Zeit hast. Über Matthew natürlich.«

Ich setze mich an den Tisch, während er uns Kaffee besorgt und kurz darauf mir gegenüber Platz nimmt. Im Speiseraum ist es um diese Uhrzeit ruhig, das Küchenpersonal bereitet sich auf den Ansturm der Belegschaft und der Besucher zum Abendessen vor. Schon bald stecken wir knietief in einem emotionalen Gespräch über meinen Bruder, und ich stelle fest, dass ich mich Jack gegenüber öffne, wie ich es niemals für möglich gehalten hätte.

»Wir haben uns über einen gemeinsamen Freund gestritten«, gestehe ich Jack, der aussieht, als hätte er in seinem Job schon alles gehört. »Matthew konnte es nicht einmal ertragen, den Namen dieses Freundes zu hören, und ist einfach davongestürmt. Ich habe versucht, ihn aufzuhalten, aber es war zu spät. Ich werde mir das nie verzeihen.«

Jack rührt in seinem Kaffee und kippt Milch nach, hört mir zu, ohne mich zu unterbrechen, während ich ihm mein Herz ausschütte. Der Abend in *Pip's Bar* ist vollkommen nebensächlich. Ich hätte ihn erst gar nicht erwähnen sollen.

»Matthew hat mir klar zu verstehen gegeben, dass er nicht mit mir über diesen Freund reden möchte«, sagt Jack und zieht sofort einen Strich unter diese Angelegenheit. »Er hat dieses Thema bereits mit seinem früheren Therapeuten aufgearbeitet, und der hat ihm empfohlen, die Episode möglichst weit hinter sich zu lassen, was ich bei meiner Arbeit mit ihm respektieren werde. Wir konzentrieren uns hauptsächlich darauf, wo er im Moment steht, was er zu erwarten hat, und auf die Akzeptanz seiner neuen Identität.«

»Natürlich.«

»Er hatte viel zu verarbeiten, und das Loslassen der Vergangenheit wird hoffentlich euch allen helfen, damit abzuschließen, so schwer es auch sein mag.«

»Ich versuche es«, sage ich und ersticke fast an meinen Gefühlen. »Ich versuche es wirklich, aber danke, dass du mich auf den aktuellen Stand gebracht hast. Matthew ist die wichtigste Person in dieser ganzen Geschichte. Wenn er damit abschließen möchte, werden wir das auch tun.«

Jack weiß, dass es nicht so einfach ist. Das verraten mir seine Augen, mit denen er sicher die Sorge und den Kummer in meinen wahrnimmt.

»Vielleicht solltest du auch mal mit jemandem reden wegen deiner Gewissensbisse«, sagt er vorsichtig. »Ich weiß, Matthew gibt dir keine Schuld, Charlotte. Du musst nachsichtiger mit dir sein. Du hast auch noch ein eigenes Leben, weißt du.«

»Danke«, sage ich. »Es bedeutet mir viel, das von jemandem wie dir zu hören. Ich kann sehen, warum Matthew dir auf Anhieb vertraut hat.«

Er lächelt, als hätte er das schon öfter gehört. »Fang wieder an zu leben, Charlotte«, fügt er sanft hinzu. »Selbst aus einem schlimmen Ende kann ein Neuanfang erwachsen.«

Seine Stimme wirkt auf mich beruhigend und tröstend, seine Worte sind genau das, was ich hören muss, und sie stoßen bei mir auf Resonanz, weil er in dieser ganzen Angelegenheit objektiv sein kann, als Experte, als Außenstehender. Tom dagegen könnte mir so lange vorkauen, dass ich keine Schuld habe, bis er im Gesicht blau anläuft, er ist einfach zu tief in die Sache verstrickt. In der kurzen Zeit, die Jack und ich hier zusammensitzen, hat er mir tatsächlich Hoffnung gemacht, dass ich mir irgendwann selbst verzeihen kann.

»Ich werde es definitiv versuchen«, sage ich, jetzt schon optimistischer gestimmt. »Deine klugen Worte werden Matthew sicher helfen, so wie sie mir geholfen haben. Okay, ich werde jetzt besser wieder nach ihm sehen.«

Und so gehe ich zurück durch den Flur zu Matthews Zimmer, mit einer Hoffnung im Herzen, die ich schon sehr lange nicht mehr gespürt habe.

KAPITEL 7

Dublin, Dezember 2016

»Frohe Weihnachten, Kinder! Ich wünsche euch allen schöne Ferien, wir sehen uns im neuen Jahr!«

Die Klasse antwortet im Chor. »Frohe Weihnachten, Miss Taylor!«

Die Schulglocke läutet, und der Ansturm auf die Tür beginnt, bis ich meine Stimme erhebe und die Klasse zur Ordnung rufe, damit sie nacheinander das Zimmer verlassen.

Neben meinem Tisch stehen zwei große Tüten voller Geschenke von meinen wunderbaren Schülern, ein bunter Mix aus Bilderrahmen, Pralinen, Kerzen, Schaumbädern und einer Tasse mit dem Aufdruck *Beste Lehrerin der Welt*. Mein Herz ist voll und gleichzeitig irgendwie leer, wenn ich an die Freude denke, die ich auf den Tag genau vor zwölf Monaten spürte, ohne im Geringsten zu ahnen, was sich am Horizont abzeichnete. Der Tag, an dem wir uns in die Ferien verabschiedeten, der Tag der heftigen Schneefälle, der Tag, an dem wir in *Pip's Bar* gingen, der Tag, den ich mit Tom ausklingen ließ …

Mein Handy klingelt, gerade als ich in meinen Wagen steige, nachdem ich den Eltern, Tagesmüttern, Bus- und Taxifahrern, die meine Schüler jeden Tag sicher nach Hause bringen, frohe Weihnachten gewünscht habe. Selbst Patricia, die Schülerlotsin, die sonst anscheinend selten einen Grund zum Lächeln hat, trägt heute Lametta um ihre großzügige Taille und macht ein fröhliches Gesicht, dem auch der anhaltende Nieselregen, der über dem Schulhof hängt, nichts anhaben kann.

»Mam«, sage ich und klemme das Handy zwischen Kinn

und Schulter, um den Sicherheitsgurt anzulegen. »Wie sieht es aus? Ich bin hier gerade fertig geworden, also –«

»Nun, ich weiß, dass du gerade fertig geworden bist, darum rufe ich ja an«, fällt sie mir ins Wort. Es muss Neuigkeiten geben, meine Mutter ruft nie einfach nur an, um gemütlich zu quatschen. »Du wirst es nicht glauben, aber dein Freund, dieser nette Dr. Malone mit den funkelnden blauen Augen, hat gerade angerufen, um uns zu sagen, dass Matthew an Weihnachten doch nach Hause kommen kann. Wir freuen uns wie Bolle, Charlotte!«

Ich sage ihr nicht, dass ich das bereits wusste, weil ich ihr die Freude nicht verderben möchte. Allerdings hat sie noch mehr zu berichten, eine weitere Neuigkeit, die für mich tatsächlich neu ist.

»Aber das Beste ist«, sprudelt es aufgeregt aus ihr heraus, »es ist nicht nur für Weihnachten, Charlotte, sondern für immer! Fast auf den Tag genau ein Jahr später kommt unser Junge endlich wieder nach Hause! Das wird das schönste Weihnachtsfest aller Zeiten!«

Mein Kopf sackt nach hinten gegen die Kopfstütze, und ich lasse vor Erleichterung meinen Tränen freien Lauf, froh darüber, dass die Scheiben des Wagens so rasch beschlagen, dass mich niemand sehen kann. Was für ein erlösender Moment. Das Warten hat ein Ende. Gott sei Dank ist es vorbei, und wir können alle anfangen, uns wieder auf unser Leben zu konzentrieren, fern von Krankenhäusern und Ärzten und der Angst, die unsere Alltagsgespräche bestimmt hat.

»O Mam!«, sage ich ergriffen. »Das sind wahnsinnig tolle Neuigkeiten! Darauf haben wir die ganze Zeit gehofft, und das Timing ist perfekt, pünktlich zu Weihnachten. Ich freue mich unheimlich für dich und Dad und Matthew! Das waren die längsten zwölf Monate aller Zeiten!«

Ich muss daran denken, wie gebrechlich meine Mutter vor einem Jahr in diesem Krankenhausflur wirkte, und an all die Stunden, die sie seitdem investiert hat, um Matthew behutsam ins Leben zurückzumanövrieren. Mit jedem Gebet, jeder spirituellen Heilung, jeder wöchentlichen Fürbitte, jeder Segnung durch den Gemeindepfarrer tat sie alles, was sie konnte, um Matthews Genesung voranzutreiben, und nun ist es endlich so weit.

»Dein Vater kümmert sich gerade um den Wagen. Wir holen Matthew morgen Vormittag im St. Benedict ab«, erklärt sie mir fröhlich. »O Charlotte, drück diesen netten Dr. Jack ganz fest von mir, wenn du ihn heute Abend siehst. Ich bin so glücklich, ich könnte es von den Dächern schreien!«

Die Rehaklinik in Malahide, wo Dr. Jack Malone als Neurologe arbeitet, war für Matthew nun neun Monate lang sein zweites Zuhause. Dieses Wochenende markiert das Ende eines langen, emotionalen Marathons, das für uns zu keinem Zeitpunkt absehbar war.

»Wird Jack uns an Weihnachten Gesellschaft leisten?«, fragt Mam, offenbar fast so begeistert von der Aussicht, einen echten Arzt in ihren bescheidenen vier Wänden zu empfangen, wie davon, dass Matthew wieder nach Hause kommt. »Er ist herzlich willkommen! Ich weiß, er hat an Weihnachten nicht viel Zeit, aber wir sind nur eine Autostunde entfernt, und wir würden uns unheimlich freuen, ihn als unseren Gast zu begrüßen.«

Ich spiele versonnen mit meinen Haaren, machtlos gegen das Lächeln, das über mein Gesicht kriecht. Wenn ich seinen Namen höre und mir sein schönes Gesicht vorstelle, spüre ich ein Flattern im Bauch. Jack und ich sind uns nähergekommen, sehr nah, und während Matthews Genesung voranschritt, entwickelte sich zwischen uns eine ganz besondere Freundschaft.

Jack ist witzig, er ist zum Niederknien schön, er ist geistig und körperlich stark, und ich weiß nicht, ob ich das alles ohne ihn so gut bewältigt hätte. Er ist ein richtig feiner Mensch, und er hat uns allen auf vielerlei Arten geholfen.

»Ich denke, er wird kommen, ja«, sage ich zu Mam, und sie gibt die Neuigkeit direkt an meinen Vater weiter, der sich mit ihr freut. Er mag Jack. Wir alle mögen Jack. Er hat Matthew praktisch das Leben gerettet, und das in vielfacher Hinsicht, nicht nur mit seinem medizinischen Können, sondern auch mit seinen ganzen zusätzlichen Anstrengungen, um Matthew die Rehabilitation zu erleichtern, weshalb wir ihm zu großem Dank verpflichtet sind.

»In diesem Fall bestelle ich das Dessert wohl besser. Wie heißt noch gleich die feine Konditorei in der Stadt, Paddy? Die mit den exklusiven Delikatessen?«

Sie unterhält sich weiter mit meinem Vater, bevor ihr wieder einfällt, dass ich noch in der Leitung bin.

»Egal, jedenfalls müssen wir auch mehr Wein besorgen, es wäre also hilfreich, wenn du mir sagen könntest, ob Jack roten oder weißen bevorzugt. Oh, es ist so wundervoll, Charlotte! Das ist ein richtiges Wunder!«

Und ich nehme an, die letzten paar Monate waren tatsächlich ein kleines Wunder. Der Sommer ging mit großen Hoffnungen einher, da Matthews Genesung enorme Fortschritte machte; er lernte, einen Rollstuhl zu manövrieren, und sein Sprechvermögen wurde täglich besser. Tom meldete sich regelmäßig aus London, doch kaum hatten wir ein längeres Wiedersehen in den großen Ferien geplant, wurde seine Band für eine Tour nach Amerika eingeladen – wieder so eine Gelegenheit, die er unmöglich ausschlagen konnte.

»Ende Juli sind wir in Boston, und dann haben wir zwei Tage frei«, sagte er, verzweifelt darüber, dass nichts so lief, wie wir es wollten. »Wie wäre es, wenn du mit Kirsty Urlaub in Boston machst, und wir treffen uns dort? Ich muss dich sehen, Charlie. Ich warte auf dich. Ich werde immer auf dich warten.«

Und obwohl die Idee, ein oder zwei Wochen in Boston zu verbringen, so simpel und ideal erschien, konnte ich mich nicht aus meiner selbstauferlegten familiären Verpflichtung lösen, Matthews Genesungsprozess bis zum Schluss zu begleiten. Routine und Vertrautheit seien gut für ihn, sagten uns die Krankenschwestern. Er brauchte Stabilität, Liebe, Ermutigung und eine positive Perspektive, egal wie wir uns hinter den Kulissen fühlten, und vor allem brauchte er Hoffnung, dass er wieder gesund werden würde.

Niemand, der diese Erfahrung nicht schon selbst gemacht hat, kann sich die Einsamkeit am Krankenbett eines geliebten Menschen vorstellen – ganz zu schweigen von dem Druck, der auf den Angehörigen lastet und der bei uns zu vielen Streitereien führte, wenn es nicht rundlief oder die Angst und Frustration überhandnahmen. Obwohl Jack mir empfohlen hatte, mein eigenes Leben wieder aufzunehmen, war es für mich undenkbar, einfach meinen Koffer zu packen und nach Amerika zu fliegen.

Genau das führte zum ersten Streit zwischen Tom und mir.

»Allmählich glaube ich, aus unserem Wiedersehen wird nie was«, sagte Tom pessimistisch. »Um ehrlich zu sein, Charlie, ich bezweifle, dass du überhaupt noch die Absicht hast, mich besuchen zu kommen, geschweige denn, zu mir nach London zu ziehen. Für dich dreht sich alles nur um Matthew. Er ist dir wichtiger als wir. Das war von Anfang an so.«

In meinem Magen bildete sich ein Knoten, und ich spürte Tränen in meinen Augen.

»Wie kannst du das sagen, Tom«, erwiderte ich. »Du weißt,

dass ich wegen dieser ganzen Geschichte durch die Hölle gehe, obwohl mir von allen Seiten empfohlen wird, loszulassen und nach vorn zu schauen. Ich sage ja nicht *nie*, ich sage nur *nicht jetzt*. Ein paar Monate noch, länger wird es nicht dauern. Der Arzt hat gesagt –«

»Du musst diese dummen Schuldgefühle endlich loswerden!«, unterbrach er mich. »Das ist nicht gesund, und es geht schon viel zu lange so. Nicht du hast dich an jenem Tag hinters Steuer gesetzt, sondern Matthew! Er hat dich früher schon blockiert, und nun blockiert er dich wieder.«

Nur noch ein paar Monate, versprach ich ihm. Aber in ein paar Monaten kann sich vieles ändern. Tom und ich telefonierten immer seltener. Dafür traf ich mich immer häufiger mit Jack, zuerst auf einen Kaffee, dann zum Mittagessen. Und während seine klugen Worte sich hauptsächlich um Matthews Zukunftsperspektiven drehten, schienen Tom und ich uns nur noch streiten zu können, wenn das Gespräch auf meinen Bruder kam.

»Ich bin gleich mit ein paar Leuten von der Plattenfirma zu einem Drink verabredet«, eröffnete Tom mir an einem Sonntagabend Ende September, als ich mir zu Hause bei einem gemütlichen Kaminfeuer allein *Let's Dance* anschaute. Kirsty war mit irgendeinem Typen aus, den sie im Fitnessstudio kennengelernt hatte. Ich hatte mir ein Glas Wein eingegossen und mich darauf gefreut, mit Tom zu plaudern, und ich war dieses Mal fest entschlossen, nicht wieder mit derselben alten dämlichen Diskussion anzufangen wie eine kaputte Schallplatte. Die Tour in Amerika war zu Ende, Tom war wieder zurück in London, und wir hatten uns noch immer nicht gesehen.

»Oh, dann will ich dich nicht aufhalten«, sagte ich. »Wir können auch in den nächsten Tagen quatschen. Ich wünsche dir viel Spaß!«

Die Schmetterlinge im Bauch, die ich bei unseren früheren Telefonaten immer gespürt hatte, verwandelten sich nun in hässliche kleine Spinnen.

»Nein, nein, ist schon okay«, sagte er halbherzig. »Sprich weiter. Ich kann mich nebenher umziehen. Ich stell dich auf laut.«

Ich malte mir aus, wie er sich für einen Abend in der aufregenden Londoner City zurechtmachte, und ich spürte, dass die Kluft zwischen uns immer größer wurde, körperlich wie auch emotional. Mir wurde flau im Magen.

»Also, erzähl mal, wie war deine Woche?«, fragte er. »Was geht ab in der Fair City?«

Ich hörte ihn herumkramen und zur Musik im Hintergrund mitsummen, während er heraussuchte, was auch immer er für seinen Ausgehabend brauchte.

In der Zwischenzeit ließ ich meinen Blick durch das Wohnzimmer schweifen und überlegte, was es Spannendes zu berichten gab. Am liebsten wäre ich auf der Stelle zu Tom gerannt, aber ich wusste, es war bereits zu spät – der Moment, den ich gefürchtet hatte, der Moment, der uns vor eine Zerreißprobe stellen würde, war gekommen.

»Also, Kirsty hat gerade ein Date mit einem Matrosen«, sagte ich betont locker, und er lachte bei der bloßen Vorstellung. Kirstys Liebesleben hatte für uns immer einen hohen Unterhaltungswert. »Nur Kirsty bringt es fertig, beim Hantelstemmen im Studio ihren eigenen Popeye kennenzulernen.«

Tom hörte auf zu lachen. »Ich vermisse deinen Humor«, sagte er dann von seiner Londoner Wohnung aus, die sehr weiß und schick war nach allem, was ich bei den Videoanrufen gesehen hatte. »Gott, das ist doch scheiße, oder, Charlie? Wir entwickeln uns in völlig unterschiedliche Richtungen, und es bringt mich innerlich um.«

Ich ahnte, was als Nächstes kommen würde.

»Ich habe jemanden kennengelernt, Charlotte«, fügte er prompt hinzu. Dass er mich Charlotte nannte, ließ die Kluft zwischen uns sogar noch größer erscheinen. »Ich habe es nicht darauf angelegt, es ist einfach passiert.«

Ich war nicht im Geringsten überrascht, aber es war trotzdem schwer für mich, das zu hören. Ehrlich gesagt, hatten mir die täglichen Gespräche mit Jack bewusst gemacht, dass Tom und ich immer weiter auseinanderdrifteten.

»Es ist diese Claire, nicht wahr?«, sagte ich und griff nach der flauschigen Wolldecke über der Rückenlehne der Couch, um sie zum Trost über mich zu legen. »Die Tourmanagerin von der Plattenfirma, die euch im Sommer in die Staaten begleitet hat.«

Schweigen.

»Ich bin nicht wütend auf dich, Tom«, flüsterte ich, während mir das Herz blutete angesichts dessen, was uns nun endgültig bevorstand. »Ich kann nicht von dir erwarten, dass du ewig auf mich wartest. Du hattest so viel Geduld mit mir, und ich werde dich nicht länger zurückhalten.«

Das Zittern in seiner Stimme verriet mir, wie nervös er war. »Sie ist ein wirklich nettes Mädchen, Charlie.«

Ich kniff die Augen zusammen und war unheimlich froh, dass er mich nicht sehen konnte.

»Ich bin mir sicher, ich würde sie sympathisch finden.« Ich zwang ein falsches Lachen heraus, während ich meine Tränen wegzwinkerte und das Gefühl hatte, als würde es mich innerlich zerreißen. »Hör zu, wir brauchen uns nichts mehr vorzumachen.«

»Ich sage nicht, dass es was Ernstes ist, Charlie«, erwiderte er, sich an einen Strohhalm klammernd. »Ich meine, es ist Monate her, dass wir beide uns gesehen haben, und ich war gar nicht darauf aus, Frauen kennenzulernen, aber London ist ein großer, einsamer Ort und –«

Ich wollte nur noch, dass dieses Gespräch endete. »Tom, bitte!«, fiel ich ihm ins Wort. »Du bist dreiunddreißig, du singst und spielst in einer Band, die viele Auftritte hat, du lebst deinen großen Traum, und ich lebe in einem anderen Land. Wie du schon gesagt hast, wir haben uns in unterschiedliche Richtungen entwickelt. Du bedeutest mir die Welt, Tom, aber ich kann dich nicht festhalten. Du hast mehr verdient.«

Ich liebe dich und werde dich immer lieben war das, was ich eigentlich sagen wollte, aber damit hätte ich sein Gewissen nur noch mehr belastet. Wir waren an einem natürlichen Ende angelangt, bedingt durch die Umstände, die alle gegen uns sprachen.

»Du wirst immer meine absolute Traumfrau sein«, flüsterte er, und mein Magen krampfte sich zusammen. »Das ist mein Ernst, Charlie Taylor. Keine andere wird jemals an dich herankommen. Das weißt du, und ich weiß es auch.«

Ich tupfte mit meinem Pyjamaärmel meine Augen ab und konzentrierte mich auf den Glanz und Glitter der *Let's-Dance*-Teilnehmer. Sie sahen alle viel zu sexy und glamourös aus für meine Stimmung, also schaltete ich um auf *X Factor*, wo jemand gerade Adele nacheiferte und davon sang, dass wir alles hätten haben können.

Na großartig. Ich schaltete den Fernseher aus.

»Wenn du mir sagst, ich soll es lassen, lass ich es«, fügte er hinzu und gab mir eine letzte Chance, um die Überreste unserer Beziehung, wenn man überhaupt noch von einer Beziehung sprechen konnte, zu retten. Ich spürte trotz der Entfernung seine Sehnsucht. Er wollte, dass ich ihn bat, nur noch ein bisschen länger durchzuhalten. Nachdem er die andere Frau erwähnt hatte, hoffte er, dass ich mir einen Ruck gab und endlich etwas unternahm.

Ich wollte dieses Abschiedsgespräch nie führen, und es brach mir das Herz, aber ich wusste, dass ich nicht in der Lage war, die rohen Schuldgefühle, die tief in mir verwurzelt waren, auszuschalten. Ich konnte es Matthew einfach nicht antun, Tom in unser Leben zu bringen, egal wie sehr ich mir wünschte, mit ihm zusammen zu sein. Es lag nicht in meiner Hand, oder zumindest versuchte ich mir das einzureden.

»Das kann ich nicht von dir verlangen, Tom«, flüsterte ich und nahm wieder meinen Ärmel, als heiße Tränen über mein Gesicht strömten. »Ich wünsche dir alles Gute. Ich wünsche dir alle Liebe dieser Welt, immer.«

»Nein, Charlie«, sagte er flehentlich. »Du willst das nicht tun. Ich will es auch nicht. Ich werde heute Abend nicht ausgehen. Ich werde auf dich warten, selbst wenn es bis in alle Ewigkeit ist.«

Ich musste an Matthew in seinem Rollstuhl denken, der sein ganzes Leben weggeworfen hatte, weil er seine Gefühle nicht kontrollieren konnte, der so lange gebraucht hatte, um sich mit seiner Identität auseinanderzusetzen, und der nun für eine falsche Entscheidung, die er aus Wut über mich und Tom getroffen hatte, einen hohen Preis bezahlte.

»Es tut mir leid, Tom«, sagte ich. »Ich darf dir nicht länger im Weg stehen. Leb wohl.«

Er legte wortlos auf, und ich heulte den ganzen Abend Rotz und Wasser, weil das Leben so beschissen und unfair war. Am liebsten wäre ich ins nächste Flugzeug gestiegen, um für immer bei ihm zu bleiben. Aber dazu war ich nicht fähig.

Es kamen keine Anrufe mehr. Keine E-Mails. Und in der Zwischenzeit wurde Dr. Jack, der meinen Bruder in seinem Rollstuhl zum ersten Mal in die Öffentlichkeit lockte, der ihm außerhalb seiner Dienstzeit inspirierende Bücher vorlas, der bei ihm saß, wenn er weinte, und ein Kissen hochhielt, an dem Matthew mit schwachen Fäusten seinen Frust auslassen konnte, immer mehr zu einem Teil meines täglichen Lebens.

Meine Eltern sind verrückt nach ihm, und ich mag ihn auch sehr. Ich kann zwar nicht vergessen, dass Matthew meinetwegen und wegen Tom Farley im Rollstuhl sitzt, aber dank Jack lernt er, immer besser damit zu leben.

Das Zusammensein mit Jack lindert auf eine seltsame Art meine Schuldgefühle, an denen ich festgehalten habe, seit dieses schreckliche Unglück passiert ist, und meine Eltern scheinen zum ersten Mal seit einer langen Zeit stolz auf mich zu sein. Ich habe einen Stand in der Familie, der über meinen Titel als Lehrerin oder als verschrobenes Nesthäkchen hinausgeht. Ich bin Charlotte, die Fürsorgliche, die mit Dr. Jack Malone befreundet ist, dem Mann, dem man immer zugutehalten wird, dass er meinen schwer kranken Bruder wieder in die Spur gebracht hat. Ich habe einen angesehenen, verlässlichen Freund an meiner Seite, der nicht vorbelastet ist, was meine Familie betrifft. Etwas, was ich mit Tom nie hätte haben können, also bin ich wohl endlich auf dem richtigen Weg, und die Schuldgefühle legen sich langsam, auch wenn sie wahrscheinlich nie ganz weggehen werden.

»Bist du sicher, dass deine Eltern mich an Weihnachten dabeihaben wollen?«, fragt Jack, als wir uns später am Abend im Zug gegenübersitzen. Wir sind auf dem Weg nach Dún Laoghaire, einer pulsierenden, historischen Hafenstadt zehn Kilometer südlich von Dublin, in der Jacks Freunde Sophie und Harry Darling leben. Ich hoffe, sie sind genauso nett, wie ihr Name vermuten lässt.

»Und ob ich sicher bin!«, antworte ich und schmunzele bei der Vorstellung, wie nervös meine Mutter sein wird, wenn sie ihm am Wochenende ihren Truthahn und Schinkenbraten serviert. »Du hast in unserer Familie einen Heldenstatus.

Tatsächlich habe ich meine Eltern noch nie so aufgeregt erlebt. Die Vorbereitungen sind bereits in vollem Gange.«

»Das ist süß von ihnen«, sagt er und reibt über sein Kinn. »Sie sind sehr freundlich zu mir, weit über das übliche Maß hinaus. Ich habe bei deinem Bruder nur meinen Job gemacht.«

Ich sehe ihn bedeutsam an. Er hat so viel mehr getan als nur seinen Job. Er war ein Leitstern in Matthews Genesungsprozess seit dem Tag, an dem er meinen Bruder unter seine Fittiche genommen hat. Und seit unserem ersten Gespräch im Speiseraum habe ich eine tiefe Zuneigung und Bewunderung für diesen jungen Arzt entwickelt, der uns allen so viel Rücksicht und Aufmerksamkeit entgegenbrachte und dem es gelang, selbst in Matthews dunkelsten Phasen Licht und Hoffnung zu verbreiten.

»Das ist so, als würde Dr. Doug Ross zu Besuch kommen«, erkläre ich ihm, »also wird für den Ehrengast das beste Porzellan aufgedeckt. Meine Mutter war ein großer Fan von *Emergency Room*. Sie findet, dass du in deinem weißen Arztkittel wie eine jüngere Ausgabe von George Clooney aussiehst. Wahrscheinlich würde sie in Ohnmacht fallen, sollte sie dich jemals in einem grünen Kittel sehen.«

Er blickt verlegen zur Seite, und ich nutze den Moment, um ihn von meinem Platz aus zu bewundern. Jack ist ungemein attraktiv, daran besteht kein Zweifel. Er ist gepflegt, immer gut frisiert und tadellos gekleidet. In seiner OP-Kluft, die er trägt, wenn er in einer anderen Klinik Bereitschaftsdienst hat, sieht er sexy aus, in seinem maßgeschneiderten schwarzen Jackett und dem legeren hellblauen Hemd, die er im Moment trägt, sieht er elegant aus, und wenn er in einem T-Shirt und einer Sporthose vom Training kommt, wirkt er nicht minder umwerfend. Mit seinen charmanten blauen Augen und seinem erfrischenden Lächeln bringt er Licht in jeden Raum, und jeder,

der uns zusammen sieht, hält uns für ein Traumpaar. Der Arzt und die Lehrerin – wir sind ein hübsches Tandem, wir lachen viel, und wir kümmern uns beide rührend um meinen Bruder.

Warum fühlt es sich dann trotzdem so an, als würde etwas fehlen?

Sophie und Harry Darling, Harry und Sophie Darling.

Ich wiederhole die Namen von Jacks Freunden wieder und wieder in meinem Kopf und bete, dass ich sie noch weiß, wenn wir uns gleich gegenüberstehen. Mein Namensgedächtnis ist hoffnungslos schlecht, und die Namen der beiden klingen, als würden sie zur königlichen Familie gehören, aber ich freue mich darauf, Leute aus Jacks noblen Kreisen kennenzulernen. Bis jetzt drehte sich unser gesellschaftliches Leben ausschließlich um meine Familie, vor allem um Matthew.

Sophie Darling, geborene Walsh, ist eine Psychologin. Sie und Jack haben sich als Jugendliche im Internat kennengelernt. Ihr Mann Harry ist ein ehemaliger Rugbyspieler, der nun als Zahnarzt arbeitet. Vor zwei Jahren haben die beiden geheiratet und sind von Wales an die irische Ostküste gezogen. Heute Abend werden wir mit ihnen eine preisgekrönte Weinbar besuchen und in einem erlesenen Fischrestaurant speisen, und danach sind Jack und ich eingeladen, im Haus der Darlings zu übernachten, das sie sich mit zwei Yorkshireterriern teilen.

Aus irgendeinem Grund fühle ich mich wahnsinnig unsicher. Ich bin ein Arbeiterkind aus der tiefsten Provinz, auch wenn man es mir nicht unbedingt ansieht.

»Denkst du, wir haben noch Zeit für einen schnellen Drink vor der Weinbar?«, frage ich Jack, während der Zug am atemberaubenden Mondscheinpanorama der Dublin Bay vorbeifährt. Der bloße Anblick der Irischen See, selbst wenn sie in der Dunkelheit nur schwarz glänzend daliegt, lässt mich an

Howth und an Tom denken. Ich frage mich, was aus ihm und Claire geworden ist, und ich bekomme ein mulmiges Gefühl und dazu noch ein schlechtes Gewissen, weil ich in Jacks Gegenwart überhaupt an ihn denke. Jack und Tom könnten in vielerlei Hinsicht nicht gegensätzlicher sein.

»Kein Problem, wir können einen kurzen Abstecher in einen Pub machen, wenn du möchtest«, sagt Jack, der mein Unbehagen spürt.

Der Zug ist voll mit Pendlern im grauschwarzen Einheitslook, die auf ihre Laptops starren. Nicht nur, dass ich vor dem Treffen mit den Darlings nervös bin, ich komme mir gerade auch ziemlich overdressed vor in meinem schicken Cocktailkleid, der ausgefallen gemusterten roten Strumpfhose, den extrahohen Schuhen und den klassischen Saphir-Ohrringen. Aber heute Abend musste ich mich in Schale werfen, beruhige ich mich selbst, und außerdem gibt es was zu feiern.

Matthew kommt endlich wieder nach Hause. Er kehrt tatsächlich ein für alle Mal aus der Klinik zurück. Okay, er sitzt im Rollstuhl, und das ganze Haus musste für ihn umgebaut werden, aber es ist ein Neuanfang, und heute Abend beginnt auch für mich wieder ein neues Leben.

»Ich habe einfach das Gefühl, ich muss mir ein bisschen Mut antrinken, bevor ich deine Freunde kennenlerne«, murmele ich und ärgere mich darüber, dass ich mit der Situation überfordert bin. »Tut mir leid, ich werde nicht jedes Mal so sein, versprochen.«

»Du brauchst dir überhaupt keine Sorgen zu machen, Charlotte, glaub mir«, erwidert er. »Die beiden werden dich genauso lieben wie ich.«

Ich ignoriere, dass er beiläufig das L-Wort benutzt hat, und sage mir, dass er es nicht so meinte, dann schaue ich wieder durch das Fenster in die dunkle Bucht hinaus, während wir direkt an der Küste entlang vorbeifliegen. Wir sitzen in behaglichem Schweigen da, bis wir wenige Minuten später unser Ziel erreichen. Jack hilft mir in meinen Kunstpelzmantel, und gleich darauf klappern meine Absätze über den Bahnsteig. Es herrscht feuchtkaltes Schmuddelwetter, typisch für den irischen Winter und ganz anders als die zweistelligen Minustemperaturen und rekordbrechenden Schneemengen im vergangenen Jahr.

Ich muss mir immer wieder vor Augen halten, dass sich heute nicht nur der Tag jährt, an dem ich draußen im Schnee hinter *Pip's Bar* Tom Farley wiedertraf, sondern auch der Tag, an dem ich Jack Malone zum ersten Mal begegnete, und Jack ist derjenige, der nun an meiner Seite ist.

Ich sollte seinen Rat beherzigen und mich auf das Hier und Jetzt konzentrieren. Ich sollte versuchen, unseren Abend zu genießen und in der Gegenwart zu bleiben, statt der Vergangenheit hinterherzutrauern.

KAPITEL 8

Dublin, März 2017

»Das soll wohl ein Scherz sein! Was? *Wie bitte?*«

Ich stütze mich mit beiden Händen auf die Kücheninsel in unserer Stadtwohnung und starre auf das Foto vor mir, während meine Schwester meine Reaktion beobachtet. Es ist der sonnigste März seit fast hundert Jahren, darum bin ich sommerlich gekleidet, und ich wollte gerade mit dem Frühjahrsputz zu guter, alter Bruce-Springsteen-Musik loslegen, als sie plötzlich vor der Tür stand und eine Bombe platzen ließ, die mich vollkommen umgehauen hat.

»Ich wollte dich nicht aufregen«, sagt sie, »aber mir blieb fast die Luft weg, als ich es beim Friseur gesehen habe! Ich musste einfach direkt zu dir kommen und es dir zeigen.«

Ich nehme die Zeitschrift hoch, um mir das Foto genauer anzuschauen.

Emily plappert weiter. »Ich meine, ich sitze da und blättere ganz zufällig in einer Zeitschrift, um mir die Zeit zu vertreiben, als mir dieses Bild entgegenspringt. Ich wäre fast vom Stuhl gefallen! Hast du in letzter Zeit überhaupt noch was von ihm gehört? Hast du gewusst, dass er jetzt tatsächlich *berühmt* ist?«

Ich schüttele den Kopf, nicke, schüttele wieder den Kopf, dabei kneife ich noch immer ungläubig die Augen zusammen und starre auf das zwei Wochen alte Hochglanzbild von Blind-Generation-Sänger Tom Farley mit seiner Freundin, der Schauspielerin Joanie Brown, bei der Londoner Premiere von *Fifty Shades of Grey – Gefährliche Liebe*. Auf derselben Seite ist auch ein Foto von der Hauptdarstellerin Dakota Johnson in einer auffälligen Kreation von Alexander McQueen, zusammen mit dem sehr hübschen Jamie Dornan, aber alles, was ich sehe, ist Tom in seinem Dreiteiler, mit zurückgegelten Haaren und einer Frau an seinem Arm, die eindeutig aussieht wie … O mein Gott, sie sieht genauso aus wie –

»Siehst du, was ich sehe?«, sagt Emily und nickt wie einer dieser Wackeldackel auf der Hutablage eines Fahrzeugs. Ihre Augen sind groß wie Essteller.

»Findest du nicht, sie sieht aus wie –«

»Sie sieht aus wie du! Als wäre sie dein verschollener Zwilling!«, sagt sie und nimmt mir die Zeitschrift aus der Hand, um mir die Gemeinsamkeiten zu zeigen. »Ich meine, sieh dir ihre Frisur an! Zwei lange, blondierte, grob geflochtene Zöpfe, genau wie du deine Haare manchmal trägst! Und sieh dir ihre Figur an – sie hat dieselbe zierliche Statur wie du! Und sieh dir ihre –«

»Klamotten an«, sage ich, dann stütze ich meine Ellenbogen auf die Küchenanrichte, lege meinen Kopf in die Hände und stoße ein tiefes Seufzen aus. »Das Kleid ist genau mein Stil. O Tom!«

Emily steckt die Zeitschrift wieder in ihre Handtasche. Offenbar hält sie es für keine gute Idee, sie dazulassen, damit ich das Foto genauer studieren kann.

Ich beschäftige mich damit, den Wasserkocher aus Chrom zu befüllen, den Jack und ich gemeinsam ausgesucht haben, als ich vor einem Monat bei ihm eingezogen bin, dann streiche ich meine Haare aus dem Gesicht, halte meine Hände unter das fließend kalte Wasser und befeuchte meine Wangen, um die Hitze darin abzukühlen.

»Er ist nicht über dich hinweggekommen, Charlotte«, flüstert Emily hinter mir. »Seine neue Freundin sieht dir zum Verwechseln ähnlich. Das könntest auch du sein.«

Das könnte auch ich sein. Das hätte ich sein *sollen*, hätte ich nur unserer Liebe eine größere Chance gegeben. Was ist aus meinem großen Vorsatz für das neue Jahr geworden, als ich mir geschworen habe, mehr zu riskieren? Tom hat länger auf mich gewartet, als ich von ihm erwarten konnte, und nun leben wir in entgegengesetzten Welten. Ich gehe in die eine Richtung, er in die andere.

»Wann hast du das letzte Mal von ihm gehört?«, fragt Emily.

Ich schaue hinaus auf den grünen Merrion Square vor unserem Haus, eine der schönsten und ältesten Parkanlagen Dublins, und kann die berühmte Statue von Oscar Wilde sehen, die ganz lässig auf einem Felsen lümmelt.

Ich liebe diese Aussicht, aber ich hasse mich gerade selbst, weil ich so getroffen bin. Es ist viele Monate her, dass ich wegen Tom getroffen war, und obwohl es mich traurig macht, ihn mit einer neuen Freundin zu sehen, bin ich auch glücklich und stolz auf seinen Erfolg, den er nie gehabt hätte, wenn er bei mir in Dublin geblieben wäre.

»Ich wusste, dass …« Ich schnappe nach Luft. »Ich wusste, dass seine neue Band Blind Generation heißt und dass sie bei Sony oder irgendeiner anderen großen Plattenfirma unterschrieben haben. Ich habe ihn regelmäßig gegoogelt, aber irgendwann habe ich damit aufgehört, weil ich es nicht ertragen konnte, zu sehen, wie er sein Leben ohne mich weiterlebt. Ich freue mich sehr für ihn, Emily. Ich freue mich wirklich, trotzdem ist es hart für mich, dieses Foto zu sehen.«

Ich spüre Emilys Arm um meine Taille. Sie lehnt ihren Kopf an meine Schulter.

»Wenn es dich immer noch so mitnimmt, dass du nicht mit ihm zusammen sein kannst, war es richtig von dir, alles auszublenden, was mit ihm zu tun hat«, sagt sie. »Gott, ich wusste, ich hätte dir das dumme Bild nicht zeigen sollen. Ich und meine große Klappe! Hat er sich überhaupt noch mal bei dir gemeldet?«

Ich schaue an die Decke und atme tief aus.

»Er schreibt mich manchmal auf dem Messenger an«, gestehe ich meiner Schwester, der vor Schreck die Kinnlade herunterfällt. »Nicht täglich oder jede Woche, nicht einmal jeden Monat, sondern einfach nur hin und wieder.«

»Oje«, sagt Emily.

»Nur als Freund, aber ich habe ihn gebeten, damit aufzuhören«, erkläre ich. »Ich habe ihm von Jack geschrieben und dass wir jetzt zusammenwohnen, aber manchmal, wahrscheinlich wenn er getrunken hat oder sich nach einem Auftritt einsam fühlt, schickt er mir spätabends Nachrichten, die mich total fertigmachen. Warum hat er noch immer diese Wirkung auf mich, Emily? Warum?«

Emily dreht mich zu sich, verschränkt dann ihre Arme vor der Brust und reckt ihr Kinn empor wie unser Vater, wenn er mit seinen Emotionen kämpft oder wenn er etwas klarstellen will.

»Weil eure Trennung keine freiwillige Entscheidung war, für keinen von euch«, sagt sie mitfühlend. »Du wolltest nicht, dass er nach London geht, und er wollte nicht ohne dich gehen, Charlotte. Du konntest keine Rücksicht auf deine Gefühle nehmen. Du hast deine Entscheidung nicht für dich getroffen, sondern für andere. Manchmal ist das so im Leben. Empfindest du noch etwas für Tom? Falls ja, musst du fair zu Jack sein und ihn gehen lassen, Süße.«

Ihre Worte, obwohl sanft und dezent im Ton, treffen mich wie ein Güterzug, und mir stockt für eine Sekunde der Atem.

»Das kann ich nicht machen«, sage ich und schüttele den Kopf.

Ich muss daran denken, wie weit Jack und ich gekommen sind, dass ich mich bei niemandem auf der Welt so sicher fühle wie bei ihm, wenn er seine starken Arme um mich legt. Ich denke an die Ausflüge, die wir zusammen gemacht haben, wie wir über die albernsten Dinge lachen können, wie begeistert er mir zuhört, wenn ich ihm von meinen Schülern erzähle, und wie sehr wir uns gegenseitig stützen, wenn die Dinge mal nicht so laufen wie geplant. Ich denke daran, wie er mich gefragt hat, ob ich bei ihm einziehe, als ich ohnehin schon die meiste Zeit bei ihm verbrachte und aus einer Schublade lebte, und wie aufgeregt wir waren, als wir gemeinsam Sachen für die Wohnung kauften, um sie von seiner zu unserer zu machen. Ich denke daran, wie ich mich im Herzen und geistig weiterorientiert habe und wie heilsam es für mich war, mit einem so zärtlichen, liebevollen und starken Mann wie Jack zusammen zu sein. Ich würde das alles nie wegwerfen.

»Ich liebe Jack«, sage ich zu meiner Schwester. »Wir haben hier ein tolles Leben in einer tollen Wohnung, und ich habe durch ihn ein paar richtig gute Freunde dazugewonnen. Das alles könnte ich nicht einfach so aufgeben.«

Ich denke dabei speziell an Sophie Darling, mit der ich mich sehr eng angefreundet habe. Sophie und ich haben vieles gemeinsam, obwohl wir völlig unterschiedlich aufgewachsen sind. Als ehemalige Profitänzerin und Violinistin gehört Sophie auch zu den kreativen Menschen. In ihrer Jugend verlor sie ihre einzige Schwester durch eine plötzliche schwere Krankheit und ist nie richtig darüber hinweggekommen, weshalb sie die tiefen Bande zwischen mir und meiner Familie, die nach Matthews Unfall noch enger zusammengerückt ist, gut verstehen kann.

Zusammen mit Jack führe ich ein sehr erfülltes Leben. Wir haben das große Los gezogen.

»Ich kann das nicht alles für eine verrückte Idee von einem Leben mit Tom wegwerfen, das wahrscheinlich gar nicht mehr realistisch ist«, sage ich leise.

Emily nimmt aus dem Schrank mit der Milchglastür zwei Tassen, gibt in jede einen Teebeutel und gießt das kochende Wasser darüber, während ich mit leerem Blick aus dem Fenster sehe.

»Wenn es nicht realistisch wäre, hättest du auf das Foto nicht so heftig reagiert, oder?«, sagt sie. Nachdem der Tee kurz gezogen hat, drückt sie die Teebeutel aus, gibt einen Schuss Milch dazu und schiebt mir dann eine Tasse hin. »Außerdem würde er dir dann nicht immer noch Nachrichten schicken, wenn er betrunken ist oder einsam oder beides.«

Ich weiß, sie hat nicht unrecht.

»Ich meine ja nur«, fügt sie hinzu. »Aber wenn ich mir vorstelle, Kevin würde so emotional auf ein Foto von seiner Ex reagieren, würde ich mir ernsthafte Sorgen um unsere Beziehung machen. Mir persönlich wäre es deutlich lieber, er würde mich gehen lassen, statt weiter eine Lüge zu leben.«

Ich halte meine Tasse mit beiden Händen und puste hinein, dann nehme ich einen tröstenden Schluck, der mich innerlich wärmt und beruhigt.

»Würde es dir gefallen, wenn es umgekehrt wäre und du in Jacks Haut stecken würdest?«, sagt sie, um ihren Standpunkt noch mehr zu verdeutlichen. »Wie würdest du es finden, wenn du feststellst, dass Jack immer noch an seiner Ex hängt?«

Ich will antworten, aber sie kommt mir zuvor.

»Bitte, Charlotte, du darfst keine Lüge leben«, sagt sie eindringlich. »Tu das bloß nicht. Schau dir an, wie es Matthew ergangen ist. Das ist es nicht wert.«

Um Matthews Gesundheit und seiner weiteren Entwicklung willen habe ich nicht wirklich eine Wahl. Aber lebe ich eine Lüge?

Jack hat mich aufgerichtet, wenn mich die Angst um Matthew in die Knie zwang, er hat mir Mut zugesprochen, wenn mein Selbstvertrauen am Boden war, er hört es sofort an meiner Stimme, wenn ich mir Sorgen mache oder eine seiner männlichen Umarmungen brauche. Er weiß, dass ich den Frühling mehr liebe als den Sommer, dass ich dunkle Schokolade lieber mag als helle, dass ich zu einer bestimmten Zeit im Monat zwei Stück Zucker in meinen Tee nehme und in der restlichen Zeit kein einziges. Jack kennt mich in- und auswendig. Tom hat mich nur von meiner besten Seite erlebt, Jack dagegen auch von meiner schlechtesten, und er liebt mich dafür umso mehr.

Würde ich das, was ich mit Jack habe, für eine waghalsige Chance auf ein anderes Ich aufgeben? Nein, würde ich nicht. Ich habe endlich die Kurve gekriegt.

»Alles Gute zum Geburtstag, meine Süße!«

Es ist ein herrlicher Samstagnachmittag Ende März, die Straßen sind gesäumt von zarten pastellrosa Kirschblüten, und ich feiere im Phoenix Park meinen neunundzwanzigsten Geburtstag mit einem Glas Prosecco, Crunch Wraps mit schwarzen Bohnen und gefüllter Focaccia. Das exklusive Picknick wurde von Sophie organisiert, die neben mir sitzt und beobachtet, wie die Welt an uns vorüberzieht.

»Ist dreißig so schrecklich, wie es klingt?«, frage ich, bereits leicht angeheitert von dem perlenden Getränk in meinem Glas. Der Himmel über uns leuchtet strahlend blau, Sophies Hunde, Milo und Jess, rennen umher und genießen ihre Bewegungsfreiheit, und ich drehe mein Gesicht in die wärmende Sonne.

»Es wirft definitiv ein paar Fragen auf«, antwortet Sophie mit ihrem harten Dubliner Akzent, der ganz anders klingt als mein weicherer ländlicher Dialekt. »Als ich dreißig wurde, fing meine Mutter an, total Druck auf mich zu machen, obwohl Harry und ich gerade erst frisch verheiratet waren. Ich sollte umgehend Drillinge aus mir herauspressen, aber ich fühle mich selbst jetzt noch nicht bereit für die Mutterrolle. Du?«

Ich nippe an meinem Prosecco und denke über ihre Frage nach.

»Ich habe tatsächlich schon öfter mit dem Gedanken gespielt, vor allem weil ich täglich mit Kindern und Müttern zu tun habe, die mit ihren Babys vor dem Schultor stehen«, gestehe ich. »Aber ich kann nicht behaupten, dass meine Mutter mich jetzt schon drängen würde, Kinder zu bekommen. Sie versteht, dass Jack und ich noch in der Anfangsphase sind.«

Sophies Mutter und meine sind so verschieden wie Tag und Nacht, und während ich meine Mam vergöttere, hasst Sophie ihre wie die Pest.

»Und was ist mit deiner Schwester?«, fragt sie. »Bekommt sie mehr Druck, weil sie verheiratet ist, oder ist diese Frage zu persönlich? Gott, meine Mutter wird einen Anfall bekommen, wenn ich ihr nicht bald ein Enkelkind schenke, das sie überall vorzeigen kann. Sie gibt einfach keine Ruhe!«

Ich rümpfe leicht meine Nase und überlege, ob wir uns nahe genug sind, um über Emily und Kevins Fruchtbarkeitsprobleme zu sprechen.

»Ich schätze, so etwas sollte jedem selbst überlassen bleiben«, sage ich in der Hoffnung, dass Sophie zwischen den Zeilen liest. »Manchmal geht es leider nicht so schnell, wie man sich das wünscht.«

Sophie beugt sich zu mir herüber und drückt meinen Arm, um mir zu verstehen zu geben, dass ich zu diesem Thema nicht mehr zu sagen brauche. Seit jenem ersten gemeinsamen

Abend im vergangenen Dezember ist sie rasch zu meiner besten Freundin geworden. Meine schreckliche Nervosität vor diesem Treffen legte sich spätestens, als sie mich fragte, ob sie meine Schuhe anprobieren dürfe, mitten in diesem supervornehmen Fischrestaurant, und dann darin zur Toilette und wieder zurück stolzierte, um zu sehen, ob sie ihr genauso gut standen wie mir.

Wir kicherten den ganzen Abend und gingen barfuß nach Hause, obwohl es regnete und Winter war, und danach quatschten wir in ihrem Wohnzimmer bis zum Morgen weiter, vor allem über unsere gemeinsame Liebe zur Musik. Sophie hatte schon in ihrer Schulzeit im Orchester gespielt, und zu guter Letzt sangen wir sogar gemeinsam, zur großen Überraschung unserer Männer, die uns dringend empfahlen, eine Band zu gründen, damit sie in den Vorruhestand gehen konnten.

»Hattest du jemals den Gedanken, dass eine Parallelversion von dir existiert und das macht, was du hättest machen können, wenn du dich in deinem Leben anders entschieden hättest?«, fragt sie und starrt in den blauen Himmel. »So eine Art zweites Ich? Ist das eine seltsame Frage? Bin ich betrunken?«

Ich muss lachen und drehe mich zu ihr, erfreut, dass sie etwas zur Sprache bringt, das mich schon länger umtreibt. »O Sophie, das denke ich die ganze Zeit! Ich kann nicht glauben, dass es dir genauso geht!«

Sie schiebt ihre Sonnenbrille auf den Kopf, blinzelt in die Sonne und schiebt die Brille wieder herunter. Mit ihren kurzen schwarzen Haaren und ihrer zierlichen Tänzerinnenfigur ähnelt sie einer Elfe, und für mich heißt sie nicht nur Darling, sie ist auch einer.

»Du wirst dich bestimmt totlachen, wenn du das hörst, aber an einem bestimmten Punkt dachte ich wirklich, ich würde

Jack vor den Traualtar schleifen, weißt du, die klassische Torschlusspanik vor dem Dreißigsten«, sagt sie kichernd. »Der Arme wusste gar nichts davon, aber ich muss noch heute manchmal daran denken.«

Ich werfe lachend meinen Kopf in den Nacken. »Tu dir keinen Zwang an, Soph!«, scherze ich. »Ach, irgendwie ist das süß.«

Sie muss nun auch lachen. »Aber dann kam es doch anders, weil ich meinen Vater spontan nach Wales zu einem Rugbyspiel begleitete, und das nur aus Mitleid, weil sein Bruder kurzfristig absagen musste. An einem Hotdog-Stand kam ich mit Harry ins Gespräch, der ziemlich betrunken war, und der Rest ist Geschichte«, sagt sie. »Wäre mein Onkel nicht krank geworden, hätte ich das Spiel nicht besucht und wäre Harry wohl nie begegnet, und wie würde mein jetziges Leben dann aussehen? Wo würde ich leben und mit wem? Das ist schon ziemlich irre, nicht wahr?«

Es ist tatsächlich ziemlich irre, wenn man darüber nachdenkt. Ich habe oft darüber nachgedacht, bis mir der Kopf schwirrte, aber ich habe mich noch nie mit jemandem darüber unterhalten, dem es so ähnlich geht.

Ich frage mich ständig, wenn ich damals, an jenem Nachmittag in unserem WG-Wohnzimmer vor über sechs Jahren, Toms Rat befolgt und den Mut aufgebracht hätte, meine Songs an Plattenfirmen zu schicken, würde ich dann heute in Amerika leben, wie er es mir empfohlen hatte? Hätten sich unsere Wege dann jemals wieder gekreuzt, hätte Matthew jemals wieder Toms Namen hören müssen, wäre der Unfall jemals passiert, hätte ich Jack jemals kennengelernt? Im Leben führt eins zum anderen und zum nächsten und zum übernächsten – wie viel davon können wir wirklich selbst steuern, und wie viel davon ist bereits festgelegt?

Sophie setzt sich auf, um uns Prosecco nachzugießen. Wir hängen beide unseren Gedanken nach, und mir ist ein bisschen schwindelig. Ich bremse sie, als mein Glas halb aufgefüllt ist, und sie sieht mich leicht besorgt an.

»Weißt du, Charlotte, nur weil alles hätte anders kommen können, heißt das nicht, dass es automatisch besser gewesen wäre«, sagt sie, nun ein bisschen ernster. »Zumindest rede ich mir das immer ein. Es hat keinen Sinn, irgendwelchen verpassten Gelegenheiten nachzutrauern, obwohl es manchmal ganz lustig sein kann, sich vorzustellen, was wäre, wenn.«

Ich sehe sie an und lächele. Sie hat absolut recht. Ich stelle mir kurz vor, wie ich mit Tom jetzt um die Welt reisen würde, wären wir zusammengeblieben. Ich würde aus dem Koffer leben, ich würde meine Familie kaum zu Gesicht bekommen, und so einfache Dinge wie ein Picknick mit einer Freundin im Park wären nicht so leicht umzusetzen. Es hätte ein lustiges Abenteuer sein können, aber das ist alles, was davon geblieben ist – eine Gedankenspielerei, ein Was-wäre-wenn.

»Ja, manchmal ist es ganz spaßig, sich das auszumalen«, sage ich zustimmend. Sie gießt mein Glas bis oben hin voll, obwohl ich sie gerade noch gestoppt habe.

Ich liebe es, mit Sophie Zeit zu verbringen, und ich liebe es, jeden Tag zu Jack nach Hause zu kommen.

Wir stoßen an.

»Also, zurück in die reale Welt. Was sind deine Pläne für dein dreißigstes Lebensjahr auf diesem Planeten?«, fragt Sophie und streckt sich wieder im Gras aus. Eins der vielen Dinge, die ich an ihr liebe, ist, dass sie immer nach vorne schaut, dass sie über zukünftige Möglichkeiten spricht und etwas findet, das man planen oder auf das man sich freuen kann.

»Nun«, sage ich nachdenklich und pflücke ein paar Gänseblümchen neben mir. »Ich würde mir wirklich gern eine

Auszeit nehmen, weißt du. Das soll nicht heißen, dass ich vor irgendwas davonlaufen möchte. Ich hätte einfach nur gerne mal etwas Abwechslung, eine Luftveränderung.«

»Oooh«, sagt Sophie schwärmerisch. »Und woran hast du gedacht? An einen Strandurlaub? Eine Woche in der Sonne?«

»Paris«, sage ich und spüre in mir deutlich die alte Sehnsucht nach einer Stadt, von der ich immer geträumt habe. »Ich möchte mir unbedingt Paris ansehen.«

Ich sehe es bereits in meinem Kopf: die romantischste Stadt der Welt mit ihren breiten Boulevards und ihren klassischen Architekturdenkmälern, mit denen ich meine Sinne und meine Kreativität füttern kann.

»Ich würde auch gerne wieder anfangen, Lieder zu schreiben«, fahre ich fort. »Ich will wissen, ob ich es überhaupt noch kann, aber dafür muss ich zuerst die Motivation in mir finden. Trotzdem habe ich das Gefühl, dass das alles bald wiederkommen wird.«

»Ja!«, erwidert Sophie begeistert. »Du musst auf deine Seele hören, und Jack würde dich zu hundert Prozent unterstützen. Du darfst dein Talent nicht in deinem Kopf wegsperren, Charlotte, oder wo auch immer du deine Songschreiberqualitäten nach Matthews Unfall versteckt hast. Hol sie wieder raus. Die Welt hat es verdient, die klugen Texte von Charlotte Taylor zu hören, und das weißt du auch.«

Auf eine Art glaube ich ihr. Ich spüre den starken Drang in mir, Songs zu schreiben, was nur nachvollziehen kann, wer selbst textet. Es ist wie ein Juckreiz, der befriedigt werden will, ein Teil von einem selbst, den man nicht ignorieren kann.

»Ich würde Jack gerne mal diese Seite von mir zeigen«, sage ich. »Ich halte diesen großen Teil von mir schon viel zu lange vor ihm verborgen.«

Es stimmt mich in der Tat traurig, dass Jack nicht ahnt, wie tief meine Leidenschaft für die Musik geht, und das ist ganz sicher nicht seine Schuld, sondern allein meine. Ich schätze, ich habe mein Talent auf Eis gelegt, weil ich nicht fähig war, meine Leidenschaft fürs Songschreiben von meiner Vergangenheit und meinem Langzeitdurst nach Tom Farley zu trennen. Jack weiß, dass ich Gitarre spielen kann und dass ich manchmal meine Schüler damit unterhalte, aber er wird nie richtig verstehen, dass Musik in meinen Adern fließt und darauf wartet, hervorzubrechen. Wenn ich sie doch nur herauslassen könnte.

»Nun, in diesem Sinne denke ich, war meine wichtigste Erkenntnis, als ich dreißig wurde, dass man in seinem Leben Veränderungen vornehmen muss, dort, wo es nötig ist«, sagt Sophie und sieht mich durch ihre Gucci-Sonnenbrille an. »Beziehungen werden wichtiger, dass man sich mit den richtigen Leuten umgibt, dass man seinen eigenen Stamm findet, wenn man es so nennen kann. Ergibt das einen Sinn?«

Ich stelle mein Glas in den eleganten kleinen Halter aus Holz, den Sophie extra für das Picknick gekauft hat, und denke über ihre Worte nach. Ich kann mich momentan unheimlich glücklich schätzen. Ich bin gesund, genau wie der Rest meiner Familie, obwohl Matthew manchmal ein richtiger Stinkstiefel sein kann, wenn er aus irgendeinem Grund, sei er ernst oder banal, einen schlechten Tag hat. Ich habe einen Beruf, den ich liebe, ich habe eine wunderschöne Wohnung in bester Innenstadtlage, ich habe tolle Freunde, sowohl alte als auch neue, und der Mann in meinem Leben behandelt mich, als wäre ich die wichtigste Person der Welt. Ich habe heute eine Menge zu feiern und eine Menge Gründe, um zu lächeln.

Ich greife wieder nach meinem Glas und erhebe es.

»Auf meine nächste Reise um die Sonne und auf alles, was sie mit sich bringt!«, sage ich und spüre eine glühende

Vorfreude auf all das, was mich in meinem Leben erwartet. »Ich bin froh, dass wir uns kennengelernt haben, Sophie. Du gehörst definitiv zu meinem Stamm.«

Ich gebe es nicht gerne zu, aber Sophie durchschaut mich total, mehr als Emily oder Kirsty es tun. Sie weiß, wie sehr es mich juckt zu verreisen, sie weiß, dass Kreativität und Musik durch meine Adern fließen, sie weiß, dass ich ein Freigeist bin, der sich danach sehnt, sich von den Fesseln seines Bruders loszureißen, aber gleichzeitig Angst davor hat. Es ist, als könnte sie mein wahres Ich hinter der Fassade sehen, die ich mir erschaffen habe, und wir verstehen uns auf eine Art, wie ich es bisher nur mit einer einzigen anderen Person erlebt habe – der Person, von der ich mich mit aller Gewalt lossagen möchte. Ich bin froh, dass ich in Sophie eine Seelenverwandte gefunden habe; es ist für mich eine Bestätigung, dass ich mich endlich weiterentwickle.

Nach einem Abstecher zum Friseur, wo ich mich nach vielen Jahren von meiner langen hellblonden Wuschelmähne verabschiedete und mich für einen mittelblonden, schulterlangen glatten Bob mit einem stumpf geschnittenen Pony entschied (alles gebucht und bezahlt von Jack), und einem ausgiebigen Einkaufsbummel, bei dem Sophie mich mit einem neuen Chanel-Parfüm und diverser Luxuskosmetik reich beschenkte, komme ich mir richtig verwöhnt vor und fühle mich so gut wie schon lange nicht mehr. Das letzte Jahr hat mich so viel Kraft und Energie gekostet, dieses ständige Bangen und Hoffen wegen Matthew, aber ich habe beschlossen, dass es nun wirklich an der Zeit ist, mich mehr um mich selbst zu kümmern.

Nun, da Matthew das Schlimmste überstanden hat, wäre nach dem ursprünglichen Plan der perfekte Zeitpunkt, um Tom zu suchen und zu schauen, ob wir wieder dort anknüpfen können, wo wir aufgehört haben. Aber zwölf Monate später hat Tom eine neue Freundin, und ich habe Jack. Ich darf mir nicht länger den Kopf darüber zerbrechen, was aus Tom und mir hätte werden können. Das Leben hat mich hierhingeführt, also werde ich weiter in diese Richtung gehen.

Jack Malone liebt mich, und er hat keine Angst, es mir zu zeigen, nicht nur auf eine materielle Art wie heute, sondern auch, indem er für mich da ist und mich immer wieder anspornt, wenn mich Selbstzweifel befallen.

Als ich am Abend nach Hause komme, hat er eine weitere Überraschung für mich auf Lager, mit der ich niemals gerechnet hätte.

»Augenblick! Du willst mit mir *wohin*?«, sage ich, und meine Unterlippe zittert vor Ergriffenheit. »Ich verstehe nicht. Wann? Woher hast du das gewusst?«

Jack entkorkt eine Flasche Champagner, füllt fachmännisch zwei Tulpengläser und gibt mir eins davon, dann küsst er mich auf die Wange.

»Alles Gute zum Geburtstag, meine Schöne«, sagt er. »Sagen wir einfach, ein kleines Vögelchen hat mir heute Nachmittag gezwitschert, dass eine Reise ganz oben auf deiner Wunschliste steht. Also habe ich gebucht, als du beim Friseur warst, für die Osterferien, wenn du freihast. Ist das okay? Wir fahren nach Paris, Charlotte!«

Ich bin zu Tränen gerührt und völlig überwältigt von seiner großartigen Geste.

»Ich kann es nicht glauben! O Jack, ich liebe dich«, sage ich, und ich meine es aus vollem Herzen. »Womit habe ich dich nur verdient?«

Er lächelt mich an, zieht mich eng an sich und küsst mich fest auf den Mund, dann hebt er mich auf den Küchentisch und zeigt mir, wie sehr auch er mich liebt.

KAPITEL 9

Paris, April 2017, Ostermontag

Ich sehe staunend in den Himmel, als über der Seine ein farbenfrohes Feuerwerk explodiert, und bei jedem Knall drücke ich mich ein bisschen tiefer in Jacks Arme, die von hinten um meine Taille geschlungen sind. Mit großen Augen wie ein Kind sauge ich durch das Panoramafenster des Restaurants das Spektakel in mich auf, vollkommen fasziniert, und ich muss mich kneifen, um mich zu vergewissern, dass ich tatsächlich in Paris bin, der romantischsten Stadt der Welt.

»Ich kann einfach nicht glauben, dass wir hier sind.« Von unserem Platz an der Champagnerbar des Luxusrestaurants im Dachgeschoss, wo wir gerade unseren Aperitif genießen, kann ich die Lichter des Eiffelturms sehen. Ich rieche den köstlichen Duft erlesener Speisen, der uns willkommen heißt, und das sanft klimpernde Jazzpiano im Hintergrund zu dem Geplauder anderer verliebter Paare bringt mich in eine selige Stimmung.

»Ist es das, wovon du geträumt hast?«, fragt Jack. »Ich habe das alles hier nur für dich arrangiert. Hätte nie gedacht, dass ein Feuerwerk so teuer ist.«

Ich drehe mich zu ihm um und breche in Lachen aus.

»Und für den Bruchteil einer Sekunde habe ich dir das sogar geglaubt«, sage ich mit leicht schleppender Stimme, leicht beschwipst vom Champagner und in Hochstimmung.

»Es klingt gut, nicht wahr?«, erwidert er lachend. »Ich habe gehofft, dass einer der anderen Gäste mich vielleicht hört und für den Mann des Jahres hält.«

Er nimmt meine Hand und küsst sie, und seine Augen funkeln vor Freude darüber, dass wir endlich in Paris sind.

Ich bin in Paris.

Und es ist sogar noch beeindruckender, als ich es mir vorgestellt habe.

»Gefällt dir unser Urlaub?«, fragt er.

»Und wie«, antworte ich. Ich lehne mich an seine Brust, und wir wiegen uns sanft im Takt der Musik, während aus der Ferne der Klang feiernder Menschen zu uns dringt. »Paris ist so wahnsinnig romantisch, dass es alle meine Erwartungen übertrifft. Vielen Dank, Jack. Dieses Geburtstagsgeschenk werde ich nie vergessen.«

Und es ist wirklich alles perfekt, seitdem wir gestern Abend hier angekommen sind. Nachdem wir in unserem Hotel, das mit viel rotem Samt im Barockstil eingerichtet ist, früh zu Bett gegangen waren, brachen wir heute Morgen zu einem Spaziergang entlang der Seine auf, bummelten vorbei an zahlreichen Galerien und Straßencafés, tranken hier einen Kaffee, aßen dort ein Eis und blieben immer wieder stehen, um Maler oder andere Straßenkünstler zu bewundern.

Ich kam aus dem Staunen gar nicht mehr heraus, als wir am Nachmittag eine Bootsfahrt auf der Seine machten und der Fremdenführer uns auf Sehenswürdigkeiten wie den Louvre und natürlich die berühmte Kathedrale Notre-Dame hinwies, die sich unter einem pastellfarbenen Aprilhimmel majestätisch und prachtvoll auf der Île de la Cité erhob.

Und nun sind wir hier in diesem angesagten Spitzenrestaurant, für das man normalerweise sechs Wochen im Voraus reservieren muss, aber Jack ist es gelungen, einen der besten Tische für uns zu organisieren, weil sich zufällig herausgestellt hat, dass er und der Geschäftsführer einen gemeinsamen Bekannten haben. Die Atmosphäre hier oben ist leicht und verträumt, die Aussicht ist einfach nur überirdisch schön, und ich bin die glücklichste Frau im ganzen Universum.

»Ich kann dir genau den Moment sagen, in dem ich wusste, dass ich mich in dich verliebt habe«, sagt Jack, nachdem wir unser fantastisches Essen beendet haben, ich mein Ingwer-Hähnchen auf Zitronengras, Jack seine gegrillte Entenbrust in Yakitori-Marinade. Zwischendurch erschien sogar der französisch-japanische Küchenchef an unserem Tisch, um uns persönlich zu begrüßen und *bon appétit* zu wünschen, was dem Ganzen noch die Krone aufsetzte. Es scheint, als würden bei diesem Besuch in Paris keine Wünsche offenbleiben, und jeder Moment wird zu einer unvergesslichen Erfahrung.

»Ach ja?«, sage ich. Ich warte mit angehaltenem Atem darauf, dass er fortfährt.

»Aber natürlich«, sagt er und sieht mich über den Tisch hinweg verliebt an. »Weißt du noch, der Tag, an dem wir angeln waren und du meine Jacke angezogen hast, die dir viel zu groß war?«

Ich nicke. »Ja, ich erinnere mich«, sage ich und rolle mit den Augen. »Das Wetter war nass und stürmisch, aber du hast darauf bestanden, den Elementen zu trotzen.«

Ich verziehe das Gesicht und frage mich, warum er ausgerechnet diesen Tag hervorhebt. Wir hatten die Strände in der Umgebung erkundet und an einer Stelle haltgemacht, wo, wie er wusste, die Fische besonders gut bissen, obwohl sich bei dem Hundewetter eher ein warmer Pub mit einem gemütlichen Kaminfeuer angeboten hätte. Ich fand es scheiße, er fand es gut. Ich habe keine Ahnung, worauf das hier hinauslaufen soll.

»Ich habe in meinem ganzen Leben noch nie jemanden gesehen, der so fest entschlossen war, etwas Neues auszuprobieren«, sagt er in liebevoller Erinnerung an jenen Moment. »Du wolltest nicht aufgeben, obwohl du auf den rutschigen Felsen

Blut und Wasser geschwitzt hast, obwohl es für dich der totale Albtraum war. Du hast es tapfer durchgezogen, und das sogar richtig gut.«

Nun muss ich bei der Erinnerung auch lächeln. »Ich wollte mich auf keinen Fall vor der Herausforderung drücken, obwohl ich bis auf die Knochen durchnässt war und erbärmlich gefroren habe«, sage ich zustimmend. »Und du hast recht: Ich habe jede einzelne Sekunde davon gehasst, aber ich hätte mich niemals geschlagen gegeben.«

Sein Blick verklärt sich. »Das war der Moment, in dem ich es wusste«, sagt er. »Der energische Ausdruck in deinem Gesicht, wie du dastandst, mit deinem hochgerafften Kleid und deinen klobigen Stiefeln und den dicken Socken, und deinen Platz auf diesen Klippen behauptet hast. Du hast mir gezeigt, wie viel Kampfgeist in dir steckt, wie wild entschlossen du bist, selbst etwas, das dir widerstrebt, gut zu machen. Es hat mich an deinen eisernen Willen erinnert, als dein Bruder ganz unten war und immer wieder einen Anstoß brauchte. In jenem Moment wusste ich, dass du etwas Besonderes bist. Ich wusste, du bist meine Frau fürs Leben.«

Ich galt schon immer als willensstark, aber ich wüsste nicht, dass mich jemals zuvor jemand als eine echte Kämpfernatur betrachtet hat. Ich schätze, ich habe in letzter Zeit Stärke bewiesen. Ich habe ein paar ziemlich wichtige Entscheidungen in meinem Leben getroffen, nicht unbedingt zu meinem eigenen Nutzen, sondern eher, um meinem Bruder zu helfen.

Jack hat etwas in mir gesehen, das mir selbst noch gar nicht aufgefallen ist. Vielleicht bin ich stärker, als ich mich selbst eingeschätzt hätte. Vielleicht habe ich einen wichtigeren Daseinsgrund, als ich jemals gedacht hätte. Ich bin eine engagierte Lehrerin, das weiß ich, aber mich um Matthew zu kümmern hat mir etwas gegeben wie keine andere Erfahrung zuvor. Es brachte eine Seite in mir zum Vorschein, von der ich nicht einmal wusste, dass sie existierte.

Mein Blick spiegelt meine Überraschung wider, dass Jack das aufgefallen ist und auch dass er mich als »seine Frau fürs Leben« bezeichnet hat. Ja, wir leben zusammen, wir haben gemeinsame Freunde und verstehen uns wunderbar, aber »die Frau fürs Leben«? Wow.

»O Jack, das ist wirklich süß von dir«, sage ich. »Hinter deiner coolen, schönen Fassade bist du ein sentimentaler alter Knochen, nicht wahr?«

Er kann es nicht bestreiten. Das Gute an unserer Beziehung ist, dass ich bei Jack immer weiß, woran ich bin. Er trägt sein Herz auf der Zunge, und ich muss nie lange herumrätseln, um aus ihm schlau zu werden. Er sagt, was er denkt. Das halte ich für eine seiner besten Eigenschaften.

Der Kellner lädt uns ein, für einen Digestif an die Champagnerbar zurückzukehren. Er führt uns zu einem hohen runden Tisch mit zwei Barhockern, perfekt positioniert vor einem bodentiefen Fenster, das direkt auf die spektakulärsten Sehenswürdigkeiten von Paris zeigt.

»Das Essen war exzellent, danke sehr«, sage ich zu Jack, weil ich weiß, wie viel Mühe er sich gegeben hat, damit dieser Aufenthalt hier unvergesslich wird. »Weißt du, das vergangene Jahr war eine wirklich seltsame Erfahrung. Ich weiß nicht, wie ich das alles ohne dich überstanden hätte.«

Jack schüttelt den Kopf, wie immer, wenn ich ihn mit Lob überschütte, was Matthews Genesung betrifft.

»Mein Bruder war schon vor seinem Unfall in einem dunklen Abgrund gefangen«, fahre ich fort. »Du weißt ja über seine seelische Vorerkrankung Bescheid, aber ich denke, es kann nicht schaden, dich hin und wieder daran zu erinnern, wie groß dein Anteil daran war, dass er wieder aus seinem tiefen Loch herauskam.«

»Charlotte, Matthew hat noch immer einen weiten Weg vor sich«, wendet er ein. »Ein Leben im Rollstuhl ist für so einen jungen Mann eine bittere Pille, aber er hat die beste Unterstützung. Ihr könnt unheimlich stolz sein auf den starken Zusammenhalt in eurer Familie, der ihn so weit gebracht hat.«

»Ja, wir haben einen langen Weg zurückgelegt«, sage ich zustimmend und nippe an meinem Champagner, froh darüber, eine Welt entfernt von den Kliniken und dem Medizinerjargon der jüngeren Vergangenheit zu sein.

»Du hast eine tragende Rolle gespielt, weil du so viel Zeit geopfert hast, um ihn zu pflegen und mental wiederaufzubauen«, fährt er fort. »Seine bisherige Genesung ist das Ergebnis einer großartigen Teamarbeit zwischen dem medizinischen Personal und seiner engagierten Familie. Aber du hättest deinen Bruder auch einfach den Ärzten überlassen und mit deinem eigenen Leben weitermachen können, wohin auch immer es dich damals geführt hätte.«

Wohin auch immer es mich damals geführt hätte ... Ganz sicher in eine völlig andere Richtung. Nach Howth ans Meer mit Tom vielleicht, oder nach London und Amerika als Singer-Songwriterin? Ich versuche es zu vermeiden, aber seit ich mit Sophie darüber gesprochen habe, kann ich nicht anders, als mir vorzustellen, wie mein Leben jetzt aussehen würde, wenn ich damals meinem Herzen gefolgt wäre statt meinem Verstand. Eine andere Version von mir würde wahrscheinlich mit Tom zusammenleben, ihn unterstützen, während er mit seiner Musik Karriere macht, sie würde Songs schreiben und etwas zu ihrem Beruf machen, das ihr so leichtfällt und das sie in einen richtigen Rausch versetzt. Ich vermisse es, Musik zu machen, und ich bin sicher, dass es Matthew genauso geht. Es ist, als hätten wir beide am Tag des Unglücks diesen Teil unseres Lebens hinter uns gelassen und eine Tür zugeschlagen, die wir seitdem nie wieder geöffnet haben. Es ist, als würden wir uns davor fürchten.

»Schon seltsam, wie das Leben so spielt, nicht wahr?«, sagt Jack. »Ich meine, nach jenem Abend in *Pip's Bar* hätte ich nicht gedacht, dass ich dich jemals wiedersehe, aber dann wurde Matthew mein Patient, und der Rest ist Geschichte. Es ist, als hätte sich aus einer Tragödie eine zweite Chance für uns ergeben. Wir haben schon auch ein paar lustige Zeiten miteinander erlebt, nicht wahr?«

Allerdings haben wir lustige Zeiten erlebt. Tatsächlich scheint es stetig bergauf zu gehen, seit Dr. Jack Malone in mein Leben getreten ist, und das ist etwas, das ich nicht ignorieren kann. Wir haben so viel gelacht, wir haben Ausflüge gemacht und andere Orte erkundet, ich habe in Sophie Darling eine ganz wunderbare Freundin gefunden, wir teilen uns nun eine wunderschöne Wohnung in einem hochattraktiven Viertel von Dublin, unser gesellschaftliches Leben ist immer frisch und aufregend, und als wäre das alles noch nicht genug, wird Jack von meiner Familie, besonders von Matthew, vergöttert.

Auf dem Papier erfüllt Dr. Jack Malone alle Kriterien, und ich weiß, ich kann mich sehr glücklich schätzen, dass er zu meinem Leben gehört, also verdränge ich die alten Erinnerungen und Was-wäre-wenn-Überlegungen rasch wieder und mahne mich selbst, präsent und aufmerksam zu sein.

Ich schaue hinaus in den Pariser Abendhimmel, dankbar dafür, dass ich in so toller Begleitung hier sein kann. Ich schließe meine Augen und koste diesen besonderen Moment aus, und gleich darauf spüre ich Jacks Atem in meinem Nacken, als er von seinem Barhocker gleitet und sich wieder von hinten an mich schmiegt, seine starken Arme um meine Taille schlingt.

»Ich muss dich etwas fragen, Charlotte«, flüstert er mir ins Ohr.

»Was ist?«, frage ich mit einem nervösen Gefühl im Magen. »Stimmt was nicht?«

Ich habe auf den Tag gewartet, an dem ihm klar wird, dass mein Engagement für Matthew genauso stark von Schuld motiviert war wie von Liebe, und er mich nach den Hintergründen fragt. Er dreht mich zu sich herum und sieht mich an.

»Es ist alles gut.« Er lächelt. »Es ist sogar alles bestens. Hör zu, ich weiß, wir sind gerade mal ein halbes Jahr zusammen, aber seitdem ist ziemlich viel passiert, findest du nicht auch?«

Ich nicke. Ja, das kann man wohl sagen.

Jack ist immer ein bisschen nachdenklich und versonnen, manchmal sogar sentimental, aber so emotional wie heute Abend habe ich ihn noch nie erlebt.

»Ich bin so wahnsinnig verliebt in dich, Charlotte«, sagt er, »mehr als du vermutlich jemals ahnen wirst. Du bist liebevoll, warmherzig, und du hast nur das Beste im Leben verdient. Ich hoffe, ich darf dir dabei helfen, es zu bekommen, nach allem, was du im letzten Jahr durchgemacht hast.«

Ich will eine lustige Bemerkung machen, aber ich komme nicht dazu, weil Jack in sein Jackett greift, ein kleines schwarzes Samtetui herausholt, es öffnet und einen exquisiten Ring aus Weißgold mit einem Diamanten enthüllt, der im Licht der Kronleuchter funkelt.

Meine Hände wandern automatisch hoch zu meinem Gesicht, und es verschlägt mir den Atem.

»Charlotte Jane Taylor, möchtest du meine Frau werden?«, sagt er, und seine Frage erschüttert mich bis ins Mark. Ich kann nicht sprechen. Ich hatte keine Ahnung, dass das hier kommen würde, und es fällt mir schwer, darauf zu antworten, auch wenn ein einziges Wort ausreicht. Mir ist bewusst, dass viele der anderen Gäste, die ihre Drinks in diesem hochromantischen Ambiente genießen, zu uns herüberstarren und gespannt darauf warten, was ich sagen werde.

Ich schüttele ungläubig den Kopf. Ich versuche zu sprechen, aber ich bekomme kaum Luft.

Damit habe ich nie und nimmer gerechnet. Ich bin in Paris, nicht mit dem Mann, mit dem ich ursprünglich hierherkommen wollte, und ich habe soeben einen Heiratsantrag bekommen, aber nicht von dem Mann, von dem ich ursprünglich diese Worte hören wollte. In meinem Kopf blitzt eine Serie von Bildern auf, ähnlich einem Film, der vor meinem geistigen Auge vorüberzieht. Plötzlich stehe ich wieder an der Spüle in unserer Studentenküche und Tom Farley geht an mir vorbei, dann singen wir gemeinsam mit einer unglaublichen Intensität, wir stehen im Hinterhof von *Pip's Bar*, wir halten uns im Schnee an den Händen, er wischt sanft eine Schneeflocke aus meinem Gesicht, wir sind in Howth, und ich trage sein T-Shirt, ich fahre mit meinem Wagen nach Loughinisland, ich bin mit Matthew im Pub, ich stehe draußen im Schneegestöber, ich brülle über die Straße zu Matthew, ich bin im Krankenhaus.

Ich muss das alles hinter mir lassen.

»Ja!«, sage ich zu Jack, und die ganze Bar bricht in Applaus aus, während Jack und ich in Tränen ausbrechen. »Ja, ich möchte deine Frau werden!«

Ich lege meine Arme um ihn, und er küsst mich euphorisch und erleichtert. Ich bin auch erleichtert, und ich hoffe, dass meine Entscheidung, Jacks Frau zu werden, mir bewusst machen wird, dass dieses Leben, dieses vollkommen perfekte

Leben mit Jack Malone, genau der Ort ist, wo ich hingehöre. Ich höre Sophies kluge Worte: *Nur weil alles hätte anders kommen können, heißt das nicht, dass es automatisch besser gewesen wäre.*

Ich glaube nicht, dass ich es besser treffen kann als mit Jack Malone.

KAPITEL 10

Dublin, April 2017

Jack Malone senior und seine Frau Marjorie erscheinen mit vornehmer Verspätung vor unserer Tür am Merrion Square, bewaffnet mit Luftküssen, ausgefallenen Getränken mit unaussprechlichen Namen und einem Geschenkkorb voller Delikatessen von Brown Thomas, der wahrscheinlich genauso viel gekostet hat wie eine Wochenmiete für unsere Wohnung.

»Charlotte, Darling, wie schön, dass wir uns endlich kennenlernen!«, sagt Marjorie und umarmt mich majestätisch in einer großzügigen Dior-Duftwolke. »Und dann noch zu so einem wunderbaren Anlass! Wir haben eine Anzeige in der *Times* aufgegeben, die morgen erscheinen müsste, ist doch richtig, Dad, oder?«

Ich nehme an, es ist für sie einfacher, ihren Mann Dad zu nennen, wenn Jack senior und Jack junior beide im selben Raum sind.

»In der *Times*?«, sagt meine Mutter, die es nicht erwarten kann, ihrer neuen Verwandtschaft vorgestellt zu werden. »Dann müssen wir sie morgen unbedingt kaufen. Paddy liest normalerweise nur die Artikel über Landwirtschaft, darum lohnt es sich für uns im Grunde nicht, die Zeitung regelmäßig zu holen. Ich bin Mary, Charlottes Mutter. Ich freue mich wirklich sehr, Sie kennenzulernen, Mrs. Malone.«

Mam ist bei ihrem zweiten Glas Merlot angelangt, nachdem sie als Erste auf unserer Verlobungsfeier erschien, und ich versuche, ihr zu signalisieren, dass ihre Lippen blau verfärbt sind, wogegen auch ihr neuer pinkfarbener Lippenstift nicht hilft, den sie eigens für den Anlass gekauft hat.

»Schön, dass sie endlich da sind«, flüstert Jack mir ins Ohr, womit er seine Eltern meint. Seine Schwester Caroline ist auch noch nicht eingetroffen, bis jetzt ist meine Familie auf unserer Party also weit in der Überzahl. Mam, Dad, Matthew und Martin waren als Erste da, und Matthew war richtig begeistert von dem barrierefreien Zugang zu unserer Wohnung im ersten Stock, was er seitdem freudig jedem hier mitteilt.

»Das zeigt wirklich den Unterschied zwischen dem Stadt- und dem Landleben«, höre ich ihn gerade zu einem von Jacks Freunden sagen. »Ich versuche ja ständig, Martin davon zu überzeugen, dass wir wieder nach Dublin zurückgehen, aber ich glaube, er hat sich in der Provinz supergut eingelebt, ist es nicht so, Martin? Du bist jetzt ein richtiger Naturbursche, nicht wahr?«

Sie sehen sich an und lachen schallend los, und mir geht das Herz auf, besonders wenn ich daran denke, wie viele Jahre mein Bruder damit vergeudet hat, so zu tun, als wäre er jemand, der er nicht ist.

Martin, der die Geduld eines Heiligen hat und noch dazu das Herz eines Löwen, ist das Beste, was Matthew jemals passiert ist, und das sagen wir ihm auch, so oft wir können. Mit seiner Liebe und Unterstützung hat Matthew gelernt, sich an sein neues Leben zu gewöhnen, und Martin wird nicht müde, ihm bei jedem Schritt zur Seite zu stehen.

»Mach dich auf eine Überraschung gefasst«, raunt er mir zu, als die Gelegenheit günstig ist. »Matthew würde später gern einen oder zwei Songs vorspielen, wenn das für dich okay ist.«

Ich lege meine Hand aufs Herz. »Wirklich?«, sage ich ergriffen. »Aber er hat seit Jahren nicht mehr vor Publikum gesungen. Wow, das ist wirklich eine besondere Überraschung, Martin. Danke.«

»Ich habe nichts weiter getan, als ihm ein bisschen gut zuzureden«, erwidert er. »Außerdem wollte ich dich vorwarnen, schließlich weiß ich, wie viel es dir bedeuten wird, ihn wieder singen zu hören. Das ist heute für jeden von euch ein emotionaler Abend. Wir freuen uns unheimlich für dich, Charlotte. Matthew liebt dich abgöttisch. Wir alle lieben dich abgöttisch.«

Ich habe einen Kloß im Hals bei der bloßen Vorstellung, dass Matthew für uns singen wird; es wird Erinnerungen an unsere Kindheit und Jugend wecken und an die Zeit, in der er so hart mit der Band arbeitete. Genau genommen habe ich ein bisschen Angst davor, aber gleichzeitig bin ich unheimlich stolz auf ihn, weil es für ihn ein großer Schritt in die richtige Richtung ist.

»Das wird ein ganz besonderer Augenblick«, sage ich zu Martin und umarme ihn. »Aber danke für die Vorwarnung. Ich werde mich bestimmt in Tränen auflösen, hundertpro, aber was ist schon eine Verlobungsfeier ohne ein paar sentimentale Tränen von der zukünftigen Braut!«

Alles in allem entwickelt sich die Stimmung auf der Feier richtig gut. Emily, Kevin und Kirsty, plus deren neueste Eroberung, ein Kindskopf aus Cork namens Bryan mit y, mischen sich eifrig unter die Gäste und sorgen dafür, dass jeder sich willkommen fühlt. Emily und Kirsty fechten einen stillen Kampf um die Rolle der ersten Brautjungfer aus, während Sophie und Harry Schwung in die ganze Sache bringen, indem sie eine kleine Tanzfläche schaffen und den iPod ausprobieren, den ich Jack zum Geburtstag geschenkt habe.

Die restliche Partygesellschaft besteht aus einer Gruppe Lehrerinnen und Lehrer von meiner Schule, ein paar Kollegen von Jack aus dem Krankenhaus, zwei Tanten von mir, Bridie und Bernie, die ich schon seit Jahren nicht mehr gesehen habe, aber Mam bestand darauf, dass ich sie einlade (zweifellos damit sie vor ihnen mit ihrem neuen Schwiegersohn, dem Arzt, angeben kann), und natürlich meinem Vater, der die Aussicht auf den Park genießt und mit jedem, der ihm zuhört, über Oscar Wilde plaudert.

»Hast du gewusst, dass Oscar Wilde in Paris gestorben ist? Es besteht also ein Zusammenhang, schließlich habt ihr euch in Paris verlobt«, bemerkt er zu mir, als ich an ihm vorbeikomme. »Ihr habt hier eine großartige Aussicht, mein Mädchen. Man stelle sich vor, jeden Tag auf Oscar Wilde zu schauen. Das ist Kultur. Auf jeden Fall mal was anderes als immer nur Schafe und Kühe.«

Häppchen werden herumgereicht, die Getränke fließen, und als Jacks Schwester Caroline mit ihrem Mann und ihren zehnjährigen Zwillingen eintrifft, laufen sich die Gäste richtig warm. Caroline ist ein Engel, eine weibliche Version ihres umwerfenden Bruders, und ich begrüße sie mit offenen Armen.

»Ich freue mich wahnsinnig für euch beide!«, sagt sie, als wir uns wieder voneinander lösen. »Ich wette, du kannst es kaum erwarten, eure Hochzeit zu planen. Na los, erzähl mir alles, was ihr euch bisher überlegt habt.«

Wir suchen uns eine ruhige Ecke, und ich erkläre ihr, wie Jack und ich uns unseren großen Tag vorstellen: eine kleine, feine Auswahl an handverlesenen Gästen, wahrscheinlich eine Zeremonie am Strand unter freiem Himmel (in Anbetracht des wechselhaften irischen Wetters natürlich unter Vorbehalt) mit einer anschließenden Feier in einem Vier-Sterne-Hotel auf der paradiesischen Halbinsel Inchydoney in West Cork, einem der südlichsten Punkte Irlands. Ich spüre ein aufgeregtes Flattern im Magen, als andere Partygäste sich zu uns gesellen, um den Diamantring an meinem Finger zu bewundern und über Torten, Blumen und Brautkleider zu diskutieren.

»Hast du gewusst, dass das berühmte ›Sei du selbst‹-Zitat

wahrscheinlich gar nicht von Oscar Wilde stammt?«, höre ich später meinen Vater zu meiner Mutter sagen, die zum Glück von Wein auf Wasser umgestiegen ist, nachdem sie gemerkt hat, was der Merlot mit ihren Zähnen und Lippen anrichtet.

»Wo um alles in der Welt hast du diese ganzen Weisheiten her, Paddy?«, erwidert Mam und rollt mit den Augen. »Offenbar hast du mehr Zeit übrig, als ich dachte.«

»Ich interessiere mich eben nicht nur für Dung und Silage«, kontert Dad. »Ich besitze nämlich ein Gehirn. Schreib dir das hinter die Ohren, Frau!«

Ich ignoriere das Geplänkel zwischen meinen Eltern und denke stattdessen an das berühmte Zitat, das bei mir starken Widerhall findet: *Sei du selbst, alle anderen sind bereits vergeben.* Jedes Mal, wenn ich auf Wildes Statue hinausschaue, frage ich mich, ob ich wirklich ich selbst bin oder nur eine abgespeckte Version von mir, die eine Maske trägt – eine Version, die meine Eltern lieben, die mein Bruder liebt, die Jack liebt, aber in der ich mich manchmal gar nicht wiedererkenne. Es ist ein komisches Gefühl, das ich meistens zu ignorieren versuche, wenn es sich an mich heranschleicht.

»Ladies und Gentlemen!«, höre ich Martin auf ein Zeichen von Jack hin sagen, und er lässt dezent sein Glas klirren, um die Aufmerksamkeit der Anwesenden zu bekommen. Er sucht meinen Blick, ein Zeichen an mich, dass der große Moment gekommen ist. »Liebe Gäste, wir haben nun eine ganz besondere Überraschung für euch, speziell für unsere zukünftige Braut!«

Der Lärm im Raum verstummt, und ich spüre, dass alle ihre Augen auf mich richten und mich anlächeln, bevor sich die allgemeine Aufmerksamkeit auf Martin und Matthew konzentriert, die nun nebeneinander auf der Couch sitzen, beide mit einer Gitarre im Schoß. Obwohl ich wusste, dass das kommen würde, bin ich kein bisschen darauf vorbereitet.

»Ich bitte um einen großen Applaus für Matthew Taylor, ehemaliger Sänger der großartigen Band *Déjà Vu*, der prophezeit wurde, sogar noch größer als Bonos Ego zu werden!«, verkündet Martin, stolz wie ein Pfau auf den Halbpromistatus meines Bruders.

Ein Raunen geht durchs Publikum, gefolgt von aufgeregtem Getuschel, und sofort machen Geschichten die Runde, wie die Band damals die Bühnen in Dublin und Umgebung eroberte und die Presse sie zur »aufregendsten irischen Erfolgsgeschichte seit der Erfindung von Guinness« ausrief. Die Medien haben damals ausführlich über sie berichtet, und Matthew wurde sogar auf der Straße erkannt.

»Unmöglich! Ich kann nicht glauben, dass dein Bruder der ehemalige Sänger von *Déjà Vu* ist!«, sagt Caroline in mein Ohr. »Erzähl es bloß nicht meinem Mann, aber wenn ich damals die Chance gehabt hätte, wäre ich sofort mit dem Schlagzeuger der Band durchgebrannt. Das war aber auch ein Leckerchen!«

Sie wirft lachend ihren Kopf zurück und stupst mich verschwörerisch in die Seite, aber für mich ist ihre Stimme meilenweit weg. Alles, wozu ich fähig bin, ist, meinen Bruder anzustarren, der nun die ersten vertrauten Akkorde eines Songs anschlägt, der mich direkt zu den Konzerten der Band zurückkatapultiert, wo ich immer ganz hinten stand, ohne Begleitung, und mir verzweifelt wünschte, an Tom Farley heranzukommen. Aber mehr als ein kurzer Blick von Weitem oder ein flüchtiges Hallo war nicht drin, bevor die Band nach ihren Auftritten eilig weggebracht wurde.

Während Matthew geübt das Intro klimpert, spricht er über die Musik hinweg und stellt den Song vor, so wie er das früher immer auf der Bühne tat.

»Bevor ich anfange zu singen, möchte ich gerne noch etwas loswerden«, eröffnet er den Zuschauern in unserem Wohnzimmer, die alle gespannt seinen Worten lauschen. »Vor rund sechzehn Monaten beging ich eine große Dummheit, als ich im schlimmsten Schneesturm des Jahres in meinen Wagen stieg und losfuhr. Das war keine kluge Entscheidung von mir, vor allem nicht, weil ich dazu noch alkoholisiert war und unter hohem emotionalen Druck stand. Ich bin nicht stolz auf mich, und ich habe einen hohen Preis dafür bezahlt, genau wie meine Familie.«

Im Raum herrscht nun totale Stille.

»Ich hatte vorher schon viele Jahre nicht mehr vor Publikum gespielt, und nach meinem Unfall, der mich fast das Leben kostete, habe ich mir fest geschworen, es auch nie wieder zu tun«, fährt er fort und heftet seinen schmerzerfüllten Blick direkt auf mich. »Ich fand, es stand mir nicht mehr zu, Freude an der Musik zu empfinden. Aber je näher dieser Abend hier rückte, umso klarer wurde mir, dass es viel wichtiger ist, sich selbst treu zu bleiben, als sich zu bestrafen. Es ist immer besser, sein eigenes Ich zu sein.«

Ich schlucke und spüre ein Brennen in den Augen.

»Ich möchte diesen Song meiner unheimlich tapferen, unheimlich selbstlosen und unheimlich geduldigen Schwester Charlotte widmen, die so viel geopfert hat, um sich um mich zu kümmern, selbst wenn sie manchmal wusste, dass ich es nicht verdient hatte«, sagt er zärtlich. »Ich freue mich heute Abend sehr für dich, Schwesterherz, und ich liebe dich mehr, als du dir vorstellen kannst. Das hier ist ein alter Lieblingssong von dir. Ich spiele ihn extra für dich.«

Ich starre auf den Boden, unfähig, meinen Bruder weiter anzusehen, während Martin mit seiner Gitarre einstimmt und die beiden eine Akustikversion von »Love and Pain« vortragen, für das Matthew damals zwischen den Proben mit der Band stundenlang und ohne Pause in unserer Studenten-WG übte.

Das Lied schrieb er mit Tom zusammen, und der Text hat nun eine ganz andere Bedeutung für mich, nachdem ich endlich die wahre Geschichte dahinter kenne, sowohl aus Matthews Sicht als auch aus der von Tom.

I might never touch you, it drives me insane, oh
Nothing hurts more than your sweet love and pain

Ich spüre eine Hand, die meine Schulter drückt, und als ich den Kopf hebe, ist es meine Schwester, die mich verständnisvoll anblickt. Ich umklammere ihre Hand und atme tief durch, dann stehe ich auf, bevor das Lied zu Ende ist, und verkrümele mich leise ins Bad, wo ich verzweifelt versuche, mich zusammenzureißen. Aber ich kann nicht verhindern, dass die Tränen fließen.

Nicht heute Abend, sage ich zu meinem Spiegelbild. Bitte, lass uns nicht diesen Abend ruinieren. Plötzlich klopft es an der Tür, und ich fahre zusammen.

»Bin gleich so weit!«, rufe ich.

»Ich bin es nur«, sagt Jack. »Du bist so plötzlich verschwunden. Ist alles in Ordnung, Charlotte?«

Ich kneife die Augen fest zusammen und schlucke meine Gefühle hinunter, aber sie bleiben mir im Hals stecken und weigern sich wegzugehen. Jack hat das nicht verdient. Ich habe ihn nicht verdient.

Ich sage mir wieder und wieder, dass es vorbeigehen wird, dass ich Tom Farley mit der Zeit endgültig vergessen werde, aber dann reicht ein kleiner dummer Song, und alles kommt wieder hoch, und ich stehe erneut ganz am Anfang.

»Ich komme gleich«, sage ich zu Jack und habe das Gefühl, als würde ich ihn mit meinen bloßen Gedanken betrügen. »Es ist alles in Ordnung. Ich mache mich nur kurz frisch.«

Mein Verstand läuft auf Hochtouren, während ich vorsichtig meine Tränen abtupfe und mein Bestes versuche, um meine Wimperntusche nicht zu ruinieren. Ich muss diese Sache unbedingt in den Griff bekommen. Tom verfolgt mich wie ein Geist, und mehr ist er auch nicht – ein Gespenst, eine Ausgeburt meiner überbordenden Fantasie. Ich kenne ihn nicht einmal mehr richtig. Es ist Monate her, seit ich etwas von ihm gehört oder gesehen habe. Ich muss ihn loslassen. Ich muss ein für alle Mal über ihn hinwegkommen. Ich hasse ihn dafür, dass ich mich so quäle, ich hasse mich selbst dafür.

»Möchtest du, dass ich reinkomme?«

»Nein! Nein, ich bin gleich wieder bei euch«, antworte ich Jack.

Jack, mein attraktiver, liebenswürdiger, wundervoller Verlobter, der mich über alles liebt. Und ich liebe ihn auch. Ich liebe ihn ganz sicher.

Ich will noch nicht zu den anderen zurückgehen, aber ich weiß, ich muss, also setze ich für unsere Gäste und meinen zukünftigen Mann mein schönstes Lächeln auf, öffne die Badtür und werde von Jack mit einem Kuss begrüßt.

»Du zitterst ja«, sagt er. »Hat der Song dich so mitgenommen, Charlotte? Martin dachte, du würdest dich über Matthews Ständchen freuen, aber vielleicht war es zu viel für dich?«

Oh, wenn sie nur wüssten.

»Es ist schon sehr lange her, dass ich ihn singen gehört habe«, sage ich, was meine Reaktion nur halb erklärt, aber mehr kann ich ihm nicht sagen. »Ich hätte nicht gedacht, dass es mir so sehr zusetzen würde, aber es war trotzdem zauberhaft, Jack. Ich bin so froh, dass er sich wieder stark genug fühlt, um für mich zu singen.«

Wir kehren zu unseren Gästen ins Wohnzimmer zurück, wo nun Martin die musikalische Führung übernommen hat und alle ausgelassen zu seiner Interpretation von »Amarillo« tanzen. Nicht lange, und Sophie und ich erweisen Abba unseren Tribut, indem wir vor den anderen mit vollem Stimm- und Körpereinsatz »Dancing Queen« performen, immer wieder unterbrochen von unseren Lachanfällen.

Ich fange irgendwann zwischendurch Matthews Blick auf, und wir würdigen beide still die Brücke, die wir heute Abend überquert haben. Matthew macht wieder das, was er am besten kann, zusammen mit dem Mann, den er liebt, und auch ich singe wieder, zusammen mit einer Freundin, die ich anbete, in einer Wohnung, die ich liebe, und in Anwesenheit von Jack, mit dem ich eine gemeinsame Zukunft plane.

Das Leben entwickelt sich in die richtige Richtung, und ich schmettere weiter die Töne aus meiner tiefsten Seele heraus. Selbst Marjorie und Jack senior treibt es auf die Tanzfläche, dicht gefolgt von meinen Eltern, die, so mein Eindruck, nichts unversucht lassen, um zu zeigen, dass sie all das, was die Malones können, schon lange können.

»Oscar kommt vielleicht noch auf ein Bier vorbei«, bemerkt Dad zu mir, als die Musik gerade Pause hat, was ihn jedoch nicht daran hindert, weiterzutanzen.

»Trinken ist der Fluch der arbeitenden Klassen! Oder frei nach Oscar: Arbeit ist der Fluch der trinkenden Klassen!«, erwidere ich, und Dad macht ein beeindrucktes Gesicht. »Ich bin auch ein großer Fan von Oscar Wilde, Dad. Du hast mich dazu erzogen, einen guten Geschmack zu haben!«

»Das habe ich, mein Mädchen!«, sagt er und reckt stolz sein Kinn empor. »Das habe ich!«

Er tanzt mit selbstgefälliger Miene weiter, offenbar rundum zufrieden mit sich, und ich muss eine winzige Glückssträne verdrücken, als ich daran denke, wie weit wir alle gekommen sind, seit wir in diesem Krankenhausflur saßen und dafür beteten, dass Matthew überlebte.

Der Abend vergeht ohne weitere Tränen, abgesehen von Kirsty, die nach deutlich zu viel Wein ihren neuen Lover mit dem Namen seines Vorgängers anspricht, woraufhin er beleidigt aus der Wohnung stürmt, ach, und abgesehen von meiner Tante Bridie, die einfach so stolz auf mich ist, dass sie nicht aufhören kann zu weinen (obwohl ich glaube, das liegt wohl eher am Chardonnay).

Als irgendwann die letzten Gäste gegangen sind, bin ich froh, dass wieder Stille eingekehrt ist und ich nichts hören kann außer den Geräuschen von Jack, der sich im Bad bettfertig macht.

Ich streife meine hohen Schuhe ab und lasse meine Zehen genüsslich in den warmen, weichen Hochflorteppich im Wohnzimmer sinken, dann nehme ich mein Handy vom Ladekabel und sehe kurz nach, was heute Abend, während wir feierten, draußen in der Welt so alles los war.

Eine Flut von Nachrichten wartet auf mich, von Gratulanten und von unseren Gästen, die sich für den wunderbaren Abend bedanken, und ich lese sie lächelnd, aber dann macht mein Herz einen Satz, als ich sehe, dass ich eine neue E-Mail von einem Absender habe, an den ich früher ständig geschrieben habe.

In der Betreffzeile steht *Glückwunsch, Charlie*, und der Absender ist Tom Farley.

Mir stockt für ein paar Sekunden der Atem, aber ich öffne die E-Mail nicht einmal. Ich würde gerne, aber ich kann nicht, also drücke ich einfach auf *Löschen*.

KAPITEL 11

Wicklow, Mai 2018

»Jack will wie immer ins Fischrestaurant, aber ich würde gerne mal was anderes ausprobieren«, sage ich am Telefon zu Sophie, als ich durch die Wicklow Mountains von der Schule nach Hause fahre. »Was meinst du? In der Nähe von Bray gibt es dieses neue Steakhaus, falls euch das nicht zu viele Umstände macht.«

Unser monatliches Dinner mit unseren beiden engsten Freunden steht an, und ich bin gespannt, was bei den Darlings los ist. Seit wir etwas weiter voneinander weg wohnen, können wir uns nicht mehr so oft unter der Woche auf einen Kaffee treffen.

»Jack ist ein absolutes Gewohnheitstier!«, erwidert Sophie lachend. »Er würde für den Rest seines Lebens in unser Fischrestaurant gehen, wenn wir ihn ließen. Besteht er noch immer darauf, jeden Samstagmorgen um halb zehn eure Wagen zu waschen?«

»Ja!«, sage ich und nicke automatisch. »Nicht einmal ein Orkan würde ihn daran hindern, in Gummistiefeln und Regenjacke mit seinem gelben Eimer und seinem Schwamm rauszugehen. Ganz ehrlich, ich glaube, er wird immer schlimmer. Er liebt einfach die Routine. Für ihn wäre es ein Weltuntergang, wenn er seine Zehn-Uhr-Nachrichten mit der obligatorischen Tasse Tee in der Hand verpassen würde!«

Ich manövriere meinen neuen glänzend weißen Land Rover Discovery, an den ich mich noch gewöhnen muss, die kurvige Bergstraße entlang und höre Sophies herzhaftes Lachen aus der Freisprechanlage schallen. Der Wagen kam direkt aus dem Showroom und war ein Geschenk von Jack, um meine neue Stelle an der renommierten Holy Trinity School of Dublin zu feiern – und unser neues Zuhause am Rand des malerischen Städtchens Ardara im County Wicklow.

»So ist das, wenn man verheiratet ist, Char«, sagt Sophie. »Ich schwöre dir, Harry hat in seinem ganzen Leben nie Pantoffeln getragen, abgesehen von seinen Thomas-die-kleine-Lokomotive-Hausschuhen, als er ein Kind war. Aber seit wir nun alle vernünftig und verheiratet sind, trägt er zu Hause diese absolut scheußlichen dunkelblauen Samtpuschen, die ich einfach nur zum Kotzen finde!«

Ich muss grinsen bei der Vorstellung, wie Harry mit seinen eins neunzig in Samtpantoffeln über die hochwertigen Porzellanfliesen der Darlings schlurft und sich Sophies Sticheleien anhören muss. Die beiden sind ein echtes Komikerduo, und seitdem wir ebenfalls geheiratet haben, lässt Sophie sich auch gern über Jacks Marotten aus.

Unsere Hochzeit letztes Jahr im Juli war von Anfang bis zum Ende ein Traum, alles lief genau nach Plan. Sophie trommelte ihr ehemaliges Streichquartett vom College zusammen, das mich bei meinem Gang zum Altar mit einer unvergesslichen Interpretation von Des'rees »I'm kissing you« begleitete, ich trug ein von Valentino inspiriertes Vintage-Kleid aus cremeweißer Spitze, das sich so exquisit anfühlte, wie es aussah, Jack bestach in einem eleganten smaragdgrünen Anzug, und die Sonne schien den ganzen Tag für uns. Emily und Kirsty spielten ihre Rollen als Brautjungfern perfekt und schafften es, keinen Wettbewerb in Sachen Glamourfaktor zu veranstalten. Als Matthew mit einem Medley aus unseren Lieblingssongs den Hochzeitstanz eröffnete, blieb im ganzen Saal kein Auge trocken – oder besser gesagt, auf der ganzen Außenterrasse, wir konnten die Zeremonie nämlich glücklicherweise wie geplant im Freien abhalten.

Von Tom hörte ich nie wieder etwas, nachdem ich am

Abend meiner Verlobungsfeier seine E-Mail ungelesen gelöscht hatte. Ich hätte zwar sehr gerne gewusst, was darin stand, aber ich hielt mir vor Augen, dass ich das Richtige getan hatte.

Ich hatte beschlossen, dass ich es mir nicht erlauben konnte, ständig zurückzublicken. Meine Zukunft lag bei Jack, unserem gemeinsamen Leben in Dublin, meinem Beruf als Lehrerin. Außerdem hatte ich eine Traumhochzeit zu organisieren, auf die sich alle schon wahnsinnig freuten. Also stellte ich meine Gefühle auf Autopilot und machte weiter.

Der einzige ungeplante Moment an unserem rundum perfekten Hochzeitstag war, als Matthew mich abends im Hotelfoyer zur Seite nahm, um endlich über den Elefanten im Raum zu sprechen.

Der nervöse Ausdruck in seinem Gesicht gab mir eine Vorahnung davon, was gleich kommen würde.

Ich setzte mich in einen der plüschigen Samtsessel, und er manövrierte seinen Rollstuhl so nah an mich heran, wie er konnte.

»Charlotte … ich muss mich bei dir entschuldigen –«

»Matthew, du brauchst nichts zu sagen«, erwiderte ich und nahm seine zitternde kalte Hand. »Bitte, du darfst dich nicht länger quälen. Es ist vorbei. Das ist nun Vergangenheit.«

Seit jenem schicksalhaften Tag im Sullivan's hatten wir nie wieder über Tom gesprochen, doch ich hatte meinen Bruder in den letzten zwei Jahren oft dabei ertappt, wie er gedankenverloren ins Leere starrte, tief versunken in seinen Erinnerungen. Ich wollte ihn nicht länger leiden sehen.

»Ich war damals egoistisch und total neben der Spur, Charlotte«, sagte Matthew. Er trug seinen eleganten dunkelblauen Anzug mit einem weißen Hemd und hellblauer Krawatte und hatte sich extra für diesen Anlass die Haare in einem ziemlich scheußlichen Gelbblond gefärbt. Aber wir waren alle begeistert, weil damit eine Facette seines alten Charakters wieder durchkam. »Um ehrlich zu sein, ich war ein richtig arroganter Arsch, aber ich war außerdem ziemlich vernarrt in einen Mann, von dem ich wusste, dass ich ihn nie würde haben können. Ich glaube, so eine Hölle würde ich kein zweites Mal überstehen.« Er schluckte seine Tränen hinunter.

»O Matthew!«

Ich wollte ihn nicht zu oft unterbrechen. Mir war klar, wie schwierig, aber gleichzeitig auch befreiend es für ihn sein musste, seinem Herzen Luft zu machen.

»Diese Besessenheit von Tom war jedenfalls ein lauter Weckruf, dass meine sexuelle Orientierung nicht so straight war, wie ich gehofft hatte. Trotzdem hätte ich mich nicht so wichtig nehmen dürfen und euch beiden eine Chance geben müssen. Er wollte nicht mich, er wollte dich. Ich weiß, das hier kommt viel zu spät, aber es tut mir wirklich unendlich leid.«

Ich nahm seine Hände in meine und rieb sie, um sie zu wärmen, und ich spürte wie immer diesen Drang, ihn zu beschützen und zu umsorgen. Draußen brach der Abend an, und es war richtig frisch geworden, typisch für das irische Klima – es heißt nicht umsonst, dass man hier alle vier Jahreszeiten an einem Tag erleben kann.

»Ich weiß deine Entschuldigung zu schätzen«, sagte ich und sah ihm in die Augen, die ein Spiegelbild von meinen waren. »Aber wir sollten nicht länger in der Vergangenheit leben. Konzentrieren wir uns lieber auf eine großartige Zukunft. Sieh dir an, wo wir beide heute stehen. Du hast Martin, ich habe Jack. Wir sind –«

»Bist du glücklich, Charlotte? Wirklich glücklich?«

Ich zögerte. Ich lächelte. Ich strich eine Haarsträhne hinter mein Ohr und atmete tief aus.

»Natürlich bin ich glücklich«, antwortete ich meinem großen Bruder. »Ich feiere heute meine Hochzeit, wie könnte ich da nicht glücklich sein? Mach dir um mich keine Sorgen und lass uns einfach weiter nach vorne schauen.«

Er sah weg, dann hob er seinen Kopf und richtete seinen Blick wieder auf mich.

»Ich werde nicht ewig in diesem Rollstuhl sitzen, weißt du«, erklärte er mir mit Tränen in den Augen. »Ich komme mir vor wie ein totaler Loser, weil ich nicht in der Lage bin, mit meiner Schwester auf ihrer Hochzeitsfeier zu tanzen.«

Ich schüttelte den Kopf und zwang mich, meine Gefühle nicht zu zeigen. »Hör sofort auf damit, oder du wirst noch mein Make-up ruinieren. Wehe, du bringst mich zum Weinen! Und du wirst ganz sicher aus dem Rollstuhl herauskommen. Du bist viel zu stur, um es nicht zu tun.«

Matthew hielt meine Hände fest, als ich ihn loslassen wollte. Er war noch nicht fertig.

»Ich hoffe, ich habe dir nicht dein Leben ruiniert, Charlotte«, flüsterte er mit einem gequälten Ausdruck im Gesicht. »Du singst und spielst kaum noch, und du schreibst auch keine Songs mehr, richtig? Tom Farley hat an dich geglaubt, und wahrscheinlich hat er dich sogar geliebt, aber ich mit meinem Riesenego konnte das nicht zulassen. Ich hoffe, du sagst die Wahrheit und bist wirklich glücklich mit Jack.«

Ich spürte ein heftiges Kribbeln in der Nase, das mir sagte, dass ich kurz vor einem emotionalen Ausbruch stand, aber das ging jetzt nicht, also schniefte ich nur und atmete dann kräftig durch.

»Ich *bin* glücklich«, versicherte ich meinem Bruder. »So,

und jetzt lass uns an die Bar gehen und darauf anstoßen, dass deine kleine Schwester unter die Haube gekommen ist. Ich brauche jetzt einen Gin Tonic. Einen doppelten. Und du wahrscheinlich auch.«

Die Emotionen in mir schlugen hoch, aber ich zwang mich, dem Schicksal zu vertrauen, und hielt mir vor Augen, dass ich die glücklichste Frau der Welt war.

Es war mein Hochzeitstag. Natürlich war ich glücklich.

»Also, dann um acht im neuen Steakhaus?«, sage ich zu Sophie, nachdem sie einige Beispiele dafür aufgezählt hat, wie schnell sich unsere Männer in zwei langweilige Spießer verwandeln.

»Ja, ist gebongt«, sagt sie, um dann sofort weiterzustänkern. »Habe ich dir eigentlich schon erzählt, dass Harry sich gerade einen Bart wachsen lässt? Das sieht total hässlich aus! Ich schwöre dir, allmählich verliert er seinen Verstand, ganz zu schweigen von seinen Kopfhaaren!«

Ich bin gedanklich noch immer bei den Rechenaufgaben und Diktaten des heutigen Schultags. Mein neuer Job ist, sagen wir, »anders«, und nach den ersten zwei Monaten bin ich nicht hundertprozentig überzeugt, dass ich die Richtige dafür bin. Ich glaube, ich war noch nie so froh, dass Wochenende ist, und ich kann es kaum erwarten, nach Hause in unser hübsches neues Cottage zu kommen und mich mit einem Schaumbad zu verwöhnen.

Mit seinem originalen Reetdach, den weiß gekalkten Wänden, den rot verzierten Fenstern und der Einrichtung im Landhausstil über zwei Etagen, entworfen von Jacks langjährigem Freund Rick, dessen unfehlbarer Geschmack den Wow-Faktor lieferte, ist unser Haus eine ganze Welt entfernt vom Trubel der Stadt. Das Leben hier erinnert mich auf eine gewisse

Art an Loughinisland, wo jeder jeden beim Namen kennt und der Nachbar auf der anderen Seite der Felder wohnt statt Tür an Tür. Ich habe sogar eine Instagram-Seite für Wohndesign-Liebhaber gestartet, und die Anzahl meiner Follower wächst rapide, viel schneller, als ich jemals erwartet hätte. Unser neues Reich kommt dem Himmel sehr nahe, und langsam fühlt es sich immer mehr wie ein Zuhause an.

Nachdem ich mich von Sophie und ihren lustigen Beobachtungen aus dem Ehealltag verabschiedet habe, schweifen meine Gedanken zu den letzten paar Monaten zurück, in denen so viel Aufregendes passiert ist, die aber auch eine riesige Herausforderung waren. Ich habe mein Bestes gegeben, um mich auf das vollkommen andere pädagogische Konzept meiner neuen Schule einzustellen.

Dabei ging die Initiative für einen Schulwechsel gar nicht von mir aus, sondern von Jack, der die Stellenanzeige in der Zeitung entdeckt hatte und sich fast den Hals brach, als er damit zu mir gerannt kam, überzeugt davon, dass dies genau der richtige Karriereschritt für mich wäre. Ein Neuanfang, passend zu unserem neuen Leben als verheiratetes Paar.

»Die werden von dir begeistert sein!«, sagte er am Morgen meines Vorstellungsgesprächs. Ich hatte noch immer viel Freude an meiner Arbeit in der Grundschule, wo ich meine ersten Unterrichtserfahrungen gesammelt hatte und mich meinen Schülern und den Eltern, die mir inzwischen so vertraut waren, stark verbunden fühlte. Aber Jack hatte recht, ich brauchte eine neue Herausforderung. Ich brauchte eine Veränderung. Ich hatte versucht, an meinen Abenden Energie aufzubringen, um wieder Songs zu schreiben, aber es ging einfach nicht, und statt etwas zu erzwingen, beschloss ich, eine berufliche Veränderung zu wagen. Als ich die Zusage von der Holy Trinity School erhielt, war meine Familie überglücklich, aber ich war todtraurig, je näher der Abschied von meiner alten Schule rückte. Ich weiß, es ist noch ganz früh, und es ist eine große Veränderung, trotzdem bin ich mir nicht sicher, ob es für mich die richtige Entscheidung war.

»Du hast wirklich ein unverschämtes Glück«, sagte Emily, als sie vorbeikam, um meinen »Aufstieg an eine sehr vornehme Eliteschule« zu feiern. »Mam und Dad überlegen, ob sie deine Neuigkeit in der *Times* bekannt geben sollen, so wie Jacks Eltern es anlässlich eurer Verlobung getan haben. Das ist definitiv ein Karrieresprung!«

Zweifellos drehte sich das Leben für unsere Familie richtig schnell, nachdem auch Matthew und Martin sich räumlich verändert hatten, nicht in Dublin, nicht in Loughinisland, sondern auf der anderen Seite des Landes, an der Westküste in Galway, wo Martin sich eine berufliche Auszeit nahm, um sich ganz meinem Bruder zu widmen, der für ein Leben ohne Rollstuhl trainierte. Es war ein mutiger und tapferer Schritt. Genau wie ich mit meinem neuen Job und meinem neuen Haus, brauchte auch Matthew frische Impulse, um sein Leben einen Gang hochzuschalten.

»Du wirst heute eine Supervorstellung abliefern«, sagte Jack heute Morgen zu mir, als ich mit einem mulmigen Gefühl zur Arbeit aufbrach. »Außerdem ist Freitag, und heute Abend gehen wir aus und amüsieren uns.«

Ich bin so froh, dass die Woche vorüber ist.

Ich singe zu einem Song von Ed Sheeran mit, der im Radio läuft, bevor die vertraute Moderatorenstimme, die mich an den meisten Tagen auf meiner Fahrt nach Ardara und seinen bunten Häusern in allen Regenbogenfarben begleitet, den nächsten Titel ankündigt, bei dem ich sofort hellhörig werde.

»Als Nächstes spielen wir die neue Single einer Band, die

momentan zu meinen persönlichen Favoriten zählt«, sagt der Moderator in seinem üblichen optimistischen, munteren Tonfall. »Gerade wurde ihre lang erwartete neue Hallentournee für diesen Herbst bestätigt, die allen Fans da draußen die Gelegenheit gibt, sie live in ihrer Nähe zu sehen. Die Jungs werden einfach immer besser und besser! Hier sind Blind Generation mit ihrem neuen Song ›Move Into Me‹.«

Ich fahre etwas langsamer, als das Schlagzeug mit einem Tick-Tack-Takt den Song eröffnet, aber statt in Panik zu verfallen und sofort auf einen anderen Sender umzuschalten, wie ich es so oft getan habe, wenn ich etwas von Blind Generation hörte oder sah, stelle ich nun das Radio lauter und lasse die Fensterscheiben herunter. Ich bin fest entschlossen, mein Verhaltensmuster zu ändern, und Tom Farleys wundervolle Stimme erfüllt den Wagen.

Es ist ein kluger Song mit einer eingängigen Melodie, und als ich in die gepflasterte Zufahrt zu unserem Cottage biege, summe ich den Refrain mit ohne das alte Unbehagen, die Ängste oder Reuegefühle, die ich sonst immer mit dem Mann in Verbindung brachte, der mir als Erster wahrhaftig das Herz gebrochen hatte.

Ich bin eine erwachsene, erfolgreiche, unabhängige, vielseitig talentierte Frau, die stolz darauf ist, wer sie jetzt ist und wer sie damals war. Ich bin über Tom Farley hinweg. Ich habe mir endgültig selbst verziehen, und zum Beweis tue ich etwas, das ich schon vor langer Zeit hätte tun sollen. Ich schnappe mir mein Smartphone und schreibe noch in der Einfahrt meines neuen Domizils eine E-Mail an Tom, um seinen großartigen Erfolg zu würdigen und mit den Geistern meiner Vergangenheit abzuschließen.

Lieber Tom,

vielleicht nutzt du diese E-Mail-Adresse nicht mehr, aber ich habe gerade euren neuen Song im Radio gehört und dachte mir, ich sollte dir, in aller Freundschaft, meine längst überfälligen Glückwünsche zu deinem Durchbruch senden. Ich weiß, ich hinke ungefähr zwei Jahre hinterher, aber besser spät als nie, hoffe ich! Ich freue mich unheimlich für dich über deinen Megaerfolg, Tom. Ich wünschte nur, ich hätte den Mut und die Reife besessen, dir das früher zu sagen, aber manchmal braucht das Herz ein bisschen länger, um den Verstand einzuholen.
Ich hoffe, du genießt jeden Moment deines aufregenden Lebens, das ich ein bisschen aus der Ferne verfolgt habe, als dein Stern immer weiter aufging. Ich drücke dir die Daumen, dass du weiterhin einen Hit nach dem anderen aus dem Ärmel schüttelst, du großes Genie! Du hast deinen Erfolg absolut verdient, und ich wünsche dir ganz fest, dass er möglichst lange anhält.
Ich bin wirklich wahnsinnig stolz auf dich, Tom Farley.

Ganz, ganz liebe Grüße
Charlie x

Ich lösche das x rasch wieder und klicke auf *Senden*, bevor ich es mir anders überlege. Dann atme ich tief aus, und ich muss lächeln, als ich am Küchenfenster meinen Mann herumzappeln sehe, während er sich wahrscheinlich gerade einen Tee zubereitet. Jack mag vorhersehbar sein, er mag ein Gewohnheitsmensch sein, aber wir haben uns hier ein sehr schönes, sehr sicheres und sehr gesundes Leben als Ehepaar geschaffen.

Ich steige aus meinem glänzenden neuen Wagen aus, schlage

die Tür zu, spüre die Sonne in meinem Nacken und höre von oben die süßen Klänge des Sommers.

»Hallo, Liebling, ich bin wieder da!«, rufe ich fröhlich, als ich das Cottage durch die gelbe Haustür betrete. Ich streife meine Schuhe in der Diele ab und spüre den kalten Steinboden unter meinen Füßen, und dann höre ich, was meinen Mann in der Küche so zum Zappeln bringt.

»Hast du diesen Song schon mal gehört, Char?«, fragt er und kommt auf mich zugetänzelt, eine dampfende Tasse mit der Aufschrift *Bester Ehemann der Welt* in der Hand. »Der geht sofort ins Ohr. Und in die Beine!«

Es ist natürlich der neue Hit von Blind Generation, den ich eben im Radio gehört habe. Sieht ganz so aus, als würde er gerade überall gespielt.

Jack stellt seine Tasse ab, greift nach meinen Händen und zwingt mich, mit ihm zu tanzen, ob ich will oder nicht. Aber ich will durchaus. Ich will mit ihm lachen und tanzen und singen auf eine Art, die ich so lange vermisst habe.

Die Sonne strömt durch das Fenster herein und lässt die winzigen Staubpartikel in der Luft wie Feenzauber aussehen, und mein Mann und ich stimmen zusammen in den Refrain von Toms neuestem Ohrwurm ein.

Ich hätte nicht gedacht, dass ich mich jemals wieder so leicht fühlen würde wie jetzt, von jeglicher Schwermut, Schuld und Reue befreit, aber dieser Tag ist nun endlich gekommen, und er fühlt sich sogar noch besser an, als ich es mir hätte erträumen können.

Ich tanze, im Herzen und im Geist frei und unbeschwert. Ich tanze mit meinem Mann, dem Mann, den ich liebe, und es fühlt sich unglaublich gut an.

KAPITEL 12

Sophie und Harry kommen wie immer mit vornehmer Verspätung, bewaffnet mit Craft Beer und einem spritzigen Weißwein, dessen bloßer Anblick mir den Mund wässrig macht. Nachdem ich mich wie geplant in der Wanne einweichen ließ, fühle ich mich nun entspannt und bereit, in meiner pinkfarbenen Bluse, der kirschroten Hose und den flachen Sandalen, die Haare zu einem lockeren Pferdeschwanz gebunden, ins Wochenende zu starten.

»Wie schön, euch zu sehen!«, sage ich zu Sophie, die mit ihrem Matrosen-Shirt, ihrer weißen 7/8-Hose und dem breitkrempigen Strohhut aussieht, als wäre sie einem *Vogue*-Cover entstiegen. Harry dagegen sieht mit seinen verstrubbelten Haaren und dem zerknitterten T-Shirt aus, als würde er direkt aus dem Bett kommen, was nichts Ungewöhnliches ist, und gerade dafür lieben wir ihn alle. Er trägt wie immer unter jedem Arm einen Yorkie – ich werde es nie lernen, die beiden auseinanderzuhalten.

»Mach sofort den Wein auf«, sagt Sophie und packt ihre Tüte aus. »Ich hatte eine höllische Woche, und ich brauche jetzt dringend Alkohol!«

Jack kommt zu ihrer Rettung und gießt ihr ein großes Glas Pinot aus dem Kühlschrank ein, dann gehen wir hinaus in die Abendsonne.

Wir haben kurzfristig eine Planänderung beschlossen, weil das Wetter zu schön ist, um sich irgendwo reinzusetzen, und wir werden heute Abend auf unserer Terrasse unter freiem Himmel speisen, das erste Mal, dass wir den Grill anwerfen, seit wir vor sechs Wochen hier eingezogen sind.

»Und, wie läuft's in deinem neuen Job?«, fragt Harry mich,

als wir es uns draußen gemütlich gemacht haben und meilenweit auf nichts anderes hinausschauen als auf eine grüne Landschaft und einen blassblauen Himmel.

Sophie hat keinen Scherz gemacht, als sie sagte, dass ihr Mann neuerdings Gesichtsbehaarung trage. Der fuchsrote Vollbart verleiht Harry ein sehr königliches Aussehen (ich nenne die beiden ohnehin immer scherzhaft »die Royals«, und der Bart liefert mir Munition für mehr lustige Hänseleien), und er steht ihm, selbst wenn Sophie das nicht gerne hört. Harry tut das, was er tun möchte, ohne sich von seiner Frau reinreden zu lassen, egal wie sehr sie sich einbildet, der Boss zu sein. Aber sie liebt ihn natürlich so, wie er ist, mit Bart oder ohne.

»Mein neuer Job ist … na ja, er ist … Sagen wir einfach, er ist ziemlich anders, verglichen mit dem, was ich von meiner alten Schule gewohnt bin«, sage ich und stecke mir eine Olive in den Mund. Jack hat eine Auswahl an Antipasti bereitgestellt, darunter sonnengetrocknete Tomaten, kleine Fetawürfel und gemischte Oliven in einer köstlichen italienischen Marinade. Es war definitiv die richtige Entscheidung, das Dinner zu uns in den Garten zu verlegen, mit Grillgeruch in der Nase und Panoramablick auf den Sonnenuntergang.

»Alles reiche verzogene Bälger, wette ich«, sagt Harry lachend und nimmt einen Schluck aus seiner Bierflasche. »Ich war früher selbst so ein fieser kleiner Rotzlöffel, darum kann ich dein Leid nachvollziehen. Wir haben unseren Lehrern in der Grundschule die Hölle heißgemacht. Ich beneide dich nicht im Geringsten.«

Sophie rollt mit den Augen. »Harry war früher tatsächlich ein verwöhnter Rotzbengel«, bemerkt sie. »Er hat die elitärste Grundschule in ganz Wales besucht und sich dort definitiv einen Namen gemacht. Du weißt schon, das war so eine

Etepetete-Einrichtung, wo zur Schuluniform eine Mütze und ein Blazer gehören. Seine Mutter hat mir erzählt, dass er seine Lehrer jeden Tag getriezt hat.«

Du liebe Güte. Dann habe ich in meiner neuen Klasse ungefähr zwanzig Versionen von Klein Harry, denke ich. Es braucht einfach noch Zeit, bis ich mich eingewöhnt habe, zumindest sagt Jack mir das immer.

»Hört euch unsere Miss Schulsprecherin an«, sagt Jack, der sich nun in das Gespräch einschaltet, um für seinen Kumpel Partei zu ergreifen. »Sophie, du warst auf dem Internat eine richtige kleine Streberin und bist den Lehrern ständig in den Arsch gekrochen. Es hat dir nicht gereicht, Klassensprecherin zu sein, o nein, unsere Sophie wollte Schulsprecherin werden, und das wurde sie auch.«

»Ich nenne das Ehrgeiz«, sagt Sophie grinsend. »Manchmal, wenn meine Patienten mich zu Tode langweilen, frage ich mich, wo zum Teufel dieses ganze Feuer hin ist. Char, ist alles in Ordnung?«

Ich setze mich gerade hin. »Hm? Ja, alles gut«, murmele ich und nehme einen Schluck von meinem gekühlten Wein, und dann gleich noch einen, vorsichtshalber. Wenn Charlie mein ordinärer, kumpelhafter Spitzname ist, den meine Eltern offiziell verboten haben, dann ist Char das genaue Gegenteil, ein Spiegelbild der Upperclass-Lehrerin an der Upperclass-Schule, mit Upperclass-Freunden und einer schicken Nobelkarosse und einem Upperclass-Haus auf dem Land. Wie zum Teufel bin ich da reingeraten?

»Ich wette, auch die Eltern sind eingebildete Arschlöcher«, sagt Harry, was meinen Widerwillen, über meinen neuen Job und alles, was damit zusammenhängt, zu reden, noch verstärkt. Ich muss automatisch an meinen unbekümmerten, ziemlich lockeren Unterricht an meiner alten Schule denken, wo die Kinder es liebten, mir zuzuhören, wenn ich Geschichten erfand, und im Handumdrehen mein Glücksstern-Lied auswendig konnten.

Auf der Holy Trinity School ist es genau das Gegenteil. Wir müssen uns an einen strikten Lehrplan halten und wöchentliche Leistungsbewertungen abgeben, darum ist in den Augen der reichen, zahlenden Elternschaft, die in den Zeugnissen ihrer Kinder hauptsächlich Einsen sehen möchte, keine Zeit für spontane Kreativität.

»Ich kann nicht behaupten, dass ich viel mit ihnen gemeinsam hätte«, sage ich zu Harry, im Bemühen, diplomatisch zu sein, aber gleichzeitig spüre ich einen Knoten im Magen, der sich anfühlt wie Heimweh. »Es ist definitiv eine völlig andere Welt als die, die ich bisher gewohnt war.«

Jack schaut nach dem Grillfleisch, ich vermute, weil ihm meine mangelnde Begeisterung für einen Job, zu dem er mich ermutigt hat, Unbehagen bereitet, während Sophie merkt, dass es Zeit für einen Themawechsel ist.

»Was soll's, lasst uns nicht über so was Langweiliges wie die Arbeit reden«, rettet sie mich wie so oft. »Harry und ich haben uns auf dem Weg hierher über eine Band unterhalten, auf die wir vor Kurzem aufmerksam geworden sind. Ihr neuer Song, den ich richtig klasse finde, läuft gerade auf allen Sendern rauf und runter. Was habe ich dir gesagt, wie die Band heißt, Harry? Ich und mein furchtbares Namensgedächtnis. Blind irgendwas?«

»Blind Generation!«, sagen Jack und ich gleichzeitig, und Jack kehrt wieder vom rauchenden Grill zurück.

»Der neue Song ist der Hammer!«, sagt er. »Die Band würde ich gerne mal live sehen. Char und ich haben vorhin wie berauscht in der Küche getanzt, als das Lied im Radio lief, und lauthals mitgesungen.«

Mein Magen krampft sich zusammen.

Es brennt mir auf der Zunge, zu sagen, dass ich den Sänger der Band persönlich kenne, dass er mal eine wichtige Rolle in meinem Leben gespielt und früher mit meinem Bruder zusammen Musik gemacht hat, dass sein Name der Auslöser für Matthews berüchtigten lebensverändernden Unfall war, der mich zu Jack führte, dass ich lange gebraucht habe, um über die ganze Geschichte hinwegzukommen … aber ich bleibe stumm. Ich behalte es für mich. Das alles ist inzwischen Vergangenheit, und es hat wirklich keine Bedeutung mehr.

Ich will nicht über Tom Farley sprechen. Ich möchte die alten Wunden, die so gut verheilt sind, nicht wieder aufreißen.

»Na los, Char, spiel uns ein Lied!«, sagt Sophie einige Gläser Wein und vier volle Mägen später. Jack und ich sitzen auf der Wohnzimmercouch, während die Darlings es sich in unseren Sesseln gemütlich gemacht haben. Draußen ist es inzwischen dunkel, und wir hatten bis jetzt wie immer einen lustigen und entspannten Abend, an dem viel gelacht und erzählt wurde.

»Ja, das fände ich sehr schön«, sagt Jack zustimmend und drückt zur Ermutigung leicht meine Hand. »Ich habe mir immer gewünscht, ich könnte ein Instrument spielen. Das ist eine tolle Fähigkeit.«

»Hast du nie ein Instrument gelernt, Jack?«, fragt Harry. »Ich war früher mal ein verdammt guter Löffelspieler, aber meine Musiklehrerin meinte immer, mit meiner Singstimme könnte ich Dinosaurier in die Flucht schlagen. Sie hat für mein Selbstvertrauen wahre Wunder bewirkt, die alte Miss Dragon. Passender Name für den ollen Drachen.«

Ich muss laut kichern.

»Meine arme Mutter hat ein Vermögen für Klavierstunden ausgegeben, aber ich habe einfach kein Talent«, sagt Jack.

»Ich beneide die Taylors, die haben gleich zwei Musikbegabte in der Familie. Matthew war bereits auf dem Weg, ein großer Star zu werden, und Charlotte versteckt ihre Stimme irgendwo, aber ich wünschte, sie würde sie wieder ausgraben. Ich würde dich liebend gerne singen hören, mein Schatz, und damit meine ich nicht unter der Dusche oder zu einem Lied im Radio. Ich rede von deinen eigenen Songs.«

Ich streiche meine Haare zurück und stelle mein Weinglas auf den kleinen Couchtisch aus Holz. Auch ich wünschte, ich könnte meine Singstimme wiederfinden und mein Selbstvertrauen, um neue Songs zu schreiben. Schon der Gedanke macht mich nervös, also konzentriere ich mich auf meine Umgebung, ein Tipp, den Jack mir gab, als ich ihm nach einem schwierigen Tag an der neuen Schule gestand, dass ich mich gehetzt, überfordert und verunsichert fühlte.

Der Couchtisch stammt von den Vorbesitzern und gehört zu meinen Lieblingsmöbeln hier im Cottage, und über dem Kamin hängt eine große Meereslandschaft, die Emily und Kevin uns zum Einzug geschenkt haben, weil sie wissen, wie sehr ich das Meer liebe. An der Wand steht ein Bücherregal mit jeglicher Art von Literatur, angefangen von meiner alten Enid-Blyton-Sammlung über Jacks Gedichtbände von Seamus Heaney bis zu den jüngsten Romanen Paulo Coelhos. Ich atme bewusst ein und aus und halte mir vor Augen, dass ich Nein sagen kann. Es ist nur ein freundlicher Vorschlag. Ich muss nicht, wenn ich nicht möchte.

»Denkst du, Matthew wird jemals wieder professionell singen?«, fragt Sophie mich, ohne etwas von meinem inneren Kampf zu ahnen. »Das Lied, das er auf eurer Verlobungsfeier gesungen hat, war schon was Besonderes, nicht wahr? Es ist wirklich ein Jammer, ein solches Talent zu vergeuden.«

»Ich hoffe, dass er irgendwann wieder vor Publikum singen wird, wenn er sich in Galway eingelebt hat«, sage ich und bete, dass mein Wunsch sich erfüllen wird. »Tatsächlich glaube ich insgeheim, dass Martin ihn genau aus diesem Grund ermutigt hat, an die Westküste zu gehen. Du weißt schon, für einen Neuanfang, um frisch durchzustarten. Manchmal brauchen wir das alle.«

Jack legt seinen Arm um mich. »Ich muss sagen, ich bin absolut deiner Meinung«, sagt er und zieht mich tröstend an sich. »Matthew wird diese ganze neue Energie beflügeln, und Martin ist ein sehr vernünftiger Mensch. Er weiß, wenn Matthew wieder laufen lernen soll – und ich bin aufrichtig davon überzeugt, dass er das wird –, dann sind eine positive Veränderung, viele neue Dinge, auf die man sich freuen kann und für die es sich zu leben lohnt, genau das Richtige.«

Im Zimmer breitet sich nachdenkliches Schweigen aus. Ich male mir wieder und wieder aus, dass mein Bruder irgendwann nicht mehr auf seinen Rollstuhl angewiesen sein wird. Der Gedanke, dass die Leute ihn nun als schwach und krank wahrnehmen, schmerzt mich unheimlich. *Der arme Matthew. An den Rollstuhl gefesselt. Nachdem er so lange an Depressionen litt. Dabei hätte wirklich was aus ihm werden können.*

»Er war immer so voller Leben und positiver Energie, wisst ihr«, sage ich lächelnd, während ich mir Matthews wahren Charakter in Erinnerung rufe. »Ihr hättet ihn auf der Bühne erleben sollen, als seine Band anfing, Erfolg zu haben. Die Zuschauer haben ihm aus der Hand gefressen, wenn er seine Show abzog, sie konnten nicht genug von ihm bekommen. Die Musik war immer sein großer Lebenstraum, und unsere Familie stand voll hinter ihm. Ich kann noch immer nicht glauben, dass ihm das alles auf so grausame Weise genommen wurde.«

Wenn ich an Matthew in seiner besten Phase denke, wird mir warm ums Herz, aber bei der Vorstellung, in welchem Zustand er jetzt ist, fängt meine Unterlippe an zu zittern.

»Ihr müsst unheimlich stolz auf ihn gewesen sein«, sagt Sophie sanft. »Du bist noch immer stolz auf ihn, das weiß ich. Was um alles in der Welt ist passiert, dass die Band sich plötzlich auflöste? Hatten sie nicht schon einen Plattenvertrag und gaben fleißig Konzerte?«

Ich versuche zu sprechen, aber in mir sperrt sich alles. Ich kann den anderen nicht sagen, dass meine Liebe zu einem Mann, den mein Bruder zufällig auch liebte – zu demselben Mann, der in der Band singt, von der sie alle vorhin so geschwärmt haben –, der Auslöser dafür war, dass Matthew mit seinem Wagen verunglückte … Das ist alles zu viel.

»Künstlerische Differenzen, nehme ich an«, sage ich mit einem Achselzucken, in der Hoffnung, dass niemand genauer nachfragt. »Matthew hat immer von einem endgültigen Bruch gesprochen, und er ist nie richtig darüber hinweggekommen, darum erzählt er nicht viel davon.«

Jack weiß, dass es mir schwerfällt, über Matthew zu sprechen, obwohl er bis heute nicht die ganze Geschichte kennt. Er sieht es mir an, wenn ich mich in Gesprächen unwohl fühle, sei es über die Arbeit, über Privates oder sogar über Dinge, die zwischen uns stehen könnten. Er sagt, er merkt es an dem Zittern in meiner Stimme, daran, wie ich an meinen Haaren spiele oder wie mein Blick umherflackert. Er weiß, dass ich mich auch im Moment schwertue.

»Matthew ist ein starker, anständiger, supertalentierter Bursche, und vor ihm liegt eine große Zukunft«, sagt er, und sein optimistischer Ton schlägt sich sofort auf die Stimmung nieder, in einer Weise, die nur er beherrscht. »Also, Charlotte, was sagst du nun dazu, uns ein Ständchen zu bringen, damit die Party richtig losgehen kann? Finde deine Singstimme wieder, ich weiß, du kannst das, Schatz.«

Ich will ja. Ich will es wirklich, aber es geht einfach nicht. Ich kann nicht für die anderen singen. Nicht jetzt. Noch nicht.

»Ich verspreche dir, Liebling, ich werde das Ständchen eines Tages nachholen, aber würde es dir was ausmachen, wenn wir jetzt stattdessen den iPod einschalten?«, sage ich, mit meinen Augen um Verständnis bittend. »Ich glaube, Sophie und Harry kennen unser neues Soundsystem noch gar nicht. Es ist wirklich fantastisch.«

Jack gibt mir wie immer volle Rückendeckung und lässt das Thema sofort fallen. Er steht von der Couch auf und führt, um die Stimmung aufzuheitern, seinen besten albernen Tanz auf, eine Mischung aus einem Quickstepp und einem Moonwalk, und wir biegen uns alle vor Lachen.

»Okay, Ladies and Gentleman!«, sagt er schließlich. »Ich nehme nun Wünsche für die schlimmsten Lieder entgegen, die euch einfallen. Was wollt ihr hören? Sprecht jetzt oder schweigt für immer!«

»Steps!«, sagt Sophie, ohne groß überlegen zu müssen, und Harry stöhnt laut auf, aber Sophie steht bereits, mit ihrem Glas in der Hand, und wartet darauf, loszulegen.

»O Mann, Alter, was hast du da bloß angefangen?«, sagt Harry und reibt heftig über seinen Kopf, als würde ihm die bloße Vorstellung Qualen verursachen. Sekunden später hält er sich die Ohren zu, als der schnelle Plastikpop-Beat von »5, 6, 7, 8« aus den Lautsprechern schallt, aber gleich darauf ist auch er auf den Beinen und mischt bei dem Spaß mit. Wir schieben den Couchtisch zur Seite, um Platz zu schaffen, und bilden dann eine Reihe für einen Line Dance. So tanzen und albern wir bis in die frühen Morgenstunden herum.

Ich bin mit meinen besten Freunden zusammen, die mich kennen und lieben, ich lache und habe Spaß, und die Gedanken an Tom Farley verblassen immer mehr, je weiter der Zeiger auf der Uhr vorwärtsrückt.

Ich möchte nirgendwo anders sein als hier, in diesem Augenblick, und jede Sekunde lieben und leben.

KAPITEL 13

Der Sonntag war schon immer mein Lieblingstag in der Woche, aber ich komme rasch zu der Erkenntnis, dass Sommersonntage im schönen Ardara sogar noch eine Spur großartiger sind.

Zum süßen Klang der Stille aufzuwachen, statt vom Verkehrslärm und dem Gehupe in der Stadt, dann gemütlich auf der Terrasse regionale Köstlichkeiten zu frühstücken und sich die Sonne auf die Schultern scheinen zu lassen ist der Stoff, aus dem Träume gemacht sind, und ich inhaliere jeden Moment davon.

»Ich hole uns noch einen Kaffee«, sage ich zu den drei blassen Gesichtern vor mir.

Sophie und Harry hatten sich fest vorgenommen, nach dem Frühstück aufzubrechen, aber beide sind höllisch verkatert, also wird sich ihre Abfahrt sicher verzögern. Bei der Erinnerung an gestern Nacht müssen wir wieder lachen. Der Höhepunkt war Jacks Versuch, uns als Stand-up-Comedian zu unterhalten, als er schon zu viele Gin Tonics intus hatte. Tatsächlich war er der Einzige, der seine Witze verstand, weil er jedes Mal kurz vor der Pointe von einem hysterischen Lachanfall übermannt wurde.

»Mir tut vom Lachen schon der ganze Kiefer weh«, sagt Sophie, während sie das Würstchen mit Spiegelei und Speck auf ihrem Teller in Angriff nimmt. »Ich frage mich, wie lange wir noch damit durchkommen, uns am Wochenende wie pubertierende Teenager aufzuführen. Ich meine, wenn deine Patienten, Dr. Malone, den ganzen Blödsinn hören würden, den du am Wochenende raushaust, würden sie ganz schnell die Flucht vor dir ergreifen!«

»Ich würde selbst vor mir die Flucht ergreifen, egal welcher Tag gerade ist, vom Wochenende ganz zu schweigen«, scherzt Jack. »Ach ja, eines Tages werden wir alle erwachsen sein, spätestens wenn unsere Zwillinge auf der Welt sind, nicht wahr, Charlotte?«

Ich rolle mit den Augen über unseren Running Gag mit den Zwillingen, aber ich spüre inzwischen einen gewissen Druck, wenn das Thema aufkommt. Normalerweise sind Kinder der nächste Schritt nach einer Heirat, aber genau wie Sophie weiß ich nicht, ob ich schon dafür bereit bin.

»Drillinge«, sagt Harry. »Das würde uns allen Manieren beibringen. Ein guter alter Satz irische Drillinge für jeden von uns.«

Sophie verschluckt sich fast an ihrem Frühstück. »Am besten drei Jungs«, sagt sie, »dann macht die Sache erst richtig Spaß. Ja, genau das brauchen wir, damit diese verkaterten Sonntage aufhören. Gott, meine Mutter würde glauben, sie wäre gestorben und in den Himmel aufgefahren, wenn ich endlich ein Baby bekommen würde, ganz zu schweigen von dreien. Jedes Mal, wenn wir uns sehen, liegt sie mir damit in den Ohren.«

Jack und ich wechseln einen vielsagenden Blick. »Meine Mutter ist genauso«, sagt er. »Sie kann es nicht erwarten, das Getrappel von kleinen Kinderfüßen zu hören, und sie macht nicht den geringsten Hehl daraus. Wir ignorieren sie einfach, nicht wahr, Char? Wir werden in unserer Ehe selbst das Tempo bestimmen und lassen uns von niemandem reinreden. O Mann, mein Brummschädel bringt mich noch um!«

Ich hole ihm ein Alka-Seltzer, und er berührt meinen Arm und schenkt mir ein dankbares Lächeln. Ich muss sagen, eine Sache, die mir an unserem Zusammenleben ganz besonders gefällt, ist, dass wir immer wissen, wann der andere ein bisschen Fürsorge braucht, und wie wir uns mit kleinen Aufmerksamkeiten zeigen, dass wir füreinander da sind. Zum Beispiel wenn ich wie so oft während meiner Regel Bauchkrämpfe habe und Jack mir einen Berg von Chips, Limo, Schokolade und andere Süßigkeiten mitbringt, damit ich mich auf der Couch vor dem Fernseher vollstopfen kann, während er das Abendessen kocht. Oder in ernsteren Situationen, so wie neulich, als er völlig niedergeschmettert von der Arbeit nach Hause kam, weil eine seiner Patientinnen, eine junge Alleinerziehende namens Jenny, versucht hatte, sich das Leben zu nehmen. Ich wusste, er brauchte Ruhe und Entspannung und bloß keinen Stress, also ließ ich ihm ein Bad ein, zündete im Kamin ein Feuer an und gab ihm etwas Raum, damit er seinen Schock verarbeiten konnte.

Eine Ehe ist manchmal harte Arbeit, aber sie kann auch sehr bereichernd sein, und ich weiß, dass viele Menschen von einem Leben träumen, wie Jack und ich es haben.

»Der äußere Schein trügt, nicht wahr?«, sagt Marjorie Malone mit einer Stimme, die Fensterscheiben zerspringen lassen könnte, als sie ein paar Stunden später jeden Raum im Haus inspiziert. Gibt es etwas Besseres, als einen unangemeldeten Besuch der Schwiegereltern, um einen Sonntag zu ruinieren? »Sieh dir mal diese Aussicht an, Dad!«, fährt sie fort. »Die gleiche Landschaft wie in dieser lustigen irischen Provinzkomödie mit John Wayne in der Hauptrolle. Und hier gibt es so viel Platz für Kinder zum Herumtoben, ohne dass man so wie bei unseren zwei damals immer Angst haben muss, sie könnten überfahren werden.«

Jack zieht hinter ihrem Rücken eine Grimasse wegen ihrer unverhohlenen Anspielung auf Nachwuchs, und ich versuche, nicht zu lachen. Jack liebt seine Mutter sehr, aber sie besitzt wirklich nicht das geringste Feingefühl.

»Jedenfalls werdet ihr hier wohl kaum Schwierigkeiten mit den Nachbarn bekommen«, sagt Jack senior. »Ah, das hier wäre das Paradies für mich, wirklich. Es ist einfach vollendete Perfektion. Gut gemacht, ihr zwei. Wer so hart arbeitet wie ihr, hat auch so ein schönes Haus verdient.«

Ich vergesse öfter, wie Dr. Malone senior klingt, da er in Anwesenheit seiner Frau nur selten die Gelegenheit bekommt, etwas zu sagen. Aber wenn man ihn allein erwischt, erweist er sich als eine sehr freundliche, sanfte Seele, und ich sehe, von wem Jack sein außergewöhnliches Einfühlungsvermögen hat, das ihm in seinem Beruf zugutekommt. Er hat vom Besten gelernt.

»Also, wer hat Lust auf den Pub?«, sagt Jack, erpicht darauf, seine Eltern irgendwie zu beschäftigen, damit sie nicht länger in unserem Haus herumwandern und ihre Kommentare abgeben. »Wenn wir da sind, könnten wir zusammen einen späten Lunch einnehmen. Na kommt, ich lade euch ein.«

Zu unserer Überraschung sind sie einverstanden. Wir machen uns auf den knapp zwei Kilometer langen Weg hinunter ins Dorf, vorbei an Wiesen voller Schafe und Kühe, an Erdbeerfeldern und Vogelscheuchen, und ich würde mich angesichts dieser beschaulichen Idylle direkt vor meiner Haustür am liebsten kneifen. Jacks Vater hat recht, wir haben für unser erstes Eigenheim auf so einem paradiesischen Flecken Erde hart gearbeitet, und selbst wenn Marjorie ziemlich nervt, ist es trotzdem schön, Gäste zu haben, mit denen man das alles teilen kann.

»Jack, Charlotte, schön, euch zu sehen!«, sagt Peter, der Wirt, als wir uns unter der niedrigen roten Tür durchbücken und das Halbdunkel der kleinen Dorfkneipe betreten. »Schön, dass ihr ein paar neue Gesichter mitbringt. Herzlich willkommen, alle zusammen.«

Wir beschließen, das anhaltend gute Wetter auszunutzen und uns in den Biergarten auf der Rückseite zu setzen, wo uns wie immer eine wunderbare Atmosphäre empfängt. Im Hintergrund dudelt traditioneller Irish Folk, an den Tischen genießen Paare, Familien und Gruppen von jungen Leuten einen faulen Sonntagnachmittag, und selbst Marjorie scheint es hier zu gefallen. Sie lässt die Aussicht auf sich wirken und beobachtet nebenbei die Leute.

»Die Menschen hier sind alle so freundlich«, sagt Jack zu seinen Eltern. »Ich glaube, wir werden uns in Ardara sehr wohlfühlen.«

»Das tue ich bereits«, sage ich zu ihm, und er nimmt unter dem Tisch meine Hand.

Marjorie bestellt sich einen Kaffee, da sie noch fahren muss, und macht gleich wieder eine spitzfindige Bemerkung, als ich meinen Weißwein probiere.

»Ich schätze, du solltest gemütliche Sonntage wie diesen hier auskosten, solange du noch kannst«, sagt sie mit einem aufgesetzten Lachen und beobachtet jeden Schluck, den ich trinke. »Meine Caroline hat mit den Zwillingen von früh bis spät alle Hände voll zu tun. Wahrscheinlich kann sie sich gar nicht mehr erinnern, wann sie das letzte Mal Zeit hatte, um sich tagsüber mal zurückzulehnen und durchzuschnaufen, andererseits geht sie vollkommen auf in ihrer Rolle als Mutter. Sie hat ihre Kinder auch schon früh bekommen, mit Anfang zwanzig, darum hat sie noch die Energie, ihre Mutterschaft zu genießen.«

Autsch. Meine Augen richten sich hilfesuchend auf Jack.

»Caroline hat mir geschrieben, dass bald ihr Urlaub mit

den Mädels ansteht«, sagt er rasch, um mich zu erlösen. »Ihr wisst schon, die Auszeit, die sie sich alle sechs Monate oder so nimmt. Normalerweise braucht sie mindestens eine Woche, um sich zu erholen, wenn sie mit den anderen nach – wo war es noch gleich, Marbella? – fliegt. Das ist ganz schön weit weg für eine aufopferungsvolle Vollzeitmutter, aber auch Caroline steht eine Pause zu, so wie jedem von uns. Wir alle müssen selbst entscheiden, wie wir unser Leben führen möchten, nicht wahr?«

Ich entschuldige mich und gehe zur Toilette, um Marjories Dauergestichel auszuweichen, auch wenn Jack es wirklich versteht, ihr den Wind aus den Segeln zu nehmen. Als ich an den Tisch zurückkehre, spricht sie zu meiner Erleichterung bereits davon, dass sie bald gehen müssen.

»Entspann dich«, sagt Jack. »Was soll die plötzliche Eile? Ich dachte, wir wollten zusammen was essen?«

Jack senior rollt mit den Augen und greift nach seinem Pint. »Gott bewahre, dass wir diesen verdammten Kater länger als zwei Stunden allein lassen!«, sagt er und trinkt sein Bier aus, als würde er Nägel schlucken. »Ich schwöre euch, Tiddles hat in unserem Haus mehr zu melden als ich. Höchste Zeit, dass ich wieder mit dem Golfen anfange.«

Ich habe häufig Mitleid mit Jacks Vater. Wenn ich ihn und Marjorie zusammen erlebe, ist das auch immer eine sanfte Erinnerung daran, wie viel Glück Jack und ich haben, weil wir so gut zusammenpassen. Jack bringt mich zum Lachen, er weiß, wann er mich antreiben und wann er mich in Ruhe lassen muss, und mein Herz schlägt noch immer jedes Mal höher, wenn er abends von der Arbeit nach Hause kommt.

Marjorie blickt sich um, als würde sie gerne noch einen Seitenhieb loswerden, bevor sie geht, aber hier gibt es nicht wirklich etwas, über das sie herziehen könnte. Das Personal ist supernett und gab uns von Anfang an das Gefühl, in der Gemeinde willkommen zu sein, und auch die anderen Dorfbewohner begegnen uns mit einer hilfsbereiten Gastfreundlichkeit, die weit über das normale Maß hinausgeht. Auf unserem Spaziergang zum Pub haben alle Leute uns mit einem Lächeln gegrüßt, ein himmelweiter Unterschied zum anonymen Großstadtleben, das Marjorie gewohnt ist. Es bringt sie um, wenn sie nichts zu meckern hat, und ich bin froh, dass sie bald wieder fährt. Die Wahrheit ist, ich kann sie nicht ausstehen und konnte es noch nie.

»Musst du morgen früh raus?«, fragt sie mich, als sie ihre Burberry-Clutch unter den Arm klemmt. »Ich bin mir sicher, an der Holy Trinity sind die Kinder viel disziplinierter als an deiner alten Schule. Das ist deutlich entspannter für den Kopf nach einem anstrengenden Wochenende, nicht wahr?«

Bum, jetzt hat sie es mir doch noch gegeben. O Mann, ich bin so froh, dass sie endlich verschwindet.

»Sie erinnert mich an die Eltern meiner Schüler«, sage ich zu Jack, als wir über eine Stunde später den Hügel zum Cottage wieder hochschlendern, nachdem wir unseren Kater mit einem Lunch und einem Konterbier bekämpft haben. »Die behandeln mich auch immer von oben herab und lassen mich deutlich spüren, dass ich keine von ihnen bin. Dass ich anders bin, Arbeiterklasse, aber dass sie mir großzügigerweise eine Chance geben, dazuzugehören, wegen –«

Jack bleibt abrupt stehen. »Meinetwegen?«, sagt er und sieht mich gekränkt an.

»Ja. Deinetwegen und wegen deiner Familie«, sage ich. »Sie akzeptieren mich oder besser gesagt, tolerieren mich aufgrund des Umstands, dass ich die Frau von Dr. Jack Malone bin. Als Charlotte Taylor, das einfache Mädchen vom Land, wäre ich niemals zum Vorstellungsgespräch in die Holy Trinity eingeladen worden, und das weißt du auch, Jack.«

Er schüttelt den Kopf, mit gerunzelter Stirn. »Nein, Charlotte, das darfst du nicht sagen!«, beschwört er mich. »Du hast die Stelle an der Holy Trinity bekommen, weil du von allen Bewerbern die Beste warst. Das hat rein gar nichts mit mir oder meinen Eltern zu tun. Das darfst du nicht denken, weil es nicht wahr ist.«

Vielleicht bin ich ein bisschen beschwipster, als ich dachte, denn nun komme ich richtig in Fahrt. Ich kann mich nicht mehr bremsen.

»Ich hasse diese Schule, Jack!«, sage ich und lasse mich an seine Brust fallen. »Ich hasse sie total, und ich würde alles dafür geben, wenn ich wieder an meine alte Schule zurückkönnte, wo die Kinder mich schätzen und meine Lieder mit mir singen. Stattdessen unterrichte ich arrogante kleine Blagen, die lieber über meine Kleidung lästern, als mir einen Funken Respekt entgegenzubringen. Ich hasse es!«

Jack sieht aus, als hätte ich ihm ins Herz gestochen, aber es musste mal gesagt werden. Ich kann nicht länger so tun als ob, selbst wenn der Schulwechsel ursprünglich seine Idee war und ich es hasse, ihn zu verletzen. Auf der Karriereleiter war es ein Schritt nach oben, das ist wahr, aber für mich persönlich fühlt es sich nicht so an. Ich wünschte, Jack würde mir sagen, dass sich dieser ganze Stress nicht lohnt, ich wünschte, er würde mir sagen, dass ich den Job hinschmeißen und ich selbst sein soll, die Art von Lehrerin, die ich früher war, die Art von Mensch, die ich im Grunde meines Herzens bin.

»Du wirst –«

»Sag jetzt nicht, ich werde mich noch eingewöhnen, weil ich daran nicht mehr glaube«, sage ich, inständig auf seine Unterstützung hoffend. »Ich fürchte mich vor jedem Tag an dieser Schule, ich kann dir gar nicht sagen, wie sehr. Ich liebe alles an unserem Leben, absolut alles, bis auf meinen Job.«

Er fasst behutsam unter mein Kinn und sieht mir in die Augen. »Und bis auf meine Mutter«, sagt er mit einem Lächeln. »Die liebst du auch nicht, oder?«

Ich bringe unter Tränen ein Lachen zustande. »Okay, ich gebe zu, es fällt mir schwer, sie in mein Herz zu schließen, aber das ist nichts Neues, und aus der Entfernung kann ich mit ihr umgehen.«

Er beugt seinen Kopf zur Seite und drückt seine Lippen auf meine Haare, und sofort fühle ich mich besser. Es sind Momente wie dieser, in denen ich wahnsinnig froh bin, dass ich Jack habe, auf den ich mich immer verlassen kann.

»Na komm, lass uns nach Hause gehen«, sagt er und legt seinen Arm um mich. »Wir reden morgen weiter, wenn wir wieder nüchtern sind und ausgeschlafen. Wir werden uns was überlegen, denn du kannst unmöglich weiter in diesem Job arbeiten, wenn du ihn so sehr hasst. Das Leben ist zu kurz. Aber in der Zwischenzeit habe ich noch etwas mit dir vor, Mrs. Malone, und ich kann es kaum erwarten, dass wir nach Hause kommen.«

Du kannst unmöglich weiter in diesem Job arbeiten, wenn du ihn so sehr hasst.

Ich hätte mir keine bessere Reaktion wünschen können. Jack kennt mich, er liebt mich, und er steht hinter meinen Entscheidungen.

Ich spüre Schmetterlinge im Bauch und freue mich schon darauf, mich mit Jack in unser großes Doppelbett mit den kühlen Leinenlaken und der behaglichen Daunendecke zu kuscheln. Also verdränge ich für den Moment meine Angst vor der neuen Arbeitswoche, und wir bummeln in aller Ruhe den restlichen Weg hoch, während ich mich an meinen Mann schmiege und seinen vertrauten Geruch auskoste.

Ich gebe mir noch eine Woche an dieser Schule, dann werde ich eine endgültige Entscheidung treffen. Jack hat recht – das Leben ist zu kurz, um jeden Sonntagabend dieses flaue Gefühl im Magen zu bekommen, und niemand zwingt mich, weiter durch diese Hölle zu gehen.

»Bist du sicher, dass dir nicht auch noch etwas anderes zu schaffen macht?«, fragt er, als er die Haustür aufschließt. »Du würdest es mir doch sagen, wenn es da was gäbe, oder, Charlotte?«

»Natürlich«, antworte ich aufrichtig. »Es ist nur dieser Job.«

Nur der Job.

Oder nicht? Doch, natürlich, rede ich mir zu, aber tief in meinem Innern habe ich das schreckliche Gefühl, dass mein Leben womöglich nicht so gefestigt ist, wie es nach außen hin scheint. Ich mag dieses Gefühl überhaupt nicht. Es ist wie eine böse Vorahnung, dass alles einfach zu schön ist, um wahr zu sein.

Hat es mit Matthew zu tun? Ist ihm in Galway etwas passiert? Oder mit Emily? Ich hoffe, es ist nichts mit Mam und Dad – oder was, wenn Jack etwas zustoßen würde? Ich komme mir vor wie ein wunderschöner Vogel, der durch einen herrlichen See gleitet, aber unter der Oberfläche, für die anderen nicht sichtbar, strampele ich mit aller Kraft. Es ist, als würde ich auf den harten Aufprall warten, der alles zunichtemacht, wie damals an dem Tag, als Matthew verunglückte. Es ist, als würde ich mich auf den nächsten Tiefschlag vorbereiten, was auch immer es sein mag.

Ich weiß, nach außen hin ist mein Leben perfekt, und trotzdem kippt meine Stimmung immer mehr, und ich habe keine Ahnung, warum.

Wahrscheinlich sind das die Nachwirkungen des Alkohols, wiederhole ich mantramäßig in meinem Kopf. Morgen sieht alles schon wieder ganz anders aus.

KAPITEL 14

Dublin, Juni 2018

»Mrs. Malone? Dürfte ich Sie kurz in mein Büro bitten?«

Meine fünfundzwanzig Zweitklässler sind in ihre Bücher vertieft, und ich nutze die Stille, um die Hausarbeiten zu korrigieren, als Miss Brady, die Schulleiterin, in einem Tonfall dazwischenplatzt, der sich mit jedem Wort höher schraubt. Ihr künstliches Lächeln sagt mir, dass mich gleich ein Rüffel erwartet, weil ich wieder einmal ein Gebot in ihrer stockkonservativen, elitären Zuchtanstalt – ich meine, in ihrer »exklusiven Privatschule für Kinder aus wohlhabenden Familien« – missachtet habe.

Ich nicke Paula, meiner Lehrassistentin, zu, die beim bloßen Anblick der »bösen Hexe«, wie wir Miss Brady unter vier Augen nennen, blass geworden ist und mir verstohlen die Daumen drückt.

Noch zwei Wochen bis zu den Sommerferien, wiederhole ich immer wieder in Gedanken, während ich dem Klappern von Miss Bradys Absätzen durch den Flur folge. Die auf Hochglanz polierten Böden, die edlen Läufer im klassischen Streifendesign und die großen Topfpflanzen erinnern eher an eine noble Großkanzlei in der Innenstadt als an eine Grundschule in einem südlichen Vorort von Dublin.

Auf ihrem Schreibtisch steht ein gerahmtes Bild von zwei lächelnden Kindern, ein Junge und ein Mädchen, was zeigt, dass sich irgendwo hinter ihrer hohlen Außenfassade ein Herz befindet, obwohl ich kaum glauben kann, dass eine Beißzange wie Brady so eine Unschuld und Schönheit hervorbringen kann. Tatsächlich würde ich Geld darauf wetten, dass das Foto aus einem dieser hübschen französischen Kataloge für Kindermode ausgeschnitten wurde.

Sie setzt sich und bläst so demonstrativ die Luft aus ihren Wangen, dass ich jetzt schon das Bedürfnis habe, sie auf eine sehr gewalttätige Art anzugreifen. Das entspricht überhaupt nicht meiner Natur, aber Miss Brady bringt jedes Mal, wenn sie mich »zum Gespräch bittet«, meine dunkle Seite zum Vorschein.

Ich warte und wappne mich innerlich gegen die nächste Abreibung. Was wird es dieses Mal sein? Vielleicht wird sie mich erneut daran erinnern, keine Getränke, nicht einmal ein Glas Wasser, ins Klassenzimmer mitzunehmen, aus Hygiene- und Sicherheitsgründen. Oder sie hat noch immer ein Problem damit, dass ich manchmal meine Endsilben leicht verschlucke. (Ja, ernsthaft.) Oder könnte es sein, dass ich einen meiner Schüler wieder einmal zutiefst beleidigt habe, weil ich seinen adligen Nachnamen »nicht englisch genug« ausgesprochen habe? Das war ein schlimmer Frevel.

Innerlich winde ich mich, aber ich versuche mein Bestes, um tapfer zu sein und ein dickes Fell zu bewahren.

»James Leicester«, verkündet sie in einem Ton, als sollte ich bei der bloßen Erwähnung eines unserer Zöglinge, Spross einer der wohlhabendsten Familien im Umkreis, strammstehen und salutieren oder mich zumindest ehrerbietig verneigen.

»Ja?«, sage ich. Mein Gesicht ist eine leere Leinwand der Erwartung. »Er ist in meiner Klasse. Ein reizender Junge.«

Ich verwende den Begriff »reizend« in diesem Fall sehr frei.

»Ich hatte heute Morgen einen Anruf von seiner Gouvernante, und ehrlich gesagt habe ich den ganzen Vormittag auf eine Gelegenheit gewartet, um Sie aus Ihrem Unterricht zu holen, denn in diesem Fall bin ich mit meinem Latein am Ende, was ich mit Ihnen machen soll«, erklärt sie.

In diesem Fall? Gott, es muss was Schlimmes sein. Ich überlege, was zum Teufel ich *in diesem Fall* verbrochen haben könnte. Habe ich vor dem kleinen Scheißer geflucht? Habe ich laut gedacht und ihn einen ungezogenen Rotzbengel genannt? Nein, sicher nicht. Ich warte.

»Ihnen ist bewusst, dass die außerschulischen Aktivitäten unserer Kinder darauf ausgerichtet sind, den strengen Fokus auf die Kernthemen zu verstärken, die wir hier vormittags unterrichten?«, fährt sie fort. Sie starrt mich an, wartet auf eine Antwort.

Ah, jetzt weiß ich, worauf sie hinauswill. Ich spüre, dass meine Hände anfangen zu zittern, nicht aus Angst wie sonst, wenn ich in diesem Ledersessel der Verdammnis sitze, sondern aus totaler Frustration und Wut darüber, was gleich kommen wird.

Ich nicke bedächtig. Am liebsten würde ich augenrollend aufstöhnen, aber ich wahre mein Pokerface, das ich mir inzwischen antrainiert habe. Das ist nun bestimmt schon das fünfte Mal, dass sie mich in ihr Büro zitiert hat, aber noch nie war der Grund so erbärmlich und unverschämt.

»Sie haben gestern eine *Gitarre* in die Schule mitgebracht?«, sagt sie und zieht eine perfekt gewölbte Augenbraue über ihrer schwarz gerahmten Brille hoch. »Ist das richtig? Eine Gitarre?«

Ich öffne und schließe meine Hände und spüre Adrenalin durch meine Adern pumpen, bis tief in meine kribbelnden Fingerspitzen, dann atme ich bewusst durch die Nase und versuche mein Bestes, die Flut von Kraftausdrücken, die mir auf der Zunge liegt, hinunterzuschlucken.

»Würden Sie bitte meine Frage beantworten?«, schiebt sie hinterher, und ihre glänzenden French Nails trommeln ungeduldig auf das protzige Mousepad aus Leder, das vor ihr auf dem Tisch liegt. Alles in dieser noblen Erziehungshölle trägt das edle Wappen der Schule, das natürlich golden ist und einen lateinischen Spruch enthält, den kein Mensch übersetzen kann.

»Ja, ich habe meine Gitarre in die Schule mitgebracht, Mrs. Brady.«

»Miss!«, verbessert sie mich.

Ups.

»Ja, das habe ich«, wiederhole ich und spüre, dass meine Stimme zittert. Ich muss an Jacks Worte denken, als wir uns das letzte Mal über meinen Job unterhielten. *Lass dir nichts gefallen, Charlotte. Du brauchst dir diesen Schwachsinn nicht anzutun. Wenn dich diese Hexe wieder beleidigt, setzt du dich zur Wehr und sagst ihr, sie soll sich ihren Job dorthin schieben, wo keine Sonne scheint. Du bist viel zu kompetent und zu klug, um dich so behandeln zu lassen. Lass dir das nicht mehr bieten, von niemandem.*

»Warum?«, fragt sie und nimmt einen Füllfederhalter in die Hand, um sich etwas in ihrem linierten Schreibblock mit dem Schulwappen zu notieren. Ich habe das überwältigende Bedürfnis, ihren Tisch mit allem Drum und Dran umzukippen und davonzustürmen, aber wahrscheinlich lande ich dann wegen Körperverletzung im Gefängnis, also beherrsche ich mich.

Ich atme tief ein und aus und zähle im Geiste kurz die Tage, die ich noch überstehen muss, bis die Sommerferien beginnen und ich zwei Monate bezahlten Urlaub genieße, finanziert von den Reichen, die ihren kostbaren Nachwuchs auf unsere Schule schicken. Noch zehn Unterrichtstage, länger muss ich nicht durchhalten, wenn ich mich beherrschen kann und auf diesen Unsinn hier nicht eingehe.

»Ich möchte mit dieser Angelegenheit nicht noch mehr Zeit vergeuden, also wenn es Ihnen nichts ausmacht, würden Sie dann vielleicht einfach meine Frage beantworten?«, sagt sie.

Ich schürze die Lippen und überlege, wie ich reagieren soll.

»Ich dachte, es wäre eine nette Idee, mit der Klasse ein paar Lieder zu singen«, versuche ich zu erklären. »Wir haben über aktuelle Themen in den Nachrichten gesprochen, und ich dachte, mit dem Beatles-Klassiker ›Let it Be‹ könnte ich eine Saite in meinen Schülern zum Klingen bringen, wenn Sie mir das Wortspiel verzeihen, und –«

»Die Beatles!«, ruft sie aus, und ihr Kopf steht kurz davor, sich auf ihren schmalen Schultern im Kreis zu drehen. »Sie dachten, es wäre eine nette Idee, achtjährigen Kindern, deren Eltern mehrere Tausend Pfund im Jahr für Ihr Gehalt hinblättern, einen Beatles-Song vorzuspielen!«

Ich blinzele und überlege fieberhaft, wie ich mit meiner Verteidigung beginnen soll. Mir gehen mehrere Möglichkeiten durch den Sinn, aber ich kann mich nicht entscheiden, ob ich einen freundlichen und kreativen Ansatz wählen soll oder einen direkten, indem ich ihr sage, dass sie mich ein für alle Mal am Arsch lecken kann.

Ich wähle freundlich und kreativ.

»Wissen Sie, Miss Brady«, sage ich in meinem besten nordirischen Dialekt, weil ich weiß, dass er in ihren Ohren klingt wie Fingernägel, die über eine Tafel kratzen, »es gibt nichts Schöneres, als Kinder singen zu hören, sei es am Morgen, am Nachmittag oder am Abend. Wussten Sie, dass die Herzen von Kindern synchron schlagen, wenn sie gemeinsam singen?«

Sie wirkt von meiner Antwort aufrichtig verblüfft.

»Sie haben noch ein weiteres Lied gespielt, glaube ich«, sagt sie dann, ohne auf meine Worte einzugehen. »Ein Lied, das Sie offenbar selbst erfunden haben. Ich kenne weder den Text der Beatles noch den, der Ihrer eigenen Fantasie entsprungen ist, und ich verbiete Ihnen, in Zukunft eine derart eigenmächtige Entscheidung hinter meinem Rücken zu treffen!«

Freundlich und kreativ, freundlich und kreativ.

»Singen bringt die Menschen zum Lächeln, direkt von innen heraus, sei es unter der Dusche, in der Kirche, auf einer Bühne oder im Klassenzimmer«, argumentiere ich. »Es setzt Endorphine frei, es bringt uns dazu, dass wir uns bewegen und tanzen, es schafft ein Band zwischen uns, und es schafft auch wunderbare Erinnerungen. Es –«

»Aber es gehört nicht zu Ihren Aufgaben, Mrs. Malone!«, unterbricht sie mich. »Wir haben hier einen Dozenten mit einer klassischen Musikausbildung, einen echten Orchesterkomponisten, der einmal in der Woche zu uns kommt, um die Kinder zu unterrichten, deren Eltern Wert auf eine musikalische Erziehung legen. Es steht Ihnen nicht zu, den Schülern die Beatles oder Ihren eigenen Firlefanz vorzuspielen! Wie können Sie es wagen!«

Boah, das sitzt. Meinen eigenen Firlefanz? Ich spüre, dass meine Unterlippe zittert. Ich werde nicht vor ihr in Tränen ausbrechen. Auf gar keinen Fall.

Aber ich weiß nicht, was ich nun sagen soll, denn ich kann mir wirklich nichts Erhebenderes vorstellen als eine Gruppe von Kindern, die mit ihrem Lehrer singt, und nach meiner Erinnerung hat es auch meinen Schülern gefallen, selbst dem steifen kleinen James von und zu Leicester, dessen »Gouvernante« mich angezeigt hat.

»In der Klasse wird nicht mehr gesungen«, sagt Miss Brady kategorisch, während sie noch immer in ihren dämlichen Block schreibt. »So einfach ist das. Schlagen Sie sich jegliche musikalischen Sperenzchen aus dem Kopf, denn sie waren nie Teil Ihrer Stellenbeschreibung.«

Ich werde nicht in Tränen ausbrechen. Ganz bestimmt nicht.

»Aber ich dachte, ich sei … Ich dachte, ich sei ihre Klassenlehrerin«, sage ich und schlucke meine Tränen hinunter. »Gehört es nicht zu meinen Aufgaben, die Kinder zu fördern und dafür zu sorgen, dass sie sich in ihrem Alltag glücklich und entspannt fühlen, statt immer nur strikt den Lehrplan einzuhalten? Sehe ich das falsch?«

Ich zwinkere in der Hoffnung, die Tränen zu verbergen, die sich in meinen Augen sammeln. Miss Bradys Worte haben mich schwer getroffen, und sie weiß das.

»In der Klasse wird nicht mehr gesungen«, wiederholt sie, hart wie Stein. Ich verschränke meine Finger ineinander, lasse meine Daumen umeinander kreisen. Ich kann meinen Herzschlag spüren, und Schweiß dringt durch den Stoff meiner dunkelblauen Bluse. Meinen Kleidungsstil hielt man hier auch für unangemessen, und ich musste ihn »abtönen«, sodass ich jetzt nur noch Schwarz, Dunkelblau und andere gedeckte Farben trage, damit kein bunter Farbtupfer die Gehirne der armen Kinder vergiftet.

»Kann ich Sie etwas fragen, bevor ich gehe?«, bitte ich, da ich ihrem Schweigen entnehme, dass sie damit fertig ist, mich zur Schnecke zu machen. Sie legt ihren Füllfederhalter zur Seite, schiebt ihre Brille hoch und legt ihren Kopf leicht schief, während sie mich ansieht.

»Nur zu«, sagt sie. »Aber bitte schnell. Ich habe nicht den ganzen Tag Zeit.«

Ich will sie das schon so lange fragen. Ich muss die Wahrheit wissen.

»Warum haben Sie mich damals eingestellt?«, frage ich und sehe ihr direkt in die Augen. »Es würde mich wirklich interessieren, weil ich in Ihren Augen offenbar alles falsch mache. Ich würde gerne erfahren, wie um alles in der Welt Sie aufgrund meiner Bewerbung und des Vorstellungsgesprächs zu dem Schluss kamen, dass ich in Ihre Einrichtung passen würde.«

Ich kann mich nicht einmal überwinden, es eine Schule zu nennen. Es ist eher eine Erziehungsanstalt, eine militärische Operation, ein schrecklicher Ort, für den Leute sogar noch Geld bezahlen. Ich hätte nicht gedacht, dass solche antiquierten und reaktionären Bildungsstätten überhaupt noch existieren.

Sie stößt ein Kichern aus und nimmt ihre Brille ab.

»Oh, ich denke, Sie kennen die Antwort auf diese Frage bereits, Mrs. *Malone*«, sagt sie und betont den Namen meines Mannes extra.

Ich wusste es. Ich wusste, dass ich die Stelle bekommen habe, weil ich in eine angesehene Arztfamilie eingeheiratet habe, und nicht aufgrund meiner Qualifikationen oder aufgrund dessen, was ich in den Job einbringen kann. Ich fühle mich gedemütigt, und ich bin zutiefst gekränkt und verletzt.

Ich stehe auf und zwinge mich, cool zu bleiben, aber in mir pumpt das Adrenalin, genau wie mein Stolz auf alles, wofür ich gearbeitet habe, seit ich Loughinisland den Rücken kehrte und in Dublin studierte, eine Welt entfernt von meiner Familie und dem Ort, den ich mein Zuhause nannte. Ich muss an das Gesicht meines Vaters am Tag meiner Abschlussfeier denken, an seine vor Stolz geröteten Wangen und seine feuchten Augen, die er nicht verbergen konnte, was ihm in jenem Moment jedoch egal war.

Ich muss daran denken, wie meine Mutter im ganzen Dorf stolz herumerzählte, dass mein Name in der Zeitung stand, auf der Liste der Absolventen mit Auszeichnung, und dass sie jedem, der in ihr bescheidenes Haus kam, mein Abschlussfoto zeigte.

Ich muss daran denken, wie meine Eltern ihr sauer verdientes Geld zurücklegten, um mir und meinen Geschwistern eine Hochschulausbildung zu ermöglichen, wie viel Zeit und

Mühe sie in Matthews Musikleidenschaft investierten und dass meine Familie mehr Talent und mehr Seele besitzt, als diese Frau vor mir jemals ermessen kann.

Ich muss daran denken, wie ich meine erste Stelle an der St. Patrick's bekam und wie die Rektorin mich bei jeder Evaluation mit Lob überhäufte, gerade wegen meiner Musik, und wie stolz ich darauf war, in meiner Familie endlich Anerkennung zu finden und in die großen Fußstapfen meiner Geschwister treten zu können.

Wie kann diese Frau es wagen, mich nur wegen meines angeheirateten Namens einzustellen? Was für ein Affront gegen mich, meine Familie und mein ganzes Dasein!

Dann fallen mir wieder Jacks Worte ein. In meinem Kopf höre ich seine ermutigende Stimme.

Wenn sie dich jemals wieder schikaniert, sag ihr, sie soll sich ihren Job in die Haare schmieren. Das ist mein Ernst. Du hast das nicht nötig. Du bist Charlotte Taylor aus Loughinisland, und ich liebe dich. Jeder liebt dich. Lass dich nicht von ihr runterziehen.

Sie setzt ihre Brille wieder auf und wirft mir einen verächtlichen Blick zu.

»Sie können jetzt in Ihre Klasse zurückkehren«, sagt sie und heftet ihren Blick auf ihren Computermonitor. Sie nimmt eine Mappe vom Tisch und streckt sie in meine Richtung, ohne mich anzusehen. »Würden Sie die hier Rosemary im Vorzimmer geben, wenn Sie an ihr vorbeikommen? Ach was, vergessen Sie's, ich kümmere mich selbst darum.«

Ich stoße ein Räuspern aus.

»Ich bin noch nicht fertig«, sage ich, und mir schlottern tatsächlich die Knie unter meinem grässlichen braven dunkelblauen Rock, den ich nur gekauft habe, um ihrem albernen, spießigen Dresscode zu entsprechen.

»Wie bitte?«, sagt sie und nimmt wieder ihre Brille ab. Sie erwidert meinen Blick.

»Ich sagte, ich bin noch nicht fertig«, wiederhole ich.

Jetzt komme ich.

»Wissen Sie, Miss Brady, dafür, dass Sie so gebildet sind, mangelt es Ihnen eklatant an Herz und Seele, genau wie dieser jämmerlichen Schule, die Sie hier leiten«, sage ich. »Ich habe die Nase voll von Ihren pedantischen Abmahnungen und Ihren lächerlichen Vorgaben und Ihrer steifen, gefühllosen Art!«

»Mrs. Malone!«

»Mein richtiger Name ist Charlotte *Taylor*«, verbessere ich. Ich hatte nie die Absicht, mir mit meinem Ehenamen berufliche Vorteile zu verschaffen, und es wird auch nie wieder passieren. »Eines Tages werden meine Lieder im Radio gespielt, und Sie werden mitsummen und den Leuten erzählen, dass ich früher an Ihrer Schule unterrichtet habe. Ja, *früher*, weil ich hiermit nämlich fristlos kündige! Ach, und richten Sie James Leicesters besserer Babysitterin von mir aus, dass es ihr nicht schaden kann, sich mal die Beatles anzuhören oder gerne auch Guns N' Roses. Vielleicht lernt sie noch etwas dazu. Ich bin hier jedenfalls raus. Sie und Ihre Scheißschule können mich mal kreuzweise, auf Nimmerwiedersehen!«

Ich mache auf meinen braven Kitten Heels kehrt und marschiere aus dem Büro hinaus und durch den Flur zurück in mein Klassenzimmer, wo ich Paula umarme und ihr alles Gute wünsche.

»Wo gehst du hin?«, fragt sie, während die Kinder mich mit offenem Mund anstarren.

»So weit wie möglich weg von hier«, antworte ich. Dann sammele ich meine Sachen ein, verabschiede mich kurz von den Kindern (sie können ja nichts dafür, dass ihre Eltern Arschlöcher sind) und gehe hinaus zu meinem Wagen, wo ich

Jacks Nummer über die Freisprechanlage wähle, rückwärts aus meiner Parklücke rolle und schließlich durch das Tor dieser Erziehungshölle auf die Straße fahre.

»Ich hab's getan!«, rufe ich, als er sich in besorgtem Ton meldet. Wir telefonieren tagsüber nur in Notfällen, und ich habe ihm wohl einen Schreck eingejagt. »Ich habe der Hexe endlich meine Meinung gesagt und ihrer dämlichen Kackschule für alle Zeiten den Rücken gekehrt!«

»Gott, Charlotte, du hast es wirklich getan?«, sagt er, mit halb zitternder und halb lachender Stimme. »Wow, das ist mein Mädchen! Lass dich nie wieder von jemandem fertigmachen! Wir sehen uns nachher, wenn ich nach Hause komme, dann feiern wir das ausgiebig. Jetzt kannst du diese ganzen hässlichen Klamotten, zu denen sie dich gezwungen hat, auf einen Haufen werfen und anzünden. Tja, Pech für sie!«

Ich lasse die Scheiben herunter, drehe das Radio auf und singe während der ganzen Fahrt voller Inbrunst mit, wie immer froh darüber, dass mein geliebter Mann Verständnis für mich hat. Ich bin es leid, vorzugeben, jemand anders zu sein, nur um jedem zu gefallen. Von nun an werde ich das tun, was für mein Herz und meine Seele am besten ist, und ich werde nie wieder irgendwelche Anwandlungen, es den anderen recht machen zu wollen, dazwischenkommen lassen.

KAPITEL 15

»O mein Gott, Emily, was habe ich bloß getan? Ich glaube, ich war nicht Herr meiner Sinne!«

Meine Schwester und ich sitzen am Morgen nach meiner Kündigung auf der Spitze einer pudrigen Sanddüne am Strand von Brittas Bay und schauen auf das herrliche blaue Wasser hinaus. Im Gegensatz zu meinem Triumphgefühl und meiner Leck-mich-am-Arsch-Einstellung gestern Abend bin ich nun nicht mehr so selbstsicher, nachdem die Erkenntnis eingesetzt hat, dass ich zum ersten Mal seit meinem College-Abschluss arbeitslos bin.

Jack brach heute Morgen um kurz nach sechs zur Arbeit auf, was mir jede Menge Zeit gab, mich grübelnd in unserem großen Bett hin und her zu wälzen und mir einsam und verloren vorzukommen. Ehrlich gesagt, ich habe Angst vor der Zukunft. Wenn sich herumspricht, dass ich Miss Brady den sprichwörtlichen Stinkefinger gezeigt habe, wird mich keine Schule in Dublin mehr beschäftigen. Miss Brady hat einflussreiche Freunde, so sagt man zumindest.

»Sie ist gut vernetzt mit den anderen Dubliner Schulleitern. Ich bin am Arsch, Em.«

Meine immer solidarische Schwester kann nicht aufhören zu lachen. »Weißt du, wie viele Leute für einen Job an der Holy Trinity ihre eigene Mutter ermorden würden, und du erklärst der Schulleiterin, dass du einfach darauf scheißt?«, sagt sie mit einem lauten Gackern. »Respekt, Charlotte, das war ein stilvoller Abgang! So wie es sich anhört, ist diese Frau ein richtig übles Miststück, du hast also das Richtige getan. Das sieht dir wieder mal ähnlich!«

Ich wünschte wirklich, sie würde aufhören zu lachen. Gestern Abend war es noch einigermaßen lustig, als Jack und ich herumspannen, was man mit einer Voodoopuppe von Miss Brady alles anstellen könnte, aber nun, im nackten, kalten Tageslicht, mit einem langen Sommer vor mir und rar gesäten Stellen für Lehrer in Dublin, ist mir nicht mehr wirklich nach Lachen zumute.

»Ich frage mich, ob meine alte Schule mich wieder nehmen würde«, sage ich nachdenklich und starre auf das Meer hinaus. »Ich glaube, ich stehe unter Schock. Sehe ich blass aus? Ich glaube wirklich, ich entwickele gerade eine posttraumatische Belastungsstörung.«

Emily wirft sich rücklings in den Sand und wälzt sich kreischend hin und her, klatscht auf ihre nackten Oberschenkel und strampelt mit den Beinen in der Luft. Sie sieht aus wie ein Elefantenbaby, das gerade ausgekitzelt wird, aber ich traue mich nicht, das laut zu sagen.

»Oh, hör auf, hier einen auf Dramaqueen zu machen!«, sagt sie, nachdem sie sich von ihrem hysterischen Anfall erholt hat. »Keine Panik, du wirst einen anderen Job finden. Du warst schon immer ein Glückspilz, und du wirst am Ende sicher besser dastehen, mach dir da mal keine Sorgen. An den Schulen werden ständig Vertretungen gesucht, vielleicht springst du für jemanden ein, der in Mutterschutz geht oder wegen einer Krankheit länger ausfällt oder so. Du hast das Richtige getan, Schwesterherz. Entspann dich und genieß es – o mein Gott, ich kann nicht fassen, dass du wirklich gekündigt hast!«

Und schon fängt sie wieder an zu lachen. Der ganze Vormittag ist im Grunde eine Wiederholung dieser Szene, und Sophie reagiert nicht viel anders, als die Neuigkeit bei ihr ankommt.

»Gerade hat meine Mutter angerufen und mir erzählt, dass du Jean Brady ins Gesicht gesagt hast, sie sei eine Hexe!«, brüllt sie lachend in den Hörer. »Meine Mutter sitzt im Verwaltungsrat der Schule, und sie ist total aus dem Häuschen, weil sie diese Frau auch hasst wie die Pest! Saubere Arbeit, Charlotte Taylor Malone! Du hast nur ausgesprochen, was Hunderte von Menschen in Dublin denken. Aber was zum Teufel wirst du jetzt tun?«

Ich habe Miss Brady nicht wirklich eine Hexe genannt, aber der Stille-Post-Effekt und so ... Außerdem habe ich nicht die leiseste Idee, was ich jetzt tun werde, aber ich kann mich nicht überwinden, das laut zu sagen. Zumindest bin ich einmal mit Sophies Mutter einer Meinung – ich sollte den Tag im Kalender rot anstreichen.

Als ich abends meine Mutter anrufe, um ihr die Neuigkeit beizubringen, ist sie genauso perplex wie Sophie, aber deutlich weniger beeindruckt.

Ich muss zugeben, ich habe tatsächlich in Erwägung gezogen, Matthew zuerst einzuweihen, um den Schock abzumildern, weil ich weiß, er hätte es bei seinem täglichen Telefongespräch mit unseren Eltern (die ihn gewissenhaft jeden Abend nach den Sechs-Uhr-Nachrichten in Galway anrufen) nicht für sich behalten können. Aber mir wurde klar, dass das unfair wäre und dass ich mich erwachsen verhalten und zu meiner Tat stehen sollte.

»Warum in aller Welt hast du bloß gekündigt?«, sagt Mam immer wieder, egal wie viele Beispiele ich ihr dafür nenne, dass Miss Brady mir das Leben an ihrer Schule zur Hölle gemacht hat. Ich erzähle ihr von den Kleidervorschriften (ein großer Fehler, wie sie mir zustimmt), meiner »unsauberen« Aussprache (sie fühlt sich ein wenig angegriffen, weil sie es sich nicht leisten konnte, mich in den Sprechunterricht zu schicken) und schließlich von meiner unerwünschten Musik (worin sie keine große Sache sieht).

»Ich habe es einfach nicht mehr ausgehalten«, sage ich mit geschlossenen Augen und muss plötzlich daran denken, wie ich als Teenager beim Schulschwänzen erwischt wurde. Damals hoffte ich, dass das ganze Problem sich in Luft aufgelöst hätte und vergessen wäre, wenn ich meine Augen wieder öffnete. Egal wie sehr ich mich anstrenge, es meiner Mutter zu erklären, es kommt nicht richtig bei ihr an.

»Hast du dein ganzes Selbstbewusstsein verloren, oder hast du vergessen, wie du dich behaupten kannst, ohne gleich so eine gute Stelle aufzugeben?«, fragt sie mich verzweifelt. »Das erinnert mich an dein zweites Jahr auf der Klosterschule, als die Nonnen dich vom Unterricht suspendiert haben, weil du unbedingt diese albernen Kampfstiefel anziehen musstest statt die schwarzen Lackschuhe, die das Haushaltsgeld für eine ganze Woche verschlungen haben. Ich verstehe es einfach nicht, Charlotte, zuerst kommst du so weit, und dann wirfst du aus einer Laune heraus alles weg. Nicht alles im Leben ist austauschbar, wann wirst du das endlich begreifen? Warum kannst du nicht so sein wie –«

Meine Ohren schalten an dieser Stelle auf Durchzug, und ich beginne tatsächlich, vor mich hin zu summen, um Mams Stimme auszublenden.

Warum kannst du nicht so sein wie Emily, lautet der vollständige Satz, aber ich werde sie meckern und schimpfen lassen, bis sie es selbst leid ist oder merkt, dass sie sich nur wiederholt.

Ich habe sie enttäuscht, wieder einmal, gerade als ich mir so viele Pluspunkte verdient hatte, weil ich erstens Lehrerin geworden bin und zweitens nicht nur *einen* Arzt geheiratet habe, sondern *den* Arzt, dem ein maßgeblicher Anteil an Matthews körperlicher und seelischer Genesung angerechnet wird, und weil ich drittens eine begehrte Stelle an einer exklusiven Privatschule ergatterte, die so wenig mit meinem alten Leben zu tun hatte, dass wir gar nichts von ihrer Existenz ahnten, bis ich auf wundersame Weise dort eingestellt wurde.

Ich kneife mich in die Nasenwurzel, als die alten vertrauten Versagensängste in mir hochkriechen und mich daran erinnern, dass ich immer als das rebellische Kind galt, als Nachzüglerin, die mit den anderen einfach nicht mithalten konnte und ständig aus der Reihe tanzen musste.

»Tut mir leid, Mam, aber ich kann nicht in einem Job ausharren, den ich hasse, nur um es allen anderen recht zu machen«, sage ich, als ich schließlich die Gelegenheit dazu bekomme. »Jack steht absolut hinter meiner Entscheidung, und ich hoffe, du und Dad werdet das auch tun. Es ist nicht so einfach, wie es sich anhört. Die Schule war für mich grauenhaft, bitte glaube mir. Ich habe nicht einfach aus einer Laune heraus gekündigt oder um jemandem eins auszuwischen.«

Sie fängt wieder von vorne an, bis mein Vater sie unterbricht. Ich muss erneut an meine Jugendzeit denken, als ich immer diejenige war, die für Streit zwischen meinen Eltern sorgte, sei es wegen meiner schulischen Leistungen, die meine Lehrer oft als »unbeständig« beschrieben, wegen der Freunde und Freundinnen, die ich mir aussuchte, oder wegen meiner einzigartigen Fähigkeit, alles, was ich anfasste, zu verpfuschen, von irgendwelchen Teilzeitjobs bis zu skurrilen Hobbys, die mich nirgendwohin führten.

Das Einzige, was ich wirklich gut konnte, war das Songschreiben, aber das wurde von meinen Eltern nicht wahrgenommen, weil sie zu sehr mit Matthew und seinem großen Traum, ein Rockstar zu werden, beschäftigt waren, und auch mit Emily und ihrem soliden und beständigen Aufstieg zur

Steuerberaterin, gekrönt von ihrer Hochzeit (plus der Aussicht auf Enkelkinder).

Ich beende das Gespräch mit meiner Mutter und gehe ins Bett, obwohl es erst fünf Uhr nachmittags ist und Jack bald von der Arbeit kommen wird, hungrig und wahrscheinlich darauf hoffend, dass ich ihn mit einem leckeren Abendessen erwarte, so wie er es tun würde, wenn er den ganzen Tag zu Hause wäre.

Ich bin eine schlechte Ehefrau, ich bin eine schlechte Tochter, und ich bin eine schlechte Lehrerin. Ich bin auch eine schlechte Musikerin, weil ich nicht mehr schaffe, als achtjährigen Kindern einfache Lieder (und die Beatles) vorzuspielen.

Ich lege das Kissen über meinen Kopf, um den Lärm darin auszuschalten, und zwinge mich, alles herunterzufahren, damit ich einschlafen und vergessen kann.

Ich bin so erschöpft.

»Das ist keine Krise«, sagt Jack später beim Abendessen, das er zubereitet hat, bevor er mich aus meiner Selbstmitleidsparty weckte. »Bitte hör auf, dich selbst zu quälen, Charlotte. Es ist wirklich kein Drama, und du solltest versuchen, dir die Reaktionen der anderen nicht so sehr zu Herzen zu nehmen. Du musst du selbst sein, und du hast getan, was für dich am besten ist, so einfach ist das. Du kannst nicht ein unglückliches Leben führen, nur um den Erwartungen deiner Mutter gerecht zu werden.«

Ich schiebe das Essen auf meinem Teller herum und weiß, dass mein Mann wie immer absolut recht hat, aber seit dem Gespräch mit meiner Mutter brodelt es in mir, und ich kann es einfach nicht abschütteln.

»Warum muss immer ich diejenige sein, die ihr Kummer bereitet?«, frage ich Jack, als hätte er alle Antworten. Ein Glück, dass er mich in meiner rebellischen Phase nicht kannte und daher keine Ahnung hat, wie viele Male ich leichtfertig Mist gebaut habe. Und vor allem weiß er nicht, dass ich in einem hohen Maß dafür verantwortlich bin, dass mein Bruder im Rollstuhl sitzt, und ich hoffe, er wird es auch nie erfahren. Das wissen nur Matthew, ich und natürlich der, dessen Namen nicht genannt werden darf.

Da wir gerade von Tom Farley sprechen, er hat nie auf meine E-Mail geantwortet, in der ich ihm zu seinem großen Erfolg gratulierte, aber hey ho, das ist gerade meine geringste Sorge. Ich muss meinen Kopf freikriegen und mir überlegen, was ich nun mit meiner Zukunft anfange, nachdem ich meine Karriere als Lehrerin in den Sand gesetzt habe.

»Mach dir keine Sorgen, Jack, ich bin nur ein bisschen deprimiert, aber ich werde darüber hinwegkommen. Ich habe halt einfach das Gefühl, als hätte ich alles weggeworfen, worauf ich die ganzen Jahre hingearbeitet habe, und ich habe meine Familie enttäuscht. Wieder einmal«, sage ich zu meinem Mann, dem ich ansehe, dass meine momentane Verfassung ihm sehr wohl Sorgen macht.

Er fängt an, den Tisch abzuräumen, und als ich aufstehe, um ihm zu helfen, zieht er mich in seine Arme.

»Ich glaube fest daran, dass Dinge aus einem bestimmten Grund passieren«, sagt er, und seine Stimme hat wie immer eine beruhigende und tröstende Wirkung auf mich. Ich sehe in seine umwerfenden blauen Augen, von denen ich immer weiche Knie bekomme, selbst in Momenten wie diesem. »Gestern ist nur ein Teil deiner Vergangenheit, Char, und es wird deine Zukunft nicht verhindern. Nutze diese Zeit, um dir gründlich Gedanken zu machen und den nächsten Schritt in deinem Leben zu planen, in welche Richtung er dich auch immer führen wird. Die Welt steht dir offen, und es wäre von jeder Schule im Land töricht, dir keine Chance zu geben. Miss Brady und ihre Erfüllungsgehilfen sind nur große Fische in einem sehr kleinen Teich.«

Ich kann nicht anders, als zu schmunzeln, was Jack mit seiner großen Ansprache wahrscheinlich bezweckt hat.

»Dir ist keine Metapher zu blöd, um deine Botschaft rüberzubringen, nicht wahr, Doktor?«, sage ich lachend, und er zaust mir durch die Haare.

»Du liebst meine Metaphern«, erwidert er und schenkt mir sein strahlendstes Lächeln. »Sie funktionieren bei meinen Patienten, darum hoffe ich, dass sie bei meiner wunderschönen Frau auch funktionieren werden.«

Mit seinen starken Armen zieht er mich enger an sich, sodass ich einen Teil von ihm berühre, der mir sagt, was seine Pläne für den weiteren Abend sind.

»Ich habe die Befürchtung, dass deine Mutter jetzt, wo ich offiziell arbeitslos bin, noch mehr Druck machen wird, dass ich schwanger werde«, sage ich, während er meinen Hals liebkost, was mich genüsslich die Augen verdrehen lässt. »Sie wird denken, dass ich nun keine Ausrede mehr habe, um mich vor dem Kinderkriegen zu drücken, schließlich unterrichte ich keine Schüler mehr, die meine Zeit und Aufmerksamkeit beanspruchen.«

Jacks Aufmerksamkeit ist definitiv bei anderen Dingen, und er nimmt mich mit in diese Richtung, als seine Hand von meiner Taille tiefer gleitet.

»Wir können jederzeit dafür üben«, sagt er und streicht mit seiner anderen Hand meine Haare zurück, dann küsst er mich, dass es mir den Atem verschlägt. »Was meinst du?«

Zum ersten Mal erlaube ich mir die Vorstellung, wie es wäre, hier in Ardara unsere eigene kleine Familie zu gründen. Der Gedanke an einen kleinen Jack oder ein kleines Ich lässt mir unerwartet das Herz aufgehen. Vielleicht wird es ja doch langsam Zeit, sich mit dem Thema näher zu befassen.

»Ich sage, wir sollten jede Gelegenheit zum Üben nutzen«, stimme ich zu und fühle mich benommen und heiß vor Vorfreude. »Lass uns nach oben gehen und unser Bestes geben.«

KAPITEL 16

Wicklow, August 2018

Der Juli verging glücklicherweise wie im Flug.

Meine beschäftigungslose Zeit sollte sich eigentlich nicht so schlecht anfühlen, wie es der Fall ist, denn genau genommen hätte ich, würde ich noch unterrichten, nun ohnehin schulfrei und würde einen langen Sommer genießen – einer der großen Vorteile, wenn man als Lehrerin arbeitet.

Obwohl mir das bewusst ist, lindert es nicht den Schmerz, den ich empfinde, während ein Tag in den nächsten übergeht und ich immer mehr den Mut verliere. Ich habe Angst davor, es vor den anderen zuzugeben, aber mein Selbstvertrauen liegt am Boden und ich spüre, dass ich innerlich tiefer und tiefer in die Dunkelheit gleite. Ich weiß überhaupt nicht mehr, wer ich bin, wer ich sein möchte und wohin ich als Nächstes gehe.

Kirsty überraschte mich mit einem Besuch bei mir zu Hause, der schön und gleichzeitig anstrengend war, weil sie versuchte, mich auf den neuesten Stand ihres turbulenten Liebeslebens zu bringen. Mir schwirrte bald der Kopf von den Namen der ganzen Dating-Apps, ganz zu schweigen von den Namen der ganzen Männer. Zum Schluss war ich mehr oder weniger froh, als sie sich wieder verabschiedete.

Jack und ich verbrachten zwei luxuriöse Wochen in Südfrankreich, wo wir lange, gemütliche Tage am Strand genossen, Weingüter und Museen besuchten und Ausflüge nach Cannes und Nizza machten. Aber seit der August angebrochen ist, scheint dieser Sommer sich endlos hinzuziehen.

Meine Mutter erstellte eine Liste mit Jobalternativen für examinierte Pädagoginnen wie mich, weil sie dachte, das könnte mir neue Impulse geben, nachdem ich meinen Ruf als Lehrerin gründlich ruiniert hatte. Ich weiß, ihre Absichten waren gut, aber ihre Einmischung war total nervig.

»Wie wäre es mit Privatunterricht?«, sagte sie eines Tages am Telefon zu mir, als ich im Bett lag. »Die Tochter von Maggie Farrells Schwester gibt Nachhilfestunden und macht damit ein Vermögen. Oder war es ihr Sohn? Jedenfalls, Maggie Farrells Schwester –«

»Ich habe keine Ahnung, wer Maggie Farrell ist, geschweige denn ihre Schwester oder der Sohn oder die Tochter oder wer auch immer ein Vermögen macht, Mam«, unterbrach ich sie, dann beendete ich das Gespräch so schnell wie möglich und vergrub meinen Kopf unter der Bettdecke.

»Beschäftige dich«, sagte Jack. »Es wird sich schon noch was auftun, Liebling. Du wirst sehen.«

Aber während ich darauf wartete, dass sich etwas auftat, verdüsterte meine Stimmung sich zusehends. Eines Tages griff ich zu meiner Gitarre und setzte mich ins Wohnzimmer, wo die Sonne durch die Fenster schien. Ich klimperte ein bisschen herum und suchte verzweifelt nach Textzeilen, aber mein Kopf war vollkommen leer. In einem Anfall von Frust stellte ich mich selbst auf die Probe und versuchte, James Taylors »Sweet Baby James«, mein absolutes Lieblingslied, komplett durchzuspielen, aber es ging einfach nicht. Ich musste mich beherrschen, um meine Gitarre nicht in die Ecke zu schleudern, dann saß ich allein da und heulte, weil ich mich so hängen ließ.

Hat Matthew sich auch so gefühlt, als er mit seiner Sexualität kämpfte und in eine Depression abrutschte? Leide ich an einer Depression? Erlebe ich gerade eine Art von Identitätskrise?

Jack könnte mir das beantworten und mir helfen, wenn ich offen mit ihm darüber reden würde, aber im Moment schlägt er sich mit ein paar schweren Fällen herum, und ich bin schließlich seine Frau und nicht seine Patientin. Also halte ich mich bedeckt und zeige nur meine Ungeduld darüber, dass ich keine Arbeit finde, obwohl ich weiß, dass meine Probleme in Wirklichkeit viel tiefer reichen.

Ich habe meinen Bruder in Galway besucht, und die kurze Zeit, die ich dort verbrachte, lenkte mich tatsächlich ab, aber sie riss auch alte Wunden auf, als ich Matthew in seiner neuen Umgebung sah. Seine Entschlossenheit hat nicht nachgelassen, obwohl er nun seit zweieinhalb Jahren an den Rollstuhl gefesselt ist, und es bricht mir einfach jedes Mal das Herz, wenn ich ihn mit früher vergleiche, als er so fit und so dynamisch war, voller Energie und Lebensfreude und Musik. Sein altes Funkeln ist noch immer da, paradoxerweise stärker als in den Jahren vor seinem Unfall, aber das schreibe ich in erster Linie Martin zu, der meinem Bruder jeden Tag seit diesem tragischen Unglück zur Seite stand.

Wir hatten herrliches Wetter, als ich in Galway war, und wir verbrachten die Tage in Matthews Garten, genossen den Blick aufs Meer mit einem kühlen Bier in der Hand, schwelgten in Erinnerungen und diskutierten über Gott und die Welt, während wir Musik hörten, die uns in unsere Jugendzeit zurückversetzte.

»Weißt du noch, wie du aus dem Chor geflogen bist, weil du in der Probe so getan hast, als wärst du in *Sister Act*, und die ganze Zeit den Rhythmus geklatscht hast?«, erinnerte Matthew mich zu Martins großer Belustigung. »Du hast damals immer irgendwas angestellt, harmlose Sachen, aber schlimm genug, dass die Nonnen am Rad drehten, ganz zu schweigen von unserer armen Mutter, die jedes Mal einen Riesenskandal befürchtete. Ich glaube, sie wird nie darüber hinwegkommen, dass du im Schulbus beim Rauchen erwischt wurdest. Sie wurde jedes Mal daran erinnert, wenn sie zur Post ging.«

»O Charlotte Taylor, du kleines Luder«, sagte Martin und nippte an seinem Malbec. »Dabei siehst du aus, als könntest du kein Wässerchen trüben.«

Seufzend setzte ich zu meiner Verteidigung an. »In Wahrheit bin ich nicht aus dem Chor geflogen, sondern musste nachsitzen, wenn du es wissen musst, also übertreib nicht, Matthew«, verbesserte ich meinen Bruder. »Und übrigens bin ich sehr froh, dass ich nicht auf deine Empfehlung angewiesen bin, jetzt wo ich eine neue Arbeit suche.«

Martin setzte sich rasch auf und stimmte mir zu. »Er würde dich bloßstellen! Mit mir macht er das auch die ganze Zeit.«

Matthew genoss die Aufmerksamkeit und grinste provokativ.

»Ich kann dir versichern, Martin, dass ich in der Schule die meiste Zeit artig war«, fuhr ich fort. »Also hör nicht auf ihn. Er hat vor Publikum schon immer gerne dick aufgetragen, nicht wahr, Matthew? Ich kann nur sagen, einmal ein Showman, immer ein Showman.«

Bei den Stichwörtern Publikum und Showman erzählten mir die beiden mit großer Begeisterung, dass sie mittlerweile zweimal in der Woche als Zwei-Mann-Band unter dem selbstironischen Namen »Wunder auf Rädern« auftraten. Sie coverten beliebte Songs für Touristen, Studenten und wer auch immer sich in einigen von Galways besten Bars, Pubs und Nachtclubs herumtrieb.

»Es ist ein Vollzeitjob, mit Hitlieferanten wie Ed Sheeran Schritt zu halten«, erklärte Matthew, unfähig, seine Hochstimmung zu verbergen, als er über ihr aktuelles Repertoire sprach. »Und ehrlich gesagt war ich gar nicht mehr informiert, was in den Charts läuft, aber ich habe schnell gelernt, womit man die unterschiedlichen Menschen erfreuen kann, die sich hier in diesem Schmelztiegel namens Galway bewegen.«

»Galway ist ein musikalischer Bienenstock«, ergänzte Martin, und seine Augen leuchteten auf. »Wir haben gerade erst angefangen, aber ich habe keinen Zweifel, dass wir bald richtig gut zu tun haben werden.«

Mein Herz hob sich, als sie mir von Matthews Reha-Programm erzählten, von den verschiedenen Geräten und Übungen, mit denen er seine Muskulatur trainierte, von dem engagierten medizinischen Team, das mit ihm daran arbeitete, die Verbindung zwischen seinem Gehirn und seinen Beinen zu reaktivieren. Matthew sprach voller Elan davon, bald wieder laufen zu können, und er steckte mich mit seinem Enthusiasmus an.

»Es ist ein Geduldsspiel«, fügte Martin hinzu, der genauso viel in Matthews Heilungsprozess investiert wie mein Bruder selbst. »Es kann Monate dauern, oder Jahre, aber viel hängt von einer positiven Lebenseinstellung ab, und an der arbeiten wir jeden Tag, nicht wahr, Matt?«

Ich fing ein bedeutsames Lächeln zwischen den beiden auf, wie so viele Male zuvor, als hätten sie eine Geheimsprache, die nur sie beide kannten, und in meinem empfindlichen Zustand musste ich gegen viele unterschiedliche Emotionen ankämpfen, während ich jedes Detail von Matthews beeindruckender Entwicklung in mich aufsog.

Unvermittelt überkam mich ein bitteres Gefühl, das ich rasch hinunterschluckte. Matthews Leben mit Martin war voller Neuanfänge und Chancen, meins dagegen war unter die Räder gekommen und hatte einen Weg genommen, den ich mir nicht freiwillig ausgesucht hatte, sondern nur, um meinem Bruder zu helfen. Ich vergegenwärtigte mir, dass ich in keiner guten Verfassung war, und zwang mich, Matthew sein Glück nicht zu neiden.

Wie immer hielt ich Ausschau nach Martins Heiligenschein, als er voller Leidenschaft über Matthew sprach, und mir wurde wieder bewusst, dass die beiden sich erst kurze Zeit vor der Tragödie, die ihr Leben völlig veränderte, kennengelernt hatten. Und doch war Martin noch immer da und kümmerte sich voller Hingabe um Matthew, und ich wusste, dass es ohne ihn für uns alle ziemlich anders gekommen wäre.

Das ist Liebe, sagte ich mir. Das ist absolute, wahre Liebe.

»Ich wette, Jack hat die richtigen Worte für dich, wenn du den Kopf verlierst, Charlotte«, sagte Martin, als ich beim Abendessen mein berufliches Dilemma erklärte. Als das Thema erst mal auf dem Tisch war, konnte ich meine depressive Stimmung nicht mehr verbergen.

»Jack ist wie immer toll«, sagte ich, und das war natürlich wahr. Tatsächlich erinnerten mich Matthew und Martin in vielerlei Hinsicht an Jack und mich. Unsere Bindung ist stark und rein, beinahe bedingungslos, und ich weiß, dass wir uns gleichermaßen umeinander kümmern. »Er sagt mir immer wieder, dass ich mir keine Sorgen zu machen brauche, dass bald etwas Besseres kommt, aber wisst ihr, ich fühle mich wie eine totale Versagerin. Ich habe das Gefühl, als hätte ich alle enttäuscht. Ich war Lehrerin an einer hochkarätigen Privatschule, und nun bin ich nichts.«

Aber gerade als ich alle Schleusen öffnen und hemmungslos losheulen wollte, holte Matthew mich unsanft auf den Boden der Tatsachen zurück.

»Ich weiß, lass uns morgen zusammen über die Promenade *laufen*, dann kannst du dich in voller Länge darüber auslassen, wie beschissen dein Leben ist als hochqualifizierte, arbeitslose Lehrerin, die über jahrelange Berufserfahrung und dazu noch jede Menge Talent verfügt«, spottete er.

Meine Augen wurden groß. Autsch, das saß.

»Ich glaube nicht, dass es fair ist, das zu sagen, als wäre es meine Schuld«, erwiderte ich und spürte wieder diesen bitteren Geschmack in meiner Kehle.

Martin zog sich taktvoll zurück. Ich habe beobachtet, dass er sich, obwohl er Matthew abgöttisch liebt, nichts von ihm gefallen lässt und auch vorsichtig genug ist, um sich aus unseren Familienangelegenheiten herauszuhalten.

»Niemand hat jemals behauptet, dass es deine Schuld ist, dass ich nicht mehr laufen kann«, sagte Matthew und nippte an seinem Wein, als sollte ich seine giftige Bemerkung einfach vergessen. »Ich meine, du hast einige Jahre Berufserfahrung, bist topfit, mit einem Arzt verheiratet und lebst in einem spektakulären Haus. Darum verstehe ich einfach nicht, warum du dich beklagst und denkst, du wärst ein Nichts.«

Ah, nun kamen wir der Sache ein Stück näher.

»Du findest also, nur weil ich das alles habe, müsste ich automatisch glücklich sein?«, sagte ich. »Warum denkst du immer, dass du weißt, was für mich am besten ist, Matthew? Du hast keine Ahnung, wie ich empfinde oder was für Ambitionen ich hatte oder welche ich aktuell habe. Die Frau eines Arztes zu sein und ein hübsches Haus zu haben, für das ich hart gearbeitet habe, macht mich nicht aus. Ich bin mehr als das, also bitte kritisier mich nicht. Ich kritisiere dich ja auch nicht.«

Matthew rieb sich die Stirn. »Sag jetzt nicht, du hättest ein großes Leben in Ruhm und Reichtum haben können mit du weißt schon wem.«

»Tom!«, sagte ich im vollen Bewusstsein, dass ich einen Nerv traf, indem ich einfach nur seinen Namen aussprach. »Tom Farley. Doch, manchmal beschäftigt mich das schon. Du weißt, ich habe in meinem Leben die Pausetaste gedrückt und alles zurückgestellt, um zu Hause zu bleiben und dir zu helfen, also spar dir bitte nutzlose Kommentare darüber, dass ich mit meinem Los glücklich sein sollte, wenn ich manchmal tatsächlich darüber nachdenke, was ich vielleicht alles verpasst habe.«

Matthew holte tief Luft. »Ich sehe ihn ständig auf irgendwelchen Plakaten«, sagte er, nun deutlich ernster. »Denkst du, es tut mir nicht weh, wenn ich sehe, dass er den ganzen Ruhm und Reichtum genießt, von dem ich immer geträumt habe? Aber damit endet es auch, Charlotte. Ich bin in jeder anderen Hinsicht über ihn hinweg, aber ich bin mir nicht sicher, ob du dasselbe von dir behaupten kannst.«

In diesem Moment kehrte Martin an den Tisch zurück, und wir verstummten beide.

»Außerdem sage ich nicht, dass du mit deinem Los glücklich sein sollst«, schob Matthew kurz darauf hinterher, nachdem wir uns ein bisschen beruhigt hatten. »Ich hoffe einfach nur, du bist ehrlich zu dir, denn sonst verarschst du dich bloß selbst.«

Er goss mir Wein nach, und Martin nutzte die Gelegenheit, um das Thema zu wechseln und mich zu fragen, wie ich mich in Ardara eingelebt hätte. Ich schluckte den Köder. Ich wollte mich nicht mit meinem Bruder streiten, und ich war auch nicht fähig, mir anzuhören, was er über Tom zu sagen hatte. Ich hatte gehofft, wir hätten diese Brücke überquert und hinter uns verbrannt. Ich wollte dieses Gespräch nicht fortsetzen.

Trotz dieses kleinen Tiefpunkts war ich alles in allem sehr glücklich darüber, wie gut meinem Bruder sein neues Leben in Galway bekam, und obwohl ich es fertiggebracht hatte, für einen kleinen Dämpfer zu sorgen, sah ich mit großer Freude, dass Matthew sein Bestes tat, um positiv zu bleiben. Seine unendliche Entschlossenheit, eines Tages auf den Rollstuhl verzichten zu können, war inspirierend und machte mich gelinde gesagt demütig, und vor diesem Hintergrund erwähnte ich nichts mehr von meinen beruflichen Sorgen und wagte es auch nicht, wieder irgendwelche versteckten Ängste wegen Tom Farley anzusprechen.

Matthew, selbstbewusst und aufmerksam wie immer, ließ mich jedoch nicht so einfach davonkommen.

»Du darfst dich so fühlen, wie dir zumute ist, Charlotte«, sagte er am Sonntagabend kurz vor meiner Abreise nach Ardara, als wir unter uns waren. Das klang schon viel versöhnlicher, auch wenn mir natürlich klar war, was ihn zu dem Postkarten-Spruch veranlasst hatte. »Ich habe Tage, an denen könnte ich laut schreien über die Ungerechtigkeit, dass mein Geist fest entschlossen ist, dass ich wieder auf die Beine komme, aber mein dummer, erbärmlicher Körper nicht die Kraft hat, um mitzuhalten.«

Ich saß neben ihm auf der Vorderveranda und fragte mich, wie zum Teufel wir dieses Chaos zwischen uns angerichtet hatten.

»Ich sehe Menschen, die viel beschissener dran sind als ich«, erklärte er, »und ich versuche dann immer, mir bewusst zu machen, dass es mich viel schlimmer hätte treffen können und dass ich dankbar für das sein sollte, was ich habe.«

Er machte eine dramatische Pause.

»Aber dann denke ich mir, nein«, fuhr er fort. »Es ist mein Recht, mich elend zu fühlen, wenn mir danach ist. Die Gesellschaft erwartet von uns immer, dass wir uns dankbar zeigen, dass wir glücklich und froh sind, aber man darf auch mal einen Durchhänger haben und sich einfach scheiße fühlen! Es ist okay, sich mal einen Tag selbst zu bemitleiden und mit sich zu kämpfen, denn diese Kämpfe sind real, sie finden statt, im Hier und Jetzt, und man muss sie spüren, um sich ihnen zu stellen.«

Ich hätte ihm nicht mehr zustimmen können.

»High five, Bruder«, sagte ich, und wir klatschten uns auf diese besondere Art ab, die wir als Kinder erfunden hatten, was uns beide zum Lächeln brachte.

Ich überlegte, wie ich ihm erklären konnte, was mit mir los war, aber ich fand nicht die richtigen Worte. Ich wusste, objektiv betrachtet waren meine Sorgen harmlos verglichen damit, was viele andere Menschen durchmachten. Aber die Wahrheit war, dass ich mich gerade im freien Fall befand. Egal wie es für Außenstehende aussehen mochte, das Licht in meinem Leben schrumpfte immer mehr zusammen, während sich ein schwarzer Vorhang über mich senkte. Ich hätte mir gern einen Tritt in den Hintern verpasst, aber ich war mir nicht sicher, ob die Lösung so einfach war.

»Ich habe auch diese Tage, an denen ich alles schwarzmale«, gestand ich meinem Bruder, der mich nach unserem High five skeptisch musterte. »Ich lüge nicht, es ist wirklich so.«

Er nickte als Antwort. Wenn jemand wusste, wie sich das anfühlte, dann war es Matthew.

»Wegen der Chancen, die du vielleicht verpasst hast?«, fragte er.

»Ich weiß es nicht, Matthew«, antwortete ich ehrlich. »Ich weiß nicht, ob ich erklären kann, was in meinem Kopf los ist, aber an manchen Tagen habe ich nicht einmal Lust, aus dem Bett aufzustehen. Nur an manchen Tagen.«

»Und das ist auch in Ordnung, Charlotte«, sagte er, dann nahm sein Gesicht einen besorgten Ausdruck an. »Aber wenn sich jeder Tag scheiße anfühlt, solltest du dir ernsthaft Gedanken machen. Bist du sicher, dass du nur hin und wieder schwächelst? Hör zu, bevor das zu einem Dauerzustand wird, solltest du vielleicht mit jemandem reden. Es ist okay, sich nicht okay zu fühlen. Das weißt du ja schon.«

Ich schüttelte den Kopf und setzte ein Lächeln auf. Ich würde Matthew unter keinen Umständen beunruhigt zurücklassen, schließlich hatte er schon genug mit sich selbst zu tun. Es gab Wichtigeres in seinem Leben, auf das er sich konzentrieren musste, zum Beispiel dass er wieder laufen lernte, ganz zu schweigen von seinen eigenen psychischen Problemen.

»Nein, es ist kein Dauerzustand, ich schwöre«, sagte ich und drückte seine Hand. Ich nahm meinen Autoschlüssel, stand auf und gab meinem Bruder zum Abschied ein Küsschen auf die Wange. »Ich bin stolz auf dich, weißt du das, Matthew? Ich bin wahnsinnig stolz auf dich und auf das, wofür du stehst. Du bist mein großer Bruder, und ich liebe dich. Du erfüllst uns alle jeden Tag mit Stolz, denn du kämpfst und du ackerst, um wieder auf die Beine zu kommen. Und du wirst es schaffen. Das weiß ich einfach.«

Matthew schaute mit feucht glänzenden Augen weg, und ich musste an jenen Tag vor mehr als zweieinhalb Jahren denken, als er in seiner dunkelblauen Schürze im Dorfladen stand und sich zögerlich von mir umarmen ließ, nachdem ich zu ihm gefahren war, um ihm meine Neuigkeit mit Tom Farley zu erzählen.

Aber dieses Mal reagierte er nicht zögerlich. Vielmehr drehte er sich zu mir und breitete seine Arme aus, lud mich ein, dass ich mich zu ihm hinunterbeugte und ihn drückte. Seine Geste verschlug mir den Atem, und auch meine Augen wurden feucht.

»Und ich liebe dich auch, Schwesterherz«, sagte er. »Vielleicht nimmst du ja bald mal wieder deine Gitarre in die Hand und zeigst uns allen, was du draufhast.«

Ich konnte nur nicken, während ich mühsam meine Tränen zurückhielt, zwischen Glück und Traurigkeit schwankend.

»Versuch es einfach, Charlotte«, fügte er hinzu. »Ich weiß, diese versnobte Schulleiterin hat dein Selbstvertrauen erschüttert, aber das hast du gar nicht nötig. Davon bin ich überzeugt.«

Ich ging zu meinem Wagen, stieg ein, ließ das Fenster herunter und startete den Motor. Dröhnende Countrymusik ließ uns beide zusammenzucken, und wir lachten über die willkommene Ablenkung von den ganzen Gefühlen, mit der die Luft um uns herum geschwängert war.

»Schön, dass dein Musikgeschmack sich nicht geändert hat!«, rief Matthew. »Du musst wieder Musik machen, Schwesterherz! Du weißt nicht, was du verpasst! Das ist Balsam für deine Seele!«

»Mach ich!«, rief ich zurück. »Ich arbeite daran, versprochen!«

KAPITEL 17

Ich liege im Bett, als Sophie unangemeldet um kurz nach elf an meiner Tür klingelt und mich aus einem Traum reißt, in dem ich Kinder unterrichtete, die eine mir fremde Sprache sprachen. Ich konnte kein einziges Wort von ihrem Kauderwelsch verstehen, und sie zeigten mit dem Finger auf mich und lachten mich mit ihrem Zahnlücken-Grinsen aus, während ich mir nutzlos und unfähig vorkam.

»Gott sei Dank bist du hier!«, begrüße ich Sophie. Mir wird bewusst, dass ich zittere. »O Soph, ich hatte gerade einen ganz furchtbaren Albtraum. Was machst du überhaupt hier? Schön, dich zu sehen. Komm doch rein.«

Ich habe noch nicht zu Ende gesprochen, als Sophie bereits in die Küche geht, wo sie den Wasserkocher füllt.

»Hübscher Pyjama«, sagt sie. »Trägst du den auch, wenn Jack neben dir liegt?«

Ich schaue an mir herunter, und mir wird bewusst, dass mein Disney-Pyjama inzwischen bestimmt schon zehn Jahre alt ist und genauso verschlissen und ausgefranst wie mein Verstand gerade.

»Ich hänge an dem guten Stück«, sage ich, »und die Antwort auf deine Frage ist nein. Natürlich trage ich ihn nicht, wenn Jack neben mir liegt! Ich schlafe nackt!«

»Ih«, sagt Sophie und schaltet den Wasserkocher ein. »Zu viel Information.«

Kurz darauf gehen wir mit unseren Kaffeetassen hinaus auf die Terrasse, wo Sophie sich zu meinem großen Erstaunen eine Zigarette anzündet. Sie raucht normalerweise nie. Es sieht merkwürdig aus und passt überhaupt nicht zu ihr.

»Was in aller Welt tust du da?«, sage ich. »Du bist Nichtraucherin. Lass mich mal ziehen.«

Sie sieht mich an und schüttelt den Kopf. »Nein, kommt nicht in die Tüte«, erwidert sie. »Ich bin gerade aufmüpfig. Ich bin sonst nie aufmüpfig, also dachte ich, ich fahre zu dir und qualme eine, obwohl ich eigentlich arbeiten sollte. Und du bist auch Nichtraucherin, also vergiss es.«

Wir sitzen da und genießen die spektakuläre Aussicht vor uns, nur begleitet von Vogelgezwitscher, bis ich einen tiefen Seufzer ausstoße und Sophie sich beinahe an ihrer Zigarette verschluckt.

»Denkst du, wir haben eine Midlife-Crisis, Sophie?«, frage ich in einem sehr ernsten Ton. »Ich meine, ich fühle mich, als würde ich innerlich Risse bilden. Vielleicht ist mir einfach nur langweilig. Kann man an Langeweile zerbrechen?«

Sophie gibt ein Geräusch von sich, das wie ein »Pfff« klingt.

»Ich habe mein Leben voll unter Kontrolle«, sagt sie und bläst so gekonnt den Rauch aus, dass ich weiß, dass dies nicht ihre erste Nikotinprobe ist. »Außerdem sind wir für eine Midlife-Crisis zu jung. Allerdings solltest du dich endlich mal zusammenreißen und deine Probleme angehen, Char. Emily macht sich Sorgen um dich, selbst deine Schönwetterfreundin Kirsty macht sich Sorgen um dich, und deine Mutter ist sowieso kurz vor dem Durchdrehen. Erzähl mir, was mit dir los ist, Liebes. Du weißt, du kannst mir alles sagen.«

Ich umklammere meine Kaffeetasse und gehe in mich, aber egal wie tief ich grabe, ich kann kein größeres Problem finden als die eigentliche Wahrheit, den Auslöser für mein Stimmungstief, das schon den ganzen Sommer anhält.

»Ich muss einfach eine neue Bestimmung finden«, sage ich. Sophie drückt ihre Zigarette aus. »Ich muss herausfinden, wer ich bin und wohin ich will, denn im Moment will mich anscheinend niemand als Lehrerin einstellen, und ich bin auch nicht mehr in der Lage, so wie früher Songs zu schreiben. Ich bringe eigentlich überhaupt nichts mehr zustande, womit ich mein Selbstwertgefühl wiederaufbauen könnte. Ich muss wieder einen Grund für meine Existenz finden.«

Sophie sieht mich mitfühlend an. »Sei einfach du selbst, das reicht als Existenzgrund, wenn dir gerade nach nichts anderem zumute ist«, sagt sie. »Manchmal setzen wir uns zu sehr unter Druck, um so oder so zu sein. Manchmal ist es besser, einfach nur zu *sein*, die Füße stillzuhalten und seine Gedanken zu sammeln. Sei bitte nicht so streng zu dir.«

Ich atme tief aus und lehne mich auf meinem Stuhl zurück, während ich mich frage, wie lange ich noch einfach nur die Füße stillhalten und meine Gedanken sammeln kann. Das ist nämlich ein Teil meines Problems. Ich habe viel zu viel Zeit zum Nachdenken.

»Weißt du, Sophie, meine Kindheit in Loughinisland war die glücklichste Zeit in meinem Leben, obwohl wir in einfachen Verhältnissen lebten und nicht viel hatten«, sage ich, ohne zu wissen, woher meine Worte kommen oder wohin sie führen. »Wenn wir den Eiswagen bimmeln hörten, war das wie unser eigenes kleines Disneyland, im Winter eröffnete uns der Schnee ganz neue Spielmöglichkeiten. Statt auf einem Schlitten rutschten wir auf Kohlensäcken die Hügel hinunter, und wir konnten an dem, was meine Mutter zum Abendessen kochte, den Wochentag ablesen.«

Sophie lächelt, aber ich weiß, dass meine Kindheit Lichtjahre von ihrer entfernt war. Ich will nicht sagen, dass sie besser oder schlechter war, sie war einfach anders.

»Ich musste immer die Sachen meiner Schwester auftragen, und ich sehnte den Tag herbei, an dem ich meine eigenen Klamotten anziehen konnte, statt von Emilys Wachstumsschüben abhängig zu sein«, erzähle ich mit einem Lächeln. »Ich hatte Geld gespart, von meinem Wochenendjob auf den Erdbeerfeldern, und ich werde nie vergessen, wie ich loszog, um mir mein erstes eigenes brandneues Outfit zu kaufen: eine Jeansjacke mit Aufnähern, ein knöchellanges Blümchenkleid und Doc-Martens-Stiefel, die meiner Mutter Tränen in die Augen trieben. Ich war fünfzehn, und es war meine erste richtige Selbstwahrnehmung, das erste Mal, dass ich meine Persönlichkeit zum Ausdruck brachte. Ich werde dieses Gefühl nie vergessen.«

Ich weiß, dass Sophie gerade überlegt, was sie sagen soll, aber sie kann so etwas gar nicht richtig nachvollziehen, oder? Nach dem, was sie mir erzählt hat, wurde sie als Kind mit Reit- und Violinstunden, Sprech- und Schauspielunterricht und Designerklamotten zugeschüttet. Sie besuchte am Wochenende die Oper, ich machte mich mit meinen Freundinnen über eine Packung Chips her. Sophie wusste immer genau, wer sie war und wohin sie im Leben wollte, von dem Tag an, als sie geboren wurde.

»Charlotte, du bist einer der liebsten, lustigsten, fürsorglichsten und talentiertesten Menschen, die ich kenne«, sagt sie in einem sanften Ton zu mir. »Du bist eine ausgezeichnete Lehrerin, aber vor allem bist du meine allerbeste Freundin, da kann nicht mal Harry mithalten. Das ist mein Ernst.«

Ihre Liebeserklärung verschlägt mir den Atem. »Wirklich?«

»Ja, wirklich.« Sie nickt. »Ohne dich wäre ich verloren, Char, ohne unser gemeinsames Lachen und unsere klugen Gespräche. Du bist ein ganz besonderer Mensch, so einzigartig, dass sogar meine Mutter dich mag – und das ist mehr, als sie für mich empfindet!«

Ich muss lachen, aber es stimmt wirklich. Seit ich Miss Brady den Bettel vor die Füße geworfen habe, bin ich im Ansehen von Sophies Drachenmutter stark gestiegen.

»Vielleicht siehst du es im Moment nicht, aber du bist eine ganz außergewöhnliche Frau, und dein Glück hängt nicht von einer Stelle an der Holy Trinity ab. Bis jetzt wollte ich es dir nicht sagen, aber du bist viel zu gut für diese Schule«, fährt sie fort. »Du bist tiefgründiger als der Menschenschlag, den man mit solchen Orten verbindet, du besitzt viel mehr Seele.«

»Ah, danke, Soph. Das ist schön zu hören.«

»Glaub mir«, sagt sie, »ich kenne Jack Malone schon sehr lange, und er erträgt keine oberflächlichen Menschen. Das war schon immer so. Alle geraten ins Schwärmen, wenn er den Raum betritt, aber er hat nur Augen für dich, Charlotte. Dein Glück wird wiederkommen, Süße. Gönn deinem Kopf eine Pause, und du wirst hoffentlich bald wieder alles positiver sehen.«

Sophie hat recht, aber ich wünschte, es wäre einfacher, dieses Durcheinander in meinem Kopf zu entwirren. Ich weiß, dass ich den ohrenbetäubenden Krach, der in mir tobt, abschalten oder zumindest unter Kontrolle bekommen muss, dass ich die Klauen beruhigen muss, die mich nach unten zerren und mir einreden, ich sei nur ein Mädchen aus Loughinisland, das es nicht verdient hat, mit einem attraktiven Ehemann, den ich anbete, hier im schönen Ardara zu leben.

Ein Teil von mir träumt noch immer von einem Musikerleben, wie ich es mit Tom hätte haben können, obwohl ich gar nicht weiß, wie das genau aussähe. Diese ganze Desorientiertheit macht mir Sorgen, dass ich eines Tages, in sehr naher Zukunft, alles, was ich habe, stilecht vermasseln werde, und dann werde ich auch Jack verlieren.

»Ich hoffe, dass mein Glück bald wiederkommt«, sage ich leise.

Sophie greift zu mir herüber und nimmt meine Hand, schwingt sie langsam hin und her und schließt ihre Augen.

Vielleicht hat sie ja doch eine Lebenskrise? Vielleicht haben wir beide eine. Kann man mit dreißig schon eine Midlife-Crisis haben?

»Es wird alles gut«, sagt sie. »Du hast tolle Leute um dich herum, die dich alle lieben. Das ist gerade nur eine Phase.«

»Oder eine Phrase, wie meine Tante Bridie immer sagt«, füge ich schmunzelnd hinzu. »Sie verwechselt ständig irgendwelche Wörter. Früher ging mir das auf die Nerven, aber heute finde ich es einfach nur lustig. Einmal hat sie zu meiner Mutter gesagt, Matthew sei ein echter Champignon.«

Sophie lacht schallend. »Ein Champignon!«, kräht sie vergnügt. »Oh, ich würde sie gerne mal wiedersehen, die gute alte Tante Bridie. Sie war sehr amüsant auf deiner Verlobungsfeier. Du bringst mich mit deinen Geschichten wirklich zum Lachen, Charlotte. Du darfst dieses Funkeln nie verlieren. Ich würde es schrecklich vermissen.«

Ich freue mich aufrichtig über ihr Kompliment. Sophie und ich sind in vielerlei Hinsicht gegensätzlich, und trotzdem passen wir wunderbar zusammen. Vielleicht bin ich ja doch dort, wo ich hingehöre. Vielleicht habe ich ja doch dieses schöne Leben hier verdient, selbst wenn ich meinen Job geschmissen und damit meinen gesamten Ruf gefährdet habe.

»Hör zu, was ganz anderes: Ich weiß nicht, ob du und dein Mann Lust habt, aber ich habe Karten für diese Rockband, auf die wir alle so abfahren. Sie spielt am 23. September in Dublin«, sagt Sophie, und ihre Augen leuchten begeistert auf.

Ein Konzert? Darauf hätte ich tatsächlich Lust. Vielleicht würde es mich motivieren, selbst wieder Musik zu machen, und mir womöglich sogar den nötigen Anstoß geben, um neue Songs zu schreiben. Ich habe es genossen, mit Matthew und Martin durch die Pubs in Galway zu ziehen und Livemusik zu hören. Es entzündete einen Funken in mir, selbst wenn dieser dann wie ein feuchter Knallfrosch erlosch, als wir hinterher nach Hause gingen.

»Das wäre doch mal eine nette Abwechslung für unser Treffen nächsten Monat, statt wie üblich ins Fischrestaurant zu gehen oder hier bei euch rumzuhängen«, sagt Sophie. »Was meinst du dazu? Du brauchst mir nicht sofort eine Antwort zu geben. Überleg in Ruhe und sprich mit Jack darüber.«

Ich lasse Sophies Hand los und wickele meine Haare zu einem losen Knoten auf, bereits fest entschlossen mitzugehen, egal wer spielt oder wo.

»Von welcher Band sprichst du überhaupt?«, frage ich, und im nächsten Augenblick macht es bei mir *klick*. Mein Herz schlägt einen Purzelbaum. O nein.

Ich habe in der Stadt die Plakate gesehen, tatsächlich sah ich sie überall, auch in Galway, als ich Matthew besuchte.

»Du meinst Blind Generation?«, sage ich mit einer Piepsstimme, die ich selbst nicht erkenne. »Ist das die Band, von der du sprichst?«

»Ja, genau!«, ruft Sophie erleichtert, da sie sich diesen Namen offenbar einfach nicht merken kann. »Eine Arbeitskollegin hat mir erzählt, ihr Mann habe Sponsorentickets abzugeben, und sie hat mich gefragt, ob ich Interesse hätte. Die Arme hat mal zufällig mitbekommen, wie ich den aktuellen Hit vor mich hin trällerte. Na ja, halb so wild, jedenfalls habe ich zwei Karten übrig, falls ihr mitkommen wollt. Frag Jack.«

»Das mache ich«, murmele ich und spüre plötzlich einen Energieschub wie schon lange nicht mehr. »Sophie, hast du was dagegen, wenn ich kurz unter die Dusche hüpfe? Wir könnten zusammen was essen gehen, was meinst du?«

Sie dreht ihren Kopf zu mir und mustert mich. »Na, wenn das mal keine Aufmunterung war!«, sagt sie mit einem freudigen Ausdruck im Gesicht. »Hätte ich gewusst, dass mein

Vorschlag, auf das Konzert von Blind Generation zu gehen, dich dermaßen beflügelt, wäre ich sofort damit rausgerückt. Geh ruhig unter die Dusche, Süße. Ich werde mir noch einen Kaffee genehmigen, dieses Mal ohne Zigarette. Was habe ich mir bloß dabei gedacht, mir eine anzustecken? Tatsächlich ist mir jetzt ein bisschen übel.«

Aber ich höre ihr nicht mehr zu. Ich bin bereits auf dem Weg ins Bad, und als ich mich unter die dampfende heiße Brause stelle, ist alles, woran ich denken kann, dass ich gerade zugestimmt habe, Tom Farley höchstpersönlich live zu hören. Wie zum Teufel komme ich dazu, mich auf so eine verrückte Idee einzulassen? Zum ersten Mal seit zweieinhalb Jahren werde ich ihn leibhaftig sehen, in Fleisch und Blut. Ich werde meinen Mann dabeihaben. Und ich werde mit meiner besten Freundin hingehen, die nicht die leiseste Ahnung hat, dass ich Tom Farley kenne – oder kannte, sollte ich wohl besser sagen.

Es ist bloß ein Ausgehabend, mache ich mir bewusst. Es ist bloß ein Konzert. Und Tom Farley ist bloß jemand, den ich früher einmal kannte. Es wird sich dadurch nichts ändern. Oder?

KAPITEL 18

Wicklow, September 2018

»Bist du sicher, dass du klarkommst, während ich weg bin?«, fragt Jack, als er für seine Reise nach Montreal packt. »Zehn Tage können sich sehr lange anfühlen, wenn man auf sich allein gestellt ist und so wie du gerade in den Seilen hängt.«

Ich gebe ihm zwei gefaltete Hemden, die ich für ihn gebügelt habe, und spüre bei der Vorstellung, so lange hier allein zu sein, kurz Panik in mir hochsteigen, aber das werde ich Jack auf keinen Fall merken lassen. Dieser Forschungsaufenthalt in Montreal steht seit Anfang des Jahres in seinem Terminkalender, und ich weiß, wie sehr er sich darauf gefreut hat. Sein Großvater war dort, sein Vater ebenso, und nun ist es an Jack, den Stab zu übernehmen und die faszinierenden neurologischen Studien fortzuführen, mit denen seine Familie sich einen Namen gemacht hat.

»Ich habe einen ganzen Stapel Bücher zu lesen und zwei weitere Bewerbungen zu schreiben, und wer weiß, vielleicht fange ich ja tatsächlich mit der Malerei an, während du fort bist«, sage ich. »Ich war so oft in der kleinen Kunstgalerie unten im Dorf, dass ich auf den Geschmack gekommen bin, und ich könnte gut eine kreative Beschäftigung brauchen, um meine vertrockneten Synapsen wieder zu stimulieren. Mary, die reizende Inhaberin der Galerie, ist sehr inspirierend und drängt mich immer, es einfach auszuprobieren, außerdem habe ich bei meinem letzten Besuch ein kleines Vermögen für Material ausgegeben.«

Jack setzt sich aufs Bett und klopft auf den Platz neben sich, also leiste ich ihm Gesellschaft und lehne meinen Kopf an seine Schulter. Ich habe einen Knoten im Magen, der nicht weggeht und sich immer enger zuzieht, je näher Jacks Abreise rückt, ganz zu schweigen von dem Wahnsinn, dass wir heute Abend auf das Blind-Generation-Konzert gehen. Ich könnte jetzt noch einen Rückzieher machen und behaupten, mich nicht wohlzufühlen. Bei meiner derzeitigen psychischen Verfassung würde niemand Verdacht schöpfen. Aber ein Teil von mir möchte mit Tom Farley und den ganzen Altlasten abschließen, die noch immer irgendwo in meinem Kopf existieren.

»Oder du könntest die Zeit nutzen, um wieder mit dem Singen und dem Songschreiben anzufangen«, sagt Jack. »Ich weiß, dass deine Musik dir schrecklich fehlt, Charlotte, und ich frage mich oft, ob ich derjenige bin, der dich irgendwie davon abhält, diese Seite von dir zum Ausdruck zu bringen.«

Er sieht mir tief in die Augen, und seine Vertrautheit erfüllt mich mit so viel Wärme und Sicherheit, dass ich ihn jetzt schon vermisse.

»Es liegt ganz sicher nicht an dir«, sage ich mit voller Überzeugung. »Du verkörperst alles Positive in meiner Welt, Jack. Das gute und sichere Gefühl, das du mir vermittelst, das schöne Leben, das wir zusammen führen, dieses herrliche Zuhause, das wir uns geschaffen haben, und all die wunderbaren Dinge, die noch vor uns liegen, das alles macht mich froh und glücklich. Du bist das Beste, was mir jemals passiert ist. Ich habe nur manchmal Angst, dass du mit jemand anderem besser dran wärst als mit mir. Ich bin nicht sicher, ob ich dir noch etwas zu bieten habe.«

Jack streicht mir die Haare aus dem Gesicht und schüttelt den Kopf. »O Charlotte, so was Dummes darfst du nie wieder sagen!«, sagt er und küsst mich auf den Mund. »Du bedeutest mir alles. Du bist meine ganze Welt, ich habe dich von Anfang an vergöttert und tue es immer noch. Du bist alles, was ich brauche, alles, was ich will. Ich habe nur leider den Eindruck, dass dich irgendetwas blockiert. Dass du etwas zurückhältst. Und ich glaube, es hängt damit zusammen, dass du keine Musik mehr machst oder komponierst.«

Ich schlucke hart. Es hat viele Vorteile, mit einem sehr klugen, sehr attraktiven Neurologen verheiratet zu sein, aber es ist auch so, dass Jack nur sehr wenig entgeht, was das Herz und die Seele betrifft.

Wie gerne würde ich ihm sagen, dass ich mich für Matthews Unfall verantwortlich fühle, weil ich mich mit Tom Farley eingelassen habe, und dass diese Schuldgefühle einfach nicht mehr weggehen.

Wie gerne würde ich ihm sagen, dass ich hoffe, dass der Spuk in meinem Kopf endlich aufhört, wenn ich heute Abend Tom Farley wahrhaftig sehen werde. Ich würde ihm so gerne erzählen, dass Matthew und ich gleichzeitig nach dem Mann verrückt waren, der heute Abend auf der großen Bühne stehen wird, aber ich kann nicht. Ich kann einfach nicht. Jack hat recht. Es blockiert mich, und ich bringe die Worte nicht heraus.

»Bist du sicher, dass du heute Abend ausgehen willst, wenn du morgen so eine lange Reise vor dir hast?«, frage ich ihn. »Wir könnten Sophie und Harry absagen. Sie würden das verstehen.«

Jack steht auf und reckt seine Arme in die Luft. Er sieht einfach zum Anbeißen aus mit seinem gebräunten, muskulösen Oberkörper und dem dunklen Haarstreifen, der sich vom Bauchnabel bis zu seinem Hosenbund zieht und dessen Anblick mich immer anturnt. Ich sehe meinen Mann oft bewundernd an und frage mich, wie jemand, der mit so viel Herz und Verstand gesegnet ist, noch dazu das Aussehen eines Filmstars haben kann. Kein Wunder, dass seine Patienten sich oft in ihn verlieben (Matthew zum Glück nicht!), und manchmal lachen wir darüber, wie er die Avancen von Frauen jeden Alters professionell abwehren muss. Jack ist mein Mann, und er ist ein absolutes Geschenk. Ich wünschte, ich wäre mit mir so weit im Reinen, dass ich ihm zur Seite stehen könnte.

»Du siehst scharf aus, Fräulein!«

Sophie begrüßt mich mit einem Kompliment, wie üblich, wenn wir uns zu unserem monatlichen Ausgehabend treffen. Sie reicht mir einen Cocktail und stößt ein freudiges Jauchzen aus, während Scharen von Menschen in die Bar drängen, die gegenüber der Halle liegt, in der gleich Blind Generation auftreten werden. Aus den Lautsprechern dröhnt ihr neues Album mit dem Nummer-eins-Hit »Move Into Me«, und ich versuche, mich von jeder Verbindung zu dieser Stimme zu distanzieren, zu der gerade jeder mitsingt.

»Es tut wirklich gut, sich mal in Schale zu werfen und aus dem Haus zu gehen, statt immer nur im Pyjama rumzugammeln«, sage ich über den Lärm hinweg zu Sophie und bewundere dann auch ihr Outfit. Ich habe mich entschieden, ganz in Schwarz zu gehen, um möglichst mit dem Hintergrund zu verschmelzen (nicht dass ich glauben würde, ich wäre unter fast zehntausend Fans zu erkennen), und ich habe meine Haare zu einer wilden Lockenmähne gestylt, was mir tatsächlich ein wenig das Gefühl gibt, wieder mein altes Ich zu sein.

»Du siehst ein bisschen aus wie Sandy aus *Grease*«, witzelt Harry. »Ich meine die gut aussehende Version am Ende des Films. Nicht die langweilige, frigide Version.«

»Na, so ein Glück aber auch!«, sagt Sophie. »Da bist du sicher froh, Char! Und da wir gerade beim Komplimenteverteilen sind: Jack, du bist wie immer eine Augenweide, du Traum aller Frauen.«

Ich lege meinen Arm um die Taille meines Mannes und schwebe im siebten Himmel, als er meine Berührung erwidert. Er sieht heute Abend supersexy aus in seinem schwarzen T-Shirt und der schwarzen Jeans. Ich schätze, zusammen könnten wir tatsächlich als Danny und Sandy durchgehen.

»Äh, und was ist mit mir?«, sagt Harry und zeigt auf sich. Er sieht aus wie immer, eben wie Harry. »Wo bleiben die Komplimente für mich?«

Er reibt betont auffällig über sein Kinn.

»Der Bart! Er ist ab!«, rufe ich, als mir der Unterschied endlich bewusst wird, und ich tätschele Harrys Arm. »Was in aller Welt hat dich dazu bewogen, ihn abzurasieren? Ich muss sagen, ohne den Bart wirkst du zehn Jahre jünger, mein Lieber, aber mit hast du mir auch gefallen. Da, das war sogar ein doppeltes Kompliment!«

Harry wirkt zufrieden und widmet sich wieder seinem Bier.

»Das war nur so eine *Phrase*, die er durchgemacht hat«, sagt Sophie, und wir müssen beide lachen, während unsere Männer uns ratlos anschauen. »Jetzt ist er wieder ein echter Champignon!«

Wir biegen uns vor Lachen, und ich bin froh, hier zu sein, meinen Cocktail und die Musik zu genießen und vor allem die Gesellschaft. Als es Zeit wird, in die Halle rüberzugehen, habe ich eine möglichst große innere Distanz zu dem Mann aufgebaut, der heute Abend für uns singen wird.

Vielleicht ist dies tatsächlich der erste Schritt, um das Schuldknäuel loszulassen, das mich schon viel zu lange blockiert. Ich bin ziemlich optimistisch und positiv gestimmt, viel positiver als in der ganzen Zeit, seit ich gekündigt habe. Bis jetzt hat es den Anschein, als wäre es eine gute Idee gewesen, heute Abend hierherzukommen.

Die Lichter im Saal gehen aus, und der Jubel der Menge schwillt zu einem ohrenbetäubenden Crescendo an, als Blind Generation auf die Bühne kommen und das Konzert mit einem mitreißenden Song aus ihrer wachsenden Hitsammlung eröffnen. Ich spüre, wie mein Herz vor Aufregung im Takt der Bassdrum schlägt, während alle gespannt darauf warten, dass der wichtigste Mann auf der Bühne erscheint und den Text zu diesem tollen Stück anstimmt.

»You don't fool me any more.«

Seine Stimme … es ist seine Stimme.

»Wow, verdammt, Gänsehaut-Effekt!«, sagt Sophie und verschüttet beinahe das Bier in ihrem Plastikbecher, als Tom Farleys dunkles Timbre aus den gigantischen Lautsprechern schallt und über das wilde Geschrei und den Applaus hinweg die große Halle erfüllt. Das Publikum springt von den Sitzen. Ich trinke rasch einen Schluck von meinem Bier, während der surrealste Moment, den ich jemals erlebt habe, sich vor mir entfaltet. Da vorne steht Tom Farley in dreifacher Ausführung – einmal in echt mit seiner Gitarre und zweimal in großer Nahaufnahme auf den riesigen Leinwänden links und rechts von der Bühne. Mein Herz schlägt schneller. Er hat sich optisch kein bisschen verändert. Noch immer dieselben verstrubbelten Haare, noch immer dieselben Wangengrübchen, noch immer dieselben grünen mandelförmigen Augen, noch immer derselbe unbeschreibliche Sexappeal, noch immer derselbe Mann, den ich –

»Gütiger Himmel, der ist ja zum Niederknien!«, unterbricht Sophie meinen Gedankengang.

»Das habe ich gehört!«, sagt Harry neben ihr. »Aber ich kann deine Begeisterung nachvollziehen. Der Typ ist wirklich obercool!«

Jack steht neben mir, und seine Hände trommeln im Rhythmus der Musik auf seine Schenkel. Ich lege meine Hand um seinen Oberarm und wünschte, das Gefühl von Verrat, das ich in mir spüre, würde weggehen.

Ich tue hier nichts Unrechtes, oder? Tom weiß nicht einmal, dass ich hier bin. Hätte er Wert darauf gelegt, hätte er mir schon längst einmal Freikarten zukommen lassen können, aber er hat sich nie wieder gemeldet. Ich bin genauso ein Teil seiner Vergangenheit, wie er ein Teil von meiner ist. Es wäre etwas anderes, wenn ich diesen Konzertbesuch geplant hätte, oder wenn ich ihn als Vorwand benutzen würde, um Tom wiederzusehen, aber es war allein Sophies Idee. Es ist nur ein Rockkonzert, eine willkommene Zerstreuung an unserem letzten Abend, bevor Jack morgen nach Kanada fliegt. Ich habe keinen Grund, mir ein schlechtes Gewissen zu machen. Jack amüsiert sich. Wir alle haben unseren Spaß.

Aber den größten Spaß hat wohl Tom Farley auf der Bühne. Als das Eröffnungslied endet, geht ein wahrer Sturm der Begeisterung durch die Menge, der sich schließlich nach und nach abschwächt, während wir uns wieder setzen und auf das nächste Lied warten.

Nun kann ich mir Tom richtig ansehen, und ich inhaliere diesen Moment. Ich muss an den Tag in Howth denken, als wir voneinander Abschied nahmen, an unsere stundenlangen Telefonate zwischen London und meiner Wohnung im Norden Dublins, die ich mir mit Kirsty teilte. Ich muss daran denken, wie ich ihn früher mit *Déjà Vu* auf kleineren Bühnen spielen sah. Ich bin wahnsinnig stolz auf Tom, auch wenn uns Welten voneinander trennen, und spüre einen leisen Stich des Bedauerns, wieder dieses alte Was-wäre-wenn-Gefühl, aber hauptsächlich freue ich mich für ihn. Das ist das, was er sich immer gewünscht hat. Das ist das, was auch ich ihm gewünscht habe, und nun lebt er seinen Traum.

»Hallo, Dublin, wie geht es euch?«, ruft er mit seiner heiseren Stimme ins Mikrofon, und das genügt, um die Menge wieder ausflippen zu lassen. Das Publikum ist bunt gemischt, Männer und Frauen, jung und alt, und Tom Farley hat sie alle im Griff. Er trägt ein verwaschenes, am Hals eingerissenes graues T-Shirt mit tiefem V-Ausschnitt und dem Aufdruck *Dublin Ireland* in weißer Schrift. Seine Handgelenke schmücken Lederarmbänder, auf seinen Armen sind mehr Tattoos, als ich in Erinnerung habe, und seine glänzende rote E-Gitarre hängt lässig vor seiner hellblauen Jeans. Er sieht aus, als käme er direkt aus dem Himmel. Der Frontman einer Band zu sein passt viel besser zu ihm, als halb versteckt hinter einem Schlagzeug zu sitzen, oder schlimmer noch, in einem Maklerbüro. Er ist für die Bühne geboren. Er ist ein echter Star.

»Es wissen vielleicht nicht alle von euch«, verkündet er, und wieder kreischen die Leute los, bevor sie überhaupt gehört haben, was als Nächstes kommt, »aber ich habe früher selbst hier in dieser Stadt gelebt, die man auch die Fair City nennt.«

»Echt?«, sagt Sophie. »Wieso zum Teufel erfahren wir das erst jetzt?«

»Ich kam nach Dublin, als ich siebzehn war«, fährt er fort, über den Lärm der Menge hinweg, »und ich verließ die Stadt erst vor ein paar Jahren, um meinen Traum von einem Leben als Musiker zu verfolgen. Ich war einer von denen, die Glück hatten. Ich konnte meinen Traum wahr machen, auch wenn der Weg dorthin ein bisschen holprig war.«

Er schlägt Akkorde auf seiner Gitarre, während er spricht, und mir fällt auf, dass sein Akzent sich leicht verändert hat. Der irische Tonfall, der sein Amerikanisch melodischer klingen ließ, hat sich abgeschwächt, aber seine Stimme hört sich nach wie vor so an, als hätte er zu viele Zigaretten geraucht, hat dieses tiefe, heisere Timbre, das jeder Frau weiche Knie verursacht.

»Ich spielte damals in einer Dubliner Band«, sagt er und reibt seine Stirn wie früher, wenn er intensiv nachdachte. »Wir waren eine verdammt gute Truppe.«

O Gott. O Gott, was wird er als Nächstes sagen? Bitte nicht den Namen der Band. Bitte nicht den Namen, Tom.

»Die Band hieß *Déjà Vu*, vielleicht erinnert sich noch jemand hier im Saal an sie. Wir waren damals der heißeste neue Scheiß, wenn ich das so sagen darf.«

Aus dem Publikum kommen Beifallsrufe. Natürlich erinnern sich hier noch viele an *Déjà Vu*. Die lokalen Radiosender liebten sie. Die irischen Medien hofierten sie. Sie hatten sich landesweit einen Namen gemacht.

Ich spüre Jacks Blick auf mir, dann Sophies, dann Harrys. Ich drehe beiläufig meinen Kopf zu ihnen und versuche, genauso überrascht zu wirken wie sie.

»Ich glaube, er war der Drummer«, bringe ich heraus und tue mein Bestes, um gleichgültig zu klingen.

»Das ist ja cool!«, sagt Sophie.

Offenbar kaufen sie mir meine gespielte Ahnungslosigkeit ab. Gott sei Dank. Aber das Schlimmste, oder das Beste, ich weiß es nicht genau, kommt erst noch.

»Ich habe sehr gerne in Dublin gelebt«, sagt Tom weiter. »Ich wohnte am Meer, ich hatte den Strand vor meiner Tür und führte ein unbeschwertes Leben. Aber als ich von hier fortging, nachdem die Band gescheitert war, war mein Herz gebrochen. Ich musste meinen Stolz hinunterschlucken und mein Glück woanders suchen. Ich musste wieder von vorn anfangen.«

Der Lärm im Saal ist zu einem Flüstern verstummt, während alle gebannt darauf warten, was er als Nächstes sagen wird.

»Aber natürlich war mein Herz nicht nur wegen der Band gebrochen«, fährt er fort und schlägt wieder seine Gitarre an. »Wie in den meisten Geschichten, die von Trauer und Verlust handeln, gab es auch in dieser eine schöne Frau, die ich zurücklassen musste.«

Die Menge ist nun praktisch still, sodass mein Herzklopfen sich noch lauter anfühlt.

»Ich glaube, sie ist inzwischen verheiratet«, sagt er. »Und ich werde selbst bald vor den Traualtar treten, das Leben dreht sich also weiter.«

Ich habe keine Ahnung, worauf das hier hinausläuft. Ich glaube, mir wird schlecht. Was hat er vor? Was wird er sagen? Er spricht von mir. O Tom.

Das Publikum spendet einen Zwischenapplaus, und mein Kopf fängt an, sich zu drehen.

»Aber es hat verdammt wehgetan!«, fügt er hinzu, untermalt von einem lauten Akkord. »Hier kommt ein Song, der von dieser Zeit in meinem Leben handelt. Ich schrieb ihn eines Abends in London, ein paar Monate, nachdem ich von meiner Freundin Abschied genommen hatte. Ich vermisste sie noch immer schmerzlich, ich verzehrte mich jeden Tag nach ihr. Der Song hat den simplen Titel ›You‹, und ich denke, mehr brauche ich dazu nicht zu sagen. Wer von euch den Text kennt, kann mich gerne stimmlich unterstützen!«

Er zupft auf seiner Gitarre ein eindringliches, gefühlvolles Intro, das mir vom ersten Ton an tief unter die Haut geht. Die Lichter auf der Bühne werden heruntergedimmt, die Fans halten ihre leuchtenden Handys hoch, und es kommt mir vor, als würde ich auf Tausende kleine Glühwürmchen hinabschauen, die sich zum leichten, sanften Rhythmus der Musik bewegen.

Und dann stimmen Tom Farley und mit ihm viele Tausend Menschen den Songtext an, während ich perplex dasitze, die

Worte in mich aufsauge und versuche, nicht so überwältigt auszusehen, wie ich mich fühle.

Kept up, by the night rain
And the wind
Blowing through the cracks in the window frame
There's little else to do
I'd be sleeping if I could, instead
Of thinking about you

I double back, down the back roads
Of my mind
Retracing every step, every wrong turn and every crossed line
Memories running through
Wide awake in a dark room
Thinking about you

Die Strophe geht sanft in den Refrain über, und mir blutet das Herz, während er darüber singt, wie viel Platz ich für lange Zeit in seinen Gedanken eingenommen habe. Ich schwebe … Ich ertrinke in seiner Stimme.

In my heart I've made a pact
Promised myself I won't look back
But it's never long before I do
Oh how I wish I could stop
Thinking about you

Das Lied ist wunderschön, es geht direkt ans Herz, und obwohl uns Reihen um Reihen voller Menschen trennen, die jedes Wort auswendig mitsingen, kommt es mir vor, als würde ich einen vollkommen intimen Moment mit Tom teilen und niemand anders wäre hier. Er hat keine Ahnung, dass ich im Publikum sitze, und trotzdem singt er nur für mich. Das weiß ich.

Ich schließe meine Augen, spüre jedes Wort, das er singt, und denke zurück an unseren schmerzvollen Abschied, daran, dass wir uns nicht voneinander trennen wollten, aber keiner von uns daran glaubte, dass wir eine echte Chance hatten.

Again and again, I swear blind
That I've let you go
Turned out the light, locked the door, walked away and said goodbye
But that's never been the truth
And to lie does me no good
Thinking about you

In my heart I've made a pact
Promised myself I won't look back
But it's never long before I do
Oh how I wish I could stop
Thinking about you

Ich spüre, wie sich meine Brust zusammenschnürt, und sehe mit Erleichterung, dass auch Sophie der Song richtig nahegeht, was mich aus dem vermeintlichen Scheinwerferlicht nimmt, das ich auf mir fühle, obwohl kein Mensch in dieser großen Halle weiß, von wem Tom gerade singt. Niemand weiß es, nur er … und ich.

»Absolut berührend«, sagt Sophie am Schluss der Ballade und wischt mit der Hand vorsichtig über ihre Augen. »Ich muss sogar weinen. Das war unglaublich!«

Die Musik klingt sanft aus. Ein Beifallsrauschen erhebt sich um mich herum, und Tom Farley tritt auf der Bühne einen Schritt zurück und genießt den Applaus, schüttelt lächelnd den Kopf, als das Klatschen und der Jubel immer lauter werden.

»Wow, sieht aus, als wären selbst Rockstars nicht vor einem gebrochenen Herzen gefeit«, sagt Harry. »Das Lied hat das Zeug zu einem Hit! Wer auch immer die Unbekannte ist, ich wette, sie kommt in diesem Moment zu ihm zurückgelaufen.«

Sie ahnen nichts. Außer Jack vielleicht, dessen Augen ich auf mir spüre. O Gott, er vermutet bestimmt etwas … aber wie sollte er? Ich habe Tom Farley ihm gegenüber nie erwähnt, nicht ein einziges Mal. Ich habe es mit Absicht nicht getan. Doch Jack sagt oft, dass er in meinem Gesicht lesen kann, was ich gerade denke. Er kennt mich besser als jeder andere.

Ich kann nicht glauben, dass ich hier bin. Ich kann nicht glauben, dass das wirklich passiert.

Tom nimmt wieder das Mikrofon in die Hand und wendet sich an sein Publikum. »Mann, ich hatte wirklich sehr, sehr lange daran zu knabbern«, sagt er. »Ich hoffe, es geht ihr heute gut und sie ist glücklich. Okay, Jungs, auf geht's! Lasst uns diese Stadt rocken!«

Mit vier Schlägen leitet der Drummer das nächste Stück ein, eine flotte Nummer, und die Stimmung ändert sich abrupt, aber ich hänge gedanklich noch immer bei der Ballade fest. Ihr Refrain hallt in meinem Kopf wider.

In my heart I've made a pact
Promised myself I won't look back
But it's never long before I do

Ich wage es nicht, meinen Mann oder meine Freunde anzusehen, für den Fall, dass sie die Verbindung hergestellt haben oder mir meinen seelischen Schock vom Gesicht ablesen können. Panik steigt in mir hoch. Zum Glück hat Tom meinen Namen nicht gesagt, aber Gott, das war knapp. Ich hatte nicht die leiseste Ahnung, dass dieser Song existiert, doch der Großteil der Fans kannte ihn. Ich kann nicht glauben, dass Tom diesen Text über mich geschrieben hat. Mir wird bewusst, dass ich wie Sophie Tränen in den Augen habe, wenn auch aus anderen Gründen: aus Trauer über eine verlorene Liebe, aus Reue, aus Verwirrung und aus Schmerz, den ich gerade deutlich in meinem Herzen spüre.

Mein Nacken ist schweißnass, und das Atmen fällt mir schwer. Ich werfe rasch einen Blick um mich, Jack, Sophie und Harry sind zum Glück abgelenkt und bekommen nichts von meiner wachsenden Panik mit, weil die Band nun endlich ihren Hit ›Move Into Me‹ spielt. Unter dem Vorwand, dringend auf die Toilette zu müssen, entschuldige ich mich und springe auf, schiebe mich an den Leuten in unserer Sitzreihe vorbei.

»Alles okay, Schatz?«, ruft Jack mir nach und reckt seinen Hals in meine Richtung.

»Alles gut!«, rufe ich zurück und schenke ihm ein Lächeln und den erhobenen Daumen. »Muss nur aufs Klo!«

Ich hasse es, andere anzulügen, ganz besonders Jack. Ich hasse alles an dieser Situation hier, außer den Song. Den Song liebe ich. Ist das falsch? Der Text und die Melodie drehen sich wie ein Karussell in meinem Kopf.

Oh how I wish I could stop
Thinking about you

Ich steige die steilen Stufen hoch, in das kalte Licht des tunnelartigen Gangs, der rund um die oberen Ränge führt, froh darüber, der stickigen Hitze in der Halle zu entkommen.

Again and again, I swear blind
That I've let you go ...
But that's never been the truth

Ich brauche dringend Wasser. Ich muss mich unbedingt beruhigen. Ich brauche jetzt Zeit für mich, um zu verdauen, dass ich Tom Farley so nah bin, dass einer seiner Songs tatsächlich von mir handelt und dass er keine Ahnung hat, dass ich überhaupt hier bin.

Er hat gesagt, er hofft, dass ich glücklich bin. Er hat letztendlich eine Frau getroffen, mit der er seine Zukunft verbringen möchte. In einer anderen Welt, in einem anderen Leben, hätte ich das sein können. Ich hätte ein anderes Ich sein können.

Ich glaube, ich werde gleich ohnmächtig.

KAPITEL 19

»Das war megahammergeil! Einfach unglaublich!«, sagt Sophie, als wir uns über eine Stunde später mit dem Strom der Menge von unseren Sitzen in Richtung Ausgang bewegen. Unten sehen wir Crewmitglieder von allen Seiten auf die Bühne klettern. In ihren schwarzen T-Shirts und Combat Shorts beginnen sie, die Instrumente, die Soundgeräte und die Bühnendekoration abzubauen, die die Show von Blind Generation ausmachen. Und was für eine Show!

Tom sprühte vor Energie und zeigte keinerlei Ermüdungserscheinungen, während er Hit um Hit sang. Zum großen Finale spielte die Band sogar »Dirty Old Town« von den Pogues, zu dem das ganze Publikum schunkelnd mitsang.

Ich tat mein Bestes, um ein bisschen Enthusiasmus zu zeigen, um so zu tun, als wäre ich genauso unbeteiligt und fasziniert wie alle um mich herum, aber innerlich war mir speiübel. Ich konnte es nicht erwarten, von hier wegzukommen und in Ruhe zu verarbeiten, was ich gehört und gesehen hatte.

In mir ist noch immer diese Sehnsucht nach Tom, oder zumindest nach der Vorstellung von ihm. Ich kann es nicht leugnen, und ich ärgere mich über mich selbst, dass ich solche Gedanken habe, wenn mein Mann an meiner Seite ist, der nichts von dem ganzen Wahnsinn in meinem Kopf ahnt. Es kommt mir vor, als würde ich ihn betrügen, als würde ich in Gedanken fremdgehen.

»Ich glaube, ich bin unsterblich in Tom Farley verliebt«, höre ich eine Stimme hinter mir sagen, während wir uns mit Minischritten in dem Gedränge vorwärtsbewegen. »Ich kann nicht glauben, dass er mal in Dublin gelebt hat!«

»Ich auch nicht«, sagt eine andere Stimme. »Ich frage mich, wer diese Frau war, die ihm das Herz gebrochen hat. Ich wette, die beißt sich jetzt in den Hintern! Würde ich an ihrer Stelle jedenfalls tun!«

Sie lachen und wechseln das Thema, aber ich bin mir sicher, sie sind nicht die Einzigen, die sich fragen, wer die Frau war, die er in Dublin zurückgelassen hat.

»Kennst du seine aktuelle Freundin, das schwedische Supermodel Ana Andersson?«, höre ich einen anderen weiblichen Fan sagen. »Anscheinend war sie vorhin in der Bar gegenüber der Halle, zusammen mit dem Rest seines Anhangs. Die Glückliche!«

»Seine Verlobte, meinst du«, sagt ihre Freundin. »Sie werden im Dezember heiraten. Ich folge ihr auf Instagram.«

Jack legt beschützend seinen Arm um mich, während wir wie Schafe in einer Herde zum Ausgang strömen, vorbei an einem großen Merchandise-Stand, vor dem sich viele Konzertbesucher drängen, um sich ein Souvenir von Blind Generation zu kaufen, bis wir schließlich in die kühle Septembernacht hinaustreten.

Ich habe nicht viel gesagt, seit wir unsere Plätze verlassen haben. Ich muss erst meine Sprache wiederfinden. Obwohl ich es kaum erwarten kann, von hier wegzukommen, habe ich das seltsame Gefühl, dass ein Teil von mir in der Halle geblieben ist und noch nicht nach Hause gehen möchte. Ich hatte auf einen Abschluss gehofft, aber stattdessen habe ich eine große alte Wunde in mir aufgerissen, von der ich dachte, sie sei fest zugenäht und längst verheilt. Vielleicht hätte es geholfen, wenn ich ihn persönlich getroffen hätte? Wenn ich mit ihm hätte sprechen können?

Ich schaue zurück zur Halle, als Jack und ich in die Nacht davonfahren, durch das Rauschen der Stadt und weiter auf die Autobahn in Richtung Süden.

Es war die Ballade. Es ging mir richtig gut, bis er die Ballade anstimmte.

»Ich kann nicht glauben, dass du nie zuvor erwähnt hast, dass der Sänger früher in Matthews Band war«, sagt Jack und fährt langsamer, als wir uns einer Mautstelle nähern. »Das ist echt abgefahren! Weiß Matthew, dass einer seiner ehemaligen Bandkumpels so weit gekommen ist? Zu mir hat er nie ein Wort darüber verloren. Wirklich seltsam.«

Ich suche in meinem Portemonnaie nach Kleingeld und drücke es Jack in die Hand, der es dem Kassierer gibt und dann durch die offene Schranke fährt. Im Radio beginnt gerade ein Song von Blind Generation, und ich schalte rasch auf einen anderen Sender um. Vielleicht zu rasch.

Jack wirft einen Blick zu mir herüber.

»Es ist mir erst wieder eingefallen, als er es auf der Bühne erwähnt hat«, sage ich und würde mich am liebsten dafür ohrfeigen, dass ich meinen Mann anlüge. Ich will jetzt nicht über Tom reden. Jack fliegt morgen für volle zehn Tage auf die andere Seite der Welt, und ich kann vor seiner Abreise nicht von dieser alten Geschichte anfangen. Es ist alles zu kompliziert. Ich möchte ihn nicht verletzen, und ich möchte auch mich selbst nicht noch mehr verletzen.

»Ich könnte mir denken, dass es für Matthew hart ist, zu sehen, dass sein ehemaliger Drummer den Erfolg hat, der ihm selbst versagt geblieben ist«, sagt Jack, ohne auch nur annähernd die gesamte Dimension zu ahnen. »Es ist wirklich schade, wenn man sich vorstellt, dass er auf dieser Bühne hätte stehen können, aber stattdessen nun die Pubs in Galway bespielt.«

Ich schaue hinaus in die dunkle Landschaft, die an uns vorbeifliegt.

»Vielleicht ist das der Grund, warum er es nie erwähnt hat«, murmele ich und überlege fieberhaft, was ich sagen kann, um das Thema zu wechseln.

Wir sausen weiter die Autobahn entlang, und zwischendurch tue ich sogar so, als wäre ich eingenickt, aber in meinem Kopf tobt die ganze Zeit ein Chaos, ich werde von Gefühlen überschwemmmt, die ich nicht zur Kenntnis nehmen will. Am liebsten würde ich einfach reinen Tisch machen und Jack alles erzählen, aber ich habe zu lange damit gewartet. Ich habe ihn angelogen, und ich hasse mich selbst dafür. Ich wünschte wirklich, wir wären heute Abend nicht auf das Konzert gegangen. Eines Tages werde ich lernen, auf mein Bauchgefühl zu hören. Eines Tages werde ich mich nicht mehr so leichtsinnig verhalten. Ich habe nämlich das Gefühl, als hätte ich heute Abend mit dem Feuer gespielt und mich fast daran verbrannt.

Ich liege im Bett, während der Septemberregen gegen die Fensterscheibe schlägt. Als ich mich auf die andere Seite drehe und nach Jack taste, findet meine Hand nur ein leeres Laken.

Ich öffne meine Augen und frage mich, welcher Tag heute ist, und sofort bekomme ich ein flaues Gefühl im Magen. Das Konzert, der Lärm, die Jubelstürme der Menge, der Ausdruck in Jacks Gesicht, als Tom erzählte, dass er in Matthews Band war, die Bauchschmerzen, mit denen ich seinen Auftritt verfolgte, die Ballade … o mein Gott, die Ballade. Und nun das Lügennetz, das ich gesponnen habe.

»Jack?«, rufe ich und befreie mich aus den Laken. Ich stehe auf und schlüpfe in meinen Bademantel, dann mache ich mich auf den Weg zur Treppe, wo mir von unten Musik und der Geruch von gebratenem Speck entgegendringen. Es läuft gerade »Every Little Thing She Does Is Magic«, einer meiner Lieblingssongs von Police, und Jack singt den Text auswendig mit, was mich zum Lächeln bringt. Dieses Lied hat er mir bei einem unserer ersten Dates vorgesungen. Ich fühle mich, als würde ich eine zweite Chance bekommen, und bin wahnsinnig froh, dass meine geheime Vergangenheit mit Tom Farley gestern Abend nicht enthüllt wurde. Ich hoffe, das Thema hat sich erledigt und wird nie wieder zur Sprache kommen, obwohl ich weiß, dass Jack sehr wahrscheinlich das nächste Mal, wenn wir Matthew sehen, arglos Toms Namen erwähnen wird, ohne die Vorgeschichte und das Chaos zu kennen, die damit verbunden sind. Und dann wird Matthew mir wieder ins Gewissen reden, dass ich ein für alle Mal über Tom Farley hinwegkommen und ehrlich zu mir selbst sein muss.

Ich gehe hinunter in die Küche, wo ich zu meiner Überraschung Sophie an unserem Tisch antreffe, die in ihrem grauen Nadelstreifenanzug und mit ihren rot geschminkten Lippen für die Arbeit zurechtgemacht ist. Sie sieht müde aus, als wäre sie jetzt lieber im Bett als auf dem Weg zu einem Meeting im nahe gelegenen Arklow, von dem sie mir gestern Abend erzählt hat.

»Ich brauche dringend einen Kaffee, also dachte ich, ich schaue mal bei euch rein«, sagt sie entschuldigend. »Tut mir leid, dass ich euch am frühen Morgen störe.«

»Nein, es tut dir nicht im Geringsten leid«, widerspricht Jack lachend. »Du hast darauf spekuliert, dass wir am Frühstückstisch sitzen, und bei der Vorstellung hat dir der Magen geknurrt.«

Ich halte Jack meine Wange für ein Guten-Morgen-Küsschen hin und setze mich dann zu Sophie an den Tisch.

»Du hast ihn gut erzogen«, sagt sie. »Ich hätte mir in meinen kühnsten Träumen nicht ausgemalt, dass ich Jack Malone jemals am Herd stehen sehen würde. Als wir auf dem College waren, konnte er nicht einmal ein Ei kochen, und das ist keine Übertreibung.«

Ich reibe mir gähnend die Augen. »Ich habe ihn aber auch *ver*zogen«, sage ich. »Sonntags bekommt er das Frühstück meistens ans Bett serviert, nicht wahr, mein Schatz?«

Jack ist zu sehr mit Singen und der brutzelnden Pfanne beschäftigt, um mich zu hören.

»Bist du auch so müde, Char? Ich bin total im Arsch«, sagt Sophie. »Ich weiß nicht, was ich mir dabei gedacht habe, dieses Meeting auf heute Morgen zu legen, nachdem ich gestern bis spät in die Nacht abgerockt habe.«

»Du kannst ja mit mir tauschen und nach Kanada fliegen«, sagt Jack und wendet den Speck in der Pfanne. Er hört also doch zu. »Ich habe noch ungefähr drei Stunden, bevor ich zum Flughafen fahre, und ich muss vorher noch ein paar Sachen aus der Reinigung holen.«

»Das mache ich«, sage ich. »Dann bin ich wenigstens mal nützlich.«

Sophie legt ihren Kopf schief und sieht mich mitfühlend an, aber bevor ich mich weiter darin ergehen kann, wie wertlos ich mir vorkomme, während die beiden voll im Berufsleben stehen, hellt ihr Gesicht sich plötzlich auf.

»Bevor du weiterredest, Fräulein, erklär mir doch bitte zuerst, wovon dieser Sexgott auf der Bühne gestern Abend gesprochen hat, als er meinte, er hätte in der Band deines Bruders gespielt«, sagt sie. »Wie konntest du das übersehen? Du kennst ihn also?«

Scheiße. Eine direkte Frage. *Kenne* ich ihn?

»Klar … na ja, ich kannte ihn damals«, sage ich und spüre, wie mein Herz einen Schlag aussetzt und Hitzewallungen in mir aufsteigen. »Er war für eine Weile der Drummer der Band. Aber es hat nicht lange gehalten, keine zwei Jahre, und ich bin ihm nur ein paarmal begegnet.«

Sophie breitet ungläubig die Arme aus. »Du erzählst mir also allen Ernstes, dass du uns vielleicht Backstage-Pässe hättest organisieren können?« Sie klingt wie ein Teenager, der für eine Boygroup schwärmt. »Och Menno, ich hätte die Band liebend gerne persönlich kennengelernt. Beim nächsten Mal musst du schneller schalten, Char. Dann werden sie noch berühmter sein!«

Ich wünschte, sie würde aufhören.

»Ob er sich noch an dich erinnern würde?«, fährt sie fort. »Ich frage mich ja, wer die Frau in Dublin war, die ihm das Herz gebrochen hat. Ich wette, die ärgert sich jetzt schwarz.«

Ich blinzele sie an und deute unauffällig mit dem Kopf auf Jack, damit sie die Klappe hält, aber sie kapiert meinen Wink nicht.

»Gestern Abend habe ich jemanden hinter uns so was Ähnliches sagen hören«, bemerkt Jack, der uns nun das Frühstück serviert. Ich gieße uns allen Orangensaft ein. Meine Hand zittert. »Aber hat der Sänger nicht gesagt, seine Ex hätte geheiratet? Und dass er selbst bald heiraten wird? Ich schätze, das Leben dreht sich tatsächlich weiter. Trotzdem, nett von ihm, dass er sie gewürdigt hat.«

Sophie schüttelt missbilligend den Kopf. »Wenn ich seine Verlobte wäre, würde ich das nicht so nett finden«, sagt sie und schnappt sich eine Scheibe Toast aus dem Ständer, bevor dieser den Tisch erreicht. »Das war ein bisschen zu persönlich, oder nicht? Es steht heute überall in der Zeitung.«

Ich muss husten. So sehr, dass mir die Luft wegbleibt. Ich nehme rasch einen Schluck von meinem Orangensaft und versuche, meinen Schreck über Sophies Worte zu verbergen. In der *Zeitung*? Jack setzt sich an den Tisch, nimmt Messer und Gabel in die Hand und lässt sich sein Frühstück schmecken, während ich neben ihm kurz vor einem Herzinfarkt stehe.

»Was ... was meinst du damit, es steht überall in der Zeitung?«, frage ich Sophie.

»Es ist die Topnachricht in allen Klatschspalten, sei es im Internet oder in den einschlägigen Blättern im Zeitungsregal«, antwortet sie. »Die Presse stürzt sich darauf, dass ein normales Dubliner Mädchen einem großen Star wie Tom Farley das Herz brach und dass daraus ein Song entstanden ist. Der Song ist über Nacht an die Spitze der Charts geklettert.«

Ach du Scheiße.

»Ich vermute, die Medien wollen die Story ausschlachten und herausfinden, wer diese Frau ist, und für die Band ist es natürlich eine super Werbung«, plappert sie weiter. »Da könnte man glatt auf die Idee kommen, das Ganze war arrangiert. Das arme Mädchen ist wahrscheinlich eine stinknormale Frau, die gerade ihre Kinder zur Schule bringt und ganz bestimmt nicht scharf auf die Aufmerksamkeit ist. Könnt ihr euch das vorstellen? Ich würde sterben!«

Mein Magen rotiert wie eine Wäschetrommel, und ich weiß nicht, wie in aller Welt ich mein Frühstück hinunterbekommen soll. Jack wirft einen Blick auf meinen Teller und dann in mein Gesicht.

»Charlotte, du bist ja richtig blass«, sagt er. »Hast du schlecht geschlafen, fühlst du dich nicht wohl? Ich weiß nicht, ob ich dich in diesem Zustand allein lassen kann. Du wirkst ziemlich neben der Spur.«

Ich schüttele den Kopf und nehme mein Besteck in die Hand, aber ich bringe nichts hinunter. Es geht einfach nicht. Ich glaube, mir wird schlecht.

»Ich bin wahrscheinlich nur müde«, sage ich. »Sorry, Liebling, aber wenn es dir nichts ausmacht, werde ich mein Frühstück in den Ofen stellen und später essen. Du kennst mich, ich brauche morgens immer eine Weile, bis ich in die Gänge komme. Ich habe einfach noch keinen Appetit.«

Jack scheint kein Problem damit zu haben und frühstückt weiter, aber Sophie beobachtet mich, und ich habe das Gefühl, als würde sie eins und eins zusammenzählen. Ich spüre ihre Augen auf mir, während ich die Ofenklappe öffne und meinen Teller hineinstelle, dann die Klappe wieder schließe und mir an der Spüle ein Glas Wasser eingieße. Sie starrt mich noch immer an, als Jack anfängt, über das Gedränge auf dem Konzert zu sprechen, über die nervige Parkplatzsuche, über die Cocktailpreise und was man dafür in Ardara bekommen würde, über den Ansturm auf die Fanartikel. Sophie hört ihm gar nicht zu. Sie weiß es.

»Ich setze mich für ein paar Minuten raus auf die Terrasse, um ein bisschen frische Luft zu schnappen«, sage ich zu den beiden. »Vielleicht brüte ich ja doch was aus. Ich bin gleich wieder zurück.«

»Möchtest du, dass ich mitkomme?«, fragt Sophie.

»Nein«, antworte ich. »Ich brauche nicht lange.«

Mein Kopf hämmert, und der Wind und die Morgenkälte wirken wie ein Wachmacher und schütteln mich aus meinem zombieähnlichen Zustand. Ich muss endlich Farbe bekennen und das leidige Thema Tom Farley hinter mich bringen. Das Risiko, dass Matthew mir zuvorkommt, wenn wir ihn das nächste Mal sehen, ist zu hoch – und was, wenn die Medien mich aufspüren? Es wäre eine Riesendemütigung für Jack und seine ganze Familie, wenn mein kleines altes Ich in allen Zeitungen stehen würde als die Person, die einem der berühmtesten Sänger unserer Zeit einmal das Herz brach.

»Ich muss los, Charlotte«, sagt Sophie und steckt ihren Kopf durch die Verandatür. »Fühlst du dich etwas besser?«

Ich nicke rasch, froh darüber, dass sie geht, obwohl ich ihr am liebsten die Wahrheit sagen würde.

»Okay, wir reden später, Soph«, sage ich. »Ich klingele bei dir durch, sobald Jack auf dem Weg ist.«

Sie sieht mich beschwörend an. »Es ist keine große Sache«, flüstert sie mir zu. »Na ja, es ist schon eine große Sache, aber nur weil er der ist, der er ist. Wir reden später weiter. Kopf hoch.«

Spätestens jetzt weiß ich, warum sie so gut in ihrem Beruf ist, aber ich gebe keine Antwort.

Ich stehe auf und folge ihr in die Küche, vorbei an Jack, der nun Zeitung liest. Meine Übelkeit kehrt zurück.

»Danke fürs Frühstück, Jack«, sagt Sophie und umarmt ihn kurz. »Pass auf dich auf in Kanada, du alter Schlauberger. Wir werden dich vermissen.«

Jack steht auf, und wir begleiten Sophie hinaus zu ihrem Wagen.

»Du wirst ihr Gesellschaft leisten, während ich weg bin«, sagt er zu Sophie, als würde er über ein Haustier oder ein kleines Kind reden. »Sie langweilt sich schnell.«

Ich stupse ihn mit dem Ellenbogen in die Seite. »Wir werden Tag und Nacht durchfeiern, nicht wahr, Sophie? Keine Zeit für Langeweile!«

Ein Glück, dass es Freundinnen gibt.

»Oh, ich vermisse euch jetzt schon als Paar!«, sagt sie und steigt in ihren schnittigen schwarzen Mercedes. »Das ist wie John ohne Yoko oder wie Ernie ohne Bert.«

»Fahr schon los, oder du kommst zu spät zu deinem Meeting, du freches Stück!«, erwidert Jack. »Ich muss nämlich noch fertig packen und mich anständig von meiner Frau verabschieden, zwinker, zwinker!«

Sophie startet ihren Wagen und rollt aus der Einfahrt, dann hupt sie zum Abschied und braust davon, während wir ihr hinterherwinken. Nach außen hin lächele ich, aber innerlich bin ich vollkommen zerrissen.

Wie kann ich weiterhin so tun, als wäre gestern Abend nichts passiert? Mich sollte kein anderer Mann so sehr beschäftigen, wenn mir hier die Welt zu Füßen liegt. Jack bringt so viel Licht in mein Leben, und auch Sophie ist ein Sonnenschein. Ich kann mich wirklich glücklich schätzen. Warum habe ich dann trotzdem das Gefühl, als würde mich ein tonnenschweres Gewicht in die Tiefe ziehen?

Liebe ich Tom Farley noch immer? Habe ich ihn überhaupt jemals richtig geliebt oder gekannt? Ich quäle mich mit Schuld, Wut, Reue, Lust und totaler Verwirrung. Das muss aufhören. Ich weiß nur nicht, wie ich es beenden kann.

»Ich fahre gleich mal rüber zur Reinigung und hole meine beiden Anzüge«, sagt Jack. Auf dem Weg in die Küche zählt er auf, was er noch alles erledigen muss, wenn er seinen Kaffee getrunken und die Zeitung fertig gelesen hat, aber ich kann mich kaum auf seine Worte konzentrieren.

Warum halte ich so hartnäckig an meiner Vergangenheit fest, wenn meine Gegenwart so reich an positiven Dingen ist?

»Sophie hat recht«, sagt Jack und streicht mit der flachen Hand die Zeitung glatt, als er sich wieder an den Tisch setzt. »Die Presse stürzt sich wirklich darauf, wer die geheimnisvolle Frau ist, die Blind Generation zu ihrem neuen Nummereins-Hit inspiriert hat. Offenbar ist gerade nicht viel los auf der Welt. Du müsstest die Antwort doch kennen, Charlotte, oder? Du solltest die Redaktionen kontaktieren und fragen, wie viel sie dir bezahlen, wenn du ihren Namen preisgibst. Du würdest bestimmt ein Vermögen machen!«

Er lacht, aber ich finde das überhaupt nicht komisch. Ich ziehe den Gürtel meines Morgenmantels enger und schließe für einen Moment meine Augen, und als ich sie wieder öffne, hat Jack aufgehört zu lachen, und sein Gesicht ist ernst.

»Charlotte, was ist los?« Er steht rasch auf und kommt zu mir herüber. »Charlotte? Du machst mir wirklich Angst. Du siehst überhaupt nicht gut aus.«

Ich schnappe nach Luft wie ein Kind, das sich die Kehle wundgeschrien hat.

»Nein«, sage ich. »Es geht mir gut.«

Eine Träne kullert unkontrolliert über meine Wange. Meine Mutter hat recht. Ich investiere so viel in meine Ziele, und dann ruiniere ich alles. Ich kann mich einfach nicht zurückhalten. Ich muss alles vermasseln.

»Es geht dir *nicht* gut«, sagt Jack. »Es geht dir überhaupt nicht gut. Das sehe ich doch.«

Natürlich sieht er es. Dieser Mann kennt mich manchmal besser als ich mich selbst. Er weiß alles über mich, außer diese eine große Sache, die ich schon so lange mit mir herumschleppe. Er weiß alles, außer dass ich früher einmal einen Mann liebte, den ich nicht haben konnte und über den ich offenbar noch immer nicht richtig hinweg bin, egal wie sehr ich versuche, es vor mir selbst zu leugnen.

Ich atme tief durch. Ich weiche Jacks Blick aus. Ich muss es hinter mich bringen, ein für alle Mal.

»Hör zu, Jack, ich muss dir etwas sagen«, beginne ich mit zitternder Stimme. »Ich habe dich angelogen, und ich muss endlich mein Gewissen erleichtern, aber du darfst bitte nicht sauer auf mich sein. Ich hätte es dir schon früher sagen sollen, und ich weiß nicht, was mich davon abgehalten hat.«

Jacks Gesicht ist kreidebleich geworden, und er stützt sich auf die Rückenlehne eines Küchenstuhls. Er sieht plötzlich deutlich älter aus, als er ist, und ich habe schreckliche Angst, dass ich ihm das Herz brechen werde. Ich habe schreckliche Angst, dass ich ihn verlieren werde. Ich weiß nicht, wie ich anfangen soll.

»Charlotte, bist du krank? Wenn es etwas Ernstes ist, werden wir dir jede medizinische Hilfe besorgen und nichts dem –«

»Nein!«, sage ich und wünschte, er würde einfach still sein und mir zuhören. Es ist schwer genug, den richtigen Einstieg zu finden, ohne dass er anfängt zu raten.

Ich muss irgendwo anfangen. Ich beginne mit der Ballade.

»Die Ballade, die Tom Farley gestern Abend gesungen hat«, sage ich.

»Was?« Jack wirkt total verwirrt. »Welche Ballade? Über dieses Mädchen aus Dublin?«

Er zwinkert, während ihm langsam ein Licht aufgeht. Tatsächlich wirkt er zunächst erleichtert.

»Ich weiß, für wen er dieses Lied geschrieben hat«, fahre ich fort, ohne zu wissen, ob meine Worte überhaupt einen Sinn ergeben. »Aber er hatte keine Ahnung, dass ich da war, Ehrenwort. O Jack, das alles wird sich ziemlich schlimm anhören, aber ich wäre erst gar nicht auf das Konzert gegangen, hätte Sophie nicht schon die Tickets gehabt. Ich hätte nicht mitgehen sollen, weil ich nun als Lügnerin dastehe, schließlich habe ich so getan, als hätte ich vergessen, dass er früher in Matthews Band spielte.«

Jack setzt sich nun, und sein Gesicht drückt eine Mischung aus Angst und höchster Verwirrung aus. Ich möchte ihn nicht verletzen. Ich liebe Tom nicht. Oh, ich kenne mich selbst nicht mehr.

»Charlotte, ich kann dir nicht folgen«, sagt Jack. »Wenn es so viel Bedeutung hat, dass du davon ganz krank und blass aussiehst, wirst du ein bisschen langsamer machen und der Reihe nach erklären müssen. Was ist mit dieser Ballade? Handelt sie von dir?«

Ich atme tief durch die Nase ein und dann langsam durch den Mund wieder aus, wie Jack es mir beigebracht hat, als ich noch in der Schule gearbeitet habe.

»Ja, Jack. Die Frau, die er so lange vermisst hat, über die er nur mühsam hinweggekommen ist, war ich«, sage ich. »Ich war diejenige, die Tom Farley das Herz gebrochen hat, Jack, und er hat mir damals auch meins gebrochen.«

Wieder wirkt er zunächst irgendwie erleichtert. Er atmet tief aus, als hätte ich ihm gerade eine Zentnerlast von den Schultern genommen.

»Wow. Wirklich. Ist das alles?«

»Nicht ganz«, sage ich. »Der Tag, an dem Matthew mit seinem Wagen verunglückte … Erinnerst du dich, dass ich dir gesagt habe, dass wir über einen gemeinsamen Freund in Streit gerieten und Matthew total ausflippte? Tja, dieser gemeinsame Freund war Tom Farley. Wie sich herausgestellt hat, ist Matthew früher selbst in Tom verliebt gewesen. Darum hat er so überreagiert. O Jack, es ist meine Schuld, dass mein Bruder im Rollstuhl sitzt.«

»Es ist was?«

»Meine Schuld. Und die von Tom Farley«, füge ich hinzu. »Und seitdem lebe ich mit dieser Last. Ich bin wegen Matt hiergeblieben und habe Tom ziehen lassen. Aber Tom wollte mich nicht aufgeben, und ich wollte ihn nicht aufgeben. Und seit damals frage ich mich, ob es die richtige Entscheidung war.«

KAPITEL 20

Jack sitzt da, den Kopf in die Hände gestützt. Die Uhr hinter ihm an der Wand tickt, ein eindringliches und unheimliches Geräusch, das die Stille durchbricht, während ich darauf warte, dass er etwas sagt.

»Weißt du, zuerst war ich nicht einmal sauer«, sagt er schließlich, und ich zittere bei jedem Wort. »Es ist überhaupt kein Ding, dass du mit diesem Mann eine Vergangenheit hast, oder dass er diesen Song über dich geschrieben hat – denn seien wir ehrlich, er ist verdammt gut darin. Das ist sein Job.«

Ich weiß, dass gleich ein Aber kommt.

Ich habe recht.

»Aber was gerade wirklich an mir nagt, ist, dass du gestern mit uns auf das Konzert gegangen bist, ohne einen einzigen Ton darüber zu verlieren. Es kommt mir vor, als würdest du noch mehr verbergen.«

Für einen kurzen Augenblick dachte ich, Jack würde das Ganze einfach abschütteln, aber das wäre natürlich zu leicht. Ich habe einen Narren aus ihm gemacht und aus mir eine Lügnerin.

»Wie konntest du die ganze Zeit diese Fassade wahren, Charlotte?«, fährt er fort. »Warum hast du nicht gesagt, dass du ihn gut kanntest, als seine Musik im Radio lief, als wir hier in unserer Küche dazu tanzten und sangen, als Sophie vorschlug, auf sein Konzert zu gehen? Es gab so viele Gelegenheiten, bei denen du mir von eurer großen Lovestory hättest erzählen können und davon, wie sie mit Matthews Unfall zusammenhängt, aber du hast keine einzige davon genutzt! Hast du mir noch mehr zu sagen, was euch beide betrifft? Gibt es noch mehr, das du mir verheimlichst? Ich verstehe es nicht.

Ich verstehe *dich* einfach nicht, Charlotte. Du bist wirklich eine gute Schauspielerin, das muss ich dir lassen.«

Und ich bin außerdem eine Lügnerin und eine Betrügerin, weil ich ihm so viel verschwiegen habe.

Ich wusste, dass ich einen Mann wie Jack nicht verdient habe. Im Geiste höre ich meine Mutter klagen, dass ich mir so viel erarbeite und dann alles wegwerfe.

»Ich meine, wer ist dieser Kerl überhaupt?«, sagt Jack, und sein Unmut wird immer größer. »Wie konntest du dich gestern in aller Seelenruhe für unseren Konzertabend zurechtmachen und kein Sterbenswörtchen sagen, obwohl dir die ganze Zeit bewusst war, dass der Sänger der Band dir ›das Herz gebrochen‹ hat und ein Auslöser für den Unfall deines Bruders war? Ich kann das nicht nachvollziehen, und ich weiß nicht, was das soll. Das ist kranker Mist, Charlotte! Warum hast du es mir nicht einfach gesagt? Empfindest du noch was für ihn? Ja oder nein?«

Ich spüre, dass mir die Tränen kommen, aber es ist sinnlos, jetzt zu weinen. Mit meinem Stillschweigen über Tom habe ich mich in einem Netz von Lügen verheddert, und nun habe ich meinen Mann verletzt, die Person, die ich mehr als alles auf der Welt liebe.

»Ich wusste nicht, wie ich anfangen soll«, sage ich.

»Warum nicht einfach mit der Wahrheit?«, erwidert er, und seine Stimme erreicht eine Lautstärke, in der er noch nie mit mir gesprochen hat. »Hättest du mir nicht einfach sagen können, dass der Leadsänger der Band, die wir uns den ganzen Abend angesehen haben, in Wirklichkeit dein Exfreund ist und dass seine Vorgeschichte mit deiner Familie so kompliziert ist, dass er aus Dublin floh und sein Glück woanders suchte, statt dazubleiben und das Chaos aufzuräumen, das er mitverursacht hat?«

Er wandert nun in der Küche auf und ab, während ich in meinem Bademantel dastehe und mir total dumm vorkomme.

»Er ist nicht geflohen«, sage ich mit monotoner Stimme, wie eine überführte Schulschwänzerin, die sich geschlagen gibt und sich schuldig bekennt. »Er hatte ein Casting in London. Er wollte, dass ich mitkomme, aber ich wollte Matthew nicht im Stich lassen. Wir drifteten immer weiter auseinander ... und dann habe ich dich kennengelernt.«

Jacks Gesichtsausdruck wechselt von großem Befremden zu purer Frustration, während er versucht, aus meinen Worten schlau zu werden. Er tigert noch immer hin und her. Ich bin unruhig und nervös, aber ich muss fühlen, was er gerade durchmacht. Ich muss fühlen, was ich ihm zumute.

»Aber warum hast du mir damals nicht einfach die ganze Wahrheit gesagt?«, fragt er. »Wozu die Heimlichtuerei? Das Einzige, was du von diesem Streit in Loughinisland erzählt hast, war, dass es um einen gemeinsamen Freund ging und dass Matthew davonstürmte. Warum hast du mir nicht auch noch den Rest erzählt? Bestimmt, weil du noch immer Gefühle für den Kerl hast, nicht wahr? Du hast gerade selbst gesagt, dass du dich immer gefragt hast, ob es die richtige Entscheidung war, ihn gehen zu lassen. War es die richtige Entscheidung?«

Das kann ich nicht beantworten. Und ich kann auch nicht sagen, ob ich noch Gefühle für Tom habe, weil ich das nicht sicher weiß. Ich weiß überhaupt nicht mehr, was ich denken soll – nur dass ich wünschte, wir wären nicht zu diesem Konzert gegangen.

»Matthew war in ihn verliebt«, versuche ich zu erklären. Mein Ton wird nun auch ein bisschen lauter. »Ich wusste nichts davon, und das war auch der Grund, warum sie sich getrennt haben. Ich meine, warum die Band sich getrennt hat.

Aber Tom hat mich geliebt und … Ich wollte dir das alles sagen, Jack. Ich hätte es dir gleich sagen müssen, aber –«

»Aber nichts!«, fällt er mir ins Wort. »Wir waren damals noch gar nicht zusammen, also warum alles verkomplizieren. Dann doch lieber damit warten, bis wir verheiratet sind, bis ich kurz davorstehe, nach Kanada zu fliegen, um etwas zu tun, das für mich und meine Familie eine große Bedeutung hat, und bis ich mir zwei Stunden lang ein Konzert angehört habe, inklusive einer Ballade, die zu meiner absoluten Unkenntnis von meiner Frau handelte!«

Autsch.

»Kannst du dir vorstellen, wie ich mich jetzt fühle?«, sagt er und sieht mir nun direkt in die Augen. »Es ist, als würde ich dich überhaupt nicht mehr kennen, Charlotte! Ich habe keine Ahnung, was in deinem Kopf vorgeht. Das ist unbegreiflich! Hast du noch Kontakt zu ihm? Liebst du ihn noch, Charlotte? Antworte mir! Liebst du ihn noch?«

Ich presse meine Lippen zusammen, während mir Tränen in die Augen schießen, und ich schüttele rasch den Kopf.

»Ich liebe dich, Jack«, wimmere ich, aber damit habe ich seine Frage nicht beantwortet.

Er stürmt aus der Küche, während ich verzweifelt nach Atem ringe. Ein lautes, unkontrolliertes Keuchen entlädt sich tief in meiner Kehle, und ich gehe hinüber ins Wohnzimmer, wo ich mich auf der Couch zusammenrolle und mich frage, wie zum Teufel ich es geschafft habe, so ein schlimmes Chaos anzurichten. Jack ist ein gebildeter, intelligenter, verständnisvoller Mann, und trotzdem brachte ich es nicht über mich, ihm vom wichtigsten lebensverändernden Moment zu erzählen, den ich jemals erlebt habe. Und mir fällt nicht einmal ein Grund dafür ein.

Stattdessen habe ich alles vertuscht und versucht, einen albernen Schlussstrich unter ein Kapitel zu ziehen, das in meinem Kopf längst tot und begraben sein müsste. Warum lässt Tom Farley mich nicht los? Warum kann ich ihn nicht einfach für immer vergessen? Warum kann ich nicht unkompliziert sein und in der Gegenwart leben, statt ständig über die Vergangenheit nachzudenken? Im Moment kann ich mich selbst nicht leiden. Ich kann meine eigenen Gefühle nicht deuten, geschweige denn, sie meinem Mann erklären. Ich bin so eine Idiotin. Ich bin gerade dabei, das Beste, was ich jemals hatte, zu ruinieren, und ich habe keine Ahnung, wie ich mich daran hindern kann.

Was soll ich jetzt tun, was soll ich meinem Mann sagen, der sich oben darauf vorbereitet, mich zum ersten Mal seit unserem Hochzeitstag für eine längere Zeit allein zu lassen? Die Vorstellung, dass er so weit weg sein wird, genügt, um neue Tränen fließen zu lassen, aber ich kann nicht länger in Selbstmitleid baden.

Das hier war von Anfang an mein chaotisches Werk, und es ist höchste Zeit, dass ich mich damit auseinandersetze.

»Ich gehe jetzt«, sagt Jack. »Ich muss einen klaren Kopf bekommen, bevor ich in den Flieger steige.«

Ich habe mich offenbar in den Schlaf geweint. Meine Augen fühlen sich wund an. Als ich auf die Uhr sehe, wird mir bewusst, dass ich länger weg war, als ich dachte. Mühsam rappele ich mich auf. Ich fühle mich klebrig und schmutzig, und ich habe furchtbare Angst. Ich habe Angst, einen wichtigen Menschen zu verlieren, dem ich nie etwas Böses wollte.

Es war vereinbart, dass ich ihn zum Flughafen bringe. Ich bin noch nicht einmal angezogen. Ich bin völlig durch den Wind.

»Aber du hast noch eine Stunde Zeit, bevor du losmusst«, sage ich. »Ich mache mich kurz frisch und fahre dich dann. Jack, bitte. Bitte, geh nicht so.«

Er kann mir nicht einmal in die Augen sehen. Er wirkt erschöpft, ausgelaugt und ernüchtert, wie ein Schatten meines klugen und schönen Mannes. Wie konnte ich nur so dumm sein? Emilys Warnung klingelt mir in den Ohren, als sie mir damals sagte, dass ich Jack freigeben müsse, wenn ich noch Gefühle für Tom Farley hätte.

Aber ich habe keine Ahnung, ob ich noch Gefühle für Tom habe oder nicht. Das Einzige, was ich im Moment weiß, ist, dass ich Jack nicht verlieren möchte. Verhalte ich mich egoistisch? Sind da wirklich noch Gefühle für Tom, tief in meinem Innern? Warum hat mich das Konzert gestern so mitgenommen? Ich kann nicht mehr klar denken. Ich kämpfe mit meiner Panik, mein Verstand hat ausgesetzt.

»Das Taxi ist schon auf dem Weg hierher«, sagt Jack und beschäftigt sich vor dem Spiegel, wo er seine Haare ordnet und seine Krawatte geraderückt. Alles nur, damit er mich nicht ansehen muss. »Vielleicht wird diese kleine Auszeit uns beiden guttun. Wer weiß, vielleicht hilft sie dir, dich zu entscheiden, was du vom Leben willst, ob du diese Ehe überhaupt weiterführen möchtest.«

O Gott, nein, ich will das nicht hören. Ich fühle mich, als würde ich in einer Flut von Worten und Gefühlen ersticken, die völlig außer Kontrolle geraten sind. Ich balle meine Hände zu Fäusten und öffne sie wieder, während ich mich am liebsten an Jack festklammern und ihn anflehen würde, mich nicht so stehen zu lassen.

»Jack, das ist einfach falsch«, sage ich und versuche, seine Aufmerksamkeit zu erringen, obwohl ich mich absolut grauenhaft fühle, weil ich ihm seine Vorfreude auf einen Höhepunkt seiner Karriere verdorben habe. »Bitte, hör mich an. Lass mich dich zum Flughafen fahren, dann können wir unterwegs reden.«

Er schüttelt den Kopf. »Ich habe nicht den Eindruck, als hättest du dem, was bereits gesagt wurde, noch groß etwas hinzuzufügen«, erwidert er. »Ich habe dich gefragt, warum du es mir nicht früher erzählt hast, aber offenbar willst du dein großes Geheimnis nicht mit mir teilen. Ich habe dich außerdem gefragt, ob du ihn noch liebst, was du weder mit Ja noch mit Nein beantwortet hast. Ich weiß wirklich nicht, warum du mich gestern Abend auf dieses Konzert geschleift und die ganze Zeit den Unschuldsengel gespielt hast. *Ich glaube, er war der Drummer!* Wozu die Lügen, Charlotte? Was kann ich dir noch glauben?«

Ich versuche zu überlegen, warum ich gelogen habe. Ich versuche, meinem Gehirn eine Antwort darauf zu entlocken, warum in aller Welt ich meinem Mann nichts von meinem Part, den ich bei Matthews Unfall spielte, gesagt habe und davon, wie ich es mit aller Macht verdrängte.

»Ich hatte Angst, Jack!«, bricht es schließlich aus mir heraus. »Ich hatte Angst, es dir zu sagen, weil ich jedes Mal, wenn Tom Farleys Name ins Spiel kommt, große Probleme in meinem Leben bekomme. Ich hatte Angst, dir zu sagen, dass ich und mein Exfreund dafür verantwortlich waren, dass Matthew diesen schlimmen Unfall hatte, der ihn fast das Leben gekostet hätte. Ich hatte Angst, das Thema auf den Tisch zu bringen. Bis jetzt habe ich noch nie mit jemandem darüber gesprochen. Ich habe versucht, es zu vergessen!«

Er starrt mich nur an. Er kauft mir meine Erklärung nicht ab, und wenn ich darüber nachdenke, klingt es tatsächlich so, als hätte ich an einem Traum von einem jüngeren Ich festgehalten, an jemandem, der keine Ahnung von der Realität des Lebens hatte oder von den Herausforderungen, die es mit sich bringen kann. Ich war unerfahren in der Liebe, ich hatte sie gerade erst ausprobiert. Ich muss das alles von mir abschütteln, aber ich habe eine schreckliche Angst, dass ich damit zu lange gewartet habe.

Ich höre draußen einen Wagen vorfahren, und am liebsten würde ich mit dem Fuß aufstampfen wie ein bockiges Kind, das seinen Willen nicht bekommt. Am liebsten würde ich zetern und heulen und ihn anflehen, zu bleiben und das Gespräch weiterzuführen. Heute hätte eigentlich ein gemütlicher und romantischer Tag werden sollen, um liebevoll voneinander Abschied zu nehmen, statt überstürzt und im Streit auseinanderzugehen, wie wir es jetzt tun.

»Wenn du Angst gehabt hättest, seinen Namen jemals wieder in den Mund zu nehmen«, sagt Jack leise, »dann wärst du gestern nicht auf sein Konzert gegangen, oder? Wenn du so viel Angst hattest, dich mit eurer gemeinsamen Vergangenheit auseinanderzusetzen, hättest du nicht neben mir gestanden und so getan, als wäre er ein Fremder, obwohl du ihn nur allzu gut kennst.«

Ich berühre verzweifelt seinen Arm, als der Taxifahrer draußen hupt, aber Jack wendet sich von mir ab und sieht mich erst wieder an, als er vor der Tür steht.

»Ich habe immer nur dich geliebt, Charlotte«, sagt er ernst. »Ich kümmere mich um dich, ich passe auf dich auf, du stehst bei mir immer an erster Stelle. Meine größte Sorge vor dieser heiß ersehnten Reise nach Kanada war, ob du hier allein zurechtkommen würdest, weil du schon so lange in diesem Tief steckst.«

Seine Unterlippe zittert, und er sieht mir in die Augen, während seine sich nun mit Tränen füllen.

»Du hast eine Menge Stoff zum Nachdenken, Charlotte, und reichlich Zeit und Raum dafür, während ich weg bin«, fährt er fort. »Es wird Zeit, dass du ehrlich zu dir selbst bist. Es wird Zeit, dass du dich entscheidest, ob du mit mir zusammenbleiben willst und ob du in der Lage bist, dich in unserer Ehe erwachsen und aufrichtig zu verhalten. Du bist nicht mehr das unbekümmerte Mädchen von früher. Du bist meine Frau. Vielleicht wird es Zeit, dass du dir das bewusst machst und anfängst, dich wie meine Frau zu benehmen, statt wie ein albernes Gör, das seinem alten Schwarm nachhängt, den es nicht einmal mehr kennt.«

Der Taxifahrer hupt wieder. Ich öffne die Tür, damit er sieht, dass Jack auf dem Weg ist, und wünschte, ich könnte ihn fortschicken und meinen Mann selbst zum Flughafen bringen.

»Darüber muss ich nicht nachdenken!«, sage ich verzweifelt. »Ich liebe *dich*, Jack! Ich liebe dich, und ich liebe unser gemeinsames Leben. Ich habe großen Mist gebaut, und es tut mir furchtbar leid, aber ich werde nie wieder so dumm sein.«

Jack lacht leise, nicht auf eine fröhliche Art, sondern als wäre ihm gerade etwas klar geworden. »Weißt du, Charlotte, die ganze Sache hat schon eine leichte Ironie«, sagt er mit einem bitteren und traurigen Zug um den Mund.

»Wie meinst du das?«, frage ich.

Er zögert. »Nicht du hast an jenem Tag die Entscheidung getroffen, dass Matthew in seinen Wagen steigt, sondern er selbst und kein anderer«, sagt er. »Ja, du hast ihn mit deiner großen Ankündigung über Tom in Aufruhr versetzt, aber seine Reaktion darauf ging ganz allein von ihm aus. Es wird Zeit, dass du deine Verwicklung in diesen Unfall nicht länger überbewertest und loslässt, aber vielleicht willst du das ja gar nicht.«

»Was?«

»Vielleicht ist es das Einzige, was dich noch mit Tom Farley verbindet, und darum hältst du so eisern daran fest«, sagt er. »Denk mal gründlich darüber nach. Nach meiner Rückkehr können wir dann schauen, wie es um uns – um unsere

Ehe, unser Zusammenleben und unsere Zukunft – bestellt ist. Aber ich dulde keine Lügen mehr, Charlotte. Dafür bedeutest du mir zu viel, und ich dachte, du würdest das auch so empfinden.«

Ich sehe ihm nach, als er sich von mir abwendet und zum Taxi geht, ohne einen Blick zurückzuwerfen. Ich wünsche mir verzweifelt, dass er sich noch einmal zu mir umdreht, aber vergeblich.

Der Taxifahrer öffnet den Kofferraum, Jack legt sein Gepäck hinein und steigt dann in den Wagen, wo er sich mit seinem Handy beschäftigt, bis das Taxi aus meiner Sicht verschwindet.

Ich schließe die Haustür hinter mir und brülle laut in die Stille hinein.

Verdammt sollst du sein, Tom Farley. Und verdammt soll meine Schwäche für dich sein.

Was um alles in der Welt soll ich jetzt bloß machen?

KAPITEL 21

Ich ignoriere mehrere Anrufe von Sophie, als ich später am Abend im Bett liege und über die zehn Tage nachdenke, die sich vor mir erstrecken. Ohne Jack, ohne Job und ohne eine Ahnung, wo ich in meinem Leben hinwill.

Ich habe den ganzen Tag nichts gegessen, ich habe nicht geduscht, und in einem wahren Modus der Selbstzerstörung mache ich den Fehler, ins Internet zu gehen, wo ich auf Fotos und Berichte zu dem Konzert gestern Abend stoße, auf vielfach geteilte Videos von »You« und auf Tausende Kommentare von Fans, die von Tom schwärmen und darüber spekulieren, wer die geheimnisvolle Frau aus Dublin sein könnte.

Wenn sie die unspektakuläre Wahrheit kennen würden. Wenn sie mich sehen könnten, allein, mit verheultem Gesicht, während meine Ehe in Trümmern liegt.

Überall sind Bilder von Tom und seiner Verlobten Ana. Ich werfe mein Handy zur Seite und ignoriere die Akku-Warnung. Ana ist genauso umwerfend, wie ihr Status als Supermodel vermuten lässt. Blond, groß, gertenschlank und mit rasiermesserscharfen Wangenknochen ist sie fast zu schön, um wahr zu sein. Und sie ist jung, ich schätze um die dreiundzwanzig, während Tom inzwischen fünfunddreißig sein müsste. Nicht weiter schlimm, schätze ich, für einen echten Rockstar ist das kein großer Altersunterschied.

Ich muss an Jack denken, der auf dem Weg nach Montreal ist und sich wahrscheinlich den Kopf zermartert, warum ich ihm das alles so lange verschwiegen habe. Glaubt er wirklich, dass ich noch Kontakt zu Tom habe? Glaubt er, ich hätte auf eine kranke, hinterhältige Art geplant, auf das Konzert zu gehen, um mich Tom wieder nahe zu fühlen? Warum bin ich bloß hingegangen? Welcher Teufel hat mich geritten? Ich kann nicht verstehen, warum ich es überhaupt in Betracht gezogen habe, wenn mein Leben, nun ja, ein Großteil davon, gerade ziemlich rund läuft – natürlich abgesehen von dem unschönen Umstand, dass ich arbeitslos bin.

Ich hasse es, dass ich es mir selbst so schwer mache. Warum kann ich nie mit dem zufrieden sein, was ich habe? Warum schiele ich immer auf das, was ich nicht habe? Es ist wie eine Krankheit, und es frisst mich auf. Vielleicht muss ich doch mit Tom reden. Ihn auf der Bühne zu sehen hat alles nur schlimmer gemacht, aber wenn ich mit ihm sprechen könnte … O mein Gott, warum denke ich schon wieder an ihn?

Ich muss unbedingt meinen Kopf freibekommen. Ich weiß nur nicht, wie.

Am nächsten Morgen stehe ich um sieben auf, obwohl ich kaum ein Auge zugemacht habe, und stelle mich lange unter die Dusche, wo ich versuche, darüber nachzudenken, wie ich mein Leben wieder in Ordnung bringen kann. Zwanzig Minuten später sitze ich auf dem Bett, eingewickelt in ein Handtuch, und wähle Jacks Nummer, aber er antwortet nicht. Erst jetzt wird mir bewusst, dass es in Kanada vier Stunden früher ist und er wahrscheinlich noch schläft.

»Jack, ich bin's«, spreche ich auf seine Mailbox. »Ich wollte dir sagen … nun, ich weiß nicht, was ich dir sagen wollte. Ich schätze, ich wollte einfach nur deine Stimme hören. Ich vermisse dich.«

Ich lege auf und reibe mit den Händen mein Gesicht. Dann ziehe ich mich an, gehe nach unten, schlüpfe in eine warme Jacke, setze eine Mütze auf und mache mich auf den Weg ins Dorf, in der Hoffnung, dass ein Spaziergang an der frischen Luft mir einen klaren Kopf verschafft. Kurz darauf komme ich am Pub vorbei, der sich vorbereitet, um Touristen und Einheimische mit seiner feinen Küche und seiner Gastfreundschaft zu verwöhnen. Peter grüßt mich, als er seine Kreidetafel mit den Angeboten und Spezialitäten des Tages draußen aufstellt: traditioneller Schweinebraten nach Art des Hauses, Muschelsuppe, frischer Kabeljau. Der bloße Gedanke an Nahrung verursacht mir Übelkeit.

»Ist Jack schon in Kanada?«, fragt Peter und lächelt mich auf seine übliche gut gelaunte Art an. »Du wirst ihn bestimmt vermissen.«

»O ja, das werde ich«, sage ich und tue so, als wäre alles, wie es sein sollte. Ich tue so ... Wie viel von meinem Leben habe ich damit verbracht, so zu tun, als ob?

»Die Zeit wird schnell vergehen, du wirst sehen«, sagt Peter. »Außerdem werden wir alle ein Auge auf dich haben. Wenn du etwas brauchst, und sei es nur jemanden zum Quatschen, weißt du, dass du hier bei uns immer willkommen bist. Lass dich ab und zu blicken, Charlotte.«

Ich gehe weiter bis zum Schaufenster der Kunstgalerie. An diesem Haus mit seiner kleinen gelben Tür und dem Strohdach kann ich nie einfach vorbeigehen. Ein ziemlich merkwürdig aussehendes Porträt von Oscar Wilde ist Marys »Kunstwerk der Woche«, und der bloße Anblick des Dichters zaubert mir ein Lächeln auf die Lippen, während ich an meine Verlobungsfeier zurückdenke und an die Begeisterung meines Vaters, als er die Statue im Merrion Square Park entdeckte. Seltsamerweise finde ich Gefallen an dem Porträt, und ich nehme mir vor, Dad davon zu erzählen, wenn ich ihn das nächste Mal sehe, schließlich sind wir beide große Fans des Mannes, der darüber schrieb, wie wichtig es ist, man selbst zu sein.

Jack und ich haben seit unserer Zeit am Merrion Square wirklich einen großen Sprung gemacht. Ich hätte nie im Traum gedacht, dass ich mal einen Ort finden würde, den ich mehr liebe als Dublin, aber hier bin ich, fasziniert von jeder kleinen Ecke in dieser idyllischen Umgebung, die ich nun mein Zuhause nenne.

Ich winke Mary, der immer fröhlichen Besitzerin der Galerie, durch das Schaufenster zu, und sie stellt ihre Kaffeetasse ab und kommt für einen kleinen Plausch heraus.

»Na, hast du mir schon ein Bild mit den herrlichen Farben gemalt, die du neulich bei mir gekauft hast?«, fragt sie und verschränkt die Arme vor ihrem üppigen Busen. Ihre sonnengebräunten Wangen glänzen immer rosig, und ihr bloßer Anblick bringt mich zum Lächeln. Ich weiß nichts über Mary, nur dass sie mich immer aufheitert und dass sie einen leckeren Tee macht, sie dagegen kann offenbar in mir lesen wie in einem offenen Buch.

»Ich werde demnächst damit loslegen, jetzt wo Jack auf Geschäftsreise ist«, antworte ich und versuche mein Bestes, um ihr fröhliches Lächeln zu erwidern. Aber Mary lässt sich nicht für dumm verkaufen.

»Du siehst traurig aus, mein Mädchen«, sagt sie auf ihre mütterliche Art, die immer tröstend auf mich wirkt. »Liegt dir etwas auf dem Herzen? Es ist nicht gut, alles in sich hineinzufressen, aber ich möchte dir natürlich nicht zu nahe treten. Du wirkst nur einfach nicht wie du selbst.«

Mary ist Anfang sechzig, schätze ich, und für ihre Galerie kommen die Leute von sehr weit her. Ich habe ihre einfachen, aber klugen Worte zu schätzen gelernt.

»Ich bin okay«, schwindele ich wenig überzeugend.

»Du weißt, meine Tür steht dir immer offen, wenn du jemanden zum Reden brauchst«, sagt sie, da sie mich natürlich durchschaut. »Es ist wunderbar, dich und deinen Mann in unserer Gemeinde zu haben, aber ich kann mir vorstellen, dass es nicht so einfach ist, sich in einer völlig neuen Umgebung einzugewöhnen. Pass auf dich auf, Charlotte, ja?«

Dieses Mal ist mein Lächeln echt.

»Mach ich, Mary«, sage ich. »Und mit dem Bild werde ich auch bald anfangen.«

Ich setze meinen Weg durchs Dorf fort, ohne ein bestimmtes Ziel, nur aus dem Bedürfnis heraus, meinen Körper zu bewegen und meinen Geist abzulenken. *Wir stellen ein* steht auf einem Schild draußen vor dem Lebensmittelmarkt, und ich muss an Matthew denken und daran, wie glücklich und aufgeregt er an jenem Tag in Sullivan's Gemischtwarenhandlung wirkte, während er in seiner dunkelblauen Schürze die Kunden bediente.

Ich wünschte, ich könnte die Zeit zurückdrehen und diesen Tag völlig anders enden lassen. Ich wünschte, ich hätte meinem Bruder einfach zugehört, statt ihn mit meiner Tom-Geschichte zu überfallen. Ich hätte ihn ausreden lassen müssen, ihm seinen großen Moment für sein Outing zugestehen müssen. Wenn ich mich und meinen Mitteilungsdrang hätte beherrschen können, wie anders wäre unser Leben dann verlaufen? Matthew war auf so einem guten Weg, bis ich daherkam und mit meiner großen Klappe alles ruinierte.

Wenn ich abgewartet hätte ... Wenn ich die Sache anders angegangen wäre ... Ich hätte warten sollen, bis Matthews Beziehung mit Martin gefestigt gewesen wäre, bis er sein altes Selbstvertrauen wiedererlangt hätte, bis er verinnerlicht gehabt hätte, dass jeder ihn so liebte und akzeptierte, wie er war. Dann hätte ich die ganze Sache mit Tom auf eine andere, eine behutsame und angemessene Art vorbringen können.

Und wo würde ich heute stehen, wenn ich besonnener reagiert hätte? Wäre ich noch mit Tom zusammen? Hätte ich Jack überhaupt wiedergetroffen? Wahrscheinlich nicht. Schon verrückt, wenn man sich vorstellt, dass mein Lebensweg, und auch der von Matthew, Tom und Jack, durch dieses eine Gespräch an jenem Tag im Sullivan's bestimmt wurde. Alles hing mit dieser einen Entscheidung zusammen, nach Loughinisland zu fahren, mit diesem einen Moment.

Und ich kann immer noch nicht aufhören, über die Alternative nachzudenken, über mein anderes, paralleles Ich – wäre ich glücklicher? Zufriedener? Erfolgreicher? Wäre ich mit mir im Reinen? Wenn ich weiter in dieser Gedankenspirale bleibe, drehe ich noch durch.

Ich muss dringend etwas essen, bevor ich zusammenklappe.

Jack ruft an, als ich nach Hause komme, und der Klang seiner Stimme genügt, um mich zumindest ein bisschen zu beruhigen. Ich lege mich auf die Couch, schließe meine Augen und plaudere mit meinem Mann über seine Ankunft in Kanada, aber die Anspannung in seiner Stimme ist noch immer deutlich zu hören, immerhin sind wir im Streit auseinandergegangen. Jack ist ein anständiger Mann. Er liebt mich, aber ich habe ihn tief verletzt.

»Jack, ich vermisse dich hier wahnsinnig«, sage ich und überlege, was ich tun kann, um etwas Druck aus der Situation zu nehmen. »Aber weißt du, ich denke, du hast recht. Ich muss wirklich gründlich über mich und mein Leben nachdenken, auch über meinen Durchhänger, seit ich gekündigt habe und keine neue Arbeit finde. Ich denke, dieser Abstand wird uns beiden guttun, aber falls dir das alles zu viel ist, um mir wieder zu vertrauen, habe ich dafür volles Verständnis. Ich hoffe bloß, ich bekomme noch eine Chance, um dir zu beweisen, dass ich dein Vertrauen wert bin.«

Er wirkt erleichtert darüber, dass er nicht länger krampfhaft Smalltalk machen muss. Nun geht es ans Eingemachte, und ich werde unter allen Umständen verhindern, dass uns das Gespräch entgleitet. Ich muss meine Sache gut machen.

»Ich möchte nur, dass du ehrlich zu mir bist«, sagt er, was ich ziemlich fair von ihm finde. »Ich möchte, dass du ehrlich zu mir, aber auch zu dir selbst bist. Mehr verlange ich nicht, Charlotte. Bitte, du darfst keine Lüge leben, dafür ist das Leben zu kurz, das weißt du.«

»Ich verspreche dir, ich werde ehrlich sein«, erwidere ich. »Danke, dass du mir eine Chance gibst, es dir zu beweisen. Ich weiß, ich habe sie wahrscheinlich nicht verdient.«

»Du bist meine Frau«, erinnert er mich sanft. »Ich werde dich nicht so schnell aufgeben, aber ich möchte nicht mit jemandem zusammenleben, der nicht sicher weiß, wo sein Platz im Leben ist. Beziehungsweise ob er an meine Seite gehört. Das kannst nur du entscheiden, Charlotte. Ich werde deine Entscheidung respektieren, wie auch immer sie ausfallen wird. Es liegt nicht in meinen Händen.«

Ich würde ihn am liebsten in den Arm nehmen, seine Wärme spüren. Ich wünsche mir, er wäre hier in unserem gemütlichen Heim und wir würden zusammen das Abendessen kochen und uns darüber unterhalten, wie es in der Serie weitergeht, die wir gerade schauen. Ich möchte für ihn in die Reinigung gehen oder sein Hemd kurz aufbügeln, wenn er dringend zu einem Termin muss. Ich möchte, dass er mir ein Glas Wein einschenkt oder mich bei seiner Rückkehr vom Dorfladen mit einem selbst gepflückten Blumenstrauß überrascht. Ich möchte am Sonntagnachmittag ein Bier im Pub mit ihm trinken und unseren nächsten Ausgehabend mit Sophie und Harry planen. Ich möchte, dass er mir seine Sorgen und Ängste anvertraut, dass er mir sein Herz über seine Patienten ausschüttet. Ich möchte so tun, als hätten wir keine Schokolade mehr im Haus, und ihn dann, wenn er richtigen Heißhunger darauf hat, mit einem Geheimvorrat überraschen, den ich nur für ihn gekauft habe. Ich möchte auf der Couch liegen und ihn dabei ertappen, wie er mich mit seinen blauen Augen anlächelt, während ich über irgendeinen Kitsch im Fernsehen weine.

Aber vor allem möchte ich die Gewissheit haben, dass ich ihm, wenn er von seiner Reise zurückkehrt, nie wieder einen Grund geben werde, an unserer Ehe zu zweifeln oder daran, wie viel er mir bedeutet.

Und um das zu können, muss ich ein paar alte Geister zur Ruhe betten.

Ich muss unbedingt Tom Farley ausfindig machen.

KAPITEL 22

Jemanden ausfindig zu machen, den man früher kannte und der nun ein berühmter Rockstar ist, ist nicht so einfach, wie ich dachte.

Als Erstes schreibe ich eine Nachricht an Toms alte E-Mail-Adresse, über die ich früher regelmäßig mit ihm kommunizierte. Es kann natürlich sein, dass das eine Sackgasse ist, da ich auf meine letzte E-Mail nie eine Antwort erhalten habe, aber es ist einen Versuch wert und die naheliegendste Option.

Ich mache es mir auf der Couch gemütlich, atme tief durch und beschließe, den Stier bei den Hörnern zu packen.

Hallo Superstar, tippe ich in mein Smartphone, dann lösche ich es sofort wieder. Viel zu unpersönlich.

Lieber Tom.

Schon besser.

Glückwunsch zu deinem tollen Auftritt am Wochenende in Dublin! Ich war mit meinem Mann und meinen Freunden da, und wir waren alle restlos begeistert.

Es ist immer gut, die Weichen im Voraus zu stellen – ich habe einen Mann. Wir sind cool. Wir mögen deine Musik ... ein Kompliment, ja, das ist ein guter Anfang.

O Tom, ich freue mich wirklich unheimlich für dich. Ich hatte am ganzen Körper eine Gänsehaut, als du deine Ballade »You« gesungen hast.

Ich klinge ein bisschen überschwänglich, aber es ist ja nicht so, als würde ich einem Wildfremden schreiben, selbst wenn er sich in die Stratosphäre des Ruhms hochkatapultiert hat, seit ich ihn das letzte Mal gesprochen habe. Ich überlege, ob ich hinzufügen soll »der Song, den du über mich geschrieben hast«, aber dann überkommen mich im letzten Moment Zweifel, ob tatsächlich ich gemeint bin. Ich weiß, er hat mich gemeint. Ich bin nur nervös. Egal, weiter …

Wollen wir uns, falls du noch in Dublin bist, vielleicht auf einen Kaffee treffen, nur um kurz Hallo zu sagen? Ich würde mich freuen, dich und deine Verlobte zu sehen.

Ich lösche den letzten Satz sofort wieder. Ich würde mich *nicht* freuen, seine Verlobte zu sehen. Kein bisschen. Tatsächlich kann ich mir im Moment nichts Schlimmeres vorstellen, als diese Ana kennenzulernen. Sie geht mir ziemlich am Arsch vorbei, ohne ihr nahetreten zu wollen. Ich bin mir sicher, sie ist als Mensch so reizend, wie sie als Supermodel schön ist, aber das kann ich mir im Moment nicht antun. Nennt es Unsicherheit, aber ich kann einfach nicht.

Ich füge unten meine Handynummer an – kein Druck, aber wenn du noch in der Gegend bist, ruf mich gern an oder schreib mir, bevor du weiterziehst.
Ich bin so stolz auf dich, Tom. Ich glaube, das habe ich dir schon einmal geschrieben, aber es ist wahr.

Alles Liebe
Charlie x

Ich tippe auf *Senden*. Und dann warte ich. Und warte.

Die Stunden vergehen, und mir wird schließlich bewusst, dass es nicht schneller gehen wird, falls er überhaupt antwortet, wenn ich in der Horizontalen auf meiner Couch klebe und auf mein Handy starre.

Also mache ich mir einen Tee. Ich hänge ein bisschen vor der Glotze ab. Ich lege mich in die Badewanne. Ich durchforste die Stellenportale im Internet. Ich bewerbe mich sogar für einen Job, der räumlich viel zu weit entfernt ist, um in Betracht zu kommen, aber Hauptsache, ich bin beschäftigt und abgelenkt, statt ständig mein Handy zu checken oder meinen Posteingang zu aktualisieren.

Nachmittags schaue ich ein paar Soap-Folgen hintereinander. Als ich noch zu Hause bei meinen Eltern wohnte, war es eine Art religiöse Pflicht, im gesamten Soap-Universum immer auf dem Laufenden zu sein, und ich stelle fest, dass ich selbst nach so langer Zeit ganz schnell wieder in die Handlung und die Figurenkonstellation hineinfinde, als wäre es erst gestern gewesen. Meine Tante Bridie wäre stolz auf mich.

Nach meiner kleinen Netflix-Orgie fahre ich zum Supermarkt und kaufe mehr ein, als ich will, mehr als ich jemals verbrauchen kann, und bei manchen Sachen bin ich mir nicht einmal sicher, ob ich sie überhaupt mag. Als es Nacht wird, gehe ich schließlich ins Bett und überlege, was genau ich mir von diesem Treffen mit Tom verspreche, sollte es auf wundersame Weise zustande kommen.

Einen Abschluss, das verspreche ich mir davon. Und Antworten. Ja, Antworten auf all die Fragen in meinem Kopf, damit ich Tom endlich loslassen kann. Aber was, wenn wir uns tatsächlich treffen und er ist immer noch der Mann meiner unerfüllten Träume? Was, wenn diese Gefühle, die ich tief in mir vergraben habe, wieder hochkommen, und was, wenn … was, wenn auch er noch etwas für mich empfindet? Was würde ich dann tun? Würde ich Jack wirklich für ihn verlassen?

Kann ich die beiden überhaupt miteinander vergleichen? Nein, kann ich nicht. Jack und Tom sind zwei grundverschiedene Menschen, die mich auf grundverschiedene Arten bewegen. Mit Jack verbinde ich Trost, Lachen, Freundschaft, eine tiefe und bedeutungsvolle Liebe, die, das weiß ich, für immer halten wird, und trotzdem ist da diese nagende Unzufriedenheit in mir, die ich einfach nicht loswerde. Mit Tom verbinde ich ein leeres Loch in mir, das – dessen bin ich sicher – nur er füllen kann. Aber was, wenn die Sache nach hinten losgeht und ich am Ende erneut mit einem gebrochenen Herzen dastehe, weil Tom mit seiner gazellenähnlichen Verlobten davonzieht? Ich würde zurückbleiben und meine Wunden lecken, während Jack ohne mich in den Sonnenuntergang hinaussegelt und mir zu Recht sagt, dass ich mir unsere Ehe und alle unsere Zukunftspläne abschminken kann.

Ich wälze mich die ganze Nacht unruhig hin und her und schnappe mir am nächsten Morgen nach dem Aufwachen als Erstes mein Handy. Immer noch nichts.

Ich mache einen Spaziergang ins Dorf. Ich trinke Tee mit Mary und tue so, als ginge es mir gut, obwohl sie mir wiederholt sagt, ich würde schlecht aussehen. Ich bewundere Oscar in ihrem Schaufenster, um von mir abzulenken. Es funktioniert nicht.

»Deine Tränensäcke könnte man als Einkaufstaschen verwenden, und mit deinem blassen Gesicht machst du jeder Leiche Konkurrenz. Du gehst seelisch am Stock, aber ich kann nur versuchen, dir ins Gewissen zu reden, mehr nicht.«

Auf Marys Empfehlung, meinem Kopf und meinem Herz »eine Verschnaufpause zu gönnen«, setze ich mich hinaus auf unsere Terrasse und versuche mich mit Pinsel und Farbe an einem Bild. Eigentlich soll es Pferde auf einer Weide darstellen, aber sie sehen eher aus wie Ameisenbären. Ich komme zu dem Schluss, dass ich doch lieber beim Unterrichten und Singen bleiben sollte.

Ich greife sogar zu meiner Gitarre, in der Hoffnung, dass meine innere Unruhe mich zu irgendwelchen magischen Melodien und klugen Worten antreibt, aber Fehlanzeige. Stattdessen lande ich, nur um überhaupt etwas zu spielen, bei immer denselben Songs, die wahrscheinlich keiner mehr hören kann, nicht einmal die Studenten und Touristen in Galway, die mein Bruder unterhält.

Sophie ruft an, um zu hören, wie es mir geht und ob ich Gesellschaft haben möchte. Ich sage ihr, dass ich müde sei und früh ins Bett gehen werde. Emily ruft an und erzählt mir, dass sie einen Schwangerschaftstest gemacht habe und dass er wieder negativ war. Sie ist total down, also vergesse ich meine eigenen Sorgen für eine halbe Stunde und tröste meine trauernde Schwester.

Ich rufe meine Mutter an. Ich muss einfach ihre vertraute Stimme hören, selbst wenn ich weiß, dass sie mir wieder Stellenanzeigen aus der Zeitung vorlesen und sich detailliert über Matthews medizinische Fortschritte auslassen wird, obwohl ich bereits auf dem aktuellen Stand bin. Der Traum meines Bruders von einem Leben ohne Rollstuhl steht kurz davor, sich zu erfüllen. Allein die Vorstellung, Matthew wieder aufrecht stehen zu sehen, treibt mir Tränen in die Augen. Es wäre der glücklichste Tag in meinem Leben, wenn er das schaffen würde.

Jack schreibt mir aus Kanada, dass er nach einem Umtrunk am Mittag nun mit ein paar anderen Forschern eine Stadtführung durch Montreal genießt. Der Gedanke, dass er Spaß hat, macht mich glücklich, verstärkt aber auch meine Sehnsucht nach ihm, und als er erwähnt, dass er sich mit einer Delegation irischer Ärzte getroffen habe, frage ich mich automatisch, ob seine Exfreundin Ursula dabei war. Bei der Vorstellung krampft sich mein Magen zusammen.

Ich frage ihn direkt, ob Ursula auch in Kanada sei, und erhalte ein Ja als Antwort. Ich gehe ins Bad, um mich zu übergeben.

Ich muss mein Leben unbedingt wieder auf die Reihe bekommen. Ich muss Tom sehen und meinen rasenden Verstand zur Ruhe bringen, aber ich weiß nicht, wie ich an den großen Star herankommen kann.

Später am Abend googele ich seine Plattenfirma und überlege, ob das eine Möglichkeit wäre. Aber als ich die E-Mail-Adresse in mein Handy eingebe, wird mir bewusst, dass ich keine Ahnung habe, was ich schreiben soll. *Hallo, ihr da vom multinationalen Plattenkonzern, ich bin eine von Tom Farleys rund tausend Exfreundinnen, und ich muss ihn dringend sprechen?* Wahrscheinlich würden sie meinen Namen in der Stalker-Akte ablegen, mir sagen, dass ich mich ganz hinten in der Schlange der Hardcorefans anstellen soll, und meinen Absender für immer sperren.

Ich suche die Nummer seines Managements heraus und rufe in dem Londoner Büro an, aber als mich der Anrufbeantworter bittet, eine Nachricht zu hinterlassen, traue ich mich nicht.

Was zum Teufel mache ich?

Meine Finger schweben über Twitter und Facebook, im Bewusstsein, dass am anderen Ende der Social-Media-Kanäle wahrscheinlich jemand sitzt, der dafür bezahlt wird, und nicht jemand von der Band, und schon gar nicht Tom selbst.

Später liege ich wieder wach, starre an die Decke, fühle mich leer und einsam und denke daran, was alles für mich auf dem Spiel steht, wenn ich nicht die Kurve kriege. Es ist zwar nicht cool, es zuzugeben, aber ohne Jack wäre ich nichts. Ja, ich habe einen schönen Beruf, ich weiß, ich bin eine gute Lehrerin, und wahrscheinlich werde ich tatsächlich eines Tages den Mut aufbringen und ein paar Songs schreiben, die inhaltlich und musikalisch sogar richtig gut ankommen. Aber ich liebe meinen Mann. Ich will meinen Mann. Also muss ich mir und ihm beweisen, dass ich mich von meinen Schuldgefühlen befreien und in meinem Kopf endgültig die Tür hinter Tom Farley zumachen kann.

Ich schließe die Augen, drehe mich auf die andere Seite und lege meine Hand auf Jacks kühles, leeres Kopfkissen. Mein Magen krampft sich bei der bloßen Vorstellung, meinen Mann zu verlieren, vor Angst zusammen.

Und dann piept mein Handy. Ich drehe mich wieder um und nehme es vom Nachttisch. Es ist nach Mitternacht, darum weiß ich, dass es nur zwei Personen sein können: entweder Matthew, der darum bittet, dass ich mir eine seiner neuesten Kompositionen anhöre, die einfach nicht bis morgen warten kann, oder es ist ein Last-Minute-Wunder, und Tom Farley hat geantwortet.

Charlie! Hier ist meine Nummer, Süße. Ruf mich an.

O Gott.

Meine Eingeweide hüpfen im Viereck, und ich setze mich im Bett auf und starre auf die zwei simplen Sätze auf meinem Smartphone.

Hier ist meine Nummer, Süße. Ruf mich an.

Ich höre es ihn sagen, während ich seine Worte lese. Es gibt keine Signatur, keinen Hinweis darauf, wer der Absender ist, aber das ist auch gar nicht nötig. Er ist es. In der Anrede steht Charlie.

Da wären wir also. Ich fühle mich schwach.

Ich lege mich wieder hin und halte mein Handy an die Brust, während ich mich frage, ob ich tatsächlich den Mut aufbringe, meinen Plan durchzuziehen. Auf diese Gelegenheit warte ich jetzt schon seit zwei Tagen. Teufel, nein, seit über zwei Jahren. Ich kann jetzt keinen Rückzieher machen. Ich muss sehen, ob eine persönliche Begegnung mit dem Mann, den ich früher geliebt habe, die Spinnweben der Vergangenheit für alle Zeiten wegfegen wird.

Ich wähle seine Nummer und warte mit geschlossenen Augen und lautem Herzklopfen darauf, seine Stimme zu hören. Ich werde endlich mit ihm sprechen. Darauf habe ich die ganze Zeit gehofft, nicht wahr? Ich kann jetzt nicht einknicken.

Es klingelt und klingelt, dann meldet sich seine Mailbox.

»Hier ist Tom. Hinterlass mir eine Nachricht, und ich melde mich zurück. Danke!«

Ich schlucke. Ich versuche zu sprechen. Meine Stimme klingt piepsig.

»Hi Tom, ich bin's, Charlotte. Ich meine Charlie. Charlie Taylor. Ich habe gerade deine Nachricht erhalten, und ich rufe an, um, äh, vielleicht ein Treffen auszumachen? Jedenfalls, das ist meine Nummer. Oh, die hast du ja schon. Ähm, es ist schon spät. Vielleicht sprechen wir uns morgen, ja? Bis dann.«

Über mein Gestammel schaudernd lege ich auf und lasse mich in mein Kissen zurückplumpsen. Ich lege Jacks Kissen über meinen Kopf und zwinge mich zu schlafen. Das wird eine lange Nacht.

Es ist fünf Uhr nachmittags und zwei Tage her, dass ich meine Nachricht an Tom Farley geschickt habe.

Nach quälend langer Warterei kam heute Mittag endlich eine Antwort, aber nicht in Form eines Anrufs, wie ich es erwartet hätte. Stattdessen schrieb er mir, dass er heute Abend gegen sieben in unserem Pub in Howth sein würde, was mir genügte, um mich mit Volldampf in meinen Plan zu stürzen, mich endlich von ihm zu verabschieden.

Ich sitze in meinem Wagen und fahre auf der Autobahn in nördliche Richtung, den Kopf voller Erinnerungen und möglicher Zukunftsszenarien. Kurz hinter Dublin nehme ich die Ausfahrt zu der kleinen Halbinsel, auf der Tom und ich so viele magische Momente erlebten, und meine Gedanken fangen an, sich zu überschlagen. Hat er diesen Treffpunkt bewusst gewählt, um der alten Zeiten willen? Versucht er, nostalgische Gefühle zu wecken, indem er uns an diesem Ort zusammenführt? Warum ist er überhaupt noch hier? Hat er gehofft, dass ich mich melden würde? War die Ballade eine Art Rauchzeichen an mich? Er weiß, dass ich verheiratet bin, es ist also nicht so, als könnte er sich ungeniert an mich ranschmeißen, aber ist dies womöglich nun die dritte und letzte Chance, die das Schicksal uns gewährt?

Ich drehe das Radio lauter, dann leiser, schalte es aus, dann wieder ein. Ich kann mich nicht konzentrieren, wenn Musik läuft, andererseits werde ich nervös und fühle mich allein ohne irgendein Geräusch, das mich von meinem Kopfkino ablenkt, während ich die letzten Kilometer zurücklege. Mit diesem Ort verbinde ich meine schönsten Erinnerungen an die kurze Zeit, die Tom und ich zusammen hatten, und ich bekomme jetzt schon feuchte Augen, wenn ich an unsere Wiedervereinigung denke. Ich sauge den Anblick und die Gerüche in mich auf, die mich zu jenen Tagen voller Hoffnungen und Träume zurückkatapultieren. Ich bin ziemlich aufgeregt. Auf diese Chance musste ich lange warten.

Aber was wird passieren, wenn wir uns endlich wieder von Angesicht zu Angesicht gegenüberstehen?

Werde ich ihm um den Hals fallen? Hat er ein richtiges

Dinner mit mir geplant oder nur einen kurzen Plausch bei einem Kaffee? Werden wir sofort wieder ganz locker ins Gespräch finden, oder werden wir nach der langen Zeit miteinander fremdeln?

Ich hoffe, ich habe das richtige Outfit für den Anlass gewählt. Ich trage ein Maxikleid und darüber eine hellblaue Jeansjacke, meine Haare sind zu einem Messy Bun aufgesteckt, mein Gesicht ist dezent geschminkt, und ich hoffe, es fängt nicht an zu regnen, was in Irland um diese Jahreszeit Glückssache ist.

Ich entschied mich für vernünftige Schuhe für den Fall, dass wir vielleicht wieder einen Spaziergang auf dem berühmten Cliffwalk machen, dieses Mal im Mondschein, und in Erinnerungen an unseren letzten Besuch hier in Howth schwelgen, als wir so viele Pläne hatten. Ich stelle mir vor, wie wir uns darüber freuen, dass unsere Lebenswege sich erneut gekreuzt haben. Aller guten Dinge sind drei, wird er lächelnd sagen, und wir werden den Moment auskosten im Bewusstsein, dass das Schicksal dieses Mal auf unserer Seite ist.

Ich weiß, meine Fantasie geht gerade mit mir durch, aber ich habe mir dieses Wiedersehen jahrelang ausgemalt, und bald schon wird sich zeigen, ob sich meine Vorstellungen erfüllen.

Ich frage mich, ob ihm bewusst ist, dass sich auch in meinem Leben viel verändert hat, vor allem natürlich, seit ich mit Jack verheiratet bin.

Jack. Ich kann im Moment nicht an ihn denken. Ich muss fokussiert bleiben.

Ich überprüfe kurz mein Gesicht im Rückspiegel. Ich bin jetzt dreißig, nicht mehr ganz so taufrisch wie damals vor acht Jahren, als wir uns das erste Mal begegneten und gemeinsam sangen, und ich bin auch nicht mehr die beschwipste Partymaus wie bei unserem Wiedersehen vor rund drei Jahren unter dem verschneiten Dubliner Nachthimmel.

Ich habe mich verändert, was ganz natürlich ist, und er hat sich bestimmt auch verändert. Ich bin in vielerlei Hinsicht erwachsener geworden, und trotzdem ist ein Teil von mir, nämlich der Platz in meinem Herzen, den ich für ihn reserviert habe, irgendwie unverändert geblieben. Obwohl ich ihn vor weniger als einer Woche auf der großen Bühne gesehen habe, ist er in meiner Vorstellung noch immer die sanfte, einnehmende, schöne Seele mit einem tragischen Familienhintergrund, für den ich ihn sogar noch mehr liebte. Ich weiß nicht, was mich erwartet, wenn ich ihm gleich gegenüberstehe. Ich hoffe bloß, ich mache mich nicht zum Narren.

Meine Nerven flattern vor lauter Lampenfieber, in das sich eine Spur Angst mischt. Was, wenn ich feststelle, dass ich ihn immer noch liebe? Was passiert dann?

Ich bin nun am Ziel angekommen. O Gott, gleich werde ich sehen, was bei diesem Treffen herauskommt.

Ich parke in der Nähe des Pubs, zupfe ein letztes Mal meine Frisur im Spiegel zurecht und sprühe etwas Parfüm auf.

Als ich aus dem Wagen steige, muss ich wieder an Jack denken. Was er wohl gerade macht, während ich diese Mission ins Ungewisse verfolge? Ob auch er mit seiner Ex alte Erinnerungen wiederaufleben lässt, weit weg von zu Hause, in Montreal, wo sich beide unbeobachtet fühlen können?

Die Vorstellung macht mir Angst. Was in aller Welt tue ich hier? Das ist Wahnsinn. Ich steige wieder in meinen Wagen und schalte die Zündung ein. Ich muss umkehren und nach Hause fahren.

Nein, ich muss das jetzt durchziehen!

Ich steige wieder aus und schließe ab, dann atme ich tief durch, drücke mir selbst die Daumen und steuere auf den Pub mit seiner Natursteinfassade zu.

Die Meeresbrise weht mir lose Haarsträhnen ins Gesicht, als ich mich dem Pub nähere, in der einen Hand meine Tasche, in der anderen mein Smartphone, das ich so fest umklammere, als wäre es mein Rettungsanker und Beschützer. Ich komme mir vor wie ein Teenager vor seinem ersten Date. Mein Bauch ist voller Schmetterlinge, und das Adrenalin in meinem Blut steigert meine Aufregung zusätzlich.

Eine große, superschlanke junge Frau mit langen dunkelbraunen Haaren steht vor dem Pub und raucht eine Selbstgedrehte, während sie in einer fremden Sprache in ihr Handy spricht. Ihr hektischer Ton verrät, dass sie gerade nicht besonders glücklich ist. Sie sieht durch mich hindurch, als wäre ich unsichtbar, selbst als ich Hallo zu ihr sage. Eine Touristin, nehme ich an. Die irische Küste, egal in welcher Himmelsrichtung, ist immer von europäischen und amerikanischen Touristen überlaufen, die in gemieteten Autos und Campingbussen die Sehenswürdigkeiten und Landschaften rund um die ganze Insel erkunden.

Ich nähere mich dem Eingang und bekomme erneut kalte Füße, aber ich kann und werde jetzt nicht umkehren. Auf diesen Moment habe ich eine Ewigkeit gewartet. Es wird Zeit, dass ich mit meiner Vergangenheit abschließe und herausfinde, wie meine Zukunft aussehen soll.

Ich schiebe die schwere Eingangstür auf und gehe über die Schwelle. Vorhang auf für das große Wiedersehen.

KAPITEL 23

Im Pub ist es dunkler als draußen, und meine Augen brauchen ein paar Sekunden, um sich darauf einzustellen. Der kalte, gepflasterte Steinboden unter meinen Füßen versetzt mich sofort wieder in die Vergangenheit, genau wie der Biergeruch und der plärrende Fernseher im Hintergrund. Ich erinnere mich, wie Tom und ich kicherten, als ich in meinen hohen Absätzen vom Vorabend über den unebenen Boden stöckelte, in seinem Guns-N'-Roses-Sweatshirt und seiner Jeans, die gerade so über meinen Hüften blieb.

Erinnerungen. Dieser Ort strotzt nur so davon. Hier erlebten wir in jenem Dezember kurz vor Weihnachten die wunderbaren Anfänge, und hier nahmen wir nur wenige Wochen später auf besonders schmerzvolle Weise Abschied voneinander, als Tom nach London ging.

Ich bin überzeugt, dass der Barmann noch derselbe ist wie damals, genau wie ein paar der Gäste, die auf Barhockern an der Theke sitzen und ihr Feierabend-Guinness trinken.

»Ah, da bist du ja! Charlie, komm rüber zu uns! Die Party ist hier!«

Toms vertraute Stimme lässt mich zusammenfahren, und ich folge ihrem Klang zu demselben Tisch neben dem Kamin, wo wir an jenem kalten und tief verschneiten Dezembertag gemütlich zusammensaßen und Pläne machten, gemeinsam durchzubrennen und nur von Liebe und Musik zu leben.

Heute brennt kein Feuer im Kamin, nur graue und weiße Asche häuft sich darin, und Tom ist nicht allein, wie ich erwartet habe, sondern in großer Gesellschaft, was mich total aus dem Konzept bringt. Ich dachte, wir wären nur zu zweit. Ich sehe wahrscheinlich aus wie ein Kaninchen im Scheinwerferlicht, stehe nur da und umklammere meine Handtasche, während mich mindestens zehn Augenpaare anstarren. Tom winkt mich herüber, und ich nähere mich zaghaft der großen Runde.

»Das ist also dein Dublin Girl! Wow, ich kann sehen, warum sie dir das Herz gebrochen hat, Tommy Boy!«, sagt einer seiner Freunde mit einem sehr ausgeprägten New Yorker Akzent. Ich erkenne ihn, es ist der Bassist von Blind Generation. Wenn Sophie mich jetzt sehen könnte … würde sie mich wahrscheinlich umbringen. Genau wie meine gesamte Familie, von meinem Mann ganz zu schweigen.

Ich schaue mich benommen um, völlig perplex über die Ansammlung von Leuten, bei denen es sich vermutlich um Mitglieder der Band und der Crew handelt, alle sehr fröhlich und alle sehr laut. Es sind so viele, dass ich Tom erst auf den zweiten Blick entdecke. So viel zu unserem Dinner … so viel zu unserem Kaffee und unserem Plausch und einem lauschigen Spaziergang im Mondschein.

Ich glaube, ich fange gleich an zu weinen. Ich komme mir so dumm vor.

Zwei andere Bandmitglieder, die ich ebenfalls wiedererkenne, rücken ein Stück auf, um mir neben Tom Platz zu machen, und ich setze mich still hin, unfähig, meine Stimme zu finden, die es mir vor lauter Überraschung verschlagen hat. Wie konnte ich nur denken, wir würden uns zu zweit treffen? Ich bereue es fast schon, dass ich so weit gefahren bin. Aber das hier tue ich nicht für ihn, mache ich mir bewusst. Ich tue es für mich, und ich werde einfach so viel daraus ziehen, wie ich kann.

Ich spüre seine Augen auf mir und schaffe es, seinen Blick kurz zu erwidern und sogar zu lächeln. Es ist trotzdem schön, ihn mal wieder aus der Nähe zu sehen, auch wenn ich mir diese große Wiedervereinigung ganz anders vorgestellt habe.

»Charlie Taylor, ich kann nicht glauben, dass du tatsächlich den ganzen weiten Weg hierher gemacht hast! Was für eine nette Überraschung!«

Eine nette Überraschung? Dann hat er gar nicht unbedingt mit meinem Erscheinen gerechnet, während ich dachte, wir wären fest verabredet? Ich bin verwirrt. Und ich verwirre mich selbst noch mehr, indem ich überlege, wie ich ihn dermaßen missverstanden haben konnte.

Ich merke an seinem leichten Lallen und an seinem glasigen Blick, dass er außerdem ziemlich betrunken ist. Na großartig.

»Charlie, darf ich vorstellen: Bosco, Lou und Steve«, sagt er ein bisschen zu laut und schwenkt dramatisch seinen Arm über die Genannten. Alle drei geben mir höflich die Hand, bevor sie sich rasch wieder ihren Getränken und Gesprächen zuwenden, die ich unterbrochen habe. »Der Rest kann sich selbst vorstellen«, fügt Tom hinzu. »Ich bin zu fertig und zu breit, um mich noch an alle Namen zu erinnern.«

Er lacht, die anderen lachen auch und winken mir kurz zu. Ich winke zurück. Sie wirken genauso begeistert darüber, mich zu sehen, wie ich darüber, sie zu sehen. Ich komme mir vor, als wäre ich in eine Hochzeit reingeplatzt, und alle sind schon zu betrunken, um sich an meiner Anwesenheit zu stören.

Ich zappele nervös herum und spüre, dass meine Hände feucht sind. Noch immer halte ich mein Mobiltelefon fest umklammert. Ich stecke es in meine Tasche, bevor ich einen Krampf bekomme.

»Es ist schön … es ist schön, dich zu sehen«, sage ich zu Tom und zupfe an meinen Haaren. Ich muss irgendwie das Gespräch in Gang bringen. Der Peinlichkeitsfaktor liegt jenseits von Gut und Böse, aber jetzt bin ich nun mal hier und muss das Beste daraus machen.

»Du spielst immer noch mit deinen Haaren, wenn du nervös bist«, sagt Tom, und seine Augen funkeln, während er in meine starrt. Er ist wirklich ziemlich blau. »Weißt du, ich fand das schon damals superniedlich an dir. O Mann, Charlie Taylor, du bist wirklich eine Schönheit, weißt du das?«

O Gott, bitte hilf mir. Ich kann es nicht leugnen, seine Stimme hat das gewisse Etwas. Er mag betrunken sein und inmitten einer Horde von Kumpels sitzen, die es einen Scheiß interessiert, dass ich hier bin, aber mit seiner Stimme könnte er wilde Löwen bändigen.

Dann hickst er laut und entschuldigt sich. Ich bringe ein Lachen und ein Augenrollen zustande, und der kurze Moment, wie schön er auch immer war, ist wieder vorbei.

Ich lehne mich zurück und frage mich, warum in aller Welt ich auch nur für eine Sekunde dachte, wir würden hier allein sitzen und uns in Erinnerungen ergehen, würden aufarbeiten, woran unsere Liebe damals scheiterte. Ich hatte mir vorgestellt, wir würden uns wie an jenem letzten wundervollen Tag draußen ein hübsches Plätzchen suchen und aufs Meer hinausschauen, und er würde mir sagen, wie stark ich seine Musik inspiriere und dass er in all der Zeit unsere Liebe nie wirklich abgeschrieben hat.

Ist es das, worauf ich gehofft habe? Ich bin nicht sicher, aber jedenfalls habe ich definitiv nicht damit gerechnet, dass ich mitten in einer Feier landen würde, wo reichlich Alkohol und Gott weiß was sonst noch alles die Runde macht.

Ich will Tom gerade fragen, wie es ihm geht, als eine Frau zu uns an den Tisch kommt, die auf den Namen Eva hört und ein bisschen verzweifelt wirkt. Es ist die Frau vom Eingang, die vermeintliche Touristin, die am Telefon hing, als ich ankam, diejenige, die direkt durch mich hindurchsah, als ich sie grüßte.

»Sie ist total überfordert«, sagt sie und wirft frustriert ihr

Handy auf den Tisch. »Ich gebe es auf. Sie hat einfach null Orientierung, Tom, du wirst also jemanden schicken müssen, der sie abholt. Die Frau ist verloren. Außerdem ist sie zu verkatert, um etwas auf die Reihe zu bekommen, und sie sagt, sie hat den ganzen Tag geheult, weil du ihre Anrufe ignoriert hast. Wieder einmal!«

Tom greift mit beiden Händen in seine Haare und streicht sie so fest zurück, dass sich die Haut in seinem schönen Gesicht spannt. Dann fängt er an zu lachen. Ich nehme an, die Rede ist von Ana, seiner Verlobten.

»Was zum Teufel ist ihr Problem? Hast du ihr nicht ausgerichtet, dass sie sich ein Taxi nach Howth nehmen soll?«, sagt er, und seine Stimme klingt nun gepresst und genervt. »Einfacher geht's wirklich nicht. Mann, wir chillen hier gerade! Sie geht mir wirklich auf die Eier, und du bist auch nicht gerade eine große Hilfe, Eva. Bitte, verschon mich damit!«

Ich starre auf den Tisch, bin vollkommen verloren und überfordert. Eva, die anscheinend eine von Anas Supermodelfreundinnen ist, hat mich noch nicht wirklich zur Kenntnis genommen, aber ich habe kein Problem damit, hier zu sitzen, als wäre ich unsichtbar. Neben ihr komme ich mir sowieso klein, altbacken und gewöhnlich vor, und obwohl ich mich nach außen hin um Haltung bemühe, bin ich hier weit außerhalb meiner Komfortzone.

»Charlie, Charlie, Charlie«, sagt Tom in einem Singsang, während er offensichtlich bereits wieder vergessen hat, dass seine zukünftige Frau in Dublin festsitzt und nicht in der Lage ist, den Namen Howth vor einem Taxifahrer auszusprechen, geschweige denn ihn notfalls zu buchstabieren. »Du wolltest mich sehen, Baby. Erzähl mal, was treibst du so? Ich kann nicht glauben, dass du einfach geheiratet hast, ohne mir eine letzte Chance zu geben.«

Du wolltest mich sehen, Baby. Ich schätze, das ist die Wahrheit, aber so, wie er es sagt, klingt es, als wäre ich irgendeine fanatische Verehrerin, die ein Meet and Greet mit ihm gewonnen hat.

Trotz seiner lauten Stimme kümmert niemanden am Tisch seine große Offenbarung, dass ich ihm »eine letzte Chance« verweigert haben soll. Hätte er mir das unter vier Augen gesagt, hätte ich ihn vielleicht ernst genommen, aber hier vor allen anderen wirkt es, als hätte er nur einen Spaß gemacht, als wäre es ein reines Lippenbekenntnis.

Eva schnaubt als Reaktion.

»Ah, du musst eine von Toms Exfreundinnen sein, die noch einmal davongekommen ist«, sagt sie mit einem Blick gen Himmel und wirft dann ihre langen dunklen Haare nach hinten, während sie nebenher die ganze Zeit auf ihrem Handy schreibt. »Du Glückliche! Frag Ana. Der Herr hier lässt sie einfach in ihrem Hotel in der Stadt versauern. Das arme Mädchen hat nur zwei Stunden geschlafen, und er hatte es nicht einmal nötig, auf sie zu warten.«

Eva macht keinen Hehl aus ihrem Unmut, und ich sitze unglücklicherweise genau zwischen den Fronten, aber als ich meinen Kopf zu Tom drehe, scheint es ihm völlig gleichgültig zu sein. Hätte mir das auch passieren können? Hätte er mich wie Ana in einem Hotelzimmer in einer fremden Stadt allein zurückgelassen, um mit seinen Freunden feiern zu gehen?

»Bring meiner Freundin mal was zu trinken«, sagt er im Befehlston zu Eva, als wäre das ihre Aufgabe. »Ich möchte Charlie Taylor einen Drink ausgeben. Hey, übrigens, Schönheit, was macht eigentlich dein Bruder? Ich denke manchmal an ihn, weißt du. Mann, er hatte es wirklich nicht leicht, was? Wie geht es ihm?«

In jener Nacht hinter *Pip's Bar* hat er sich auch nach Matthew erkundigt. Mich überkommt eine leise Wut, wenn ich sein jetziges Leben mit dem meines Bruders vergleiche, aber das ist nicht der richtige Zeitpunkt oder der richtige Ort, um mir Luft zu machen. Als er damals vor fast drei Jahren nach meinem Bruder fragte, hatte Matthew eine lange Leidenszeit hinter sich. Er kämpfte gegen seine Depressionen und wohnte wieder bei unseren Eltern, und sein Traum, ein Star zu werden wie später Tom, war längst zerstört und in Vergessenheit geraten. Und heute sitzt er im Rollstuhl und versucht, wieder laufen zu lernen, während er mit Coversongs in Touristenbars auftritt. Ich bin nicht sicher, ob man die Frage, wie es ihm geht, eindeutig mit gut oder mit schlecht beantworten kann.

Aber auch dieses Mal, genau wie damals im Hinterhof, werde ich meinem Bruder nicht in den Rücken fallen.

»Matthew ist stark und unverwüstlich wie eh und je«, sage ich. »Er lebt jetzt an der Westküste und ist dort sehr glücklich. Er trainiert sehr hart dafür, seine Beine wieder bewegen zu können, und wir sind alle davon überzeugt, dass er es schaffen wird.«

Ehrlich gesagt bezweifle ich, dass Tom auch nur ein Wort von meiner Antwort mitbekommen hat.

Ich spüre Tränen in meinen Augen brennen, jetzt wo Matthew in meinem Kopf ist. Ich denke an Jack und daran, wie stark wir als Familie sind, an unsere gemeinsame Anstrengung, Matthew all die medizinische Hilfe zukommen zu lassen, die wir für ihn organisieren können.

Ehrlich gesagt, worüber möchte ich eigentlich mit Tom reden? Mir wird deutlich bewusst, dass ich nicht das Geringste über ihn weiß, und er kennt mich sogar noch weniger.

Sollen wir über seine Familie reden? Ich habe nie jemanden davon kennengelernt.

Über seine Musik? Ich denke, ich sehe auch so, wie es damit läuft.

Über sein Liebesleben? Auch hier brauche ich wohl kaum nachzufragen, wenn ich sehe, wie herzlich egal ihm seine Verlobte ist.

Es gibt nichts, worüber ich mit ihm reden möchte. Dieser Mann ist mir völlig fremd.

Er gibt sich hier die Kante und lässt seine Verlobte im Regen stehen, und es sieht so aus, als wäre ich bloß eine von vielen Frauen aus seiner Vergangenheit, die kamen und gingen, während er seinem Traum hinterherjagte und eine Spur von gebrochenen Herzen zurückließ.

Dann, gerade als ich endgültig zur Vernunft komme und erkenne, dass es ihm im Grunde am Arsch vorbeigeht, ob ich hier bin oder nicht, lässt er eine Bemerkung fallen, die mich in den Mittelpunkt der allgemeinen Aufmerksamkeit rückt.

»Leute, diese Frau hier hätte eine richtig berühmte Singer-Songwriterin werden können«, verkündet er, als ihm schließlich wieder einfällt, dass ich neben ihm sitze. Selbst Eva spitzt die Ohren und wendet ihre Augen von ihrem Handy ab. »Sie hat mir vor vielen Jahren, noch zu *Déjà-Vu*-Zeiten, ihre Songs vorgespielt, und es war sofort um mich geschehen. Kannst du uns was vorspielen, Charlie? Ich hole schnell meine Gitarre. Komm schon, spiel uns einen deiner Songs vor.«

Mein Herz fängt an zu rasen.

»Lass mich der Frau vorher einen Drink besorgen und gib ihr Zeit, um erst mal richtig anzukommen«, sagt Eva. »Was möchtest du trinken, Charlie? Ich hole uns was an der Theke.«

Es ist ausgeschlossen, dass ich heute Abend hier singe. Ich kann nicht einmal klar denken, geschweige denn mich an die Texte von Liedern erinnern, die ich eine Ewigkeit nicht mehr gesungen habe.

»Was kann ich dir mitbringen?«, fragt Eva wieder, aber ich weiß nicht, ob ich etwas trinken möchte oder nicht. Mein altes Ich wäre auf diese Einladung sofort angesprungen, auf diese einmalige Gelegenheit, mit einer berühmten Rockband gemütlich in einem Pub abzuhängen und mich zu besaufen, aber diese Person bin ich nicht mehr.

Habe ich mich in eine Art Spießerin verwandelt, die Angst davor hat, sich treiben zu lassen? In meinem Kopf überschlagen sich die Gedanken. Ich darf mich trotzdem noch amüsieren, oder? Ich darf meinen Spaß haben. Jack kommt erst in ein paar Tagen wieder, und wäre ich nicht hier, würde ich den ganzen Abend nur allein zu Hause hocken und zusehen, wie die Stunden verrinnen. Vielleicht kann ich mir hier irgendwo ein Zimmer nehmen und mir anschauen, wie der Abend sich entwickelt? Ich habe für den Notfall eine Übernachtungstasche gepackt. Vielleicht bin ich es mir selbst schuldig, ein bisschen zu entspannen und im Kopf abzuschalten. Vielleicht sollte ich Tom und seinem Lebensstil eine Chance geben. Bin ich zu voreingenommen?

Hinter mir liegen ein paar stressige Monate. Ich tue nichts Unrechtes, wenn ich mir mit einem alten Freund einen Drink genehmige, oder?

»Ich hätte gern einen Gin Tonic, bitte«, sage ich zu Eva. Ein Gläschen wird mir schon nicht die Sinne vernebeln, oder?

KAPITEL 24

Kurze Zeit später nippe ich an einem eisgekühlten Gin Tonic, der meine Nervosität schneller betäubt, als ich gedacht hätte. Es folgt ein zweites Glas, dann ein drittes, und langsam entspanne ich mich.

Zum Glück hat Tom nicht noch einmal gefragt, ob ich etwas vorspiele.

Er sitzt so dicht neben mir, dass unsere Arme sich berühren, während er sein Publikum mit Geschichten aus seinem Tourleben unterhält, und wenn er sich bewegt, durchrieselt mich ein elektrisierendes Gefühl. Seine Arme sind so stark und warm, und ich schließe die Augen und frage mich, wie es wäre, hier als seine Freundin zu sitzen.

Dann öffne ich die Augen wieder und kehre in die Realität zurück. Ich versuche, mich auf seine Tattoos zu konzentrieren. Es sind mehr geworden, Zeichen und Statements aus seinem Leben nach mir, und ich möchte sehen, was sie mir über ihn verraten.

Joanie Forever steht in großen verschnörkelten Buchstaben auf der Innenseite seines Unterarms.

Joanie ... das war doch das Mädchen von der Filmpremiere, die Schauspielerin, die Emily mir in der Zeitschrift gezeigt hat. Sie muss ihm viel bedeutet haben, wenn er sich ihren Namen auf seinen Arm tätowieren ließ.

Wow. Mich hat er in einem Song verewigt, sie in Permanent-Tinte.

Sein rechtes Handgelenk ziert eine tätowierte Manschette voller Symbole wie Sterne und Herzen und eine kleine amerikanische Flagge neben einer irischen Trikolore, die seine familiären Wurzeln repräsentieren sollen, wie ich annehme.

Ein Symbol für sein Sternzeichen Stier geht in seine Armbeuge über, und darüber ist ein Datum, das für ihn wohl eine besondere Bedeutung hat. Wer auch immer ihn tätowiert, hat jedenfalls gut zu tun.

Der Lärm und das Geplauder um mich herum verblassen zu einem weißen Rauschen in der Ferne, und es kommt mir vor, als würde ich sein Tagebuch lesen, indem ich einfach nur den Tintenmustern auf seinem rechten Arm folge. Aber dann werden meine Augen groß, als ich sehe, dass Joanie nicht der einzige Name auf seiner Haut ist.

Ist das ein *Michelle*? Und ein *Suzie*? Ernsthaft? Die Gestalt einer spärlich bekleideten Frau schlängelt sich an seinem Bizeps entlang, und darunter steht ein weiterer Name, den ich nicht entziffern kann. Wer ist sie? Ich spüre einen kurzen Stich der Eifersucht, bevor ich schlagartig zur Vernunft komme. Er hat den ganzen Arm voller Frauen, im wahrsten Sinne des Wortes.

Ich muss laut auflachen, und ich halte meine Hand vor den Mund und entschuldige mich, als Eva und auch Tom den Kopf zu mir drehen. Wäre das aus mir geworden? Ein Name, zum Gedenken in seine Haut gestochen? Ist das die moderne Variante von Kerben im Bettpfosten?

Tom beugt sich zu mir und flüstert mir ins Ohr. »Das ist alles Bockmist, das denkst du doch, Charlie, oder?«, sagt er als Reaktion auf mein spontanes Kichern und meinen Schock der Erkenntnis. Sein Atem riecht schlecht, wie der meines Großvaters früher, wenn er von seinen Pferdewetten nach Hause kam. »Ich arbeite verdammt hart, Charlie. Ich muss hin und wieder abschalten, aber du hast trotzdem recht. Dieser Lebensstil ist größtenteils einfach Bockmist. Ich glaube, Eva kann mich gar nicht mehr leiden. Dabei hat sie mich eigentlich richtig gern. Wirklich.«

Ich beobachte, wie Eva sich an eins der anderen Bandmitglieder schmiegt, dessen Namen ich vergessen habe. Sie schmollt und schnurrt, wirft ihre Haare zurück und schwingt dann ein Bein über seinen Schoß, während sie die ganze Zeit Blicke zu Tom wirft, um seine Aufmerksamkeit auf sich zu lenken. Ich habe zuerst angenommen, Eva wäre Anas Freundin oder mit einem anderen Bandmitglied liiert, aber nun sehe ich ganz klar, dass dem nicht so ist. Sie tut vielleicht so, als wäre sie Anas Freundin, aber sie ist ausschließlich zu Toms Vergnügen da – sie ist sein Techtelmechtel in irgendeiner seltsamen Abmachung, die ich nicht verstehe.

Ich glaube, mir wird schlecht. Ich war so dumm. Ich gehöre nicht hierher.

»Du hast recht, Tom«, sage ich. »Das alles hier stinkt nach Bockmist. Aber es ist dein Bockmist, darum riecht er von deinem Platz aus vielleicht ein bisschen besser.«

Er lacht nur. Offenbar ist alles zum Lachen, wenn man so berühmt und so betrunken ist wie Tom Farley.

Ich entschuldige mich und gehe zur Toilette. Inzwischen bereue ich die drei Gin Tonic. Jetzt kann ich nicht einfach in meinen Wagen steigen und nach Hause fahren. Ich muss hier raus. Ich werde mich unter keinen Umständen in die Schlange einreihen und darauf hoffen, dass Tom mich in seinen offenbar sehr vollen Terminkalender einschieben kann. Er wollte mich gar nicht sehen! Seine Einladung war nur das großzügige Angebot, mich an seine Entourage dranzuhängen und bei der großen Sause mitzumachen, wenn ich ihn unbedingt sehen wollte. Er hat kein Interesse daran, mit mir ein persönliches Gespräch zu führen oder überhaupt etwas zu bereden, und es war dumm von mir, etwas anderes anzunehmen. All die Jahre, die ich damit vergeudet habe, mir wegen unserer Beziehung den Kopf zu zerbrechen, während er damit beschäftigt war, seine Trophäensammlung von Barbiepuppen mit Silikonbrüsten und Botox-Gesichtern zu vergrößern, die ihm wie läufige Hündinnen hinterherrennen. Nein danke!

Ich schaue auf die Uhr. Es ist kurz nach halb zehn. Von Ana ist noch immer nichts zu sehen, nicht dass es Tom kümmern würde. Dafür habe ich zwei Nachrichten von Jack auf der anderen Seite der Welt, der wissen möchte, wie es mir geht, aber ich antworte ihm nicht. Was, wenn er dahinterkommt, dass ich gerade mit Tom hier in Howth bin? Obwohl ich natürlich weiß, dass er das unmöglich herausfinden kann. Aber ich habe ihn schon genug betrogen, indem ich hierherkam. Ich habe mich zum Narren gemacht. Der ganze Alkohol und die fremden Leute stoßen mich ab, und ich möchte ganz sicher kein Teil von Tom Farleys Harem sein. Mein Bruder hatte absolut recht, als er sagte, dass ich immer nur eine von Toms Eroberungen sein würde, selbst wenn er aus unserer Lovestory eine Hitsingle gemacht hat.

Auf dem Rückweg von der Toilette in den Schankraum steht mir in dem schmalen Gang unvermittelt Tom gegenüber. Mein Herz macht einen Satz.

»Tom!«

Ich will gerade hinzufügen, dass ich jetzt den Abflug mache, aber er unterbricht mich.

»Amüsierst du dich gut, Süße?«, fragt er und schwankt leicht. Offensichtlich hat er unser Bockmist-Gespräch schon wieder vergessen. »Ana ist gekommen. Du wirst sie wahrscheinlich hassen, aber du darfst sie nicht verurteilen, nur weil sie gerade sauer auf mich ist. Sie hat ihr Fett schon wegbekommen.«

Er verzieht sein Gesicht und lacht schallend über seinen Versuch, witzig zu sein.

»Hör zu, Tom, vielleicht war es ein Fehler, hierherzukommen und in deine Party reinzuplatzen«, sage ich. Es fühlt sich an, als würde ich mit einem unartigen Schüler sprechen. »Aber ich bin froh, dass ich es getan habe, weil ich glaube, dass ich nun endlich alle Antworten habe, die ich von dir brauche, was uns betrifft – nicht dass es ein Uns geben würde. Ich erwarte nicht einmal, dass du verstehst, was ich meine, aber ich schätze, du hast mich mit deinem Song hinters Licht geführt. Ich war so dumm, zu glauben –«

Tom lacht nun sogar noch lauter.

»Charlie Taylor, was in aller Welt hast du von mir erwartet?«, sagt er und breitet theatralisch die Arme aus. »Ich habe dich damals geliebt, das weißt du! Jedes Wort in diesem Song ist wahr, und ich bin echt stolz auf ihn, aber es war falsch von mir, dass ich versucht habe, dich zu überreden, mir zu folgen, schließlich warst du auf dem Weg, deine eigenen Träume zu verwirklichen. Du hast etwas viel Besseres verdient als das, was ich dir hätte geben können. Ich meine, schau dich an! Du spielst in einer ganz anderen Liga. Du bist klug, du bist schön, du würdest hassen, was ich mache, wenn du wüsstest, wie es hinter den Kulissen aussieht, abseits des Scheinwerferlichts. Ich hasse es manchmal auch.«

Er hat recht, ich habe tatsächlich etwas Besseres verdient, und es ist wahr, das hier war immer sein Traum und nie wirklich meiner. Ich würde mich auf keinen Fall dazu erniedrigen, wie Ana und Eva um seine Aufmerksamkeit zu buhlen. Das habe ich ganz bestimmt nicht nötig.

»Aber du könntest mich im Handumdrehen ändern, wenn du wolltest«, flüstert er und beugt sich nah zu mir, versucht, mich wieder in seinen Bann zu ziehen. »Das meine ich ernst, Charlie. Für dich würde ich das alles hier, jedes kleine bisschen, sofort aufgeben.«

Für den Bruchteil einer Sekunde glaube ich ihm, aber er ist betrunken und sentimental. Und unabhängig davon will ich gar nicht, dass er alles für mich aufgibt. Dieses Leben entspricht dem, was er ist und wozu er bestimmt ist, außerdem sind seine Arme mit Frauennamen übersät und er behandelt seine Verlobte, die er bald heiraten wird, wie Dreck.

»Du bist meine Traumfrau, das habe ich immer gesagt«, fügt er hinzu und hält nun meinen Arm fest. »Küss mich nur noch einmal, Charlotte. Küss mich.«

Ich könnte mich dafür entscheiden, das zu glauben. Ich könnte in seine Arme sinken und jedes Wort glauben, das er sagt, aber ich möchte um nichts auf der Welt so ein Leben führen. Ich will Jack, meinen lustigen, einfühlsamen, fürsorglichen Mann, der mich in- und auswendig kennt. Ich will unser Haus in Ardara mit der schönen Außenterrasse und dem herrlichen Weitblick. Ich will unsere Abende mit Harry und Sophie und meine Ausflüge ins Dorf, um mit Peter und Mary zu plaudern, selbst wenn es nur über das Wetter ist.

Ich will sogar, dass meine Mutter mir weiter vorhält, ich würde alles ruinieren, wofür ich so hart gearbeitet habe. Ohne ihr ständiges Mahnen würde ich in Versuchung geraten, in Situationen wie dieser hier mein ganzes Leben wegzuwerfen.

»Diese Eva«, sage ich zu Tom. »Es geht mich zwar überhaupt nichts an, aber ist sie *deine* Freundin oder die von Ana?«

Er grinst süffisant und nickt. »Ah, du bist ein schlaues Mädchen, nicht wahr?«, sagt er. »Ich wusste immer, dass du nicht auf den Kopf gefallen bist. Charlie, hast du eine Vorstellung davon, wie viele Evas es in meiner Welt gibt? Hunderte, ist die Antwort. Aber das ist jetzt mein Leben, das ist das, was ich kenne. Du und ich, wir waren in höheren Sphären unterwegs, aber ich könnte nie der Mann sein, den du dir wünschst.«

»Du hast recht. Das könntest du nicht.«

Ich muss an Jack denken und daran, dass er unsere Ehe immer an erste Stelle setzt, sogar noch vor seine Hochleistungskarriere. Ich muss daran denken, wie alles, was mit Tom Farley zu tun hat, das Leben meines Bruders verschlechterte, wohingegen alles, was mit Jack zu tun hat, es einfach nur besser macht.

Für mich wird es definitiv Zeit zu gehen. Tom kramt in seiner Jacke nach einem Stift und notiert etwas auf der Rückseite einer Quittung.

»Hör zu, ich bin noch immer davon überzeugt, dass du mit deinen Songs gutes Geld verdienen könntest, Süße. Ich habe nie aufgehört, an dich zu glauben«, sagt er, während er schreibt. »Du hast so viel Talent, dass es dir förmlich aus den Ohren quillt, wenn du also etwas von diesem Abend hier mitnehmen willst, dann meine Empfehlung, weiter Musik zu machen. Tut mir leid, falls ich dich enttäuscht habe. Du bist noch immer meine absolute Nummer eins, das habe ich ernst gemeint. Aber es liegt an dir. Es liegt ganz allein an dir.«

Er drückt mir den gefalteten Zettel in die Hand und hält meine Finger ein paar Sekunden länger fest, als nötig wäre. Für einen kurzen Augenblick sehe ich den Mann, in den ich mich damals bis über beide Ohren verliebt habe. Sein Erfolg hat ihn ziemlich verändert, und das nicht zu seinem Vorteil, wie ich finde, aber ich weiß auch, dass hinter der berühmten Fassade noch ein anderer Tom Farley steckt. Außerhalb des Rampenlichts ist er noch immer ein gebrochener Mann, der sich von dem Chaos, das seine Eltern angerichtet haben, nie erholt hat. Ein Mann, der sich nach etwas sehnt, das er nie finden wird: Liebe.

Genau wie ich dachte, dass es vielleicht noch ein anderes Ich gibt, sieht auch er eine andere Version von sich selbst, wenn er mich anschaut.

»Wahrscheinlich sind wir alle genau da, wo wir in unserem Leben hingehören, Tom«, sage ich und stecke den Zettel in meine Handtasche, ohne ihn zu lesen. »Vielleicht waren wir einfach doch nicht füreinander bestimmt. Du bist ein großartiger Sänger, du hast eine unglaubliche Bühnenpräsenz, und ich bin unheimlich stolz auf dich. Das bin ich wirklich. Es war schön, dich zu sehen. Genieß den Rest deiner Party.«

Er beugt sich vor und küsst mich auf die Wange, und ich schließe meine Augen und denke daran, wie viele Jahre ich mich nach seiner Berührung gesehnt habe. Ich träumte von dieser Wiedervereinigung, ich spielte genüsslich verschiedene Varianten davon in meinem Kopf durch und verbrachte viele Nächte damit, an ihn zu denken und an das, was wir hätten haben können. Aber das ist nichts für mich. *Er* ist nichts für mich.

Ich gehe durch den Pub, und wie in einem Traum sehe ich eine andere Version von mir dort sitzen. Ich sehe mich selbst, auf Anas Platz, in ewiger Wartestellung für Tom Farley.

Das hätte ich sein können. Ich hätte den Platz von Ana einnehmen können, der schönen, großartigen Ana, die gerade die Zeit mit ihrem Handy totschlägt, ohne zu ahnen, dass die Frau, die ihr gegenübersitzt und auf ihr eigenes Handy starrt, auch auf Tom wartet – eine Frau, die vorgibt, ihre Freundin zu sein.

Ich war lange genug wie Ana. Ich habe lange genug auf Tom Farley gewartet. Aber das ist nun vorbei.

Ich wähle die Liebe. Ich liebe meinen Mann. Und ich liebe mein Leben. Das Leben, für das ich bestimmt bin, nicht das, von dem ich geträumt habe. Es wird Zeit, dass ich es mir zurückhole. Ich ziehe die Tür des Pubs hinter mir zu und überlasse die anderen sich selbst.

KAPITEL 25

Ich bin draußen an der frischen Luft und gehe mit federnden Schritten am Hafen entlang. Als ich an die Sitzbank komme, auf der ich schon einmal gesessen habe, nehme ich darauf Platz. Nicht nur um der alten Zeiten willen. Ich brauche noch ein paar Minuten, um meine Gedanken zu sortieren, bevor ich mir ein freies Bett suche, und gleich morgen früh werde ich dann wieder nach Hause fahren, das Cottage von oben bis unten durchputzen und mich auf Jacks Rückkehr übermorgen vorbereiten.

Eine bunte Sammlung von Segelbooten ankert schaukelnd in der Hafenbucht vor mir, an deren Spitze der Leuchtturm wacht. Ich inhaliere tief die frische Meeresluft, und als ich wieder ausatme, muss ich automatisch lächeln, weil ich weiß, dass ich nun endlich frei bin.

Ich hebe mein Gesicht zum Himmel, spüre den Wind auf meiner Haut, und Zufriedenheit umhüllt mich wie eine Decke. Ich fühle mich nicht mehr schuldig, denn ich weiß, dass Matthew glücklich ist und dass er wieder in Ordnung kommt. Ich habe nicht länger das Gefühl, auf dem falschen Weg zu sein, denn ich habe nun Klarheit darüber, was ich in meinem Leben will und wie ich es bekommen kann. Ich habe mich lange genug mit dem Gedanken gequält, ob ich vielleicht eine falsche Abzweigung genommen habe, aber diese Zeiten gehören nun der Vergangenheit an. Ich möchte mich auf meine Zukunft konzentrieren und vor allem auf meine Gegenwart. Ja, die Gegenwart zählt am meisten. Mit dieser Überlegung greife ich in meine Handtasche und nehme mein Smartphone heraus, um meinem Mann zu schreiben.

Mit dem Handy kommt auch der Zettel zum Vorschein, den

Tom mir vorhin im Pub gab. Ich hatte ihn schon wieder vergessen. Das an sich ist schon ein deutliches Zeichen, wenn man bedenkt, wie sehr ich mich in all der Zeit nach einer Nachricht von Tom verzehrt habe.

Ich falte den Zettel auf, und mir fällt auf, dass es keine Quittung ist, wie ich zuerst dachte, sondern ein kleiner gelber Flyer von einem Londoner Plattenlabel, auf dessen Rückseite Tom seine Nachricht an mich geschrieben hat.

Morgen 12.15. Charterflug nach London. Nur du und ich, Charlie. Es gab immer nur dich. Komm zum Flughafen, wenn du uns noch mal eine Chance geben willst. Tom xx

Ich zwinkere erschrocken und lese seine Worte erneut. Er will, dass wir es noch mal versuchen? Er will, dass ich morgen mit ihm nach London fliege?

Nein, Tom! Nein, nein und nochmals nein! Mein Kopf fängt an zu schwirren, und ich zerknülle den Zettel in meiner Hand zu einer festen kleinen Kugel. Ich will sie gerade wegwerfen, in der Hoffnung, dass der Wind sie fängt und davonträgt, aber plötzlich taucht ein großer schwarzer Hund vor mir auf und bellt mich an, sodass ich mit erhobenem Arm erstarre.

»Rambo, aus! Aus! Entschuldigung, Engelchen, aber der tut nichts, er ist harmlos«, sagt die Besitzerin, eine ältere Dame, und zieht ihren knurrenden Hund von mir weg.

Ist es nicht absurd, wenn Hundebesitzer das sagen, während ihr Tier an jemandem hochspringt oder jemanden anbellt? Woher will diese Frau mit Sicherheit wissen, dass ihr Hund mir nichts tut? Ich ziehe meine Füße vom Boden hoch, kauere mich eng zusammen und verharre so. Wenn ich Angst habe, bin ich immer wie gelähmt.

Und *Rambo*? Ich kann mir keinen besseren Namen für dieses Tier vorstellen. Es ist ein hübscher, stattlicher Schäferhund, und würde er mich nicht anknurren, als hätte ich ihm seinen Knochen gestohlen, könnte ich ihm deutlich mehr abgewinnen.

Die Frau kämpft mit dem Hund an der Leine und setzt sich dann neben mich auf die Bank. Rambo scheint sich schließlich zu beruhigen.

»Ruhig, ganz ruhig, es ist alles gut«, sagt sie tröstend, und zuerst denke ich, sie spricht mit mir. »Niemand tut dir was. Hier ist Platz für uns alle, nicht wahr?«

Ängstlich schiele ich auf Rambo, der laut hechelnd vor uns sitzt, während sein Frauchen ihm den Kopf tätschelt, und mir wird bewusst, dass ich mich am Rand der Bank festklammere, als hinge mein Leben davon ab. Ich stehe noch immer halb unter Schock. Ich habe das Gefühl, als hätte ich mich gar nicht erst auf die Bank setzen dürfen, und nehme meine Füße herunter, um aufzustehen. Der zerknüllte Zettel von Tom ist noch immer in meiner Hand.

»Nein, bitte, gehen Sie nicht, wir wollten Sie nicht vertreiben!«, sagt die Frau. Ich drehe meinen Kopf zu ihr und sehe sie zum ersten Mal richtig an. Sie hat ein sehr freundliches Gesicht. »Sie haben hier so friedlich gesessen. Es tut mir sehr leid, dass wir Sie gestört haben, aber Rambo betrachtet diese Bank als sein Eigentum. Hier saßen wir früher immer, als wir noch zu dritt waren. Jetzt sind wir nur noch zu zweit.«

Ich mustere Rambo nun mit neuem Respekt, und er erwidert meinen Blick, während wir eine Art Waffenstillstand schließen.

»Ihr Mann?«, sage ich, und sie nickt. »Das tut mir leid.«

Ihre behandschuhten Finger berühren kurz meinen Arm. »Schon gut, meine Liebe, er hatte ein langes und erfülltes Leben, und wir haben jeden Moment davon genossen«, sagt sie. »Wir sangen, wir tanzten, wir lachten, wir weinten, wir diskutierten und wir stritten uns. Wir hatten oft Zwist, aber wir haben uns nie entzweit. Ich glaube, das ist das Geheimnis.«

Ich muss an Jack denken. Wir streiten uns so gut wie nie. Ich muss an Tom denken, an das missglückte Treffen, und an den Zettel in meiner Hand mit der neuerlichen Einladung, mit ihm nach London zu gehen. Warum beschäftige ich mich überhaupt damit? Ich habe mich entschieden.

»Wissen Sie, das Leben geht vorbei wie im Flug, und wir vergeuden viel zu viel Zeit damit, uns zu fragen, ob wir alles richtig machen«, fährt die Frau fort. Sie kommt jetzt offenbar in Fahrt, aber ich höre ihr gerne zu. »Wir zerbrechen uns den Kopf über Dinge, die längst zurückliegen, statt uns darauf zu konzentrieren, wie wir vorankommen und uns weiterentwickeln können, wie wir unser eigenes Schicksal in die Hand nehmen können. Jack war fest davon überzeugt, dass man die Dinge aus der Vergangenheit ruhen lassen sollte und den Blick nach vorne richten muss. Daran hat er mich jedes Mal erinnert, wenn ich mich an Kleinigkeiten von früher aufgerieben habe.«

Ich sehe sie mit hochgezogenen Augenbrauen an. »Mein Mann heißt auch Jack«, sage ich und spüre ein beruhigendes warmes Gefühl im Bauch. »Ich habe definitiv zu viel Zeit damit vergeudet, zurückzublicken. Tatsächlich bin ich hierhergekommen, um unter einen bestimmten Teil meiner Vergangenheit einen Schlussstrich zu ziehen. Ich heiße übrigens Charlotte.«

Ich strecke meine Hand vor und drücke die der Frau in ihrem Wollhandschuh.

»Peggy«, erwidert sie.

Ich schätze Peggy auf Ende siebzig. Ihre Haare sind von einem flaschengrünen Kopftuch verdeckt, das unter ihrem

Kinn geknotet ist. Die Falten in ihrem Gesicht könnten wahrscheinlich Geschichten erzählen, bei denen wir alle die Ohren aufstellen würden.

»Ist es nicht absurd, dass man lieber darauf schaut, was man nicht hat, als darauf, was man hat?«, sagt Peggy.

Ich falte Toms Zettel wieder auseinander, streiche ihn glatt und lese zum dritten Mal seine Worte. Ein anderes Ich würde diese Chance ergreifen, würde diese Botschaft als einen Wink des Schicksals verstehen. Ich weiß nicht, warum, aber ich gebe den Zettel Peggy, damit sie ihn lesen kann.

»Sagten Sie nicht, Ihr Mann würde Jack heißen? Hier steht aber Tom«, bemerkt sie und gibt mir den Zettel zurück. »Wissen Sie, Charlotte, Sie haben immer eine Wahl. Selbst wenn Sie schon lange das Gefühl haben, dass Sie in die falsche Richtung gehen, haben Sie immer die Möglichkeit, umzukehren. Es liegt allein bei Ihnen.«

Ich stecke den Zettel wieder in meine Handtasche und stehe auf, dann atme ich tief durch. Im nächsten Moment übermannt mich ein Gähnen, und ich halte meine Hand vor den Mund.

»Ich muss mir ein Bett für die Nacht suchen«, sage ich zu Peggy. »Danke für Ihre klugen Worte und Ihre nette Gesellschaft. Oh, und sorry, Rambo, dass ich deine Bank benutzt habe.«

Ich zause dem Hund durch sein schwarzes Fell. Er sieht mich mit aufmerksamen Augen an. Bestimmt ist er ein großer Trost für sein Frauchen und hilft ihr, über ihren Verlust hinwegzukommen.

»Ich bin mir sicher, mein Jack und ich waren nicht das einzige Liebespaar, das hier auf dieser Bank saß und die Welt an sich vorüberziehen ließ, die Herzen voller Hoffnungen und Träume«, sagt Peggy mit einem Funkeln in den Augen. »Vielleicht saßen Sie ja auch schon zu zweit hier?«

Ich beiße mir auf die Unterlippe. Natürlich saß ich mit Tom hier.

»Ja, vor drei Jahren, mit Tom«, gestehe ich. »Das ist wahrscheinlich der Grund, warum ich mich heute wieder hierhingesetzt habe. Um ganz sicherzugehen, dass ich bereit bin, ihn endgültig loszulassen.«

An jenem wundervollen letzten Tag, den Tom und ich in Howth verbrachten, machten wir hier auf dieser Bank eine Pause, stopften uns mit Eis voll und fütterten die Möwen mit den Waffeln. Ich sehe hinüber zum Pub, wo Tom mit seinen Freunden weiterfeiert, während er seine wahren Gefühle verbirgt und die Liebe für ein Leben als Rockstar opfert, das ihn, wie er selbst weiß, nie ganz erfüllen wird. Ich empfinde Mitleid mit ihm. Ich empfinde Trauer, weil ich ihn nun endgültig loslasse.

»Gute Nacht, Rambo«, sage ich. »Sie haben mir viel Stoff zum Nachdenken gegeben, Peggy. Ich wünsche Ihnen alles Gute.«

Sie streichelt Rambos Kopf und blickt mich an. Ihre Augen haben schon alles auf der Welt gesehen.

»Machen Sie sich keine Vorwürfe, dass Sie dem Ruf Ihres alten Freundes hierher gefolgt sind«, sagt sie. »Nichts oder niemand geht jemals aus unserem Leben, ohne dass wir nicht eine Lektion daraus ziehen. Sie haben nun ihre Lektion gelernt, um Ihre Entscheidung zu treffen, nicht wahr?«

Sie spricht mir geradezu aus der Seele. Ich fühle mich schon viel besser.

»Das habe ich«, erwidere ich. »Danke, Peggy.«

Ich verabschiede mich von der alten Dame und ihrem Hund und steuere dann auf ein Bed and Breakfast in der Nähe zu, in dessen Fenster zum Glück ein *Zimmer-frei*-Schild hängt. Es war ein langer, anstrengender Tag, und ich glaube, ich werde augenblicklich einschlafen, sobald ich meinen Kopf auf ein Kissen gebettet habe.

Tom reist morgen Mittag nach London ab, und er hält mir einen Platz in seiner Maschine frei. Der Zettel befindet sich noch in meiner Handtasche, weil ich ihn aus irgendeinem Grund nicht wegwerfen möchte, aber im Moment fühle ich mich einfach nur vollkommen erschöpft und emotional ausgelaugt. Ich checke in der Pension ein, steige mit bleischweren Beinen die zwei Etagen hoch und falle sofort ins Bett.

Am nächsten Morgen habe ich eine Nachricht von Jack, die er gestern geschickt hat, als ich bereits tief und fest schlief. Sie enthält seine aktualisierten Rückflugdaten, und ich springe aus dem Bett und nutze die Gelegenheit, um ihm zu antworten und mir alles von der Seele zu schreiben.

Ich öffne mein Herz und berichte ihm von meinem Ausflug nach Howth und von meiner Begegnung mit Tom. Ich erkläre ihm, wie ich mich auf der Fahrt hierher fühlte, welche Erwartungen ich an dieses Treffen hatte, dass die ganzen alten Gedanken und Gefühle wieder hochkamen, nachdem ich Tom fast drei Jahre lang nicht mehr persönlich gesprochen hatte. Ich beschreibe, dass mich ein völlig anderes Szenario erwartete, dass ich auf einen Mann traf, der in einem sehr surrealen Leben gefangen ist, aber in einem, für das er geboren wurde, und dass ich gelernt habe, seinen Weg und die Person, zu der er geworden ist, zu akzeptieren.

Ich erzähle ihm von Toms Einladung, mit ihm nach London zu gehen, und davon, dass er mich an mein Talent erinnerte und mich darin bestärkte, es nicht verkümmern zu lassen, unabhängig davon, ob wir wieder zusammenkommen oder nicht. Ich erzähle von der Traurigkeit in seinen Augen, davon, dass ich weiß, dass er hinter seiner Fassade nicht anders ist als wir alle: ein ganz normaler Mensch, der sich danach sehnt, jemanden zu lieben und geliebt zu werden.

Jack hat mich gebeten, ehrlich zu sein, also erkläre ich ihm außerdem, was ich aus dem Wiedersehen mit Tom über die Liebe gelernt habe.

Ich habe gelernt, dass wahre Liebe nicht zwingend eine starke, feurige Leidenschaft zwischen himmelhoch jauchzend und zu Tode betrübt sein muss, dass sie auch ruhig und tiefgründig sein kann, bedingungslos und rein. Ich habe gelernt, dass Liebe ist, sich mit jemandem wohl und sicher zu fühlen und trotzdem weiche Knie zu bekommen, wenn der andere einen auf diese spezielle Art ansieht wie sonst keinen. Ich habe gelernt, dass Liebe ist, die Unvollkommenheiten des anderen zu kennen, seine Schwächen und Defizite, und ihn trotzdem gegen niemand anderen auf der Welt eintauschen zu wollen. Ich habe gelernt, dass nichts und niemand zwischen zwei Menschen kommen kann, die füreinander bestimmt sind. Sie können von ihrem Weg abkommen, sie können Fehler machen oder die falschen Entscheidungen treffen, aber am Ende wird ein Paar, das sich aufrichtig liebt, nichts auseinanderbringen.

Ich habe ein neues Verständnis darüber gewonnen, was Liebe ist, und ich werde nie wieder an ihr zweifeln.

Schließlich ziehe ich mich an und packe zusammen, um mich auf den Weg nach Dublin zum Flughafen zu machen.

KAPITEL 26

Gestern Abend hatte ich vor, heute gleich morgens nach Hause zu fahren, wo ich dann Musik auflegen, in bequeme Klamotten schlüpfen, die Fenster weit aufreißen und mich auf Jacks Rückkehr einen Tag später vorbereiten würde. Ich wollte einkaufen fahren, um ihn mit einem seiner Lieblingsgerichte zu empfangen, vielleicht Steak mit Pommes frites und dazu eine Flasche Merlot, und ich wollte mir extra für den Anlass ein besonderes Outfit zulegen.

Dann würden wir unser Wiedersehen feiern und ausgiebig reden und Pläne machen, uns darüber austauschen, was in den zehn Tagen, die er fort war, alles passiert ist. Wir würden uns auf unserer Couch zusammenkuscheln, in unserer eigenen kleinen Welt, abgeschottet von allen anderen.

Aber dieser Plan ist nun hinfällig geworden.

Stattdessen stehe ich im Hauptterminal des Dubliner Flughafens und versuche, mich in dem Gewühl von Studenten, die in ihr neues Semester starten, Familien und Paaren auf dem Weg in ihren Herbsturlaub und Flughafenangestellten zurechtzufinden. Plötzlich bricht in der Halle ein Tumult aus, der nur eins bedeuten kann: Blind Generation sind eingetroffen. Sie werden sofort von einer Traube von Fans umringt, die alle versuchen, einen Blick auf ihre Musikidole zu erhaschen.

Tom ist hier, wie er gesagt hat, für seinen Charterflug um viertel nach zwölf. Ich spüre einen Knoten im Magen.

Ich sehe weder Ana noch Eva bei ihm, aber das habe ich auch nicht erwartet. Tom hätte mich bestimmt nicht eingeladen, ihn zu begleiten, wenn seine Verlobte und seine Affäre mit an Bord gegangen wären.

Ich beobachte, wie er sich umblickt und sein Handy checkt, während ihn kreischende Frauen belagern. Er trägt eine dunkle Sonnenbrille, und ich sehe ihm selbst aus der Entfernung an, dass er erschöpft ist und es nicht erwarten kann, von hier wegzukommen. Der Rest der Band wird auch belagert, aber der meiste Rummel konzentriert sich auf eine Hauptperson, und das ist natürlich der sehr rockige, sehr verführerische und sehr faszinierende Tom. Ein stämmiger Security-Mann versucht, den wachsenden Mob zur Ordnung zu rufen. Tom hat mich noch nicht gesehen, wie ich hier stehe und wie durch ein Schaufenster auf sein wildes, verrücktes Leben aus Sex, Drugs and Rock 'n' Roll schaue.

Es ist kurz nach elf, und ich höre meinen Magen vor Hunger knurren, obwohl ich in der Pension noch ein kleines Frühstück bestellt habe. In einer guten Stunde startet die Maschine nach London. Ich habe keine Ahnung, in welchem Bereich des Flughafens die Charterpassagiere einchecken, aber ich denke, dass Tom und seine Jungs schon wissen, wo sie hinmüssen.

»Hast du deine alte Dubliner Liebe gesehen?«, ruft eine seiner Verehrerinnen ihm zu. Er gibt keine Antwort, senkt nur den Kopf und signiert ein Stück Papier, das auf dem Rücken eines Fans liegt.

Es waren seltsame und trotzdem sehr erkenntnisreiche Tage, seit Jack nach Kanada geflogen ist, und als ich vorhin aus Howth wegfuhr, hatte ich das Gefühl, bedeutend mehr als nur den Ort hinter mir zu lassen. Beim Ausparken entdeckte ich Peggy und Rambo, die über den Pier schlenderten und dann ihren üblichen Platz auf der Bank einnahmen, ohne von jemandem gestört zu werden. Routine und Gewohnheit, Geborgenheit und Vertrautheit – alles Dinge, die wir oft für selbstverständlich halten, die wir aber unheimlich vermissen würden, wenn sie in unserem Leben fehlten.

Auf der Fahrt zum Flughafen rief ich mir ins Bewusstsein, was mich als Person ausmacht, und führte mir wieder das Gute aus der Begegnung mit Tom vor Augen. Mir ist in dieser kurzen Zeit vieles klar geworden.

Ich bin eine gute Lehrerin, das weiß ich, weil die Kinder und Eltern mich früher mit Lob überhäuften, wenn ich mit einem tröstenden Wort oder sogar mit einem Lied meinen Schülern den Tag versüßte.

Ich bin ein leichtsinniger Mensch, manchmal geradezu fahrlässig, was nicht immer gut für mich ausgeht. Das weiß ich aufgrund meiner riskanten Entscheidung, nach Howth zu fahren, und aufgrund meiner impulsiven Kündigung, nachdem ich erkannt hatte, dass ich in Miss Bradys grässlicher Lehranstalt nie mein volles Potenzial würde abrufen können.

Ich bin ein fürsorglicher Mensch, jemand, der Liebe schenkt und für andere da ist. Das weiß ich, weil es in den letzten drei Jahren, egal was sich in meinem Leben gerade tat, immer mein größter Wunsch war, sogar noch größer als der, mit Tom einen Abschluss zu finden, dass mein Bruder wieder selbstständig laufen kann. Zu sehen, dass er mit Martin in Galway glücklich ist, seine Entschlossenheit zu beobachten, ihn wieder singen zu hören, das alles erfüllt mein Herz auf eine Art, wie nichts anderes es vermag.

Ich bin eine lustige und aufmerksame Freundin. Das weiß ich, weil Sophie mich immer daran erinnert, wie gerne sie mit mir zusammen ist und wie oft ich sie zum Lachen bringe und dass sie in meiner Gesellschaft sie selbst sein kann.

Ich bin eine Schwester, die für Emily alles stehen und liegen lässt, wenn sie von Trauer und Verzweiflung übermannt wird, weil sich ihr sehnsüchtiger Kinderwunsch wieder nicht erfüllt hat.

Ich bin eine Tochter, die akzeptiert, dass meine Mutter

meine Schwächen sieht, mich aber trotzdem liebt, vielleicht gerade deswegen umso mehr.

Ich bin eine Frau mit einem außergewöhnlichen Stolz, die alle Hürden genommen hat, um ihre beruflichen Ziele zu verwirklichen und den Aufstieg aus der Arbeiterklasse zu schaffen. Ich bin auch stolz auf meinen Vater, der trotz seiner beschränkten finanziellen Möglichkeiten für uns alle sein Bestes gab. Dank ihm bin ich im Bewusstsein aufgewachsen, wie wichtig der Zusammenhalt in der Familie ist und dass ich mich, auch wenn es mal schwierig wird, immer auf ihn verlassen kann.

Ich bin eine Frau, die Musik schreibt und singt, und ich habe die Fähigkeit, mit meinen Texten andere Menschen zu berühren, selbst wenn es nur ein Kinderlied über einen Glücksstern ist, das meinen kleinen Zuhörern ein Lächeln ins Gesicht zaubert. Ich weiß, wie man Kindern ein besonderes Gefühl vermitteln kann. Musik ist meine Leidenschaft, aber das Unterrichten ist meine Berufung, und ich kann es kaum erwarten, eine Schule zu finden, die das, was ich als Lehrerin zu bieten habe, respektiert und anerkennt.

Ich fühle mich besser, nachdem ich mir das alles bewusst gemacht habe. Meine Haltung ist aufrechter, stolzer, und ich weiß, dass ich hier in dieser Abflughalle genau am richtigen Ort bin. Es ist wichtig, dass wir uns manchmal in Erinnerung rufen, wozu wir auf diesem Planeten sind. Wir verbringen zu viel Zeit damit, uns auf unsere Fehler und falschen Entscheidungen zu konzentrieren und damit zu hadern, statt daraus zu lernen. Jede Entscheidung, jede Erfahrung, jede Begegnung mit einem anderen Menschen führt uns näher an unsere Bestimmung im Leben. Sämtliche Irrungen und Wirrungen sind dazu da, uns wachsen zu lassen und zu besseren Menschen zu machen.

Ich habe Fehler, ich bin in vielerlei Hinsicht nicht vollkommen, aber ich lerne jeden Tag dazu und werde es weiter tun, vor welche Entscheidungen das Leben mich auch immer stellen wird.

Ich scharre ungeduldig mit den Füßen, ich checke die Uhrzeit, und als ich den Kopf hebe, sehe ich ihn auf mich zukommen. Ich inhaliere diesen Moment; meine Augen sind weit aufgerissen und strahlen, und mein Herz explodiert fast vor Aufregung. Ich möchte ihn festhalten und nie wieder loslassen. Ich möchte jeden einzelnen Moment auskosten, den wir von nun an zusammen haben. Ich bin so dankbar, dass er mir und uns noch eine Chance gegeben hat, um das Paar zu sein, an das ich tief in meinem Innern immer geglaubt habe.

Er sieht sogar noch besser aus, als ich ihn in Erinnerung habe, und als er mich in seine Arme nimmt und mich in seine Körperwärme zieht, kann ich nicht anders, als mich eng an seinen Hals zu schmiegen und Tränen der Erleichterung und der Liebe zu weinen. Ich atme seinen vertrauten Geruch ein, und als er mich mitten in diesem geschäftigen Flughafen direkt auf den Mund küsst, spüre ich, dass meine Knie nachgeben, so wie immer unter seiner hungrigen Umarmung.

Ich schaue ihm in die Augen und sehe, dass auch er weint.

»Danke, dass du gekommen bist«, sagt er. »Ich hatte das schreckliche Gefühl, dass du deine Meinung ändern würdest.«

Ich schüttele den Kopf. »Auf keinen Fall«, sage ich. »Diesen Fehler mache ich nie wieder. Versprochen. Ich musste nicht zweimal überlegen, ob ich komme. Ich hätte diesen Moment hier um nichts auf der Welt verpassen wollen.«

Die Fanmeute in der Nähe löst sich schließlich auf, und die Flughafen-Security kann sich wieder um ihre eigentlichen Aufgaben kümmern, offensichtlich froh darüber, dass endlich Normalität einkehrt. Ich werfe einen letzten flüchtigen

Blick in die Richtung, wo die Band noch vor wenigen Minuten stand, und sehe Tom Farley in den Sicherheitsbereich verschwinden. Ich fühle nichts – nur endlich inneren Frieden. Dann richte ich meine Augen auf meinen geliebten Mann, und er zieht mich wieder eng an sich.

»Eigentlich wollte ich dich mit meiner vorzeitigen Rückkehr überraschen, aber da ich es nicht erwarten konnte, dich zu sehen, musste ich dir einfach Bescheid sagen. Es ist so schön, wieder bei dir zu sein.«

Wir setzen uns in Bewegung, Arm in Arm, und gehen schließlich hinaus in den Sonnenschein.

»Ich möchte jetzt nur noch nach Hause, meine Schuhe ausziehen und es mir mit dir auf der Couch gemütlich machen, Charlotte. Während ich fort war, ist mir erst richtig bewusst geworden, wie viel du mir bedeutest. Ich liebe dich so sehr, und ich werde dich immer lieben.«

Er hat keine Ahnung, dass auch ich fast platze vor Freude über unser Wiedersehen. Ich stand ganz dicht davor, den größten Fehler meines Lebens zu begehen, während er weg war.

»Und ich liebe dich auch, Jack«, sage ich und spüre, wie mein Herz sich bei der Vorstellung, dass ich ihn und alles, was wir haben, jemals verlieren könnte, zusammenzieht. »Ich liebe dich über alles.«

Als wir uns vom Flughafen entfernen, schaue ich automatisch in den Himmel und sehe ein Flugzeug aufsteigen. Das könnte die Maschine sein, die Tom und seine Band zurück nach London bringt, zurück in das Leben, von dem er immer geträumt hat und das er nun führt. Ich hoffe, er findet eines Tages die Liebe, so wie ich. Ich hoffe, er lernt, glücklich und zufrieden zu sein, und nutzt so wie ich die Chance, die Weichen dafür zu stellen.

»Ich bin so froh, dass du wieder da bist«, sage ich zu Jack, dann lassen wir die Scheiben herunter und drehen das Radio ganz laut auf. Natürlich läuft gerade ein Stück von Blind Generation, aber dieses Mal schalte ich nicht auf einen anderen Sender um.

Stattdessen lachen wir nur und singen mit Tom, während auch er hoch über den Wolken auf dem Nachhauseweg ist.

EPILOG

Wicklow, Heiligabend 2019

Ich springe auf wie ein Kind, das sehnsüchtig den Weihnachtsmann erwartet, als ich höre, wie der erste Wagen vor unserem Haus in Ardara vorfährt. Das Wohnzimmer ist geschmückt, der Baum steht, und Jack und ich sind in der Küche beschäftigt, um das Essen und die Getränke für unsere Gäste vorzubereiten. Der Geruch von Glühwein und Gewürznelken hängt in der Luft, und Frank Sinatras Stimme füllt meine Ohren mit süßen Klängen.

Wir geben dieses Jahr ein großes Weihnachtsfest, und ich kann es nicht erwarten, unsere Gäste zu sehen. Wir werden so viele, dass einige in provisorischen Betten auf dem Boden schlafen müssen.

Ich spähe durch die Gardinen, um zu sehen, wer die Ersten sind. Seit ich meine neue Arbeitsstelle in der Grundschule von Ardara angetreten habe, wo man wunderbarerweise großen Wert auf Außenaktivitäten und alternative Unterrichtsmethoden legt, wo meine Musik und meine Lieder geliebt werden, kann ich meine Familie nicht mehr so oft sehen wie früher, was dieses Weihnachten umso spezieller macht.

»Es ist Emily!«, rufe ich begeistert und stürme zur Haustür, um meiner Schwester um den Hals zu fallen, natürlich mit Rücksicht auf ihren wachsenden Bauch, den ich dann küsse und ehrfürchtig streichele. »Wie geht es dir? Junge, du bist ganz schön dick geworden! Ich meine nicht fett, sondern schwanger!«

Sie lacht und tätschelt ihren Bauch. Kevin steht mit stolz geschwellter Brust neben ihr.

»Du hast recht, das wird bestimmt ein großer und kräftiger Junge«, erwidert sie, womit sie Jack und mich wissen lässt, dass sie inzwischen das Geschlecht ihres heiß ersehnten Nachwuchses kennt.

Ich spüre ein Flattern in meinem eigenen Bauch. »Ah! Ein Neffe!«, gurre ich. »Oh, wir werden dich alle ganz doll lieben, mein Kleiner!«

Ich umarme Emily wieder, dann kralle ich mir Kevin, der Tränen in den Augen hat, als wir über seinen ungeborenen Sohn sprechen, während Jack mir einen sehnsüchtigen Blick zuwirft, als würde er mich bitten, ob wir nicht die Nächsten sein können. Er weiß es noch nicht, aber ich habe eine sehr aufregende Weihnachtsüberraschung für ihn, die ich mir für die Bescherung morgen aufhebe. Ich kann es kaum erwarten, sein Gesicht zu sehen.

Außerdem habe ich ein paar tolle Neuigkeiten von einer Frau namens Dianna Thompson von Moville Records in London, die mehr von meinen Songs hören möchte, nachdem ich ein Demotape an sie geschickt habe. Ihre Adresse fand ich auf dem Flyer, auf dessen Rückseite Tom Farley seine Nachricht an mich geschrieben hatte. Es sieht so aus, als hätte Tom in einem Punkt recht gehabt – vielleicht wird man tatsächlich bald einen meiner Songs im Radio hören.

Sophie und Harry sind die Nächsten, die eintreffen. Harry trägt Rufus, ihren neuen, sechs Monate alten Welpen, als wäre er aus Gold, und ich lege meinen Kopf schief und breite die Arme aus, um die beiden willkommen zu heißen. Harry drückt mir im Vorbeigehen den Welpen an die Brust, womit ich nicht gerechnet habe, während Sophie hinter ihm folgt und mit Milo und Jess kämpft, ihren beiden Yorkshireterriern.

»Ich wollte ja unbedingt Drillinge haben«, stöhnt Harry auf seinem Weg durch den Flur. »Ich schwöre, ich brauche jetzt dringend ein Bier und ein richtiges Männergespräch mit Jack über Sport und Frauen und so – alles außer Tiere. Ich bin nicht sicher, ob ich hinter noch mehr Hunden aufräumen kann. Ab jetzt habe ich offiziell hundefrei.«

Sophie küsst mich auf die Wange und rollt mit den Augen, während ihr Mann in der Küche verschwindet.

»Meine Mutter kocht vor Wut, weil wir uns noch einen Hund angeschafft haben«, sagt sie mit einem diebischen Grinsen, das mich daran erinnert, warum ich sie so sehr liebe. »Es tut mir nicht leid, Char, kein bisschen. Ich kann nicht jemand anderen glücklich machen, indem ich gegen meine eigene Überzeugung handele.«

Sie lässt die Hunde los, und sie flitzen ins Wohnzimmer und springen zu Emily und Kevin auf die Couch, die sie freudig mit Streicheleinheiten begrüßen. Meine Eltern haben sich verspätet, und als sie schließlich eintreffen, erklärt Dad mir, dass er einen Abstecher in Marys Kunstgalerie gemacht hat, um mein Weihnachtsgeschenk zu holen, für das er monatelang gespart hat. Ich brauche nicht zu fragen, was es ist, das erkenne ich an der Größe und der Form, aber Dads Begeisterung und Stolz darüber, dass er ein Original erstanden hat, sagen mir, dass ich es sofort auspacken muss.

In der Küche lege ich das Gemälde auf den Tisch und fange an, es vorsichtig aus dem Papier zu wickeln, in das Mary es eingeschlagen hat, um es für den kurzen Weg den Hügel hoch zu schützen.

»O Dad, wenn es das ist, was ich denke!«

»Lies zuerst die Karte!«, sagt er, und zur Abwechslung gehorche ich ihm aufs Wort. Ich nehme die Weihnachtskarte aus dem Umschlag, und mir bleibt vor Rührung fast das Herz stehen, als ich die Handschrift meines Vaters erkenne. Dad schreibt nie Weihnachtskarten oder Geburtstagskarten oder jede andere Art von Karten. Das überlässt er grundsätzlich Mam, was diesen Moment noch spezieller macht. Er beobachtet mich und wartet mit den Händen in seinen Hosentaschen, während ich seine Worte lese.

An Charlotte,
unsere Jüngste, unser Nesthäkchen und unser ganzer Stolz. Du machst mich stolz und glücklich seit dem Tag, an dem du geboren wurdest. Ich hoffe, du weißt das. Bleib, wie du bist, denn wie hat Oscar selbst gesagt (oder doch nicht?): Sei du selbst, denn alle anderen sind bereits vergeben.

In Liebe
Dad

Ich presse meine Lippen zusammen, und meine Augen füllen sich mit Tränen, dann umarme ich meinen geliebten Vater, der einfach alles gegeben hat, damit ich in meinem Leben so weit kommen konnte. Ich hatte lange Zeit Angst, ich hätte ihn auf meinem Weg enttäuscht, aber sein Geschenk und seine Karte zeigen mir, dass er mich genau so liebt, wie ich bin.

»Das ist von mir«, sagt Mam, die endlich auch zu Wort kommen möchte. Ich bewundere ihr herrliches Blumengesteck, das sie, wie sie dreimal wiederholt, ohne jede fremde Hilfe angefertigt hat.

»Das Bild wird einen Ehrenplatz in unserem Wohnzimmer bekommen«, sagt Jack und bewundert das eher ungewöhnliche Porträt des berühmten irischen Dichters. »Vielleicht inspiriert er dich ja zu neuen Texten, Char?«

Ich schmiege mich an meinen Mann. Ich habe genau dasselbe gedacht.

»Man kann nie wissen, vielleicht erfreue ich euch morgen nach dem Truthahn mit einem neuen Song«, sage ich. »Ich habe in letzter Zeit daran gearbeitet, und so langsam fallen mir auch wieder Texte ein.«

Jack sieht mich voller Freude an. »Nun, das wäre das beste Weihnachtsgeschenk aller Zeiten!«, sagt er und gibt mir einen Kuss auf die Stirn.

Schließlich sind alle mit Getränken versorgt und die Unterhaltung wechselt munter zwischen allen möglichen Themen, von Toilettentraining für Welpen über Schwangerschaftsbäuche, meinen neuen Job in der kleinen Dorfschule von Ardara, in dem ich völlig aufgehe, und die Eröffnung von Jacks eigener Praxis bis zu Dads Rückenschmerzen und Mams Kurs im Blumenbinden. Nur zwei Gäste fehlen noch. Kurz darauf leuchten draußen in unserer Einfahrt Scheinwerfer auf, und ich weiß, dass mein Bruder und sein Partner endlich sicher angekommen sind.

Ich gehe zur Haustür, um sie hereinzulassen, und Martin parkt wie immer ganz dicht an der Vorderveranda, damit Matthew mit seinem Rollstuhl nicht so viel manövrieren muss. Es regnet, also spanne ich einen Schirm für die beiden auf. Aber Martin winkt mich fort und sagt, ich soll im Trockenen bleiben und wieder reingehen.

»Ich komme schon zurecht, ehrlich«, erklärt er. »Wir haben ein Geschenk für euch alle im Kofferraum, darum wäre es mir lieber, du würdest im Haus warten. Kannst du die anderen für unsere große Weihnachtsüberraschung zusammentrommeln?«

»Okay«, sage ich mit verdutztem Gesicht. »Dann lasse ich die Haustür offen und rufe die anderen ins Wohnzimmer, einverstanden?«

»Perfekt!«, erwidert Martin. Bevor ich wieder reingehe, beuge ich mich kurz herunter und winke meinem Bruder auf dem Beifahrersitz zu. Er hat seine Haare frisch gefärbt, in einem leuchtenden Blau, so wie früher in seiner Studentenzeit, als er ständig seine Haarfarbe wechselte, eine schriller als die andere.

»Martin und Matthew möchten uns mit einem Weihnachtsgeschenk überraschen«, erkläre ich den anderen im Haus. »Sie haben darum gebeten, dass wir uns alle im Wohnzimmer versammeln.«

Harry, Kevin und Jack kommen widerstrebend aus der Küche, nicht gerade begeistert davon, dass sie ihr wichtiges Expertengespräch über Rugby unterbrechen müssen, und Dad muss extra überzeugt werden, dass Martin keine Hilfe benötigt, um Matthew in seinen Rollstuhl zu verfrachten.

Mam, Emily und ich wechseln verwunderte Blicke. Matthews Weihnachtsgeschenke sind normalerweise ziemlich unbrauchbar und sollen vor allem witzig sein, was schon zu manchen Irritationen führte. So schenkte er Emily einmal einen Traummann zum Kneten, als sie ihren ersten Liebeskummer hatte, oder mir einen Kalender mit heißen Feuerwehrmännern, der am Ende in seinem Zimmer landete … Im Nachhinein erkenne ich den tieferen Sinn.

Ich höre Martin und Matthew in der Diele herumhantieren und muss mich fast auf meine Hände setzen, um ihnen nicht zu Hilfe zu eilen. Dad kann sich nicht beherrschen.

»Lasst mich wenigstens euer Gepäck reinholen!«, ruft er aus seinem Sessel neben dem Kamin.

»Gleich!«, antwortet Martin. »Wir haben es fast geschafft, und ihr wollt uns doch nicht die Überraschung verderben!«

Mam, die nie lange still sein kann, fängt an zu quatschen, worauf Matthew ihr zuruft, wenigstens mal für zwei Minuten den Mund zu halten.

»Tja, da habe ich mir wohl einen Rüffel eingefangen.«

»Pst!«

Schließlich, gefühlte Minuten später, obwohl es wahrscheinlich nur Sekunden sind, erscheint Martin allein im Eingang zum Wohnzimmer, nervös, vom Regen durchnässt und leicht außer Atem. Ich bekomme eine Gänsehaut, als mir bewusst wird, dass Martin auf Matthew wartet, aber dabei nicht wie sonst zu ihm hinunterschaut, sondern ihn auf Augenhöhe beobachtet. Kann das wirklich wahr sein?

Martin nickt meinem Bruder aufmunternd zu, und ich spüre, wie sich ein Kloß in meiner Kehle bildet und die ersten Tränen über meine Wangen kullern.

»O Matthew! O mein Gott, Matthew!«

Im Raum herrscht atemlose Stille, abgesehen von dem leisen Schluchzen meiner Mutter, während wir beobachten, wie Matthew sich am Türrahmen festhält und dann mit kleinen, schlurfenden Schritten auf uns zukommt. Emily keucht laut auf, und ich sehe, wie Dad sich über die Augen wischt und aufsteht, um seinen Jungen zu begrüßen.

»Ich hatte ganz vergessen ... ich hatte ganz vergessen, was für ein großer und starker Mann du bist, Matthew«, sagt er und nimmt seinen Sohn fest in die Arme, dann kommen Mam, Emily und ich für eine Gruppenumarmung dazu.

»Viel wichtiger ist, wie gefallen euch meine Haare?«, sagt Matthew in das Schniefen und Schluchzen um ihn herum. »Ich fand, es war mal wieder Zeit für eine Abwechslung.«

Mam zaust ihm durch die feuchten blauen Haare und drückt ihn dann wieder an sich, und Jack legt von hinten seine Arme um mich, damit ich nicht vor lauter Freude umkippe.

»Ich wusste, dass er es schaffen wird«, flüstert er mir ins Ohr. »Dafür brauchte es nur Zeit, Glaube und viel Liebe.«

»Danke für alles, Jack«, sage ich. »Danke, dass du an ihn geglaubt hast, und danke, dass du an mich geglaubt hast.

Das ist der glücklichste Tag in meinem Leben. Ich könnte ausflippen!«

Ich beobachte, wie Matthew für seine Entschlossenheit gelobt wird, ich beobachte, wie Martin über jeden Schritt von Matthew strahlt, ich beobachte meine Schwester und ihren Mann, die als angehende Eltern selig in die Runde lächeln, ich beobachte Harry und Sophie, die sich darüber streiten, wer an der Reihe ist, die Hunde rauszubringen, und dann beschließen, zusammen zu gehen, und ich beobachte meine Eltern, deren Liebe und Führung uns so weit gebracht haben, egal wie viele Tränen und Kämpfe wir alle auf dem Weg zu bewältigen hatten.

Ich muss an Peggy auf dem Pier in Howth denken, die mich daran erinnerte, dass jede Erfahrung, die wir machen, uns unserer Bestimmung näher bringt, und dass nichts und niemand aus unserem Leben geht, ohne dass wir eine Lektion daraus ziehen können. Durch Matthews Unfall haben wir so viel über Liebe, Geduld und Dankbarkeit gelernt, und er führte mich außerdem zu Jack, dem Mann, den ich liebe und für den ich immer bestimmt war.

Ich muss an Tom Farley denken, der Ana letzten Endes doch nicht heiratete und auf dessen tätowierten Armen wahrscheinlich ein paar neue Namen dazugekommen sind. In meinem Herzen wünsche ich ihm nach wie vor nur das Beste, aber ich betrachte ihn jetzt anders und mit mehr Distanz.

Ich denke an die Liebe, die ich habe, und schwöre mir, dass ich nie wieder etwas als selbstverständlich betrachten werde. Ich werde Fehler machen, das weiß ich, aber ich weiß auch, dass ich daraus lernen und an den Herausforderungen wachsen werde, die das Leben mir stellt, so wie wir das alle tun.

Ich habe in meinen einunddreißig Lebensjahren bisher so viel gelernt, vor allem, dass unsere Bestimmung – egal wie sehr wir versuchen, Einfluss auf unser Schicksal zu nehmen, und egal wie oft wir auf unserem Lebensweg falsch abbiegen – immer dafür sorgen wird, dass wir am Ende genau dort landen, wo wir hingehören.

Ich habe gelernt, dass es kein anderes Ich gibt und auch nie wirklich gab. Ich bin genau dort angekommen, wo ich immer sein sollte, und ich möchte jeden einzelnen Moment davon auskosten.

Ich möchte in der Gegenwart leben. Ich möchte wieder singen und noch viele lächelnde Kinder unterrichten. Ich möchte mein Leben lieben und schätzen, ich möchte daraus lernen und daran wachsen.

Das ist mein Leben. Das ist meine Bestimmung. Das bin ich.

ANMERKUNG DER AUTORIN ZUM SONG »YOU«

Ein Leitmotiv in *Immer wieder zurück zu dir* sind Charlottes Liebe zur Musik und ihre Leidenschaft fürs Songwriting. Ich bin selbst ein großer Musikfan, und meine allerersten Versuche, eigene Lieder zu schreiben, mündeten in ein paar ziemlich kitschigen Popsongs, die ich auf meinem Kinder-Keyboard klimperte, als ich ungefähr zwölf war. Wer hat noch nicht von meinen Riesenhits »Mystery Man« und »The Boy Next Door« gehört?

Bei der Arbeit an diesem Roman entstand die Idee, einen echten Song einzubauen, den die Leser sich anhören können – ich möchte nicht spoilern, aber ich danke Claire Fenby, Emily Yolland und Iona Teixeira Stevens für die anregende Diskussion, als ich mit meiner Tochter Jade bei HarperCollins in London war. Danach war die Saat gelegt, und obwohl ich gerne selbst Liedtexte schreibe, fand ich, dass dieses Buch etwas Geschliffeneres verdient hat.

Also fing ich an, nach einem vorhandenen Song zu suchen, der zur Geschichte passte, aber dann kam es viel besser: Gareth Dunlop, einer meiner Lieblings-Singer-Songwriter, dessen Musik in zahlreichen Film- und Fernsehproduktionen zu hören ist, zum Beispiel in den Nicholas-Sparks-Verfilmungen *The Best of Me – Mein Weg zu dir* und *Safe Haven – Wie ein Licht in der Nacht*, und auch – Trommelwirbel – in der Erfolgsserie *Nashville*, schrieb einen umwerfenden Song speziell für dieses Buch. Ich muss mich immer noch kneifen. Dieser Roman hat seinen ganz eigenen Soundtrack!

Ich freue mich wahnsinnig darüber, dass Gareth sich die Zeit nahm, um den Song »You«, der in einer sehr bewegenden

Szene im Roman vorkommt, zu schreiben und aufzunehmen. Es ist eine unheimlich schöne, faszinierende und berührende Ballade, besser, als ich sie mir jemals hätte erträumen können.

Ein Riesendank an Dianna Maher von der Moraine Music Group in Nashville für ihre tatkräftige Unterstützung bei diesem Projekt – ich habe mich auf eine sehr subtile Art erkenntlich gezeigt, indem ich eine Romanfigur nach ihr benannte. Und vor allem möchte ich Gareth für seinen Vorschlag danken, einen völlig neuen Song zu nehmen, statt auf vorhandenes Material zurückzugreifen, und auch dafür, dass er meine Vorstellungen berücksichtigte und etwas so Wundervolles schuf. Ich fühle mich sehr geehrt, dass seine großartige Lyrik, Melodie und Stimme mit meinem Werk verbunden sind.

Und in diesem Sinne möchte ich jedem nahelegen, den Song zum Buch zum Beispiel auf www.garethdunlop.com aufzurufen, sich dann zurückzulehnen, die Augen zu schließen, an einen besonderen Menschen zu denken und sein Herz von der Musik beglücken zu lassen.

Alles Liebe
Emma x

DANKSAGUNG

Ich hatte immer diese Idee, dass ich in einer anderen Version meines Lebens als Songwriterin die Welt bereist hätte und schließlich an einem Ort wie Nashville gelandet wäre (ernsthaft!). Aber als Schriftstellerin, die mit den Besten in der Verlagsbranche zusammenarbeitet, habe ich natürlich einen ebenbürtigen Traumberuf gefunden, und ich habe meine wunderbaren Kinder, die mich auf der Reise begleiten, darum würde ich um nichts auf der Welt tauschen wollen.

Der Grundgedanke hinter dieser Idee brachte mich allerdings ins Grübeln: Wie viele von uns hätten einen anderen Weg beschritten, wenn das Schicksal sie nicht in eine bestimmte Richtung gelenkt hätte? Ich bin davon überzeugt, dass wir aus einem bestimmten Grund Menschen begegnen und uns an Orten wiederfinden, und so war das Konzept für *Immer wieder zurück zu dir* geboren.

Dies ist der Beginn eines neuen Kapitels für mich, da ich zum Team von HarperFiction übergetreten bin, darum möchte ich als Erstes drei absolut wunderbare Frauen würdigen, die dieses Buch hier wahr gemacht haben:

- Charlotte Ledger, meine Verlegerin bei HarperFiction, der ich aus tiefstem Herzen dafür danke, dass sie an mich glaubt, seit sich unsere Wege vor etwas mehr als fünf Jahren zum ersten Mal gekreuzt haben. Ich hoffe, vor uns liegen noch viele neue Abenteuer.
- Meine Agentin Sarah Hornsley von The Bent Agency, von der ich mehr als begeistert bin und der ich so vieles in meiner bisherigen Karriere zu verdanken habe.

Es ist wirklich ein Privileg, dich an meiner Seite zu haben, und ich freue mich auf alles, was noch kommt.

- Meine Lektorin Emily Ruston, die nicht müde wird, das Beste aus mir und meiner Schreibkunst herauszuholen, und der ich dafür danke, dass sie mich immer »drankriegt« und mich in allen meinen Bestrebungen unterstützt. Besonders schön fand ich das sehr inspirierende GIF von Bradley Cooper, als ich an der Schreibfront gerade einen Tag freihatte!

Ein riesengroßes Dankeschön an alle Buchhandlungen (besonders an Sheehy's in Cookstown), die für mich die Flagge hissen; an all die fleißigen Buchblogger in Großbritannien, den USA, in Irland und Deutschland für ihre ermutigenden Rezensionen; an die diversen Medienschaffenden nah und fern, die mir Zeitungsspalten und Sendezeit widmen, um meine Nachricht zu verbreiten (Pamela Ballantine, Gail Walker, Martin Breen, Annamay McNally, Ian Greer, Jenny Lee, Steven Rainey und John Toal, um nur ein paar zu nennen) und an die Buchclubs, die meine Romane besprechen und sich die Zeit nehmen, mir aus aller Welt Fotos von ihren Leseabenteuern zu schicken, von den Stränden in Boston bis zu den schneebedeckten Bergen rund um Keystone in Colorado.

Ganz besonders danken möchte ich all meinen treuen Lesern für ihre anhaltende Unterstützung und ihre Rückmeldungen in den sozialen Netzwerken – bitte fahren Sie damit fort! Ich liebe es, zu erfahren, wie meine Leser einen persönlichen Bezug zu den Themen und Figuren in meinen Geschichten herstellen – es gibt einfach kein größeres Kompliment. Ein dickes Dankeschön an Mona Carson Simpson, die als Leserin keine Anstrengung scheut, um für meine Bücher zu werben. Danke, dass du mich mit »Betty dem Buch« zum Lachen gebracht hast, als ich es dringend brauchte. Du bist eine unerschöpfliche Quelle an Enthusiasmus und Hilfsbereitschaft. Ich schulde dir einen Lunch im Café No. 47, wenn du das nächste Mal in deine Heimat Donaghmore kommst!

Dieses Buch entstand in der wahrscheinlich herausforderndsten Zeit, die unsere Familie jemals erlebt hat, daher widme ich es meinen Kindern Jordyn, Jade, Adam, Dualta und Sonny, weil sie so tapfer und so stark sind, während wir diesen neuen Lebensweg in Angriff nehmen. Jim und ich lieben euch sehr, und ihr werdet immer unsere höchste Priorität sein.

Wie immer ein Dank an Jim für alles, besonders für deine Unterstützung und deinen Trost in den letzten paar Monaten, als wir beide intensiv auf unsere Deadlines hinarbeiteten, zwischen all dem Kummer und Schmerz. Ich bin unheimlich stolz auf dich und alle deine Errungenschaften in der Kunst und Musik, aber vor allem darauf, wie du dich in dieser schwierigen Zeit um mich gekümmert hast.

Ich möchte auch meinen Schwestern, meinem Bruder und meinem Vater meine Anerkennung aussprechen für die enorme Stärke und den Mut, den sie in letzter Zeit gezeigt haben. Wir können uns so glücklich schätzen, dass wir uns haben, und wir werden noch viele gute Zeiten feiern.

Ein Riesendank geht an den Singer-Songwriter Gareth Dunlop und an Dianna Maher von der Moraine Music Group in Nashville für den wunderbaren Song »You«. Ich kann gar nicht ausdrücken, wie aufregend es ist, dass zu dieser Geschichte ein echter Song gehört – das ist wirklich die Krönung!

Und zum Schluss möchte ich sagen, dass die größte Lektion, die ich gelernt habe, als ich Charlotte Taylors Geschichte schrieb, ist, dass unsere Zeit hier begrenzt ist, dass es keine

Garantie auf ein Morgen gibt und somit nichts stärker ist als die Macht des Jetzt. Wir sollten uns nie davor fürchten, etwas zu riskieren und Änderungen vorzunehmen, wenn sie notwendig sind, und wir dürfen keine Angst haben, die Person zu sein, die wir sein möchten.

Ich hoffe, Sie sind mit mir einer Meinung.

Alles Liebe
Emma x